KB086017

결혼은 계획이다 2

결혼은
계획이다 2

이지연 장편소설

Terrace Book

Vol.1

결혼할게. 대신 조건이 있어!   7

명색이 첫날밤인데   39

이게 뭐 어때서? 부부끼리인데   72

그날 밤을 어찌 잊으랴   104

먼저 입술을 훔친 쪽은   132

몸 따로 마음 따로   166

안 돼. 너무 야해   201

지금만큼은 넌, 내 거야   233

난 네가 어젯밤 한 짓을 알고 있다!   271

질투하는 거 맞아   304

내가 아파! 내가 아프다고!   342

다시 안을 수 있을 때까지……   376

다른 남자가 있었어?   412

잠결에 건드리면 어떡해?   451

Vol.2

속일 생각은 없었어요!   7

같이 샤워할래?   38

울어도 좋아   67

우리의 사랑을 알아?   107

슬기로운 신혼 생활   145

오늘 밤 기대되지 않아?   180

미안하다는 말은 안 할 거야   210

'혹시?'라는 게, 이거였어?   250

모두 알고 있어   284

어디까지 가게 될지 몰라   322

손만 잡고 자기에는   357

은근이 아니라 엄청 야하네!   392

늦어서 미안해   424

에필로그   451

외전 1. 키스해주면 덜 아플 것 같은데   466

외전 2. 이번엔 내 차례야   475

외전 3. 깊고 뜨거운 밤   485

작가 후기   494

Chapter 15

속일 생각은 없었어요!

[어머, 도와주러 간 줄도 모르고 오빠가 그랬단 말이야?]

휴대폰 너머로 흥분한 서현의 목소리가 들렸다.

"그렇다니까."

태희는 투덜거리며 절친인 서현에게 오늘 저녁, 청담동에서 있었던 일을 시시콜콜 털어놓았다.

"혹시 새언니에게 맞고 신음한 거, 내가 들었을까 봐 창피해서 그런 가?"

[흠, 그럴지도 모르겠다.]

천하의 강태호가 아내에게 맞고 산다고 하면 누가 믿으려고 할까.

"오빠 진짜 고마운 줄 알아야 해. 내가 얼마나 입이 무거운데. 서현이, 너 말곤 아무에게도 말 안 했잖아. 엄마도 몰라. 아무도 모른다고."

[맞아, 맞아.]

휴대폰 너머에서 서현이 격하게 동의했다.

[나도 우리 엄마밖에는 이 얘기 아무에게도 안 했어.]

"뭐? 너, 엄마에게 말했어?"

태희가 언성을 높였지만, 서현은 아무렇지 않은 목소리로 말했다.

[응. 나랑 엄마랑 비밀이란 게 없잖아. 어떻게 나만 알고 있어? 그리고 우리 엄마, 입 엄청 무거워.]

그건 그렇다. 안 그랬다면 지금까지 그녀가 서현에게 털어놓은 비밀들이 '발 없는 말이 천 리 간다'고, 여기저기 소문났을 것이다.

서현의 말은 계속해서 이어졌다.

[근데 우리 엄마, 술 들어가면 가끔 비밀이 튀어나오긴 한다? 근데 또 우리 엄마, 밖에서 술 마시는 건 완전 연중행사잖아. 1년에 한 번, 와이너리 방문할 때뿐인데…….]

그렇긴 하지.

잠자코 서현의 말을 듣던 태희는 순간, 뭔가를 깨닫고 벽에 걸린 캘린더로 시선을 돌렸다.

잠깐!

캘린더 숫자를 뚫어지게 노려보던 태희는 서둘러서 휴대폰으로 재차 날짜를 확인했다.

아니! 그날이 바로 오늘이잖아!

"서현아, 그럼 오늘 너희 엄마 와이너리 가셨어?"

[응. 아직 안 들어오셨는데. 모임이 늦어지려나?]

불안하게도 오늘 그 모임엔 정 여사도 참석한다.

그렇다는 것은 오늘 서현이 엄마랑 우리 엄마랑 같이 술 한잔했다는 거? 헐! 어떡해?

전화를 끊은 태희는 불안한 마음에 벌떡 침대에서 일어났다. 그녀가 통화하는 도중에 정 여사가 집에 돌아왔는지 웅성거리는 소리가 아래층에서 들리긴 했었다.

내려가봐야 하나?

태희는 초조한 얼굴로 방문을 바라보았다. 만약에 서현 엄마가 정 여사에게 모든 걸 말해버렸다면 정 여사 성격에 당장 태희를 불렀을 것이다. 하지만 아무 일도 없었다.

그래, 괜찮을 거야.

태희는 떨리는 마음을 진정하며 다시 천천히 침대에 앉았다.

똑똑똑─.

그때, 방문을 노크하는 소리와 함께 정 여사의 목소리가 들렸다.

"태희야, 자니?"

분명 이야기하는 소리를 들었는데 아무런 대답이 돌아오지 않자, 정 여사는 다시금 문을 두드렸다.

"태희야, 안 자는 거 알아. 엄마 들어간다."

그러자 조심스럽게 방문이 열리며 태희의 얼굴이 빼꼼히 나타났다.

"나, 방금 자려던 참인데……."

"새벽 2시 넘게 자던 애가 오늘은 웬일로?"

정 여사는 헛소리하지 말라는 듯 미간을 찌푸리며 문을 열고 침실 로 들어섰다. 그러자 태희는 당황한 얼굴로 뒤로 물러섰다. 정 여사는 창가에 놓인 소파에 앉아, 단도직입적으로 물었다.

"태희, 너…… 나한테 할 말 있지?"

오늘 정 여사는 모임에서 서현이 어머니를 만났다. 그리고 오늘 태희 가 주 회장의 집에 초대되었다는 말을 들었다.

─ 사돈 되더니 집안끼리 앙금이 가셨나 봐요. 태희를 다 초대하고.

─ 서현 어머니, 갑자기 그게 무슨 말씀이에요?

─ 모르셨어요? 아까 서현이가 전화로 그러던데. 오늘 태희가 사돈 댁 초대받아서 간다고.

황당한 말에 정 여사는 저도 모르게 단숨에 와인을 비워버렸다.

아니, 얘가 거기가 어딘 줄 알고! 그리고 그런 일이 있으면 엄마에게 이야길 했어야지!

한마디 할 생각으로 태희의 방에 들어선 정 여사는 가슴 앞으로 팔짱을 끼고 어쩔 줄 몰라 하는 태희를 노려보았다. 태희는 자기 잘못을 아는지, 정 여사의 시선을 이리저리 피하느라 바빴다.

"다 알고 왔으니까, 어떻게 된 건지 차근차근 설명해봐."

"……정말?"

"그래, 서현이 어머니에게 다 들었어. 나한테 먼저 말했어야지. 내가 왜 서현이 어머니 통해서 들어야 하니?"

그 말에 태희는 당장에라도 울음을 터뜨릴 것 같은 얼굴로 정 여사에게 달려왔다.

"엄마, 그건 내가 입이 무거워서 그런 거잖아. 난 다 우리 가족의 안녕과 평화를 위해서 입을 다문 거라고."

"입이 무거워서?"

정 여사는 이해할 수 없다는 듯 눈살을 찌푸렸다. 사돈댁에 저녁 초대받은 일을 숨긴 것이 가족의 안녕과 평화와 무슨 상관이 있는 것인지 모르겠다.

"너, 정신이 있는 거니, 없는 거니?"

웬만해선 자녀를 때리지 않지만, 이번엔 달랐다. 정 여사는 태희의 등을 찰싹 소리 나게 손바닥으로 내리쳤다.

"아무리 주 회장네와 사돈을 맺었어도, 아직까진 앙숙이라는 거 몰라? 그런데 초대받았다고 넙죽 거기에 가?"

"그럼 어떡해! 새언니가 대놓고 다른 남자 좋아한다는데. 그런 집에 작은오빠만 가게 해? 혼자 완전 바보 되는 건데?"

"뭐?"

순간 정 여사는 자신이 잘못 들은 건 아닌가, 귀를 의심했다. 하지만
태희의 다음 말로 의심은 확신으로 변했다.

"엄마, 서현 어머니에게 다 들었을 거 아냐. 새언니, 결혼 전부터 다
른 남자가 있었다고. 결혼하고 나서도 그 남자와 쭉 만나왔고. 그런데
이번에 또 다른 남자로 상대를 바꾼 거잖아. 아무리 정략결혼이라도
너무한 거 아니야?"

정 여사가 아무 말도 하지 못하자, 태희는 눈물까지 글썽이며 정 여
사를 와락 끌어안았다.

"게다가 작은오빠, 새언니에게 맞고 사나 봐. 내가 다 들었어. 작은오
빠가 새언니에게 맞고 신음하는 거."

이건 또 무슨 소리래? 리아가 태호를 때린다니? 이보단 리아가 '마동
석'을 팬다는 말이 더 현실적으로 들릴 것이다.

하여간 그렇게 해서, 주 회장 댁에 초대받았다는 서현 어머니의 귀띔
은 리아의 불륜으로 내용이 확대되었다. 믿을 수 없지만, 가정 폭력까
지 덧붙여서.

토요일까지 청담동에 머무른 리아와 태호는 일요일 점심엔 한남동
을 찾기로 했다. 입원할 동안 정 여사가 반찬을 챙겨주었으니, 퇴원하
고 나서 직접 찾아뵙고 인사드리는 게 도리일 테니까. 하지만 갑자기
일이 생긴 태호가 회사로 가버리는 바람에 리아 혼자 먼저 한남동에

도착했다.

"새아가 왔구나. 어서 들어와라."

정 여사가 제일 먼저 리아를 맞이했다. 그런데 왠지 모르게 오늘 정 여사는 평소와 조금 다르게 느껴졌다. 겉으론 미소를 짓고 있지만, 뭔가 싸늘한 눈빛이랄까?

기분 상한 일이라도 있었나?

뒤에 이어지는 정 여사의 말이 확신을 주었다.

"그나저나 나한테 말하지 그랬니? 그랬다면 도와줬을 텐데⋯⋯."

"네? 그게 무슨 말씀이신지⋯⋯."

리아는 혼란스러운 표정으로 정 여사를 바라보았다. 하지만 정 여사는 리아의 궁금증을 풀어줄 마음이 없어 보였다. 씁쓸한 얼굴로 살짝 입꼬리를 틀며 고개를 돌려 시선을 피한 게 전부였다. 잠시 어색했던 분위기는 소정이 웃으며 다가온 덕분에 사라졌다.

"어머니, 아버님께서 잠시 서재로 와달라고 하시네요."

"그래, 알았다."

정 여사가 서재로 가고, 리아와 소정은 거실로 자리를 옮겼다. 둘만 있게 되자, 리아는 곧바로 소정에게 정 여사의 기분에 관해 물었다.

"형님, 오늘 어머니 기분 나쁜 일 있으셨어요?"

"아니. 전혀 그런 일 없었는데⋯⋯. 왜?"

소정은 금시초문이란 표정을 지었다.

"아, 아무것도 아니에요."

리아는 자신이 잘못 넘겨짚었나 하며 서둘러 말머리를 돌렸다. 뭘 도와줬을 거라는 것인지 내용은 잘 모르겠지만, 정 여사가 괜한 말을 했을 리는 없고⋯⋯. 그래도 깊게 생각할 필요는 없을 것이다. 만약에 중요한 일이라면 정 여사 성격에 가만히 있지는 않을 테니까. 그녀를 따로 불러서 뭐라고 이야기할 것이다. 그러니까 괜히 걱정할 필요 없다.

"향이 참 좋네요."

리아는 가사도우미가 내온 찻잔을 입으로 가져가며 소정을 향해 싱긋 웃어 보였다.

"태희랑 통 연락이 안 되는데……. 녀석, 오늘 가족 모임 있는 거 알기는 한 거요?"

오늘 아침 일찍 집을 빠져나간 태희는 도대체 어디로 숨어버렸는지 종적을 감췄다. 전화도 받지 않고. 갈 만한 곳을 모두 알아봤지만, 끝내 찾지 못했다. 창백한 얼굴로 도망치듯 집을 나서는 태희를 본 강 회장은 걱정이 이만저만이 아니었다. 하지만 평소라면 강 회장보다 더 걱정했을 정 여사가 오늘은 웬일로 시큰둥한 반응을 보였다.

"갑자기 모이기로 한 거잖아요. 연락 안 되면 할 수 없죠."

"전화가 안 되는데, 당신은 걱정도 안 돼?"

"걱정은 무슨. 서현이에게 연락하면 돼요. 아마 둘이 같이 있을 거예요."

그제야 강 회장의 얼굴에 안도의 빛이 돌았다.

"난 식사 준비 잘되나 봐야 하니까 이만 갈게요."

서재를 나선 정 여사는 복도에 선 채 크게 한숨을 내쉬었다. 그리고 잠시 후, 주방이 아닌 정원으로 걸음을 옮겼다. 답답해서 바깥 공기라도 마셔야지 도저히 가만히 있을 수 없었다. 정원으로 나간 정 여사는 분수 옆 벤치에 앉아 어젯밤 태희에게 들은 이야기를 다시금 떠올렸다.

"후우."

정 여사는 고개를 내저으며 벤치에서 몸을 일으켰다. 속이 타들어 가는 것처럼 괴로웠지만, 티를 내선 안 된다. 아직까진 집안사람 누구도 알아선 안 되니까. 그 이유로 점심에 들르겠다는 태호의 제안을 기꺼이 받아들였다. 태희는 태호가 자신을 죽일 것이라며 아침 일찍 도망쳤다.

사실 정 여사도 리아와 태호를 마주할 기분은 아니었지만, 제대로 알아내기 위해선 내키지 않더라도 직접 두 사람을 볼 필요가 있었다.

정 여사는 마음을 진정하려 길게 숨을 고르며 천천히 집 안으로 걸음을 돌렸다.

뭔가 이상하다.

리아는 자신 앞에 놓인 그릇을 물끄러미 내려다보았다. 오늘 점심은 들깨 소스를 발라 숯불에 구운 닭고기와 송로버섯이 곁들여진 마늘 파스타였다. 메인 셰프가 하나하나 핀셋으로 정성을 들여 장식한 요리는 마치 예술 작품을 보는 것처럼 아름다웠다.

그런데…… 리아의 접시만 어딘지 모르게 모양이 흐트러져 있었다. 한 치의 오차도 허용하지 않는 메인 셰프가 이런 걸 내오게 하진 않았을 텐데…….

혹시 가져오다 흔들렸나?

한마디 할 수도 있겠지만 그랬다가 괜히 고용인에게 불호령이라도 떨어질까, 리아는 묵묵히 포크를 들었다.

그런데…… 또?

리아는 포크 손잡이에 묻은 이물질을 보며 살짝 미간을 찌푸렸다.

오늘 정말 왜 이러지? 집안일을 총체적으로 관리하는 최 과장이 휴가 갔다고 하더니, 그래서 그런가? 그래도 손잡이에 묻은 거니까, 큰 문제는 없을 것이다.

리아는 묵묵히 냅킨으로 이물질을 닦아냈다.

어느 정도 식사가 진행되고, 강 회장이 먼저 리아에게 말을 건넸다.

"그래, 새아가. 요즘 태호와 사이는 어떠냐? 진전은 있고? 한 달마다 보고한다고 그랬었지?"

그 말에 리아는 생긋 눈꼬리를 휘었다. '어머, 진전이라니요. 지금 눈에서 꿀물이 뚝뚝 떨어지는 거 안 보이세요?'라고 대답한다면 너무 갑작스러우려나?

"사이 많이 좋아졌습니다. 제가 입원해 있는 동안, 리아가 많이 챙겨줬거든요."

리아 대신 태호가 대답에 나섰다. 강 회장은 대답이 마음에 들었는지, 흡족한 표정으로 고개를 끄덕였다.

"그래, 들었다. 새아가가 계속 병원에 들러서 반찬도 챙겨주고 그랬다면서. 하, 사고 난 건 유감이지만, 덕분에 두 사람 사이가 좋아졌다니까 다행이구나."

강 회장의 말에 모두 밝게 웃는데, 정 여사만 굳은 표정으로 말없이 닭고기를 썰었다. 식사 내내 정 여사가 침묵만 지키자, 태호가 지나가는 듯 말을 걸었다.

"어머니, 태희는요?"

가족 모임에 빠지고 외출한 태희를 변호하려 정 여사가 말문을 열걸 알기 때문이다. 그런데 예상과는 달리, 정 여사는 짧게 대답했다.

"일이 있나 보지. 가족 모임이라고 꼭 얼굴 내비칠 필요 없잖니?"

"그렇긴 하죠."

찬바람이 쌩 도는 정 여사의 쌀쌀맞은 말투에 태호는 더는 태희에관해 묻지 않았다.

헛똑똑이 같으니라고!

정 여사는 리아의 잔에 와인을 따라주는 태호를 흘겨보며 속으로한탄을 내보냈다.

아내에게 다른 남자가 있다는 것을 알면서도 가족 앞이라고 아무렇지 않은 척 행동하다니!

아무리 정략결혼이라고 하지만, 지켜야 할 도리가 있는 것이다.

태희에게 자초지종을 듣고 난 후 솔직히 처음엔 화가 났다. 앙큼한것! 남자가 있었으면서 우리를 속이고 결혼을 진행하다니. 아무리 정략결혼이라지만, 그래도 결혼은 결혼인데…….

그런데 또 곰곰이 생각해보니, 사랑하는 이가 있는데도 억지로 결혼한 리아의 처지가 딱하다는 생각도 들었다. '내 자식만 아픈가? 다른자식도 아프겠지?' 하는 생각도 들면서.

어떻게 보면 모두의 희생양일 수도 있다. 정 여사는 '여적여'라는 말을 제일 싫어했다. 여자의 적은 여자라니, 그 무슨 해괴망측한 말인가! 여자끼리 서로 돕지는 못할망정. 그래서 기분은 나쁘지만, 리아를이해하려 노력했다. 태호가 리아에게 맞았다는 이야기를 들었을 때도 무슨 이유가 있으니까 맞았겠지, 이해하기로 했다. 만약에 괜히 맞았다면 태호 성격에 가만히 있었을 리 없으니까.

그러나 정 여사는 대인이 아니었다. 리아의 얼굴을 보는 순간, 울컥 화가 치밀어 올랐다. 도저히 웃는 얼굴로 대할 수 없었다. 고용인이 실수해서 흐트러진 리아의 접시를 보고도 그냥 내가게 한 것도, 포크 손잡이에 이물질이 묻은 것을 봤으면서도 모른 척한 것도 정 여사가 리아에게 할 수 있는 최대의 화풀이였다.

그런데 도저히 안 되겠다. 옆에서 리아를 챙겨주는 태호를 보고 있자니, 속에서 열불이 치솟아 더는 입을 다물고 있을 수 없었다. 이 자리에서 진실을 폭로할 수는 없어도, 그녀도 안다는 사실을 눈치채게 해야겠다는 생각이 들었다. 그래서였다. 정 여사의 입에서 그 말이 나온 이유는.

식사를 끝내고 모두 자리에서 일어날 때, 정 여사는 은근히 리아의 곁으로 다가갔다.

"아까도 말했지만……. 나한테는 말하지 그랬니? 그랬다면 내가 도와줬을 수도 있을 텐데……."

수수께끼 같은 말에 리아는 선뜻 말을 꺼낼 수 없었다. 아까도 그랬고 지금도 그렇고, 리아는 정 여사가 무슨 뜻으로 이런 말을 하는지 도무지 알 수 없었다.

반찬을 말하는 건가? 그건 분명 말씀드렸고, 도와주셨는데? 그것 말고 또 뭐가 있지?

"무슨 말씀이신지……."

"넌, 내가 모를 거라고 생각했니? 내가 어떻게 몰라, 내 자식 일인데. 내 자식 가슴에 못을 박는 일인데 어미인 내가 어떻게 모르겠니."

흥분하지 않으려고 노력했지만, 어느새 정 여사의 목소리가 커졌다. 순간 모두의 시선이 두 사람에게로 모였다.

"하여간 난 모든 걸 알고 있으니까, 앞으론 날 속일 생각 말렴."

"모든 걸 알고 계시다니, 무슨 말씀이세요?"

뻔뻔하게 오리발을 내미는 리아가 가증스러웠지만, 아직은 폭로할 시기가 아니다. 강 회장과 대화를 나누던 태호가 분위기가 이상하다는 것을 깨닫고 급히 두 사람에게 다가오자, 정 여사는 이쯤에서 그만 둬야겠다는 생각으로 손을 내저었다.

"모른다니, 됐다. 이제 그만하자."

하지만 이렇게 끝내긴 못내 아쉬웠는지, 정 여사는 한마디를 덧붙였다.

"명심해라. 사랑이란 건 쉽게 속일 수 없는 게 아니야. 어떻게든 드러나기 마련이지."

그 한마디에 리아는 지금까지 '설마?' 하고 부정했던 상상이 사실이라는 것을 깨달았다. 어떻게 알게 되었는지는 모르겠지만, 정 여사는 두 사람이 사랑하는 사이라는 것을 알게 된 모양이다.

그렇다면 '로미오와 줄리엣' 기사가 사실이라는 것도 알고 있을까?

"오래전부터 계속된 사랑이라면 더더욱 말이다."

역시, 알고 계셨어!

리아는 저도 모르게 정 여사의 팔을 와락 붙잡았다.

"죄송해요, 어머니. 속일 생각은 없었어요."

리아가 울먹이는 목소리로 순순히 인정하자, 정 여사의 굳은 표정이 풀어졌다. 살짝 경고만 할 생각이었는데, 리아가 너무 쉽게 털어놓아 솔직히 말하자면 적잖이 당황스러웠다.

그때 옆으로 다가온 태호가 화난 표정으로 물었다.

"무슨 일이에요, 어머니? 리아 얼굴이 왜 창백한 거죠?"

못난 녀석, 이 와중에도 연기하다니!

정 여사는 리아에게 잡힌 팔을 뿌리치고는 태호에게로 몸을 틀었다. 그리고 자기 아들을 차갑게 노려보았다.

"그걸 왜 나한테 묻니? 당사자에게 직접 물어보렴."

"어머니, 어떻게 그런 말을……."

"그만해."

리아는 정 여사에게 따지려는 태호를 급히 말리며 거세게 고개를 내저었다. 괜히 태호가 나섰다 사태가 심각해질까 두려웠다. 어쩔 수 없었다고는 하지만, 어쨌든 양가 부모님을 속이고 몰래 연애한 건 명백한 잘못이었다. 잠시 불장난 친 게 아니고, 아주 오랫동안 연인으로 있었는데 얼마나 배신감이 클까?

"어머니가 우리 사이 알고 계셔."

태호의 팔을 잡아당기며 리아가 조심스럽게 말했다.

"뭐?"

그 말에 이번엔 태호의 얼굴이 창백하게 변해버렸다.

"어떻게 그걸?"

정 여사는 무척이나 놀란 듯한 표정을 짓는 태호를 보며 '쯧쯧' 혀를 찼다. 어릴 때부터 도도할 정도로 자존심이 강한 태호였다. 아무리 어머니라고 해도 자신이 알게 되었다고 하니, 매우 당황스러울 것이다. 창피하기도 하겠지.

그러니 다른 가족까지 알기 전에 어서 마무리하고 자리를 피해야 한다. 일이 더 커지는 게 부담스러운 정 여사는 재빨리 주위를 둘러보았다. 폭로할 때 폭로하더라도, 상황을 봐가면서 진행할 일이었다. 강 회장이 알았다간 당장 이혼하라고 호통을 칠 테고, 다시 주원식품과 전쟁 같은 경쟁이 시작될 게 뻔했다. 정 여사는 두 집안싸움에 지치기도 했고, 그 악몽의 원인이 자신이 되는 것을 피하고 싶었다.

"그만하고 나중에 이야기하자."

하지만 불행하게도 정원 테라스로 향하던 강 회장과 태문, 소정마저 그들에게 다가오고 있었다. 초조한 마음에 정 여사는 빠르게 말을 덧붙였다.

"과거부터 지금까지 모든 걸 다 알고 있으니까, 그런 줄 알고 있어. 아직 아버지껜 비밀이다."

이렇게까지 했으면 적당히 알아듣고 멈춰야 하는데…….

그녀가 아는 작은아들 태호는 그랬다. 섣불리 일을 키우지 않고 상황을 봐가면서 냉정하게 일을 처리하는 편이었다. 그런데 오늘은 어째서인지 평소 같지 않았다. 오히려 자리를 피하려는 정 여사의 앞을 가로막았다. 정 여사는 난처한 표정을 지으며 옆으로 비켜섰다. 그러나 곧이어 태호의 입에서 나온 말에 차마 걸음이 떨어지지 않았다.

"어머니, 죄송해요."

난데없이 죄송하다니!

건조한 목소리였지만, 어머니로서 정 여사는 그 안에 담긴 깊은 감정을 느낄 수 있었다. 태호의 사과에 정 여사는 마음이 찢어지는 것만 같았다. 바람피운 건 며느리인데, 왜 내 아들이 잘못했다는 거야?

울컥한 나머지, 눈물이 핑 돌고 말았다. 정 여사가 뒤를 돌아보자, 태호의 어두운 얼굴이 눈물로 흐릿해진 시야에 들어왔다.

"……왜 네가 사과하는 거야? 왜……?"

그때 믿을 수 없는 말이 태호의 입에서 흘러나왔다.

"어쨌든 부모님을 속인 거니까요. 맞아요. 리아와 저, 아주 예전부터 사랑했던 사이 맞습니다."

정 여사는 잠시 자신이 잘못 들은 건 아닌가 의심했다. 하지만 분명 두 귀로 똑똑히 들었다.

리아와 태호, 예전부터 사랑했던 사이라고.

이게 다 지금 무슨 소리지?

말문을 잃은 정 여사는 그저 멍하니 태호의 얼굴을 바라보았다. 머릿속이 텅 비어버린 탓에 아무 말도 할 수 없었다.

"뭐? 방금 뭐라고 했어?"

가장 많이 놀란 사람은 강 회장이었다. 어느새 옆으로 다가온 강 회장이 놀란 얼굴로 물었다.

"그러면 '로미오와 줄리엣', 그 기사가 모두 사실이었단 말이냐?"

"네, 아버지. 속여서 죄송합니다."

"허허, 참."

기가 막힌 나머지, 강 회장은 웃음을 터트렸다. 웃지 않으면 비명이라도 지를 것 같았기 때문이다. 어떻게 이런 일이…… 다른 자식도 아니고 제일 믿었던 둘째가 감쪽같이 자신의 눈을 속이고 원수와도 다름없는 주씨 집안 딸과 사랑에 빠졌었다니.

'믿는 도끼에 발등을 찍힌다'더니, 이건 믿었던 굴착기에 온몸이 찍힌 것이나 매한가지였다. 그래 놓고선 다른 사람들 앞에선 서로 으르렁거리며 사이 나쁜 연기를 했다니! 괘씸하고 또 괘씸했다.

"주 회장은 너희, 이렇게 속인 거 알고 있기는 하나? 하, 알면 난리가 나겠군."

그래도 주 회장보다 먼저 사실을 알게 된 것 같아 조금이나마 마음의 안도를 가졌다. 하지만 그 마음의 안도는 곧 깨져버리고 말았다.

"장인어른은 이미 알고 계십니다. 제가 결혼 허락받으러 갔을 때 말씀드렸어요."

그 말에 리아는 깜짝 놀라고 말았다.

아빠가 알고 계셨어? 그래서 어제 웃으면서 맞아주셨던 거야? 아니, 그것보다도 그러면 아빠는 태호가 날 아직도 좋아하는 거 뻔히 아시면서, 모른 척하셨다는 거야?

왠지 모를 배신감에 리아는 저도 모르게 미간을 찌푸렸다.

"뭐야? 영철이도 아는 사실을 난 모르고 있었다는 거냐, 지금?"

흥분했는지 강 회장의 입에서 주 회장의 호칭이 이름으로 튀어나왔다. 상황이 심각해지려고 하자, 태호는 리아의 어깨를 감싸며 자신의 품으로 끌어당겼다. 마치 그녀를 보호하려는 것처럼.

그때였다. 강 회장보다 더 큰 소리가 쩌렁쩌렁하게 울려 퍼졌다.

"그래서 내가 전부터 그랬잖아요!"

갑작스러운 외침에 모두의 시선이 소리가 난 쪽으로 돌아갔다.

목소리의 주인공은 믿기 어렵게도 정 여사였다. 지금까지 한 번도 정 여사의 입에서 큰소리가 나온 적이 없었기에 가족 모두 놀란 표정을 지었다. 화가 나더라도 언제나 차분하게 나직한 목소리로만 말하던 정 여사다. 그랬던 그녀가 지금은 목덜미까지 붉어진 얼굴로 강 회장을 노려보고 있었다.

"내가 그랬잖아! 당신들 싸움 때문에, 언젠가 애들 가슴에 대못 박힐 일 생길 거라고."

"……아니, 여보."

갑자기 돌변한 아내의 태도에 강 회장은 난처한 얼굴로 정 여사에게 다가갔다. 결혼하고 지금까지 아내가 이렇게까지 화내는 건 처음이다. 하지만 이상하지 않은가? 아내가 화내야 할 대상은 자신이 아니라 부모를 속이고 몰래 연애한 태호여야 하는데……. 강 회장은 왜 비난의 화살이 자신을 향하는지 어리둥절할 뿐이었다.

"당신, 별안간 왜 이러는 거요?"

"몰라서 물어요?"

분을 이기지 못한 정 여사의 눈에는 어느새 눈물이 맺히고 있었다.

"당신 때문에 애들이 얼마나 마음고생 했을지 모르겠느냐고요."

정 여사는 태호의 고백을 듣고 처음엔 머릿속이 텅 비어버려 아무것도 생각할 수 없었다.

예전부터 서로 좋아했다니……. 이 무슨 황당한 소린가?

잠시 넋을 놓았던 정 여사는 곧 자신이 엄청난 오해를 했다는 사실을 깨달았다. 그와 동시에 상상도 못 했던 현실에 가슴이 철렁 내려앉았다. 물론 그녀도 오랜 세월 부모를 속인 아들이 야속하고 원망스럽다. 하지만 배신감은 잠시일 뿐, '오죽했으면 그랬을까? 그동안 얼마나 속이 탔을까!'라는 생각이 들었다. 그러니 지금 이 모든 일의 원인 제공자인 강 회장이 정 여사 눈에 곱게 보일 리가 없었다.

"그거야……."

강 회장이 제대로 말을 잇지 못하자, 정 여사는 속에 담아두었던 말을 한꺼번에 쏟아냈다.

"하, '그거야'는 무슨 그거야! 첫째 연애할 때도 그렇게 안 된다고 반대해서 애 가슴에 피멍 들게 하더니. 당신, 태호 가슴에도 대못을 박은 거잖아. 태호가 티를 안 내서 그렇지, 속으로 얼마나 혼자 아파했겠어요."

이제야 정 여사는 의아했던 일들이 하나둘 이해되기 시작했다. 언제나 무표정이던 태호가 대학에 들어가고 난 후, 피식 웃으며 혼자 행복해하던 모습이라거나, 생전 관심 없던 쇼핑에 흥미를 보인 거라든가. 다 연애하고 있어서 그랬던 거다. 리아와 몰래 사귀느라. 왜 그걸 모르고 지나쳤을까?

그랬던 태호가 다시 무표정으로 돌아간 것도 모자라, 한때 세상 다 산 사람처럼 어두운 얼굴로 지냈었다. 지금 생각해보니, 주원식품이 부도 위기로 회사 전체가 휘청거릴 때와 시기가 맞물렸다.

모두 KJ그룹 때문에 주원식품이 그렇게 되었다고 떠들어댔으니, 아무리 사랑하는 사이라고 해도 꽤 큰 시련을 겪었을 것이다. 어쩌면 잠시 헤어졌을 수도 있겠다.

그래서 갑자기 해외 지사를 지원했던 걸까? 바보 같은 녀석, 나에게라도 말을 하지. 털어놓았으면 어떻게 해서라도 도와주었을 텐데…….

정 여사는 집안끼리 사이가 나빠 자식이 상처 입을 거란 생각을 하지 못한 자신이 원망스러웠다.

"그래도 여보, 부모를 속이는 건 아니지."

그래도 할 말이 있는지 강 회장이 뭐라고 반박하려고 하자, 정 여사는 남편의 팔을 내리쳤다.

"속일 만하니까 속였겠죠! 그때 태호가 리아와 사귄다고 했으면 당신이 받아들였을 것 같아요? 무슨 수를 써서라도 억지로 떼어놨겠지. 아니에요?"

"……그건……."

결국 강 회장은 입을 다물 수밖에 없었다. 정 여사의 말이 사실이니까……. 아무리 괘씸해도 지금 뭐라고 화를 낼 자격은 그에게 없는 것 같았다.

강 회장은 한숨을 내쉬며 잠시 서재로 자리를 피해 있는 게 나을 거라고 결론을 내렸다. 강 회장이 홀로 쓸쓸히 서재로 향하자, 그 뒤를 태호가 가만히 따랐다.

"오래 기다렸어?"

민훈의 질문에 휴대폰을 들여다보던 수진이 고개를 들고 위를 올려다보았다. 수진은 민훈을 슬쩍 흘겨보고는 다시 휴대폰으로 시선을 돌렸다.

"글쎄…… 한, 한 시간쯤?"

"훗, 천하의 한수진이 한 시간이나 기다리다니, 꽤 안달 났었나 보네."

맞은편 자리에 앉으며 민훈이 빈정거리자, 수진은 휴대폰을 내려놓으며 민훈의 앞으로 커피 잔을 내밀었다.

"커피가 식었을 거야. 선배가 이렇게 늦을 줄 모르고 먼저 시켜놨거든."

"갑자기 연락해서 만나자고 한 사람 잘못이지, 난 아니야."

얼마 전, 술자리에서 민훈에게 충격적인 이야기를 들은 수진은 한숨도 잘 수 없었다. 결국 그녀는 민훈을 따로 불러냈다.

그날 술자리에서 민훈은 지나가는 투로 리아와 태호에 관해 말했었다.

"몰랐어? 두 사람 예전부터 좋아하던 사이잖아."

"선배 취했어?"

처음에 수진은 그저 헛소리라고 넘겨버리려 했다. 그런데 유정은 민훈의 말에 동의하는 듯 고개를 끄덕거렸다.

"나도 조금 눈치채긴 했었어. 태호가 우리 학교로 리아를 만나러 오곤 했었거든."

"뭐?"

수진은 말도 안 된다는 듯 표정을 일그러뜨렸다.

"태호가 왜 리아를 만나러 우리 학교에 와? 그리고 유정아, 그런데 왜 내게 아무 말도 안 했어?"

"그거야 확실하진 않으니까 그랬지. 그리고 만약에 둘이 사귄다고 해도, 숨겨야 하는 거잖아. 그런데 내가 친구라고 괜히 물어볼 수도 없고."

뭘 그런 걸 가지고 흥분하냐는 듯 유정은 어깨를 으쓱거렸다. 하지만 태호를 좋아하는 수진은 결코 가만히 있을 수 없었다. 속이 뒤집힌 것처럼 메스꺼웠다.

"그렇다면 '로미오와 줄리엣' 어쩌고저쩌고한 게, 모두 사실이란 말이야?"

민훈은 대답하는 대신 피식 웃으며 술잔을 비웠다. 유정에게로 시선을 돌리자, 유정은 가만히 고개를 끄덕거렸다.

"난 좀 그런 것도 같더라고. 다는 아니겠지만, 조금은 그럴 거야."

"말도 안 돼!"

수진은 아무렇지 않게 말하는 유정을 이해할 수 없었다.

"그렇다면 리아가 우리를 속인 거잖아. 우릴 병신 취급한 거잖아! 친구끼리 어떻게 그래!"

너무 화가 난 나머지, 수진은 소리치듯 말을 퍼부었다. 모두의 시선이 몰릴 정도로 큰 목소리였지만, 다행히 떠들썩한 술집 분위기에 묻혔다. 속 터지게도 유정은 리아의 편이었다. 수진이 배신감에 치를 떨며 아무리 화를 내도 유정은 별다른 반응을 보이지 않았다.

"수진아, 넌 누구보다도 두 집안이 어떤 줄 잘 알잖아. 아무리 친구라도 쉽게 털어놓을 수 없었겠지. 그러니까 우리가 이해해줘야지. 우린 친구잖아."

미칠 것처럼 화가 나고 흥분했지만, 수진은 가만히 아랫입술을 깨물었다. 혹시라도 홧김에 자신이 태호를 좋아한다는 사실을 말해버릴까봐 겁나기도 했다. 하지만 그렇다고 그냥 모른 척 지나갈 순 없었다. 그래서 며칠 밤을 뜬눈으로 밤을 지새운 뒤, 한 번 더 민훈을 만나기로 했다.

"그날, 선배가 술자리에서 한 말. 취해서 헛소리한 거 아닌 거 분명해?"

제발 취해서 기억나지 않는다고 해!

수진은 애원하는 눈으로 민훈을 바라보았다. 하지만 그녀도 안다. 헛소리가 아니라는 것을. 민훈에게 그 말을 들은 이후부터, 수진은 지금까지 리아가 태호의 이야기가 나올 때마다 보인 반응을 떠올렸다.

왜 그때는 몰랐을까? 왜 리아가 태호를 싫어한다고만 생각했을까? 살며시 떨리는 리아의 눈가에 많은 답이 담겨 있다는 사실을 왜 그때는 몰랐을까.

수진은 지금까지 자신을 속인 리아에게 화나는 만큼 그녀 자신에게도 화가 났다.

"유정이도 눈치채고 있던 걸, 왜 수진이 너만 몰랐을까?"

술자리에서와 마찬가지로 민훈은 빈정거리는 얼굴로 수진을 바라보았다.

"왜? 강태호를 너무 좋아하는 바람에 눈에 뭐라도 씌어버렸나?"

정곡을 찌르는 말이었다. 수진이 놀란 듯 눈살을 찌푸리자, 민훈은 가만히 고개를 흔들었다.

"유정이가 그것도 눈치채고 있는 거 몰라? 나한테 그러던데……. 수진이, 네가 매일 강태호 욕을 하고 있긴 하지만, 아마 좋아해서 그런 것 같다고. 네 입에서 나오는 남자 이름은 강태호밖에 없다면서……."

"뭐?"

아니, 유정이 이 계집애. 왜 그런 걸 시시콜콜하게 선배에게 다 말하는 거야?

수진은 리아뿐만 아니라 유정에게도 심한 배신감을 느꼈다.

'어쩌면 둘이 짜고서 자신을 엿 먹이는 건 아닐까?' 하는 생각마저 들었다.

"유정이가 너랑 리아, 둘 사이에서 난처해하더라고. 저번에 만났는데 술 취해서 나한테 털어놓더라."

"둘 다, 이젠 내 친구 아니야."

수진은 핸드백을 들고 자리에서 일어섰다. 더는 민훈의 말을 들을 필요가 없었다. 오늘 민훈을 만나지 않았더라도 결국은 그녀도 인정해야 할 일이었다. 주리아와 강태호의 '로미오와 줄리엣' 기사는 사실이라는 것을. 수진이 자리를 뜨려고 하자, 민훈이 빠르게 말했다.

"친구든 아니든, 이제 장난질 그만해라. 리아와 헤어진다고 해도 강태호는 너에겐 절대로 가지 않아."

"하!"

그 말에 수진은 눈살을 찌푸리며 다시 민훈에게로 돌아왔다.

"선배야말로 꿈 깨. 리아가 태호랑 헤어진다고 걔가 선배에게 갈 거 같아?"

"바라지도 않아. 하여간 나, 분명히 너에게 경고했다. 나중에 우스운 꼴 되기 싫으면 행동 조심해."

"흥, 재수 없어."

민훈이 싸늘한 얼굴로 말했지만, 수진은 그의 말을 한 귀로 흘리며 그대로 카페를 걸어 나갔다.

"후, 그 아버지에 그 딸이네."

수진의 뒷모습을 바라보던 민훈은 씁쓸하게 웃으며 식어버린 커피 잔을 들어 올렸다. 한 모금 들이켜자, 진한 커피 맛이 입 안을 가득 채웠다. 지금 그의 마음처럼 시고 씁쓸한 맛이…….

"태희야, 전화 안 받을 거야?"

아까부터 계속해서 벨이 울렸지만, 태희는 휴대폰을 뚫어지게 노려 볼 뿐 꼼짝도 하지 않았다. 옆에서 지켜보던 서현이 그녀 대신 휴대폰 을 집어 들었다.

"이번엔 엄마에게서 온 전화네?"

"받지 마."

서현이 통화 버튼을 누르려 하자, 태희는 잽싸게 서현의 손에서 휴대 폰을 빼앗았다.

잠시 후, 서현의 휴대폰이 울리기 시작했다. 화면으로 발신자를 확인한 서현은 곤혹스러운 얼굴로 태희를 바라보았다.

"너희 엄만데? 받아, 말아?"

"안 돼, 받지 마!"

태희는 이번엔 서현의 휴대폰마저 황급히 빼앗았다.

"도대체 무슨 일인데, 그래?"

"몰라, 몰라. 난 그저 내가 해야 할 일을 했을 뿐이야. 그런데 이상하게 꼬였어."

태희는 어젯밤 일을 떠올리며 미간에 깊은 주름을 잡았다.

— 그래, 서현이 어머니에게 다 들었어. 나한테 먼저 말했어야지. 내가 왜 서현이 어머니 통해서 들어야 하니?

리아가 바람피운 이야기를 하는 줄 알았는데 정 여사는 말없이 주 회장의 집에 간 일을 탓하는 거였다. 그것도 모르고 태희는 나불나불 정 여사에게 털어놓고 말았다. 충격에 일그러지던 정 여사의 표정을 떠올리니, 다시금 태희의 등줄기에 식은땀이 흘렀다.

그나저나 새언니, 어쩌지? 지금쯤 한바탕하고 있을까? 그러니까 아까부터 계속 전화가 오는 거겠지? 왜? 아니라고 오리발이라도 내미나? 그래서 삼자 통화하자고 전화가 오는 걸까? 아이 씨, 바람피운 사람은 따로 있는데 왜 내가 시달려야 하는 거야!

태희는 초조한 얼굴로 손끝을 깨물며 빠르게 머리를 회전했다. 그러다 서현과 눈이 마주치자, 순간적으로 최고의 대책이 떠올랐다.

"서현아!"

그녀는 서현의 어깨를 두 손으로 움켜쥐며 빠르게 말했다.

"우리 어디론가 멀리 떠나자. 몰디브 어때? 우리 몰디브 가서 모히토 한잔하고 올까?"

"몰디브 같은 소리 하고 있네. 우리가 내부 고발자라도 되니?"

서현으로부터 시큰둥한 반응이 돌아오자, 태희는 애원하듯 매달렸다.

"응, 내부 고발자 맞아. 내가 엄마에게 고자질한 거 알면 나, 작은오빠 손에 죽을 거야."

그 말에 서현은 측은한 표정을 지으며 가만히 고개를 흔들었다.

"태희야, 아무리 그래도 그렇지…… 호랑이 오빠이긴 하지만, 피를 나눈 형제인데 설마 그러겠니……."

"그, 그렇겠지?"

하지만 조금이나마 안도하던 태희는 서현의 다음 말로 다시금 지옥으로 떨어졌다.

"본인이 직접 안 죽이고 전문가를 쓰겠지."

서현은 태희를 빤히 바라보며 손으로 목을 긋는 시늉을 해 보였다.

"쓱, 한 번에 깔끔하게."

태호가 강 회장과 대화를 마치고 서재에서 나온 건 한참이 지나고서였다. 그때까지 홀로 남겨진 리아는 거실에 앉아, 소정과 태문의 질문 공세를 받아야만 했다.

소정과 태문은 진심으로 두 사람의 사랑을 응원해주었다. 태문은 조금은 눈치챘었지만, '설마 아니겠지……' 하면서 의심했었고, 소정은 사실은 조금 오래전부터 알고 있었다고 털어놓았다.

"소정아!"

그 말에 태문은 깜짝 놀랐다는 듯 목소리를 높였다. 속인 것까진 아니지만, 아내가 자신에게 비밀로 했다는 사실에 조금은 섭섭하다는 표정이었다.

"내 일도 아닌데, 본인이 밝힐 때까지 비밀로 해야죠. 자칫 잘못했다가 일이 틀어지기라도 하면 안 되잖아요."

"그러면 형님은 저희 결혼하기 전부터 알고 계셨다는 거네요?"

"응."

그제야 리아는 왜 소정이 친근하게 먼저 다가왔는지 깨달았다. 소정은 태호가 리아와 연인 사이였고, 아직도 그녀를 잊지 못하고 있다는 사실을 알고 있었기 때문이다. 태호는 소정이 다시 태문과 맺어질 수 있게 손을 쓰면서 그때 그녀에게 제 사정을 털어놓았단다.

자신이 소정을 도와주는 이유는 물론 두 사람을 위한 것도 있지만, 태문이 빨리 유부남이 되었으면 한다는 것이었다. 그래야 리아의 정혼 상대가 태문이 아니라 태호로 바뀌니까.

"하, 녀석. 난 진짜 나를 위해서 순수한 마음으로 도와준 줄 알았지."

이번에도 태문은 한 방 먹었다는 표정으로 고개를 설레설레 흔들었다. 그러자 소정은 웃으며 남편의 손을 부드럽게 잡아주었다.

"물론 순수한 마음으로 우리를 위해서 도와준 거예요. 덕분에 우리가 이렇게 결혼할 수 있었잖아요."

"소정아."

그 말에 태문은 애정이 듬뿍 담긴 눈으로 소정을 바라보았다. 그런 두 사람을 바라보는 리아의 머릿속에 문득 의문이 떠올랐다. 혹시 태문과 후계자 경쟁, 어쩌고저쩌고한 것도 사실이 아닐지도 모르겠다. 항상 느낀 건데, 그러기에는 태호와 태문의 사이가 너무나도 가깝게 느껴졌다. 그렇다면 이 모든 것은 태호가 그린 큰 그림이었던 걸까?

그때 정 여사가 휴대폰을 손에 쥔 채, 표정을 찡그리며 거실에 들어섰다.

"태희, 얘는 왜 이렇게 전화를 안 받아?"

중요한 일이 있는지, 계속해서 버튼을 눌렀지만 애석하게도 통화는 연결되지 않았다. 정 여사가 통화를 포기할 때쯤, 태호가 거실로 들어섰다. 다행히도 태호의 표정은 그리 어두워 보이진 않았다.

"……그런데 어머니."

태호는 곧장 정 여사에게 다가갔다.

"어머니는 우리 사이에 관해서 어떻게 알게 되신 겁니까?"

"응?"

순간 정 여사는 자신도 모르게 휴대폰을 등 뒤로 숨겼다. 화면에 뜬 태희의 이름이 '범인은 강태희다.'라고 알려주는 것 같아서. 정확하게 말하면, 정 여사는 리아와 태호가 예전부터 사랑한 사이라는 걸 안 게 아니라 태희의 말을 듣고 리아에게 다른 남자가 있다고 오해한 거니까.

정 여사도 궁금했다. 도대체 태희는 어떻게 그리 말도 안 되는 오해를 한 걸까? 태희가 종종 엉뚱한 상상을 한다는 것을 알면서도 그대로 믿어버리다니. 한 번이라도 의심해봐야 했는데…….

하여간 제대로 알아보지도 않고 태희의 말을 덜컥 믿은 건 그녀의 잘못이다. 정 여사는 태호의 시선을 피하려 살며시 고개를 옆으로 돌렸다. 그래도 태호에게 사실을 말할 순 없었다. 그랬다간 태희는 당분간 외국으로 피신해야 할지도 모른다. 오늘 아침에도 호랑이가 자기를 산 채로 잡아먹을 거라며, 난리를 치며 도망쳤는데…….

"그건 말이다……."

거짓말하긴 싫었지만, 가족의 평화를 위해선 할 수 없었다. 정 여사는 태호 대신 리아를 바라보며 조심스럽게 입을 열었다. 아들보다는 며늘아기를 공략하는 게 쉬울 테니까.

"리아가 너 병원에 입원했을 때, 반찬 챙기는 거 보면서…… 혹시 예전부터 좋아했던 건 아닐까, 그런 생각이 들었어. 오늘 그냥 떠보았던 건데……."

정 여사는 자상한 얼굴로 입가에 온화한 미소를 떠올렸다.

"새아기가 그만 깜빡 넘어왔지 뭐니."

"……어머, 어머니."

다행스럽게도 리아는 정 여사의 말을 믿어주는 것 같았다. 리아가 어쩔 줄 모르는 얼굴로 자신과 태호를 번갈아 바라보자, 정 여사는 속으로 쾌재를 불렀다.

"어찌 됐든 이제 모두 알았으니 됐다."

정 여사는 더욱더 환하게 웃으며 리아의 어깨를 끌어안았다.

"리아야, 온 김에 푹 쉬다가 저녁도 먹고 가렴. 뭐 먹고 싶은 거 없니? 말만 하려무나."

'새아가'가 아닌 '리아'라고 다정하게 이름까지 부르면서…….

서재에서 태호와 무슨 대화를 나누었는지, 저녁 식탁에서 강 회장은 평소와 다름없는 태도를 보였다. 정 여사의 눈치를 슬쩍 보긴 했지만, 화가 난 것 같지는 않았다.

식사를 시작하고 조금 지나서, 이윽고 강 회장이 먼저 입을 열었다.

"새아가."

모두 긴장한 채로 강 회장에게 시선이 쏠렸다. 정 여사만 쓸데없는 말 하면 가만두지 않겠다는 듯 날카로운 눈으로 강 회장을 노려보았다.

"네, 아버님."

리아는 공손히 고개를 숙이며 차분한 목소리로 대답했다. 정 여사는 그렇다고 해도, 강 회장은 두 사람에게 배신감이 이만저만이 아닐테니까. 뭐라고 한들 꾹 참고 모두 들을 각오였다.

"그러니까 너희 두 사람, 아주 예전부터 사랑했다는 거지?"

"네, 아버님."

"그러면 말이다…….'

강 회장은 잠시 생각에 잠긴 듯 침묵하더니, 다시금 말을 이었다.

"관계 회복하고 말고도 없는 거 아니냐? 2세 계획을 1년이나 늦출 까닭이 있을까? 너희, 허니문 베이비를 가졌다 해도 이상할 게 없는 거 아니냐? 그러니, 내가 보약 한 첩 지어주마."

"큭."

당황스러운 강 회장의 발언에 리아는 혀끝을 깨물고 말았다. 물론 그녀가 태어날 아이의 심리까지 들먹이며 1년이란 유예를 받아낸 것은 맞다. 그래도 그렇지.

아니, 아버님! 저에게 왜 이러시는 거예요?

원망스러운 눈으로 강 회장을 바라보던 리아는 잘 차려진 저녁상으로 시선을 돌렸다.

하아, 어째 시댁에선 밥 한 끼 제대로 먹을 수 없는 걸까? 오늘 저녁 역시 다 먹은 것 같다. 그래도 할 말은 해야지.

"저, 아버님⋯⋯."

리아는 조심스럽게 말을 꺼냈다. 하지만 말을 채 꺼내기도 전에 정여사가 화난 목소리로 급히 끼어들었다.

"이제 갓 결혼한 애들에게 아이는 무슨 아이예요?"

정 여사는 지긋지긋하다는 표정을 지으며 강 회장을 쏘아보았다.

"우리 때문에 가슴 졸이느라, 쟤들이 지금까지 연애 한번 제대로 해봤겠어요? 그런데 당신은 이 와중에 손주 타령이 나와요? 아니, 왜 애들 부담은 주고 그래요?"

"아니, 여보. 나는 그런 게 아니고⋯⋯."

강 회장은 그런 뜻이 아니라고 해명하려 했지만, 정 여사는 매몰차게 그의 말을 끊어버렸다.

"그리고 왜 매번 식사할 때마다 그런 말을 하는 거예요? 자꾸 그러면 애들이 밥이나 편하게 먹을 수 있겠어요? 밥 먹을 때는 개도 건드리는 게 아니라고 합니다, 강 회장님."

자신을 '강 회장님'이라고 정 여사가 깍듯하게 호칭하자, 강 회장은 할 수 없이 패배를 인정했다. 여기서 조금 더 나아갔다간 아까처럼 정여사가 버럭 소리를 지를지도 모른다.

"흠, 그나저나 태희는 아직도 안 들어오고 뭐 하는⋯⋯."

정 여사 덕분에 2세 계획 대화는 일방적으로 마무리되었고, 강 회장은 이번엔 태희에게로 화제를 돌리려 했다. 그러나 쌀쌀한 정 여사의 표정 때문에 말도 제대로 꺼내지 못하고 입을 다물어야 했다.

"그래, 어서 먹자꾸나."

강 회장이 다시 수저를 들자, 모두 그를 따라 수저를 들었다. 태희가 빠진 저녁 자리에서 가족 모두는 정 여사 덕분에 평온하게 저녁 식사를 마칠 수 있었다.

Chapter 16

같이 샤워할래?

리아와 태호가 신혼집에 돌아온 건 밤이 깊어지고 나서였다. 원래 계획은 식사를 마치자마자 돌아오는 거였다. 하지만 강 회장이 두 사람을, 정확히는 리아를 잡고 놓아주지 않았다. 지금까지 주위를 감싸고 있던 장벽이 허물어진 것처럼 강 회장은 친근하게 리아를 대했다.

거실로 자리를 옮기고 나서, 그는 계속해서 리아의 잔에 와인을 따라주며 이것저것 대화를 이끌어나갔다. 정 여사에게 한마디 들어서인지, 2세 계획에 관해선 일절 말을 꺼내지 않았다.

리아는 강 회장이 잔에 손수 따라준 와인을 사양하지 않고 주는 대로 마셨다. 그러다 보니, 평소보다 조금 더 많이 마시고 말았다. 취한 정도는 아니었지만, 적당히 들뜬 듯하면서 기분이 좋았다.

그래도 내일 출근해야 하는데…….

숙취가 올 정도는 아니었지만, 행여라도 내일 아침에 입에서 술 냄새라도 나면 곤혹스러울 것이다. 리아는 화끈거리는 뺨을 손등으로 누르며 재킷을 벗는 태호에게로 시선을 돌렸다.

그녀와 달리 태호는 한 모금도 마시지 않았다. 운전해야 한다고 핑계를 댔지만, 사실은 아직은 경계를 확실히 풀 수 없었기 때문일 것이다.

"아버님이 뭐라서?"

아직 그는 그녀에게 서재에서 무슨 이야기가 오갔는지 말해주지 않았다. 분명 안 좋은 소리를 들었을 텐데……. 자신은 쏙 빠지고 태호 혼자만 당한 것 같아서 미안했다.

"별말 없으셨어."

거짓말이 분명하다. 그렇게 오래 서재에 있다가 나왔으면서 별말 없었다니…….

"오빠, 그러지 말고 얘기해봐."

리아는 콧소리를 내며 두 팔로 태호의 허리를 끌어안았다. 슬쩍 떠보려는 정 여사에게 넘어가서 사실을 말해버린 것은 그녀이니까, 그녀의 잘못으로 들통났다고 해도 과언은 아니다. 좋은 게 좋은 거라고 다행히도 별 탈 없이 지나가긴 했지만, 그래도 태호에게 미안한 건 미안한 거였다.

"많이 혼났어? 안 좋은 소리 하셔?"

부드럽게 웃으며 태호는 자신을 빤히 바라보는 리아의 머리를 쓰다듬었다.

"정말이야. 그러고 나서 별말 없으셨어."

"그런데 왜 그렇게 서재에 있었던 거야?"

"일 이야기지, 뭐."

"무슨 일?"

태호는 대답 대신 가볍게 리아의 이마에 입을 맞췄다.

사실 반은 맞고 반은 틀렸다. 일에 관한 이야기였지만, 두 사람에 관한 이야기이기도 했으니까. 오늘 서재에서 태호는 지금까지 강 회장에게 하지 못했던 이야기를 모두 털어놓았다. 왜 주원식품이 부도 위기에 몰렸으며, 어쩌면 ㈜정직이 둘로 쪼개진 이유에 한 사장이 깊게 연관되어 있을지도 모른다는 이야기까지…….

강 회장은 리아와 태호의 사이를 알게 되었을 때만큼 매우 놀랐다. 그리고 곧 침통한 얼굴로 생각에 잠겼다.

왜 아니겠는가? 가족처럼 믿었던 오른팔 한 사장에게 배신을 당했으니, 얼마나 기가 막힐까!

강 회장과 앞으로 어떻게 대처할지를 상의하느라, 생각보다 대화가 길어졌다. 하지만 그런 것까지 리아에게 알려주긴 싫었다. 그녀에겐 꽤 피곤하고 긴 하루였을 것이다. 괜한 근심 없이, 편한 마음으로 잠들게 해주고 싶다.

"저번에 사고 난 일 뒤처리도 있고, 수출 건도 있고. 의논할 일이 많았어. 그동안 내가 병원에 있었으니까."

"……음, 그래?"

그제야 리아는 그의 말을 믿는 것 같았다. 그녀는 더는 묻지 않고 졸음이 몰려오는 눈을 힘겹게 깜빡거리며 그의 가슴에 얼굴을 기댔다.

"알았어."

태호가 그렇다고 하면 그런 거겠지. 술기운 때문인지 알딸딸하게 기분이 좋아서 모든 게 긍정적으로 다가왔다.

사실 요 며칠 그녀는 구름 위를 걷는 느낌이었다. 태호를 다시 사랑하게 되었다는, 아니 어쩌면 계속 사랑하고 있었다는, 자신도 모르던 속마음을 확인하게 되었고, 태호도 그녀를 사랑하고 있다는 걸 알게 되었다. 그리고 오늘은 지금까지 숨겼던 가족으로부터 두 사람의 사이를 인정받았다. 이보다 더 좋을 수 있을까? 모든 게 술술 풀리자, 겁이 날 정도로 기분이 들떴다. 그래서일까? 말이 헛나오고 말았다.

"오빠, 나 잠깐만. 샤워하고 올게."

"술 마셨는데 괜찮겠어?"

술 마시고 나서는 웬만하면 더운물로 샤워하는 것은 피해야 한다. 잘못하면 뜨거운 열기에 구토하게 되거나, 심하면 정신을 잃을 수도 있기 때문이다. 하루쯤 샤워 안 하고 잔다고 큰일 나는 것도 아니기에, 태호는 걱정스러운 얼굴로 물었다. 그러자 리아는 해맑게 웃으며 고개를 내저었다.

"그러면 같이 샤워할래?"

리아는 자신이 말해놓고도 믿기지 않는다는 듯 두 눈이 휘둥그레졌다. 태호 역시 크게 미간을 찌푸렸다.

헐! 내가 지금 무슨 말을 한 거야?

리아는 커다래진 눈을 천천히 깜빡거렸다. '그 정도로 많이 마시진 않았어.'라고 말할 생각이었다. 그런데 어쩌다 보니, '같이 샤워할래?'라고 말실수하고 말았다.

"그럼 그럴까?"

태호가 곧바로 받아들이자 이미 커질 대로 커진 리아의 눈이 불안하게 흔들렸다. '그럼 그럴까?'라니!

리아는 재빨리 태호의 품에서 떨어져 한 걸음 물러섰다. 아주 잘생긴 남편이 입가에 미소를 머금은 채, 그녀를 빤히 바라보고 있었다.

그러지 마! 그런 얼굴로 그러면 반칙이라고.

덕분에 리아는 술에서 완전히 깨고 말았다.

"아냐, 그럴 필요까진 없을 것 같아. 빨리 샤워하고 올게."

말을 마친 리아는 재빨리 욕실로 달려갔다. 혹시라도 붙잡으면 어떡하나 걱정했지만, 태호는 순순히 그녀를 혼자 보내주었다.

후다닥 욕실로 피신한 리아는 문을 걸어 잠그고 거울 앞으로 다가

섰다. 거울을 통해 목덜미까지 빨개진 얼굴을 확인할 수 있었다. 리아는 못마땅한 눈으로 자신을 노려보며 두 손으로 얼굴을 감쌌다.

"어휴, 술이 원수지."

리아는 작게 투덜거리며 서둘러 물을 틀었다. 아무래도 긴 샤워가 될 것 같다.

띠리리릭─. 띠리리릭─.

리아가 욕실에 들어가고 얼마 지나지 않아, 침대맡에 놓인 휴대폰이 울렸다.

"……이건?"

화면으로 발신자를 확인한 태호는 눈살을 찌푸렸다. 수진에게서 온 전화였다.

아무리 친하다고 해도 밤늦은 시간에 전화질이라니. 그것도 신혼인 신부에게……. 눈치가 없는 건가? 아니면 방해나 해보자는 심보일까?

몇 번 울리던 전화는 곧 끊어지고, 음성 메시지로 넘어갔다. 하지만 얼마 지나지 않아, 또다시 전화벨이 울렸다. 할 수 없이 태호는 통화 버튼을 꾹 눌렀다.

"여보세요."

[여보세요? 아, 태호니?]

휴대폰 건너편에서 반갑지 않은 목소리가 흘러나왔다. 자신이 태호라는 것을 밝힐 필요는 없다. 수진은 이미 알고 있으니까. 태호는 불쾌함을 숨기지 않은 채, 싸늘한 목소리로 물었다.

"한밤중에 무슨 일이야?"

수진 역시 그의 물음에 대답할 마음이 없는 것 같았다. 그녀 역시 차가운 목소리로 되받아쳤다.

[너에게 할 말은 아니고. 리아는 어디 있어?]

"지금 샤워 중이야."

[그러면 샤워 끝나고 나에게 전화하라고 해줘.]

"아니, 밤이 늦었어. 내일 통화해."

그 말을 끝으로 태호는 일방적으로 전화를 끊었다. 그리고 그대로 전원을 꺼버렸다. 어제도 그렇고 오늘도 그렇고, 두 사람은 오랜만에 평온한 주말을 보냈다. 그런 주말의 마지막을 리아가 수진과 대화하는 것으로 마무리하게 놔둘 수는 없었다.

한 사장이 적이라고 해서 수진까지 적대시할 필요까진 없었겠지만, 태호는 수진에 관해 좋은 감정이 없었다. 리아의 친구라니까 옆에서 얼쩡대는 것을 눈감아주는 것뿐이다. 조금이라도 이상한 기운이 보이면 가만히 있지 않을 생각이었다. 그런데…… 태호는 침대맡에 휴대폰을 내려놓으며 물소리가 흘러나오는 욕실로 시선을 돌렸다. 기분 탓일까? 오늘따라 그녀의 샤워가 꽤 길어지는 것 같다.

"후후."

리아는 차에서 내리며 행복한 미소를 떠올렸다. 정말 꿈같은 주말이었다. 엉클어져 속 썩이던 실타래가 한번 풀리기 시작하니까, 속 시원하게 모두 풀어지는 느낌에 기분이 이만저만 상쾌한 게 아니다.

어젯밤에도 두 사람은 꼭 끌어안고 잠을 청했다. 물론 그 이상의 진전은 없었지만, 조금도 불안하지 않았다. 약간, 아주 약간 불만족스러운 부분은 없지 않아 있었지만.

20대 호르몬과 30대 호르몬은 다른 걸까? 30대 호르몬이 더 강렬하게 작용하나? 태호의 탄탄한 몸이 느껴질 때마다, 리아는 온몸에 짜릿한 전율이 돌며 숨이 턱 막히는 것 같았다. 이러다간 그녀가 먼저 그를 덮칠지 모른다는 위기감마저 들었다. 하지만 지금까지 어떻게 참았는데 며칠 못 참고 일을 저지를 순 없었다. 그러니까 조금만 인내하자. 때가 되면 이 길고 긴 기다림이 끝을 볼 테니까. 그러기 위해선 미리 야한 속옷이라도 준비해둬야 하나?

온갖 핑크빛 상상의 나래를 펼치던 리아는 사무실에 도착하자, 자신을 기다리고 있는 현실과 마주했다. 아직 풀리지 않은 매듭이 있다는 사실을 깜빡했다.

"……아, 맞다."

리아는 탄성을 지르며 작게 중얼거렸다.

사무실에 들어서자, 텅 빈 민훈의 자리가 제일 먼저 눈에 들어왔다. 리아는 손목시계로 시간을 확인해보았다. 출근 시간까진 아직 조금 남았지만 민훈은 항상 30분쯤 먼저 출근해서 자리를 지키는 편이었다. 어쩌면 그가 자리에 없는 게 다행인지도 모르겠다. 그를 어떻게 대해야 할지, 아직 결정을 내리지 못한 상태이니까. 그와 얼굴을 마주할 생각을 하니 어느새 마음이 무겁게 가라앉았다.

민훈의 자리를 지나친 리아는 팀원들과 짧게 인사를 나누고, 곧장 팀장실로 향했다. 출근 시간이 한참 지나서도 민훈이 오지 않자, 팀원 모두 술렁이기 시작했다.

"오늘 정 대리님 출근하시는 거 아니었어요?"

"그러니까. 어떻게 된 거지?"

"누가 연락 좀 해봐."

결국 리아는 책상에 놓아둔 휴대폰을 집어 들었다. 하지만 통화는 연결되지 않았다. 신호음 없이 바로 음성 사서함으로 넘어가는 걸로 보아, 전원을 꺼둔 것 같았다.

민훈에게서 연락이 온 건, 퇴근 시간이 가까워서였다. 막 회의를 끝내고 자리에 돌아오자, 리아의 휴대폰이 울리기 시작했다.

"여보세요?"

[접니다, 팀장님. 정민훈 대리. 죄송합니다만, 잠시 밖에서 뵐 수 있을까요? 지금 회사 앞 커피숍에 있습니다.]

평소의 그녀였다면, 걱정스러운 마음에 무슨 일이냐고 물었을 것이다. 하지만 태호에게 민훈의 사정을 듣고 난 후에는 더 이상 순수한 마음으로 물어볼 수 없었다.

"알았어요. 내가 그리로 갈게요."

전화를 끊은 리아는 곧장 태호에게 전화를 걸었다. 아무리 회사 앞 커피숍이라지만, 태호에게 민훈과 단둘이 만난다는 사실을 알려야 할 필요가 있으니까.

[알았어. 말해줘서 고마워.]

태호는 민훈을 회사 밖에서 따로 만난다는 것에 반대하지 않았다. 민훈의 정체를 몰랐을 때라면 몰라도 이젠 모두 알기에……. 정체가 드러난 적은 훨씬 대처하기가 수월하다.

[혹시 필요할지 모르니까, 대화 녹음해둬.]

"알았어."

리아는 전화를 끊고, 먼저 퇴근한다며 사무실을 나섰다. 커피숍에 도착하니, 민훈은 창가에 앉아 바깥을 내다보고 있었다. 마지막으로 그를 봤을 때보다 더 야윈 모습이었다. 순간 '부모님 상태가 좋지 않은 건 아닐까?' 하는 걱정이 들었지만, 리아는 그런 티를 내지 않고 그의 맞은편에 앉았다. 리아가 자리에 앉자, 민훈은 재킷 안쪽에서 하얀 봉투를 꺼냈다. 그리고 어색한 미소를 떠올렸다.

"무단결근한 주제에 팀장님을 여기로 나오라고 해서 죄송합니다."

"무슨 일이죠?"

회사 밖인데도 민훈이 사무적으로 나오자, 리아 역시 사무적으로 대했다. 민훈은 말 대신 하얀 봉투를 앞으로 내밀었다. 아무 생각 없이 봉투를 내려다본 리아는 봉투 위에 적힌 글자를 보고 미간을 찌푸렸다.

"사직서?"

리아는 놀란 표정으로 민훈을 바라보았다. 앞으로 그가 어떻게 나오는지 지켜볼 생각이었는데 이렇게 갑자기 회사를 그만둬버리면 계획이 틀어지고 만다. 그녀가 선뜻 사직서를 집어 들지 않고 보기만 하자, 민훈이 먼저 입을 열었다.

"아무래도 이게 맞는 것 같아. 내가 요즘 개인 사정으로 회사 일에 통 집중을 못 하니까."

사직서를 냈으니, 이제는 회사 상하 관계가 아니라고 느껴서일까? 민훈은 평소대로 말을 놓았다.

"선배, 휴가 좀 몰아서 냈다고 미안해서 그러는 거야? 어차피 써야 할 휴가였잖아."

"훗, 그런 거 아니야."

민훈은 어색하게 입꼬리를 비틀며 고개를 저었다.

이대로 내빼려는 건가? 그렇다면 정말 산업 스파이였던 거야?

민훈의 부모와 리아의 아버지, 주 회장과의 과거의 악연을 돌이키자면, 민훈의 그런 행동이 절대로 이해가 가지 않는 것은 아니었다. 만약에 주 회장 때문에 화목한 가정이 무너진 게 사실이라면, 복수하고 싶었을지도 모른다. 하지만 그렇다고 그가 저지른 범법 사실이 없어지는 것은 아니다.

"아무래도 부모님 곁을 지켜야 할 것 같아서. 두 분 모두 이제 나이가 드셔서, 예전 같지 않으시거든."

"정말 그것뿐이야?"

"응."

솔직히 그가 순순히 모든 것을 실토할 것이라곤 생각하지 않는다. 아무렇지 않게 뒤에서 일을 꾸민 사람이라면 앞에서도 아무렇지 않게 웃으며 거짓말을 할 수 있을 테니까.

리아는 그게 언제부터였는지 궁금했다.

신입생 파티에서 선후배로 처음 만났을 때부터였을까? 아니면 조금 지나서? 주원식품에 입사해서?

오래 믿고 지냈던 이에게 배신당한다는 건, 매우 씁쓸한 일이다. 그리고 상대가 끝까지 진실을 숨기려고 한다면 씁쓸한 맛은 배가 된다.

"그동안 고마웠어. 조만간 사무실에 들러서 책상 정리할게."

민훈은 미안한 얼굴로 말하며 천천히 자리에서 일어났다. 그러나 걸음을 떼기도 전에 리아의 목소리가 발을 잡아당겼다.

"그게 다야?"

감정이 격해져서인지, 그녀도 모르게 목소리가 떨리고 있었다.

"내게 정말 할 말 없어, 선배?"

순간 민훈은 '이런!'을 외치는 것 같은 낭패한 표정을 지었다. 그리고 잠시 자리에 선 채로 침묵을 지켰다.

"……사실 할 말은 많은데……."

이윽고 굳게 닫혔던 그의 입이 천천히 열렸다.

"……아니, 하고 싶은 말은 너무 많은데, 할 수 있는 말이 없어. 그래서……."

하고 싶은 말은 많은데, 할 수 있는 말이 없다니!

리아는 눈살을 찌푸렸다. 말장난 같은 대답이 마음에 들지 않았다.

"선배……."

띠리리릭ㅡ. 띠리리릭ㅡ.

한마디 하려는 찰나, 테이블에 놓아둔 리아의 휴대폰이 울렸다. 수진에게서 온 전화였다. 그러나 지금은 한가히 수진과 통화할 때가 아니었다. 리아는 그대로 휴대폰을 내버려둔 채, 심각한 얼굴로 민훈을 바라보았다.

"선배, 마지막으로 물을게. 정말 나에게 할 말 없어?"

그녀는 진심으로 지금이라도 그가 진실을 말해주길 바랐다. 물론 그렇다고 해서 그가 저질렀던 일들이 없어지는 것은 아니지만, 그래도 이렇게 민훈과 끝을 보고 싶진 않았다.

"아아아아악!"

죽일 듯이 휴대폰을 노려보던 수진은 비명에 가까운 소리를 지르며 벌떡 자리에서 일어났다.

"도대체 왜 전화를 안 받는 거야!"

어젯밤엔 태호의 방해로 리아와 통화할 수 없었는데, 오늘은 당사자가 통 전화를 받지 않았다. 아침 일찍 전화하려다 출근 시간은 피해야 할 것 같아서 뒤로 미뤘는데……. 그러나 오늘따라 업무가 너무 많아서 통 전화할 틈이 생기지 않았다. 겨우 한숨 돌리고 통화가 가능하게 된 것은 퇴근 시간이 가까워지고 나서였다.

그런데 어째서인지, 리아는 전화를 받지 않았다. 몇 번이나 걸었지만 마찬가지였다. 몇 번 울리던 신호음이 결국 음성 사서함으로 넘어가 버리자, 결국 수진은 참지 못하고 울분을 터뜨렸다.

이건 분명 일부러 전화를 피하는 게 분명했다. 혹시 유정이나 민훈 선배가 귀띔해준 건 아닐까? 하지만 그렇다면 리아가 먼저 연락해서 사과해야 하는 거 아닌가?

지금까지 자신에게 감쪽같이 태호와의 관계를 속인 건데 말이다.

"네가 어떻게 나한테 이럴 수 있어!"

수진은 리아를 좋아했던 것만큼 배신감이 크게 느껴졌다. 사람을 바보 취급해도 유분수지.

결국 사무실을 나선 수진은 강태호 이사실로 걸음을 돌렸다. 이왕 이렇게 된 거, 태호에게 직접 물어볼 생각이었다.

수진이 안으로 들어서자, 남 비서가 자리에서 일어나 다가왔다.

"무슨 일이시죠? 약속은 하셨습니까?"

"아뇨. 하지만 잠깐이면 돼요."

한 사장의 딸인 수진의 앞을 함부로 막을 사람은 없었다. 그러나 남 비서는 개의치 않는 것 같았다.

"약속하지 않으셨다면, 들어가실 수 없습니다."

평소였다면 좋게 이야기했겠지만 지금 수진은 언제 터질지 모르는 폭탄과도 같았다. 요 며칠 전부터 꾹꾹 눌러왔던 인내심이 어느새 한계에 도달하고 있었다.

"그건 비서 나부랭이가 결정할 일은 아닌 것 같은데?"

"아, 그렇습니까?"

모욕적인 말이었지만, 남 비서의 표정엔 변화가 없었다. 그때 문이 열리며 태호가 집무실에서 걸어 나왔다. 그는 수진을 보고도 못 본 척, 남 비서에만 말을 건넸다.

"남 비서, 난 이만 퇴근할게."

태호가 그대로 옆을 지나쳐 이사실을 걸어 나가자, 수진은 빠르게 그의 뒤를 따랐다. 그는 그녀가 따라온다는 것을 알면서도 발걸음을 늦추지 않았고, 엘리베이터 앞에 도착해서야 걸음을 멈췄다.

"하아, 하아. 야, 강태호."

수진은 뛰듯이 태호를 따라오며 벅찬 숨을 골랐다. 회사 내에선 이사님이라고 불러야겠지만, 지금 수진은 그런 걸 따질 상황이 아니었다.

"너, 어제 리아에게 나한테 전화하라는 말 안 했어?"

"안 했어."

엘리베이터 버튼에서 시선을 떼지 않은 채로 태호가 차갑게 말했다.

"뭐? 야, 내가 어제……."

"난 너의 비서 나부랭이가 아니라서 말이지. 일일이 네 말 들어줄 의무 없어."

비서 나부랭이?

그녀가 남 비서에게 한 말을 들은 모양이다.

그래서 그게 뭐?

태호가 자신을 싸늘한 시선으로 노려보자 수진은 꿀꺽 마른침을 삼켰다. 자신이 한 말이 조금 심했다고도 느껴졌지만, 하여간 지금은 그런 걸 따질 상황이 아니었다.

"좋아. 그러면 너에게 물어볼게."

리아에게서 듣나, 태호에게서 듣나 사실이 바뀌는 것은 아닐 테니까, 수진은 단도직입적으로 묻기로 했다.

"너랑 리아, 너희 정말 예전부터 사랑한 사이 맞아?"

"하."

수진의 질문에 태호는 짧게 웃음을 터뜨렸다.

"그게 너랑 무슨 상관이지?"

"뭐?"

그가 기가 막힌다는 표정을 짓자, 발끈한 수진은 언성을 높였다.

"당연히 상관있지. 친구라면서 어떻게 그런 중요한 걸 속여? 적어도 절친이라면 솔직하게 털어놨어야 하는 거 아냐?"

눈물까지 글썽거렸지만, 아쉽게도 그에겐 통하지 않았다. 태호는 수진을 향해 상체를 숙이더니, 그녀의 눈을 똑바로 바라보며 한마디 한마디 힘주어 말했다.

"한수진, 이거 하나는 확실하게 해두자. 내가 너에게 예의를 차리는 건, 네가 리아의 친구이기 때문이야. 만약 네가 리아의 친구가 아니라면 난 너와 말도 섞지 않았을 거야. 알아?"

말을 마친 태호는 수진의 대답을 기다리지 않고, 막 도착한 엘리베이터 안으로 들어갔다. 그리고 싸늘한 얼굴로 수진을 바라보며 닫힘 버튼을 눌렀다. 엘리베이터 문이 닫히는 동시에 수진의 눈에서 눈물이 뚝 떨어졌다.

"하아."

그는 언제나 차가웠으니까, 저런 태도에 크게 상처 받을 건 없었다. 하지만 '리아의 친구이기 때문'이라는 말이 수진에게는 크나큰 모멸감으로 다가왔다.

어떻게 내가 리아의 친구야! 난 리아보다 너를 먼저 만났다고! 중학교 때 태호를 보자마자 좋아하게 됐는데…… 그때부터 막연히 그의 친구라고 생각했는데…….

"……태호야, 네가 어떻게 나를……"

주체할 수 없는 눈물이 계속해서 쏟아지자, 수진은 얼굴을 감싸며 제자리에 주저앉았다.

자리에 앉은 민훈이 다시 입을 열은 건, 한참이 지나서였다. 입을 꾹 다문 채로 창밖을 바라보던 그가 천천히 리아에게로 고개를 돌렸다.

"나, 너에게 못 할 짓 했어."

결국 털어놓는 건가? 리아는 숨을 죽이며 그의 다음 말을 기다렸다.

"미안하다는 말로 용서되는 건 아니겠지만…… 그래도 미안하다."

"뭐가 미안한 건데?"

그녀의 질문에 민훈는 슬픈 얼굴로 입가에 씁쓸한 미소를 올렸다.

"리아야, 너, 내가 지금까지 한 짓 모두 알고 있잖아. 아니야?"

뭐야? 정체가 발각 난 거 알고 있었어?

순간 말문이 막힌 리아의 입이 살며시 벌어졌다.

언제부터?

리아가 충격받은 얼굴로 아무 말도 하지 못하자, 민훈이 먼저 말을 시작했다.

"강 이사가 내 뒷조사를 하고 있다는 거, 눈치는 채고 있었어. 사실은 그래서 더 일부러 눈에 띄게 행동한 것도 있고."

"……선배."

"미안하다."

민훈은 어두운 얼굴로 말을 이어나갔다.

"강태호 이사가 알아낸 정보, 거의 다 맞을 거야. 지금까지 주원식품 신제품 정보를 빼돌려서 KJ푸드에게 넘겼어."

희박한 가능성이긴 했지만, 리아는 민훈이 산업 스파이가 아니길 바랐다. 하지만 본인이 저렇게 인정하는데, 여기서 더 어떤 희망을 품을 수 있을까. 리아는 참담한 심정에 울고만 싶었다.

"왜 그랬어? 돈 때문이었어?"

"아니라고는 말 못 하겠네. 꽤 많은 돈이었으니까. 하지만 그것뿐만은 아니야. 내가 왜 그랬는지 너도 알고 있을 거라고 생각하는데……."

과거의 악연 때문이었다고? 그렇다면…….

"선배 부모님과 우리 아빠와 얽힌 이야기, 얼마 전에 들었어. 그건 참 유감이라고 생각해."

그렇다면 민훈은 처음부터 작정하고 일부러 접근한 걸까? 그가 진실을 말해줄 거라곤 생각하지 않지만, 그래도 리아는 묻고 싶었다.

"언제부터였어? 처음 만났을 때부터였어?"

그래서 친절하게 대해줬던 거야? 항상 주위에 맴돌면서 이것저것 챙겨주고?

리아를 바라보는 민훈의 얼굴에 더욱더 짙은 그림자가 내려앉았다. 그는 차마 리아를 마주 볼 수 없는지, 창밖으로 시선을 돌렸다. 그리고 한참 후에야 굳게 다문 입을 열었다.

"그건 아니야, 내 말을 믿지 않는다고 해도 할 수 없지만, 그것만은 절대로 아니야. 모든 건 주원식품 입사하고 나서야."

그렇다면 학창 시절에는 정말 순수한 마음으로 다가왔다는 건가?

민훈의 이야기는 계속해서 이어졌다.

"회사에 다니고 나서, 어쩌다 우연한 기회에 알게 됐어. 왜 어머니가 징역을 사셨고, 왜 우리 집이 어렵게 되었는지……."

"선배."

"미안하다. 부모 일에 너를 끌어들이는 게 아니었는데……. 모든 게 오해였어. 하지만 모든 걸 알게 됐을 땐, 이미 돌이킬 수 없는 상태가 된 후였어."

"그게 무슨 말이야? 오해라니?"

그는 대답 대신 침통한 얼굴로 길게 한숨만 내쉬었다. 겉으로만 보기엔 그는 정말로 후회하는 것 같았다. 하지만 리아는 이제 그가 하는 말을 믿을 수 없었다.

이것도 모두 그가 꾸민 함정이라면?

"그러면 그때 그 스캔들도 선배가 꾸민 짓이야?"

그 말에 그가 천천히 고개를 끄덕였다.

"그래서 이젠 들켰으니까 꼬리를 자르고 도망가는 거고?"

"그건 아니야. 내 죄는 달게 받을게. 하지만 조금만 기다려줘. 모든 게 정리되면 그때 자수할게. 지금은 부모님의 상태가 좋지 않아. 그래서……."

민훈의 부모님이 누구 때문에 그렇게 되었는지 알기에, 리아는 지금 당장 어떻게 하라고 요구할 수 없었다. 아마도 그녀의 이런 반응을 예상하고 나온 행동 아닐까?

"선배는 정말 비겁한 사람이야."

리아는 톡 쏘듯 말을 내뱉으며 자리에서 일어섰다. 더 이상은 이성적으로 대화를 나눌 수 없을 것 같았다. 흥분했다간 자칫 민훈에게 말려들어가게 될 수도 있으니까.

자리를 뜨려고 걸음을 옮기자 누군가 앞을 가로막았다. 익숙한 향이 코끝에 흘러들었다. 고개를 들자, 어느새 찾아왔는지 태호가 그녀의 앞에 서 있었다.

"······태호야?"

그녀가 걱정돼 급히 달려온 모양이다. 확실한 자신의 편이 앞에 있었기 때문일까? 지금까지 참았던 눈물이 왈칵 솟아올랐다.

태호는 아무 말도 하지 않고 다정하게 그녀를 품에 안아주었다. 그리고 고개를 돌려 자리에서 일어서는 민훈을 바라보았다.

"정민훈 씨."

민훈의 얼굴을 똑바로 응시하며 그가 천천히 입을 열었다.

"내가 제안 하나 하고 싶은데······."

리아를 사이에 두고 태호와 민훈, 두 남자의 시선이 뜨겁게 얽혔다.

"뭐라고?"

서현의 집에서 주말을 보내고 월요일에야 슬그머니 집으로 돌아온 태희는 상상도 하지 못했던 사실을 전해 듣고 펄쩍 뛰어올랐다.

"그게 무슨 소리야, 엄마? 오빠랑 새언니랑 오래전부터 사랑한 사이라니."

말도 안 된다. 어떻게 그게 가능하지? 불꽃 튀게 싸우던 구미호들이 사실은 원래부터 사랑하던 사이였다고? 너무 놀란 나머지 태희가 입을 다물지 못하자, 정 여사는 한심하다는 듯 '쯧쯧쯧' 혀를 찼다.

"하여간 넌 잘 알지도 못하면서……. 네가 한 말 그대로 믿었다가 큰일 날 뻔했잖니."

이상하다. 그럴 리가 없는데…….

태희는 도무지 이해되지 않았다. 분명 그녀는 이렇게 들었다.

— 혹시 네 속마음을 모르는 것 아닌가?

— 아니거든. 내 속마음은 누구보다도 내가 제일 잘 알거든!

— 누구보다 제일 잘 안다고?

— 그래. 내가 좋아하는 사람은 따로 있다고!

그건 누가 들어도, 새언니에게 딴 남자가 있다는 뜻이었다.

"하여간 앞으론 입조심해. 괜한 오해로 집안 시끄럽게 하지 말고."

"엄마, 입조심하라니. 난 단지……."

"그만."

정 여사는 더는 들을 필요 없다는 듯 고개를 내저었다.

"앞으론 시누이 노릇 하지 말고, 새언니에게 더 잘해."

"내가 얼마나 잘하고 있는데. 여기서 어떻게 더 잘해?"

항상 자신 편이었던 정 여사가 리아의 편을 들자, 태희는 기분이 나빠졌다. 도대체 일요일에 무슨 일이 있었기에 엄마가 이리도 새언니를 끼고도실까.

태희가 불만스럽다는 얼굴로 아랫입술을 내밀자, 정 여사는 짧게 한숨을 내쉬며 딸의 등을 다독거렸다.

"넌 새언니가 불쌍하지도 않아? 서로 좋아하는 거 티도 못 내고, 그 오랜 세월 숨기면서 얼마나 애가 탔겠니."

"엄마, 잠깐만."

정 여사의 이야기에 귀를 기울이던 태희 머릿속에 순간 느낌표가 떠올랐다.

정말 정 여사 말대로 두 사람이 예전부터 연인이었다면, 결혼하고 나서도 서로의 감정을 숨겨야 했을 것이다. 겉으론 앙숙처럼 연기했는데, 결혼하자마자 바로 사이가 좋아지면 다들 이상하게 여길 테니까.

그렇다면 집안에서 가장 눈치가 빠르고 두뇌가 명석한 내가 제일 부담스러웠겠네?

태희는 열심히 머리를 굴렸다. 생각해보면, 두 사람은 항상 그녀의 앞에서 더 티를 내면서 싸웠다. 그때 그 이브닝드레스만 해도 그렇다. 정말 별거 아닌 걸로 태호는 버럭 짜증을 냈다. 리아도 마찬가지였고. 태희는 괜히 중간에서 두 사람의 눈치를 보던 자신을 떠올렸다. 지금 돌이켜보면 어쩌면 리아와 태호는 태희 보라고 그랬는지도 모르겠다.

그날도 내가 왔다는 걸 알고 일부러 오해하게 그런 대화를 나눈 건가? 다른 사람이라면 몰라도, 꼬리가 9개 달린 두 사람이라면 그러고도 남을 것이다.

"와아, 그럼 구미호 둘이서 호박씨 깐 거네?"

태희는 저도 모르게 벌떡 소파에서 일어섰다. 그리고 의아한 표정으로 자신을 바라보는 정 여사를 거실에 놔둔 채, 자신의 침실로 향했다. 자신을 깜빡 속인 두 사람이 너무 얄미워서 도저히 가만히 있어선 안 될 것 같았다.

뭐라도 골탕을 먹여야지!

태희는 속으로 씩씩거리며 힘차게 계단을 올라갔다.

태호가 리아가 있는 레스토랑 예약 룸으로 들어온 건, 30분이 조금 지나서였다. 그는 민훈과 할 이야기가 있으니 먼저 가 있으라며 리아에게 장소를 알려주었다. 리아도 원한다면 함께 있을 수 있었지만, 눈물이 터져버려 자리를 피하는 게 나을 거라고 생각했다. 태호가 어떤 제안을 했는지는 나중에 물어보면 되니까.

"먼저 주문해서 먹고 있지 않고. 배고프지 않아?"

룸에 들어선 태호는 물컵만 둔 채, 빈 테이블 앞에 앉아 자신을 기다리는 리아를 보고 미간을 찌푸렸다.

"아니, 괜찮아."

지금 배고픈 게 문제인가? 입맛이 떨어져서 음식이 목구멍으로 넘어갈지도 의문이다. 이럴 줄 알았으면 울어서 얼굴이 엉망이 됐든 말든 그냥 옆에 있을 것을.

요리를 주문하고 애피타이저가 나오자, 리아는 바로 질문을 던졌다.

"그래서 제안이라는 게 뭐야?"

서두르는 그녀와 달리, 태호는 에스카르고를 포크로 찍어 느릿하게 입으로 가져갔다.

"파견 근무 형식으로 KJ푸드에서 1년 근무하라고 했어."

"뭐? 선배를 KJ푸드에서 근무하게 하겠다고?"

산업 스파이였던 민훈을 신고하진 못할망정, KJ푸드에서 근무하게 하다니. 무슨 속셈인지 리아는 도통 이해가 되지 않았다.

"왜? 주원식품 정보를 빼왔으니까, KJ푸드에겐 이익이라 이거야? 어떻게 선배를……."

"주 회장님도 동의하신 거야."

"아빠가? 아빠도 이 일을 아서?"

"응. 아무래도 아버님과 연관된 일이라서."

그렇긴 하다. 이 모든 악연은 부모 세대에서 시작되었으니까.

"아빠는 뭐라고 하서?"

"정 대리가 알아낸 대로, 모두 오해였어."

"오해였다고?"

"응. 주 회장님보다는 오히려 한 사장 탓이 더 컸어. 그때 실질적인 관리자는 한 사장이었고, 일부러 서류를 제대로 처리하지 않은 것도 한 사장으로 밝혀졌으니까."

세상에.

리아는 도저히 믿기지 않는다는 듯 짧게 숨을 들이마셨다.

"그러면 정 선배는 그것도 모르고 지금까지 한 사장에게 정보를 넘긴 거야?"

"응. 확실히 처음엔 그도 몰랐을 거야. 그러다가 의심이 들었겠지. 그래서 그 나름대로 뒷조사를 해봤을 테고. 최근 우리에게 사진 찍히던 시점부터는 아마도 정 대리가 확실하게 알아내려, 한 사장을 직접 만났던 것 같아."

민훈의 부모님을 그렇게 만든 인물은 주 회장이 아니라 한 사장이라는 것이다. 민훈은 그것도 모르고 지금까지 한 사장을 도왔던 거고.

순간 리아는 민훈이 사실을 깨닫고 얼마나 충격을 받았을지 가슴이 아팠다.

그래서 그렇게 여위었던 걸까? 자신이 저지른 일을 깨닫고 너무나 기가 막히고 어이가 없어서?

리아가 한입도 먹지 않고 어두운 표정으로 음식 접시만 노려보자, 태호는 자리에서 일어나 그녀의 뒤로 다가가 리아의 손에 포크를 쥐여 주었다. 그리고 그녀의 손을 감싸 잡은 채, 에스카르고를 찍었다.

"그렇다고 정 대리의 죄가 없어지는 건 아니야."

그렇다. 산업 스파이 행위는 결코 경범죄가 될 수 없으니까.

"하지만 주 회장님은 일을 크게 벌이지 않길 원하셨어. 정 대리의 처지도 이해해주셨고."

"그러니까 선배에게 자신의 잘못을 만회할 기회를 주자, 이거네."

"응."

리아가 에스카르고를 입으로 가져가자, 그제야 태호는 다시 제자리로 돌아갔다.

"파견 근무 형식으로 해서, 우리 쪽에서 근무하면서 한 사장의 정보를 좀 더 자세히 캐는 거지."

"선배를 믿을 수 있겠어?"

"내 밑에서 근무하는 거니까, 그건 걱정할 필요 없어."

그렇게만 된다면 정말 다행이다. 민훈을 산업 스파이로 신고할 수도, 그렇다고 없던 일로 하자고 할 수도 없어 혼자 고민에 빠졌던 참이었다.

"선배 부모님 상태는?"

"한동안 안 좋았는데 다행히 저번 주부터 두 분 다 호전되고 있는 것 같아."

그제야 리아는 걱정을 덜었다는 듯 희미하게 미소를 떠올렸다. 태호는 그런 그녀를 빤히 바라보며 살며시 고개를 내저었다. 불같이 화를 내도 모자를 텐데, 민훈의 부모 걱정을 해주다니……. 어찌 됐든 민훈은 그녀의 감정을 가지고 장난을 친 거니까, 그녀가 경멸한다고 해도 뭐라 할 사람은 없었다. 하지만 그런 리아라서 사랑하는 거다. 남의 아픔을 가볍게 넘기지 않는 마음 때문에…….

"그런데……."

태호는 피식 입꼬리를 비틀었다.

"계속 다른 남자 이야기만 할 거야? 모처럼 우리 둘이서 오붓하게 데이트 중인데."

"응? 데이트?"

그러고 보니 그렇네. 서로 마음을 확인하고 처음으로 밖에서 식사하는 거다. 그때 두 사람의 데이트를 방해라도 하려는 듯 휴대폰이 울렸다. 리아는 재빨리 화면으로 발신자를 확인했다.

"아, 맞다. 수진이."

전화해준다고 하고 깜빡했다. 리아가 전화를 받으려 하자, 태호는 황급히 그녀의 손에서 휴대폰을 낚아챘다.

"받지 마."

"응? 나 아까도 선배랑 이야기하느라 수진이 전화 못 받았어."

"괜찮아. 중요한 일이면 메시지 남기겠지."

태호는 절대로 방해받지 않겠다는 듯 리아의 휴대폰을 재킷 주머니에 집어넣었다. 수진에게 미안하긴 했지만, 사실 리아도 오붓한 시간을 방해받고 싶지 않았기에 그의 말을 따랐다.

식사를 끝내고 두 사람은 소화도 시킬 겸 근처 밤거리를 거닐었다. 별거 아닌 것 같지만, 리아는 태호와 팔짱만 끼고 걸어도 가슴 설레게 좋았다. 그가 데이트라고 말했기 때문일까? 아니면 민훈의 일이 걱정했던 것보다 수월하게 풀려서일까? 부드럽게 뺨을 스쳐 가는 밤바람마저 상냥스럽게 느껴졌다.

"이제 그만 들어갈까?"

더 걷고 싶었지만, 밤이 깊었으니 내일 출근하려면 이만 돌아가야 할 것이다.

"응."

리아는 그의 팔에 얼굴을 기대었다. 그때 태호의 나직한 목소리가 어루만지듯 그녀의 귓가로 흘러들었다.

"오늘 밤은 꽉 안아줄 수 있을 것 같은데."

아주 작은 속삭임이었지만, 리아에겐 커다란 폭발음같이 쾅쾅 고막을 때렸다.

방금 뭐라고 한 거야?

분명 두 귀로 똑똑히 들어놓고선, 리아는 미처 못 들은 것처럼 속으로 혼잣말을 중얼거렸다. 하지만 그렇다고 입 밖으로 나온 말이 없던 게 되는 건 아니었다.

꽉 안아준다니……. 아직은 주치의가 조심하라고 한 기간인데, 그래도 되나? 말 그대로 꽉 안아주기만 하겠다는 건가? 아니면…… 음, 그러니까 그게…….

"……!"

혼자 머리를 굴리던 리아의 얼굴이 순간 발갛게 확 달아올랐다. 소꿉놀이도 아니고, 부부 사이에서 꽉 안아준다는 말이 그냥 그 뜻일까? 당연히 아닐 것이다.

어머!

생각지도 못한 급상황 전환에 리아는 크게 당황하고 말았다. 오랜 세월 연인으로 지내면서 넘지 못했던 마지막 선을 오늘 밤 드디어 넘게 되는 건가?

심장이 쿵쾅쿵쾅 미친 듯이 날뛰자, 리아는 손바닥으로 가슴을 꾹 내리눌렀다. 어디론가 도망가고 싶을 정도로 머릿속이 혼란스러웠다. 하지만 그렇다고 10대 소녀도 아닌 성인이 괜히 마음의 준비가 안 됐다느니, 부끄럽다느니 하면서 얼굴 붉히며 내숭을 떨고 싶진 않았다. 속으론 은근히 기대하면서 겉으론 아닌 척 상대를 밀어내는 건, 21세기를 사는 사람으로서 할 짓이 아니니까.

그래, 오늘로 진짜 부부가 되는 거야!

생각을 정리한 리아는 입꼬리를 말아 올리며 태호의 팔에 기대듯 몸을 밀착시켰다.

"그래, 빨리 집에 가자."

집으로 향하는 차 안에서 리아는 운전 중인 태호의 옆모습을 물끄러미 바라보았다. 막상 마음을 굳히고 나니까, 더욱더 떨리고 긴장됐기 때문이다. 그런데 그도 그녀와 마찬가지인지 그의 입매가 굳게 닫혀 있었다. 그는 사이드 미러와 전방만 번갈아 주시하며 묵묵히 침묵을 지켰다. 그녀 혼자만 긴장한 게 아닌 것 같아, 은근히 위로가 되었다.

그래, 처음인데 다 그런 거지, 뭐.

어느새 마음의 안정을 찾은 리아는 밤 풍경이 휙휙 지나가는 창밖으로 시선을 돌렸다. 하지만 집에 도착해 차에서 내리게 되자 다시금 불안해졌다.

그래도 명색이 첫날밤인데……. 마음의 준비야 그렇다 치고, 다른 건 준비되었나?

집 안으로 들어서며 리아는 이것저것 상태를 점검해보았다.

내가 오늘 속옷 뭐 입었더라?

이런, 첫 번째 질문부터 난관에 부딪혔다. 오늘 그녀가 착용한 속옷은 무난한 흰색에 완전 밋밋한 디자인이었으니까.

훤히 비치는 망사까진 아니더라도 색이라도 좀 자극적이면 좋으련만. 이럴 줄 알았으면 좀 더 신경을 써서 고르는 건데…….

하아, 누가 이렇게 될 줄 알았나.

리아는 짧게 숨을 내쉬며 잠시 고민에 빠졌다. 그러나 곧 걱정을 떨쳐냈다. 우선은 샤워부터 할 테니까, 상관없을 거다.

"나, 먼저 샤워할게."

리아는 태호가 뭐라고 말을 꺼내기 전에, 급히 욕실로 향했다. 괜히 어물쩍거리다 붉어진 얼굴을 들키고 싶지 않아서다. 샤워하고 나오면 얼굴이 붉어도 뜨거운 물로 샤워를 했기 때문이라고 생각하겠지.

빠르게 샤워를 마친 리아는 욕실과 연결된 드레스 룸으로 향했다. 그리곤 속옷 중에서 제일 자극적인 속옷을 골랐다. 하지만 그렇다고 훤히 비치는 망사 재질이나 화려한 색상과는 거리가 멀었다. 그래도 흰

색의 평범한 것보다는 낫겠지.

리아는 재빨리 파자마를 걸치고 드레스 룸을 걸어 나왔다. 두 사람의 침실에는 부부가 각각 따로 사용할 수 있는 드레스 룸과 욕실이 있었기에 그녀보다 먼저 샤워를 끝낸 태호는 이미 파자마로 갈아입고 침대에 누워 있었다. 그녀를 위해서인지, 불은 끄지 않고 환하게 켜둔 상태였다.

'불 끌까?'라고 물어보려던 리아는 순간 우습다는 생각이 들었다. 평소엔 묻지 않고 마음대로 꺼버렸으면서 오늘은 뭐가 다르다고 시시콜콜하게 물어볼까. 불을 끈 리아는 조심스럽게 침대 안으로 들어가 태호 쪽으로 다가갔다. 매트리스가 출렁거릴 때마다 그녀의 심장도 이리저리 출렁거렸다. 오늘따라 알래스카 킹사이즈 침대가 어찌나 넓게 느껴지는지…….

리아가 옆으로 다가오자, 태호는 그녀를 향해 팔을 뻗었다.

"이리 와."

그리고 그녀를 자연스럽게 품으로 끌어당겼다.

어머나, 어떡해!

맹세코 내숭을 떠는 것도 아니고, 내외하는 것도 아닌데…… 태호의 품에 갇히는 순간, 리아는 숨이 탁 막히며 온몸이 뻣뻣하게 굳어버렸다.

하루 이틀 한 침대에서 잔 것도 아니면서 왜 이러는 거야!

키스하는 중에 침대로 쓰러지는 건 괜찮아도, 준비하고 침대에 누워 키스하려니 뭔가 어색했다.

그래서일까? 그녀도 모르는 사이 눈꺼풀과 입술이 미세하게 경련을 일으켰다. 다행히 불을 껐으니까 망정이지, 이상하게 보일 뻔했다.

"……리아야."

태호는 속삭이듯 그녀를 부르며 천천히 고개를 숙였다. 파르르 떨리는 그녀의 입술 위로 따뜻한 숨결이 내려앉았다. 부드러운 깃털로 간지럽히는 것 같은 섬세한 입맞춤이었다.

"하아."

공기가 스며들 듯 자연스럽게 파고든 달콤함은 서서히 깊고 뜨겁게 여린 점막을 자극했다. 예전과 비교해서 크게 다를 것 없는 키스인데도 이상했다. 기분 탓일까? 입술이 얼얼할 정도로 깊고 진하게 느껴졌다.

리아는 더욱더 깊게 숨결을 받아들이려 살며시 옆으로 고개를 틀고 그의 목 뒤로 손을 감았다. 그러자 입 안으로 뜨겁게 밀려들던 숨결이 뒤로 물러났다. 다음으로 숨결이 닿는 곳은 어디일까?

리아는 두 눈을 꼭 감으며 다음 차례를 기다렸다. 그런데…… 아래로 향할 거라고 예상한 숨결은 그녀 이마 위에 내려앉았다. 동시에 부드러운 속삭임이 귓속으로 흘러들었다.

"잘 자."

그는 마치 아이를 재우듯 리아의 등을 다독거리며 그녀의 머리에 입을 맞췄다. 잠시 후, 그의 입에서 고른 숨소리가 흘러나왔다. 그는 아까 말한 것처럼 그녀를 품에 꼭 안아주었다. 정말 그뿐이었다.

뭐지?

리아는 태호의 품에 안긴 채로 캄캄한 천장을 노려보았다.

Chapter 17

울어도 좋아

"후."

리아는 짧게 한숨을 내쉬며 애꿎은 컴퓨터 모니터를 노려보았다. 어젯밤, 제대로 못 자고 잠을 설쳤더니 자꾸만 눈꺼풀이 아래로 내려오려 했다. 밤을 불태우느라 하얀 밤을 보냈으면 억울하지는 않지. '정말 이대로 꽉 안고만 자는 거야?'라고 혼자 황당해하다가 새벽녘에야 겨우 잠들 수 있었다.

처음엔 기가 막히고 헷갈리게 말한 그에게 화도 조금 나고 그랬다. 하지만 곧 생각을 바꿨다. 완전히 회복된 것도 아닌데, 아직 환자인 사람을 가지고 혼자 망상에 빠졌던 거니까. 좋게 생각하기로 했다.

그동안 몸매 관리도 하고, 좀 더 야한 속옷도 장만하고 등등, 할 일이 많을 테니까. 완벽하게 준비해서 좀 더 특별한 첫날밤을 보내는 거다. 그러려면 이론 공부도 하고. 흠…… 친구들에게 경험담도 물어봐야 하나? 아, 맞다!

생각에 잠겼던 리아는 그제야 어제 수진이 전화를 걸었다는 사실을 떠올렸다. 아침 일찍 전화해본다고 하고선, 어젯밤 일로 까맣게 잊고 있었다. 서둘러 수진에게 전화했지만, 이번엔 수진이 전화를 받지 않았다. 리아는 몇 번 더 시도한 후, 음성 사서함에 전화 달라는 메시지를 남겼다. 하지만 점심시간이 넘도록 수진에게선 아무런 답이 없었다.

어제 전화 안 받았다고 토라졌나?

다시 전화를 걸었지만, 수진은 받지 않았고, 리아는 음성 메시지를 남기는 대신 문자를 보냈다.

> 수진아, 어젠 미안했어. 시간 나면 연락해.

수진에게서 연락이 온 건, 팀원 미팅을 마치고 자리에 돌아오고 나서 였다.

> 퇴근하고 만나자. 내가 그쪽으로 갈게.

수진답지 않게 아주 간단한 문자였다. 문자를 확인한 리아는 미간을 찌푸렸다. 퇴근 후에 수진을 만난다는 건, 그녀와 함께 저녁을 먹어야 한다는 의미이니까.

> 알았어. 퇴근하고 만나.

수진에게 문자를 보낸 리아는 바로 태호에게 전화를 걸었다. 아무래도 밖에서 저녁 먹을 것 같다고 알리기 위해서다.

"오늘 몇 시에 퇴근해?"

그러자 태호가 그 질문을 기다렸다는 듯이 빠르게 대답했다.

[전화하려던 참이었어. 나 오늘 야근해야 할 것 같아. 먼저 저녁 먹어.]

"그래? 알았어."

혼자 저녁 먹으라고 말하기 미안했었는데 잘됐다. 전화를 끊은 리아는 수진에게 문자를 보내 약속 장소를 정했다.

퇴근 후, 리아는 회사 앞 커피숍으로 향했다. 안에 들어서니 먼저 도착한 수진이 자리에 앉아 그녀를 기다리고 있었다.

"미안해, 수진아. 어젠 중요한 일이 있어서 전화 못 받았어."

하지만 수진의 굳은 표정은 풀리지 않았다. 수진은 아무 말 없이 리아를 노려보며 커피잔을 입으로 가져갔다. 수진의 날카로운 시선에 리아는 조금 어이가 없었다. 전화 통화 좀 안 된 게, 이렇게까지 화낼 일은 아닐 텐데…….

"주리아."

커피잔을 내려놓으며 수진이 입을 열었다.

"너, 태호랑 무슨 관계야?"

"무슨 관계라니?"

이번에도 리아는 조금 어이가 없었다. 지금까지 수진이 던진 질문 중에서, 제일 황당하고 엉뚱한 질문이었다.

"무슨 관계는 무슨 관계야? 부부 관계지. 나, 태호랑 결혼했잖아."

'얘가 지금 농담하나?'라고 생각하며 가볍게 던진 대답은 아주 묵직한 질문이 되어 돌아왔다.

"그러면 너희, 같이 잤어?"

"어?"

"너희 같이 잤냐고. 한 침대에서 같이 자?"

리아는 잠시 할 말을 잃었다. 물론 친구끼리 더한 질문도 할 수 있겠지만, 수진은 대놓고 이런 종류의 질문을 한 적은 없었다.

상대가 태호라서 그런가? 수진은 리아와 태호는 앙숙 중의 앙숙으로, 서로 사이가 나쁘다고 알고 있었다. 사실 얼마 전까진 아주 틀린 말도 아니었다.

리아에게서 아무런 대답이 없자, 수진은 다시 질문을 던졌다.

"너희, 잠자리했어? 부부 관계 맺었어?"

아직 아니다. 하지만 곧 그렇게 될 건데…… 뭐라고 대답해야 하지?

"수진아, 갑자기 그런 건 왜 물어봐?"

"너, 지금 몰라서 묻니?"

수진은 대답해줄 생각이 없는 듯 쌀쌀맞게 맞받아쳤다.

"수진아, 너 갑자기 왜 이래?"

"인터넷에 떠도는 기사처럼 두 사람 정말 사귀는 사이였다며? 그거 진짜야?"

"……아."

리아는 난처한 얼굴로 잠시 입을 다물었다. 수진이 어떻게 알게 되었는지는 모르겠지만, 두 사람 사이를 알게 되었나 보다.

기회를 봐서 유정과 수진에게도 말하려고 했는데, 늦어버렸네.

리아는 가만히 고개를 끄덕였다.

"응. 기사 그대로야."

그러자 수진의 얼굴이 창백하게 변했다.

"……너, 너 그러면 대학교 때부터 숨긴 거였어?"

떨리는 목소리로 수진이 물었다. 이번에도 리아는 가만히 고개를 끄덕였다. 어떻게 보면 감쪽같이 친구를 속인 것처럼 보이지만, 조금은 억울한 점도 있었다. 대학 시절엔 비밀을 털어놓을 만큼 수진과 가깝지 않았다.

부모님 눈을 피해 태호와 연애하느라, 과 친구들과는 어울릴 기회가 없었다. 강의가 끝나는 대로 태호를 만나러 달려가기에 바빴으니까.

"어떻게 그래? 어떻게 친구인 나에게까지 숨겨? 너 지금까지, 내가 태호 욕하는 거 보면서 속으로 무슨 생각 했니?"

리아는 그제야 왜 수진이 이토록 화가 났는지 알 것 같았다.

"너, 나 속으로 비웃었을 거 아냐. 내가 태호 욕하는 거 듣다가, 바로 태호 만났을 거 아냐. 태호에게 내가 뒤에서 욕한다고 다 일러바쳤니?"

"아니야, 수진아."

리아는 오해를 바로잡을 필요를 느꼈다.

"태호랑 대학교 때 사귄 건 맞지만, 우리 졸업하고 바로 헤어졌어. 그 이후 서로 앙숙으로 지낸 것도 맞고. 네가 태호 안 좋게 이야기할 때, 나도 정말로 태호와 사이 안 좋았어."

그 말에 수진의 눈꼬리가 가늘게 떨렸다.

"뭐? 태호랑 헤어졌었다고?"

"응. 대학교 때 너한테 숨긴 건 미안하지만, 그 이후엔 정말 태호와 사이 나빴던 거 맞아. 이번에 결혼하면서 우리 재결합한 거야."

리아는 간략하게 헤어진 이유를 설명했다.

"그러면 태호가 해외 지사를 지원한 것도 너와 헤어졌기 때문이었어?"

리아가 고개를 끄덕이자, 수진은 기가 막힌 듯 헛웃음을 내뱉었다. 태호가 해외 지사에 근무할 당시, 수진은 어학연수 핑계를 대고 그를 따라갔었다. 회사로 찾아갈 순 없었지만, 멀리서나마 그를 지켜볼 수 있었으니까. 수진의 눈에도 그 당시 태호는 뭔가 달라 보였다.

어딘지 모르게 공허해 보이던 눈빛과 마치 세상 다 산 사람 같은 허무한 표정. 도대체 무슨 일인가 했었는데…….

수진의 입가에 비릿한 미소가 떠올랐다.

그게 다 리아 때문이었단 말이지.

"너, 태호 죽으려고 했던 건 아니? 알고 보니, 그거 다 너 때문이었네."

"뭐?"

태호가 죽으려고 했었다니. 그리고 그게 나 때문이었다고?

강한 충격에 리아는 멍한 표정으로 수진을 바라보았다.

"너, 정말 까맣게 몰랐던 모양이구나."

"무슨 소리야? 차근차근하게 설명해봐."

리아는 다급한 목소리로 물었지만, 수진은 쉽게 대답해줄 마음이 없었다. 자신이 아픈 만큼 리아도 아팠으면 좋겠으니까.

하고많은 여자 중에 왜 하필 주리아일까?

"수진아, 제발……."

애원하는 것 같은 리아의 말투가 더욱더 화를 불러일으켰다.

태호가 어떻게 되든 말든 헤어질 땐 언제고. 그리고 헤어졌으면 끝까지 헤어졌어야지, 왜 다시 합치고 난리냐고!

"태호, 해외 지사에서 근무할 때 별명이 뭐였는지 아니?"

물론 리아는 모를 것이다. 그 당시 태호를 가까이에서 지켜본 사람은 수진뿐이었으니까. 그때 무슨 수를 써서라도, 태호를 잡았어야 했는데……. 왜 언젠가는 태호가 나를 바라볼 거라고 마음을 놓고 있었을까. 수진은 안일한 자신을 꾸짖었다.

"'유령'이었어. 마치 세상 다 산 사람 같은 표정이었거든. 끼니도 챙기지도 않고 일에만 매달려서, 지사장이 억지로 병원에 끌고 간 적도 있었대."

몰랐다. 정말 몰랐다. 리아는 태호가 어느 정도 마음을 정리한 후, 해외 지사로 나간 줄 알았다. 먼 타국에서 그런 모습으로 지냈을 거라곤 상상도 하지 못했다. 그녀도 태호와 헤어진 후 힘든 기간을 보냈지만, 그래도 옆에는 민수도 있었고 가족과 친구가 있었다. 저도 모르게 손끝이 떨리자, 리아는 두 손을 꽉 잡으며 수진의 다음 말을 기다렸다.

"그러다 어느 날, 사고가 났어. 태호가 절대로 알리지 말라고 해서 강 회장님 빼곤 가족 아무도 모르더라. 그래서 나도 가만히 있었지."

"사고라니, 무슨 사고?"

"교통사고였어. 한밤중에 태호가 몰던 차가 절벽 안전대를 들이받고 추락하기 직전에 가까스로 멈췄어. 당시엔 경찰이 급발진이라고 결론을 내렸지만, 혹시 죽으려고 했던 건 아닌가, 주위에서 수군거렸어."

리아의 얼굴이 곤혹스럽게 일그러질 때마다, 수진은 속으로 쾌재를 불렀다.

그래, 아파해. 너도 아파해야 해. 내가 아픈 것만큼.

"꽤 큰 사고였지만, 다행히 겉은 멀쩡했어. 뇌출혈만 있었던 모양이야."

"뇌출혈?"

"응. 그래서 저번 공장에서 사고 났을 때, 어느 곳보다 뇌를 중점적으로 검사한 거야. 뇌출혈 경험이 있으니까."

"아!"

울컥 눈물이 쏟아지려 하자, 리아는 한 손으로 입을 틀어막았다. 그래서였나? 갈비뼈가 다쳤다고 하면서 일주일이나 병원에 입원한 상태로 이것저것 검사하기에 뭔가 이상하다 했다.

"너도 참 이기적이다. 그렇게 세상 끝난 것처럼 시끄럽게 헤어져놓고 선, 어떻게 다시 합칠 생각을 하니? 예전엔 부도나서 헤어진다더니, 이 번엔 부도나서 결혼한다고?"

속이 문드러진 수진은 한껏 비아냥거렸다.

"아, 맞다. 너, 태호가 강수미와 스캔들 일으키는 것도 보고 있었잖 아. 역시 재벌들 세계는 그런 건가? 아내 있는 남자가 옆에 애인 끼고 두는 거 괜찮아?"

'그런 거 아냐'라고 말하려던 리아는 혀끝을 깨물었다.

수진이 아버지 한 사장과 강수미와의 관계를 알고 있는지 모르겠지 만, 괜히 말 한마디 잘못했다가 나중에 곤란한 일을 만들고 싶진 않았 다. 리아가 아무 말도 하지 못하자, 수진은 자신의 공격이 먹혔다고 생 각했는지 승리의 미소를 떠올렸다.

"미안하다. 여느 친구처럼 너희 둘, 축복해주지 못해서. 유정이는 아 무렇지 않게 받아들일지 모르겠지만, 난 아니야. 너희 둘 어차피 얼마 못 가서 깨질 거야. 넌 다시금 태호를 불행하게 만들 거라고."

할 말을 모두 끝낸 수진은 핸드백을 들고 자리에서 일어났다.

"우리 인제 그만 보자."

태호가 사랑하는 여자 따위, 보고 싶지 않았다. 다시는 리아의 앞에 서 웃는 일은 없을 것이다. 혹시라도 태호와 헤어진다고 해도 말이다.

"……수진아."

"나 뒤로 호박씨 까는 애, 친구로 둘 생각 없어. 네가 무슨 꿍꿍이를 하는지 내가 어떻게 아니?"

언젠가는 갈라질 사이였다. 사랑하는 남자를 사이에 두고 친구 관계 라니……. 하, 코미디가 따로 없다.

수진은 뒤도 돌아보지 않고 커피숍을 걸어 나갔다.

리아는 자리에 앉은 채, 창밖으로 멀어지는 수진의 뒷모습을 말없이 바라보았다. 한 사장의 비리가 폭로되면 한 번은 수진과의 관계가 삐걱거릴 거라고 예상했었다. 하지만 이렇게 빨리 닥칠 줄은 몰랐다.

수진은 정말로 절교할 생각일까?

수진을 이해 못하는 건 아니지만, 이런 식으로 친구 관계를 끝낸다는 건 가슴 아픈 일이었다. 리아는 떨리는 손으로 컵을 들어 천천히 물을 마셨다.

하아.

머릿속이 텅 비어버려 눈앞이 아득해지는 것만 같았다.

"표정 좀 푸세요."

태호의 앞에 서류를 내려놓으며 남 비서가 낮게 투덜거렸다. 빠른 속도로 서류를 훑어보던 태호가 고개를 들어 남 비서를 올려다보았다. 날카로운 시선과 마주치자, 남 비서는 어깨를 으쓱해 보이며 뒤로 한 걸음 물러섰다.

"이사님이 꼭 직접 해야 하는 건 아닙니다."

"그게 아니면? 내가 해야지, 이걸 누구 손에 맡겨?"

될 수 있으면 빨리 일을 마치고 퇴근하고 싶지만, 쌓인 업무는 도무지 줄어들 기미를 보이지 않았다. 저녁도 간단하게 샌드위치로 때우고 손에서 일을 놓지 않는데도 말이다.

"후우."

태호는 손으로 얼굴을 쓸어내리며 서류에 집중하려 애를 썼다. 하지만 자꾸만 리아의 모습이 눈앞에 떠올라, 일을 방해했다. 온종일 그랬다. 그러니 제대로 업무가 진행될 리 없었다. 그러다 결국 회사에 남아 밀린 일을 처리하게 되었다.

어젯밤, 리아는 여느 때와 달랐다. 작은 손길에도 파르르 눈꺼풀이 떨렸고, 겹쳐진 입술이 미세하게 떨리는 것을 느꼈다. '어째서?'라는 의문은 곧 해답을 찾았다.

'꼭 안아줄 수 있을 것 같은데'라는 말 때문에 긴장한 게 분명했다. 말할 땐 몰랐는데 나중에 생각해보니, 다르게 해석할 수도 있는 말이었다. 하지만 오늘 밤은 아니었다. 아무런 준비 없이 어영부영 첫날밤을 보낼 수는 없는 일이었다. 그것도 월요일 밤에. 아무래도 주말이 나을 것이다. 주치의는 회복 경과가 빠르다며, 이젠 평소와 같이 행동해도 문제없을 거라고 진단을 내렸다.

마음 같아선 그 말을 듣는 순간, 당장 집으로 달려가 리아를 침대로 끌고 가고 싶었다. 하지만 지금까지 참았는데, 그 며칠을 못 기다릴까. 곧 리아와 함께 보낼 특별한 밤을 생각하자, 숨이 막힌 듯 가슴이 답답했다. 태호는 느슨하게 넥타이를 풀며 한 손으로 흘러내린 앞머리를 쓸어 올렸다.

긴장되냐고? 물론이다. 쉽게 믿지 못하겠지만, 그의 인생에 여자라곤 리아밖에 없었다. 첫 키스도 그녀였고, 첫사랑도 그녀였다. 그의 모든 처음은 리아와 함께했다.

"제길."

태호는 눈살을 찌푸리며 거칠게 서류 파일을 옆으로 밀쳐냈다. 그녀와 나눈 첫 키스를 떠올리는 것만으로 온몸의 신경이 곤두서며 아랫배에 힘이 들어갔다.

지금까지 어떻게 참았는지 모르겠다. 주치의에게 완치 판정을 받은 다음부턴 하루에도 몇 번 힘이 불끈 솟아올랐다.

주말엔 어느 별장으로 갈까? 바닷가가 좋을까? 아니면 산이나 계곡? 호숫가도 괜찮긴 한데. 촛불과 와인, 장미 꽃잎 등등 로맨틱 분위기를 살릴 소품은 많았지만, 리아는 분명 21세기에 이 무슨 촌스러운 짓이 냐며 한소리 할 게 뻔했다.

드디어 마지막 서류 검토를 끝낸 태호는 파일을 덮는 동시에 자리에서 일어났다.

"남 비서, 이만 퇴근하지."

남 비서가 뭐라고 한마디 하려고 했지만, 태호는 그를 기다려줄 여유가 없었다. 그는 재빨리 손을 흔들어 보이곤, 급히 지하 주차장으로 향했다. 가는 도중 리아에게 전화를 걸었지만, 전원을 꺼두었는지 곧바로 음성 사서함으로 넘어갔다.

차에 올라탄 태호는 계기판으로 시간을 확인했다. 어느새 밤 11시가 넘은 시각이었다. 어쩌면 리아는 이미 잠자리에 들었을지도 모르겠다. 그래도 잠든 모습이라도 볼 수 있다는 게 어딘가?

예전엔 멀리서나마 리아의 모습을 보겠다고 참석할 필요 없는 세미나에 얼굴을 드러내기도 했었다. 그때에 비하면 지금은 천국과 다름없었다.

급히 차를 몰아 집에 도착하니, 어두운 실내가 그를 맞이했다.

역시 먼저 잠든 모양이다. 하지만 불을 켜는 순간, 거실 소파에 웅크리고 앉은 리아의 모습이 눈에 들어왔다.

처음엔 소파에서 잠이 든 줄로만 알았다. 아무런 미동도 없이 가만히 있었기 때문이다. 그러나 가까이 다가가자, 리아의 어깨가 가늘게 떨리고 있는 게 보였다. 옆으로 다가간 태호는 두 손으로 조심스럽게 리아의 어깨를 감쌌다.

"리아야?"

그의 목소리에 그녀가 움찔하더니, 그를 향해 천천히 고개를 들어 올렸다. 리아와 시선이 마주친 태호는 저도 모르게 미간을 찌푸렸다. 그녀의 두 눈은 빨개져 있었고, 촉촉한 눈물 자국으로 물든 뺨은 전등 빛에 반짝거렸다.

"너?"

리아가 울고 있었다.

"무슨 일이야?"

리아는 대답하는 대신 그의 등에 팔을 두르며 품으로 파고들었다.

"……태호야. 나, 너무 이기적이지, 그렇지?"

집에 돌아온 리아는 수진에게 들은 이야기를 곱씹고 또 곱씹었다. 그리고 자신 때문에 태호가 먼 타국에서 힘든 시간을 보냈다는 사실에 속이 무너져 내렸다.

그런 줄도 모르고, 그녀는 더는 그를 보지 않아도 된다고 안도하고 있었다니. 리아는 자신이 정말 나쁜 여자가 된 것만 같아서, 아니 사실은 정말로 이기적이고 나쁜 사람이 아닐까 덜컥 겁이 났다.

"갑자기 그건 또 무슨 소리야."

리아가 운다는 사실만으로도 미칠 것만 같은데, 그녀의 입에서 자꾸만 기가 막힌 소리가 흘러나왔다.

"나 때문에 많이 힘들었어? 죽고 싶을 만큼?"

그녀도 그랬다. 많이 힘들었었다. 하지만 죽고 싶을 만큼은 아니었다. 그가 그렇게 힘들어하는 줄 알았다면 헤어지는 게 아니었는데. 구사일생으로 목숨을 건졌으니 망정이지, 아니었다면 상상하는 것조차 끔찍했다. 그때 차가 절벽 아래로 떨어졌었더라면?

"아!"

리아는 저도 모르게 비명을 지르며 태호의 목을 꽉 끌어안았다.

"리아야, 너, 갑자기 왜 그래?"

"너, 죽으려고 절벽으로 차 몰았었다며. 미국에 있을 때. 아니야?"

그제야 태호는 리아가 지금 무슨 말을 하는지 깨달았다. 어떻게 알았는지는 몰라도 해외 지사 근무 시절에 일어난 교통사고에 관해 알게 되었나 보다.

그때 일은 강 회장밖에 모르는데, 도대체 누가 리아에게 말해준 걸까? 그리고 죽으려고 절벽으로 차를 몰았다니. 도대체 그런 말도 안 되는 헛소리를. 그건 단순한 사고였을 뿐이다. 분명 죽을 만큼 힘든 시간이었지만, 리아를 혼자 두고 먼저 세상을 떠날 생각은 전혀 없었다. 그리고 주원식품 부도 위기 원인을 알아내기 위해, 이곳저곳에서 정보를 캐느라 바쁘던 시기이기도 했다.

"리아야, 뭔가 오해가 있었나 본데…… 읍."

하지만 다음 말은 입술을 겹쳐오는 리아 때문에 다시 입 안으로 묻히고 말았다. 리아는 두 손으로 그의 뺨을 감싼 채, 모든 것을 빨아들일 것처럼 강렬하게 입술을 덮쳤다. 부드럽게 얽히는 것 같으면서도 입술이 얼얼할 정도로 집요했다.

"하아."

한참 후에야 입술을 떼어낸 리아는 양손으로 매달리듯 태호의 목을 끌어안았다. 그리고 그의 귓가에 조그맣게 속삭였다.

"태호야, 내가 너 평생 책임질게."

가늘게 떨리는 그녀의 목소리가 태호의 안을 가득 채웠다.

"다시는 너, 아프게 하지 않을 거야. 맹세해."

무슨 소리야? 아프게 하지 않겠다니?

태호는 리아의 말이 이해되지 않았다. 그녀는 단 한 번이라도 그를 아프게 한 적이 없었으니까. 주리아는 그의 단조로운 인생에 유일한 기쁨이자, 행복한 미래였다. 헤어질 때조차도 사랑스러웠는데. 그런데 어떻게 네가 날 아프게 해?

"리아야, 넌 한 번도……"

하지만 태호는 다음 말을 이어갈 수 없었다. 리아가 다시 고개를 틀어 입술을 겹쳤기 때문이다. 한껏 감정이 고조된 탓일까? 평소와 다르게 리아는 꽤 적극적이었다. 두 손으로 그의 어깨를 꽉 움켜쥐고 한 치의 빈틈없이 격렬하게 파고들었다.

물기 어린 숨결이 부딪칠 때마다 머리카락이 곤두설 만큼 짜릿한 감각이 온몸에 퍼져나갔다. 마음 같아선 그도 좀 더 깊게, 좀 더 거칠게 입을 맞추고 싶었다. 하지만 그럴 수 없었다. 이 행위의 끝이 어디를 향할지 쉽게 짐작할 수 있기에 태호는 조심스러울 수밖에 없었다. 우선은 리아를 진정시켜야 한다. 그러나 반항은 잠시뿐, 말캉한 입술이 깊숙하게 파고들자 머릿속이 텅 비어버렸다. 뜨겁게 잦아드는 공격에 이성이 마비되었다고나 할까? 호흡이 진득하게 섞이자, 심장이 터질 것처럼 거칠게 날뛰기 시작했다.

잠시 숨을 돌리려 입술을 떼는 순간, 태호는 재빨리 리아의 어깨를 양손으로 움켜잡으며 뒤로 물러났다.

"잠깐만."

이미 인내심이 한계에 다다르고 있었다. 다시 입술이 겹치면 더는 견딜 수 없을 것이다. 요 며칠 얼마나 힘겹게 참았는데. 처음이기에 더더욱 신경 써서, 좀 더 특별하고 근사하게 시작하고 싶었다. 그런데 지금 여기서 허무하게 유혹에 무너지면…….

하지만 이번에도 반항은 잠시뿐이었다. 자신을 빤히 바라보는 리아의 모습에 다시금 마음이 흔들렸다.

"왜? 싫어?"

키스로 촉촉해진 입술과 의아함을 담은 커다란 눈동자가 불빛에 반짝거렸다. 그녀 얼굴에 실망이 번지는 순간, 애써 잡아두었던 이성의 끈이 풀리고 말았다.

"아니, 싫을 리가 없잖아."

너무 좋아서 문제다. 이번에 그가 그녀를 더 힘껏 끌어안으며 깊고 진하게 입을 맞추었다. 어쩔 수 없다. 이젠 하늘이 무너진다고 해도 멈출 수 없게 돼 버렸다. 그러기에는 참고 참았던 시간이 너무 길었다. 한번 터져버린 욕망은 무서운 속도로 온몸을 잠식해나갔다.

어떻게 침실로 왔는지도 모르겠다. 정신을 차렸을 땐, 두 사람은 이미 침대 위에 누워 있었다.

"이번엔 멈추지 않을 거야."

태호의 속삭임에 리아는 작게 웃음을 터뜨렸다. 과거 두 사람은 몇 번이나 유혹의 끝자락 바로 앞에까지 다다랐었다. 그러나 그때마다, 리아는 슬쩍 뒷걸음치곤 했었다. 아직 학생 신분이라는 이유도 있었고, 나날이 나빠지는 양가의 관계도 그랬지만 솔직하게 말하자면, 그땐 용기가 없었다. 모두의 반대를 물리치고 완전하게 맺어질 용기. 하지만 이제는 아니다.

리아는 말로 대답하는 대신 손으로 단추를 풀어 태호의 셔츠를 벗겨냈다. 불빛에 드러나는 탄탄한 어깨에 살며시 입술을 대었다.

보여줄게. 내가 얼마나 널 원하는지, 얼마나 널 사랑하는지. 넌 내 남자야. 예전에도, 지금도, 앞으로도, 영원히 나에게서 벗어날 수 없어.

부드럽게 상체를 쓰다듬던 손길이 아래로 향하자, 태호는 황급히 그녀의 손을 잡았다. 순간 당황했는지, 그의 입매가 딱딱하게 굳었다. 침대에 누웠으면서도 어떻게든 열기를 식히려던 중이었는데, 그만 그녀가 불길에 기름을 붓고 말았다.

"여기부턴 내가 할게."

그녀의 손길을 거둔 태호는 침대에서 몸을 일으켜 스탠드에 손을 뻗었다. 곧 불이 꺼지고, 바지 버클이 열리고 지퍼 내려가는 소리가 들렸다. 어둠이 내려 오로지 소리만 들리기 때문일까? 부스럭, 옷이 바닥에 떨어지는 소리가 그 어느 때보다 자극적으로 느껴졌다.

하아, 너무 긴장해서인지, 리아의 입에선 저절로 나직한 탄성이 흘러나왔다. 이윽고 준비를 끝낸 그가 다시 침대로 돌아오자, 리아는 활짝 팔을 벌려 그를 품에 끌어안았다. 코끝에 훅, 느껴지는 짙은 살냄새와 따뜻한 체온, 부드러운 머리카락과 촉촉한 입술. 모든 게 너무 좋았다.

맞닿은 가슴을 통해 쿵쿵, 심장 박동이 느껴졌다. 리아는 태호의 목덜미에 얼굴을 묻으며 널찍한 등을 손바닥으로 쓸어내렸다.

손바닥에 느껴지는 매끈한 등 근육의 감촉에 손끝이 저릿해지고, 끌어안는 것만으로도 얼굴이 화끈 달아올랐다. 어두워서 얼굴이 잘 보이지 않는 게 얼마나 다행인지 모르겠다.

그가 고개를 숙여 입술을 찾자, 리아는 가만히 눈을 감았다. 달콤하고 뜨거운 불꽃이 화르르 온몸을 태우는 것만 같았다.

바보 같아, 어떻게 그를 떠나서 살 수 있다고 생각했을까? 이렇게나 좋은데…….

부딪치는 입술 사이로 진득하게 숨결이 흘러들었지만, 집어삼킬 것 같은 욕망에 끊임없이 목이 말랐다. 이 끝없는 갈증을 해소할 수 있는 것은 오로지 한 가지뿐이다.

"리아야, 괜찮겠어?"

걱정스러운 듯 낮은 속삭임이 귓속에 흘러들었다. 조금 긴장은 했지만, 뒤로 물러설 만큼은 아니었다. 아니, 그보단 타들어가는 목마름을 끝내고 싶었다.

"계속해줘."

이윽고 천천히, 아주 부드럽게 사랑의 행위는 끝을 향해 다가갔다. 어쩌면 조금은 격렬하게, 하지만 다치지 않게 소중히, 조심조심, 한 단계 한 단계, 잔잔한 바다 위로 폭풍우가 몰아치는 것처럼, 파도에 흔들리듯 이리저리 감정이 뒤섞이며 열띤 흥분이 서로를 차곡차곡 채워나갔다. 견딜 수 없을 정도로 강한 전율이 온몸에 퍼지자, 리아는 입술을 깨물며 넓고 단단한 등에 손톱을 세웠다.

하아, 너무 좋아서, 너무 행복해서 숨이 막힐 것만 같다.

처음이지만, 처음이 아닌 것처럼, 두 사람은 그렇게 하나로 녹아들었다.

리아는 태호의 품에 안긴 채 여명이 밝아오는 창밖을 물끄러미 바라보았다.

하, 미쳤다!

어쩌다 보니 밤을 새우고 말았다.

도중에 잠깐 눈을 붙이긴 했지만, 그래도 거의 밤을 새운 것이나 다름없었다. 태호는 지치지도 않고 계속해서 그녀를 밀어붙였다. 한마디로 숲이 쩌렁쩌렁 울리게 포효하는 호랑이 같았다. 어찌나 격렬하게 다가오던지, 커다란 알래스카 킹사이즈 침대가 작게 느껴질 정도였다. 그렇다고 리아 역시 부끄러운 척, 좋으면서 아닌 척, 처음이라 서투른 척 물러서고 싶진 않았다. 실전 경험은 없지만, 그래도 나름 이론엔 강하다고 자신했었다.

그런데 이런, 전혀 아니었다. 태호는 밤새도록 그녀가 상상도 하지 못한 미지의 세계로 이끌었다. 그것도 아주 다양한 자세로. 이러면서 어떻게 지금까지 참았는지 모르겠다.

"후우."

리아의 입에서 낮게 한숨이 흘러나왔다. 손가락 하나 까딱할 수 없을 정도로 온몸이 나른했다. 하지만 쉽게 잠이 오지 않았다. 잠을 청하려 해도 자꾸만 가슴이 두근거렸다.

그녀와 달리 태호는 고른 숨을 내쉬며 빠르게 단잠에 빠져들었다. 출근해서 제대로 일하려면 지금이라도 잠을 청해야 하는데……. 리아는 속으로 중얼거리며 태호를 향해 고개를 들었다.

하지만 이렇게 잘생긴 남편을 끌어안고 어떻게 오겠어, 잠이? 어차피 잠들긴 글렀으니, 잘생긴 얼굴 감상이나 할까?

리아는 품에서 벗어나, 한 손으로 턱을 괴고 물끄러미 잠든 태호를 바라보았다. 어젯밤엔 한 마리 호랑이처럼 침대에서 날뛰던 남자가 지금은 잠자는 숲속의 왕자님처럼 고요히 눈을 감고 있었다. 숨결이 흘러나올 때마다 살며시 열리는 입술이 못 견디게 자극적이었다.

어쩌면 자는 모습마저 이렇게 잘생겼을까! 아아, 저절로 감탄사가 흘러나온다.

리아는 손을 들어 조심스럽게 태호의 매끈한 콧날을 톡 건드렸다. 그리고 연한 숨결을 흘리는 입술에 손등을 가져가보았다. 손등에 닿는 더운 숨결에 리아는 저도 모르게 아랫입술을 깨물었다.

'살짝 키스해버릴까?'라는 유혹과 '곤히 자는 사람 귀찮게 하면 안 돼.'라는 바른 생각이 머릿속에서 뒤엉켰다. 여기서 그를 다시 깨웠다간, 정말 밤을 하얗게 새우는 꼴이 될 테니까. 하지만…… 자리에 누우려던 리아는 도로 몸을 일으켜 태호를 바라보았다.

이렇게 잘생긴 남편을 그냥 바라만 보는 건, 낭비가 아닐까?

그때였다. 감긴 눈꺼풀이 스르르 열리며 그녀와 시선이 마주쳤다.

"……언제까지 감상할 거야?"

갓 잠에서 깬 듯 잠긴 목소리가 그의 입에서 흘러나왔다. 깜짝 놀란 리아는 황급히 몸을 눕혔지만, 애석하게도 너무 늦고 말았다. 태호는 리아의 허리를 손으로 감은 채 옆으로 몸을 굴렸다. 순식간에 그의 아래로 빨려 들어간 리아는 당황한 얼굴로 위를 올려다보았다.

"조금이라도 재우려고 했는데……."

그가 고개를 숙이며 그녀 입술 위에서 투덜거렸다.

"아니, 나는……."

몰래 키스하려던 것을 아는 것처럼 그는 리아의 턱을 잡고 베어 물 듯 입을 맞추었다. 갓 잠에서 깨어났다는 것이 믿어지지 않을 만큼 짙고 깊은 키스였다. 입술을 떠난 열기는 서서히 다른 곳으로 방향을 바꾸기 시작했다.

이게 아닌데…….

리아는 그저 키스만 하려고 했다. 그 이상은 아니었다. 목덜미를 거친 입술이 더 아래로 향하려 하자, 리아는 두 손으로 그의 어깨를 움켜쥐었다.

"저기, 잠깐만."

하지만 정말 아주 잠시뿐이었다. 그녀를 내려다보는 뜨거운 시선에 곧 마음이 흔들렸다.

"왜? ……싫어?"

보기 좋게 헝클어진 앞머리가 그녀의 눈에는 왜 이리도 멋져 보이는지……. 아니, 싫을 리가 없잖아!

리아는 재빨리 고개를 흔들고는 이번에는 그녀가 먼저 입을 맞추었다. 서로의 숨결이 하나로 섞이며 빠르게 달아올랐다.

"이럴 줄 알았어."

점심시간에 회사로 찾아온 유정은 리아를 보며 미간을 찌푸렸다. 한눈에 보기에도 밤잠을 설친 것처럼 리아의 두 눈은 벌겋게 충혈돼 있었다.

"수진이 때문에 잠 못 잤구나."

못 잔 이유는 전혀 다른 데 있었지만, 리아는 아무 말 없이 피식 웃고 말았다. 그러자 유정은 안쓰럽다는 얼굴로 리아의 어깨를 다독거렸다.

"너, 울었니?"

빨개진 눈도 눈이지만, 눈덩이가 부어 있으니 그렇게 오해할 만도 했다. 아니, 솔직히 말하자면 오해만은 아니다. 새벽녘에 거세게 몰아붙인 태호를 끌어안고 결국엔 펑펑 울음을 터뜨리고 말았다. 감당할 수 없는 자극을 받으면 눈물샘이 터질 수도 있다는 것을 어제서야 알게 되었다.

─ 괜찮아. 울어도 좋아.

환희에 휩싸여 흐느끼는 그녀의 뺨에 입술을 대며 그가 속삭였다. 어쩌면 그리도 잘하는지. 물론 태호 말고는 경험이 없었기에 정확하게 비교할 순 없었다. 그러나 꼭 경험해야만 알 수 있는 건 아니었다.

"울긴……. 아냐, 그냥 피곤해서 그래."

아무 생각 없이 고개를 내젓던 리아는 목에 통증을 느끼고 일순 표정을 굳혔다. 흑, 여기저기 안 쑤신 곳이 없었다. 어젯밤 등산한 것처럼 체력을 소모했으니 그럴 만도 했다. 평소에 충분히 운동하고 있다고 생각했는데 아니었나 보다. 그게 아니면 운동할 때와는 다른 근육을 사용했거나…….

리아의 굳은 표정에 유정은 말 안 해도 안 다는 듯 눈살을 찌푸렸다.

"수진이가 너한테도 절교하자고 했구나, 맞지?"

"유정아, 너에게도 그랬어?"

"응."

유정은 고개를 끄덕이며 레모네이드를 쭉 들이켰다.

"갑자기 한밤중에 전화해선 리아, 네가 어떻게 자기에게 그럴 수 있냐고 하소연을 하더라고. 한잔했는지 완전 술에 취한 목소리였어."

리아는 잠자코 유정의 말에 귀를 기울였다.

"계속 했던 소리 하고 또 해서 내가 '살다 보면 그럴 수도 있지.'라고 했거든. 그랬더니 '너랑도 이젠 끝이야!' 하고 빽 소리 지르더니 끊더라."

생각보다 수진의 상처가 큰 것 같았다. 속일 생각은 없었는데 어쩌다 보니 그렇게 됐다. 하지만 수진이 친구 간의 신뢰가 깨졌다고 여긴다면 리아로선 할 말이 없었다.

"내가 잘못하긴 했지. 너희를 감쪽같이 속인 게 됐으니까. 유정아, 너한테도 미안해."

그 말에 유정은 짧게 웃음을 터뜨렸다. 그녀는 수진과 전혀 다른 반응을 보였다.

"야, 미안할 게 뭐가 있어?"

유정은 전혀 아니라는 듯 손을 내저었다.

"막말로 수진이랑 너는 학교 다닐 땐 그런 비밀을 털어놓을 만큼 친하지 않았잖아. 사실 너, 대학 다닐 때 친한 애가 있긴 했었니? 태호랑 연애하느라 정신없었지."

그렇긴 하다. 과 친구들과 친해진 건, 오히려 졸업하고 나서다. 친구 챙기기에 열심인 유정 혼자서만 먼저 리아에게 연락하며 우정을 쌓아 나갔다.

"유정아, 솔직히 그때 너랑 친했다고 해도 어쩔 수 없이 비밀로 했을 거야."

"알아, 알아. 괜히 나한테 말했다가 수진이가 알게 되면 안 되잖아. 수진이 아버지, KJ 사람인데……. 너무 위험하지."

"수진이도 너처럼 이해해주면 좋은데……."

리아가 작게 한숨을 내쉬자, 유정도 따라서 한숨을 내쉬었다. 아직 리아는 수진이 태호에게 마음이 있다는 사실을 전혀 눈치채지 못한 모양이다. 살짝 귀띔해줄 수도 있겠지만, 확실한 게 아니기에 유정은 가만히 입을 다물었다.

유정이 생각하기엔 수진은 태호를 좋아하는 게 맞았다. 리아를 만나기 전, 이미 수진은 태호를 중학교 때부터 알고 지냈다고 말했다. 말로는 재수 없다면서 기회만 있으면 태호의 흉을 보느라 바빴지만, 그건 다 좋아하는 감정을 숨기려는 연기에 불과했을 것이다. 좋아하면 오히려 못살게 구는 초등학생처럼 말이다. 입으로는 안 좋은 말을 내뱉으면서도 태호에 관해 이야기할 때마다 수진의 눈은 반짝반짝 빛을 발했다. 가끔은 발그레하게 뺨을 물들이기도 했었다.

"자, 그만하고. 어서 먹자."

유정은 처진 분위기를 바꾸려 활짝 웃으며 포크를 집었다. 리아도 그녀를 따라 웃으며 포크로 토마토를 찍어 입으로 가져갔다.

유정과 헤어지고 회사로 들어온 리아는 말없이 휴대폰을 바라보았다.

친구 관계를 끝내자는 말이 과연 진심이었을까? 유정에게도 절교 선언한 것을 보니, 심각한 것 같긴 한데…….

수진에게 전화하려던 리아는 끝내 버튼을 누르지 못했다. 그녀와 연락한다고 상황이 나아지기보다는, 오히려 반대로 더욱더 악화될 것 같았다.

우선은 시간을 갖기로 했다. 지금은 속았다는 사실에 화가 나겠지만, 진정한 친구라면 결국엔 리아의 처지를 이해해줄 테니까.

휴대폰을 내려놓은 리아는 회의에 참석하려 파일을 챙겨 자리에서 일어섰다.

"이사님, 무슨 일 있으시죠."

남 비서는 무서울 정도 업무에 집중하는 태호를 걱정스럽다는 얼굴로 바라보았다.

"일은 무슨 일?"

태호는 남 비서를 쳐다볼 시간도 없다는 듯 서류에서 눈을 떼지 않은 채 퉁명스럽게 대답했다. 아침부터 저녁까지 태호는 휴식도 없이 빠른 속도로 업무를 처리해나갔다.

먹는 시간도 아깝다며, 점심도 간단하게 샌드위치로 해결했다. 그러니 남 비서가 이상하게 생각하는 것도 당연했다.

"커피라도 드시고 천천히 하십시오."

"고마워."

이번에도 태호는 남 비서를 쳐다보지 않은 채, 앞에 내려놓은 커피 잔에 손을 뻗었다. 서류와 모니터를 번갈아 바라보며 커피 잔을 입에 가져갔다.

오늘 태호는 피곤해 보이는 것 같으면서도 생기가 넘쳐흘렀다.

분명 뭔가 있는데…….

하지만 태호가 아무 일 없다고 한다면 아무 일 없는 거다. 다시 묻는다고 대답해줄 태호도 아니기에 남 비서는 빈 잔을 챙기고 얌전히 물러났다.

남 비서가 집무실을 나가자, 태호는 손목시계로 시간을 확인했다.

이 속도를 유지한다면, 오늘은 정시에 퇴근할 수 있을 것 같다. 마음 같아선 리아의 향이 가득한 집으로 당장에라도 달려가고 싶었다. 그녀는 집에 없겠지만, 그녀의 흔적이 곳곳에 남아 있을 테니까.

순간 갑자기 눈처럼 하얗고 부드럽던 피부의 감촉이 떠오르자, 태호는 불끈 주먹을 쥐었다. 손끝에 닿던 살결이 얼마나 매끄럽게 감기던지, 정말 미치는 줄 알았다. 붉게 물들이고 싶다는 욕망과 싸우느라 머리가 어지러울 정도였다. 하지만 결점 하나 없는 몸에 흔적을 남기는 것은 무례한 짓이다. 어떻게 보면 범죄에 가깝다고도 할 수 있다. 자꾸만 하얀 살결이 눈앞에 어른거리자, 태호는 고개를 흔들었다.

이러면 일을 할 수 없는데…….

애석하게도 한번 떠오른 영상은 사라지지 않고 끈질기게 그를 괴롭혔다. 결국 태호는 서류에서 눈을 떼고 햇살이 흘러드는 창밖으로 고개를 돌렸다. 평소와 다름없는 오후의 햇살임에도 왠지 모르게 몸이 노곤해지는 건, 어젯밤 때문일 것이다.

"후우."

태호는 몸이 뜨거워지는 것을 느끼며 한 손으로 거칠게 얼굴을 쓸어내렸다. 단순한 상상만으로도 잠자고 있던 욕구가 꿈틀거리며 자잘한 떨림이 온몸으로 퍼져나갔다.

이런 걸 지금까지 참고 있었다니.

우습지만, 태호는 그런 자신이 대단하게 느껴졌다.

20대 혈기 왕성한 시절, 손끝만 닿아도 숨이 탁탁 막히게 감각이 폭발하던 시절. 꽤 큰 인내심이 요구됐었다. 모두 리아를 사랑했기에 가능했던 일이다. 이제는 인내할 필요가 없으니 폭주한다고 해도 상관없겠지.

하지만 어젠 너무 무리하게 몰아붙였으니까, 오늘은 쉬게 해줘야겠지? 어쩌면 지금 리아는 근육통에 비명을 지르고 있을지도 모를 일이다. 오늘 밤은 대신 마사지해줄까? 크림을 듬뿍 바르고 구석구석 뭉친 근육을 풀어주다 보면……. 이런!

분명 건전한 장면을 상상했는데, 저도 모르게 불끈 힘이 들어갔다.

"제길."

태호는 욕설을 내뱉으며 빠르게 앞에 놓인 서류로 시선을 돌렸다. 제시간에 퇴근하려면, 잠시라도 리아를 머릿속에서 밀어내야겠다.

"에에? 엄마, 도대체 나에게 왜 이러는 거야?"

태희는 원망스럽다는 얼굴로 정 여사를 향해 목청을 높였다. 엊그제만 해도 막내딸이 최고라던 정 여사의 태도가 하루아침에 싹 바뀌어 버렸다. 정 여사는 바늘로 찔러도 피 한 방울 안 날 것 같은 싸늘한 얼굴이었다.

"네가 한 실수를 알면 그런 말 못 할 텐데?"

정 여사는 말끝마다 태희가 저지른 실수를 물고 늘어졌다. 그래도 그 실수 덕분에 태호와 리아의 관계가 밝혀진 건데, 정 여사는 거기에 대해선 아무 말도 하지 않았다.

"엄마, 사람이 살다 보면 실수도 하고 그러는 거잖아. 그렇다고…… 흑."

태희는 억울하다는 듯 눈물을 글썽거렸다. 그녀가 눈물을 보이면 정 여사는 대부분 못 이기는 척, 한 걸음 물러서주곤 했었다. 그런데 오늘은 영 방법이 통하지 않는 것 같다.

"엄살 부리지 말고, 어서."

정 여사의 태도가 쉽게 변하지 않자, 결국 태희는 빽 소리를 질렀다.

"싫어. 직원들 시켜. 나 바쁘다고."

"바쁘긴 뭐가 바빠. 예전엔 네가 자청해서 가곤 했잖아."

태희가 거절하든 말든, 정 여사는 음식이 든 가방을 억지로 태희에게 안겼다.

"가서, 둘이 잘 지내고 있는지 보고 와."

오늘 정 여사는 특별히 리아가 좋아하는 음식을 준비했다. 저번 일요일에 리아를 돌려보내고 통 마음이 편치 않았기 때문이다.

따로 만나서 그동안 미안했다고 말해주고 싶었지만, 아무리 좋은 의도라고 해도 자신은 시어머니, 리아는 며느리였다. 괜히 불편하게 하고 싶진 않았다. 멀리하면 멀리할수록 편한 관계가 시어머니와 며느리의 관계다.

리아가 먼저 다가오지 않는 이상, 정 여사는 가만히 지켜볼 생각이었다. 차갑게 대할 땐 언제고, 태호와 연인이었다고 갑자기 다정하게 구는 것도 좀 우습다. 그래도 챙겨주고 싶긴 해서, 최고의 셰프를 불러 이것저것 요리를 만들었다. 사위 사랑은 장모라면, 며느리 사랑은 시어머니가 되지 말란 법 없으니까.

그러나 그녀가 음식을 가지고 가면 부담스러울 테고, 그렇다고 직원을 시키자니 성의 없이 느껴질 것 같고. 그렇다면 음식을 가져다줄 사람으로 태희가 딱 좋았다.

"좋은 말 할 때 가져가. 안 그러면 태호에게 다 말해버릴 거야."

"엄마!"

태희는 정 여사의 입에서 나온 말이 믿기지 않는다는 듯 입을 크게 벌렸다.

"와, 세상에 믿을 사람 하나 없다더니. 엄마가 이렇게 배신을 때려?"

"됐어. 어서 가."

정 여사는 황당해하며 바라보는 태희의 등을 세게 떠밀었다.

두 눈이 감길 정도로 피곤했지만, 리아는 모든 업무를 마치고 무사히 귀가했다.

오늘은 얌전히 잠만 잘 것.

현관문을 열기 직전, 리아는 속으로 다짐했다. '늦게 배운 도둑이 날 새는 줄 모른다'는 속담이 괜히 있는 게 아니니까.

현관문을 열고 집 안에 들어서자, 익숙한 향이 느껴졌다. 먼저 도착한 줄 알았는데 아닌가 보다. 주위를 둘러보는데, 침실 문이 열리며 갓 샤워를 마친 태호가 걸어 나왔다.

"왔어?"

그는 한 손으로 젖은 머리카락을 쓸어 올리며 그녀를 향해 느릿하게 걸어왔다. 거리가 가까워질수록 심장 고동이 걷잡을 수 없이 빨라졌다. 아무래도 잘못 생각한 것 같다.

이렇게 사랑스러운 남편을 어떻게 가만 놔둬!

태호가 앞에 다가선 순간, 리아는 뛰어오르듯 그의 품에 뛰어들었다. 반나절 보지 못했다고 이렇게 반가울 수 있는 건가? 그저 끌어안기만 해도 눈물 나게 좋았다.

태호는 허리에 팔을 감아 번쩍 안아 들고는, 그녀를 소파 등받이에 걸터앉게 했다. 그리고 그녀의 가녀린 다리로 자신의 허리를 감게 했다.

"오늘 괜찮았어?"

그가 고개를 숙여 이마를 맞대며 낮게 속삭였다.

"뭐가?"

"아프지 않았어?"

"아……."

물론 아팠다. 현관문을 열면서도 통증에 미간이 찌푸려졌었다. 그런데 신기하게도 그를 보는 순간, 모든 통증이 연기처럼 사라져버렸다. 사랑의 힘이란 게 바로 이런 걸까?

"근육 뭉쳤을 거야. 내가 풀어줄게."

손바닥으로 그녀의 등을 쓰다듬으며 그가 말했다.

"……아."

슬쩍 쓸어내렸을 뿐인데 저도 모르게 탄식이 흘러나왔다. 통증 때문인지, 쾌감 때문인지는 그녀도 알 수 없었다.

"우선 샤워부터 같이할까?"

샤워부터? 정말 순순히 샤워만 같이하자는 거겠지? 그게 아니면 전날 마신 술은 다시 술로 해장해야 한다는, 뭐 그런 건 아니겠지?

오늘은 얌전히 잠만 잘 거라고 계획하고 다짐했는데……. 단단한 품에 안긴 순간, 이미 그녀의 이성은 저 멀리 날아간 상태였다. 리아는 다가오는 태호의 입술을 물끄러미 바라보았다.

그래, 그게 뭐 중요할까. 계획은 바뀌기도 하는 거니까.

생각을 정리하는 순간, 다가온 입술이 뜨겁게 얽혔다.

쏴아아—.

샤워기에서 쏟아지는 거친 물줄기가 욕실 안을 뜨거운 수증기로 가득 채웠다.

"난 이미 샤워했으니까, 내가 비누칠해줄게."

태호는 리아의 손에서 샤워 볼을 빼앗아 보디 샴푸를 듬뿍 덜었다. 그리고 그녀의 뒤에서 한쪽 손으론 벽을 짚고 나머지 손으로는 그녀 몸에 샤워 볼을 문질렀다. 뭉게뭉게 거품을 만들던 손이 어깨 부근에서 잠시 멈췄다.

"여기 근육이 뭉쳤는데, 아프지 않아?"

"어? 아…… 아픈 것까진 아니고……."

어깨를 어루만지는 손길을 느끼며 리아는 말꼬리를 흐렸다. 방금까진 아팠는데 그의 손길이 닿자마자 고통이 쾌감으로 변했다. 얼굴은 또 왜 이리도 빨개지는지. 높은 온도 때문인지, 그의 부드러운 손길 때문인지. 정확한 이유는 모르겠다.

"너무 무리하지 마."

그녀의 목덜미에 입을 맞추며 그가 나직이 속삭였다. 살며시 입술이 닿는 정도의 가벼운 접촉이었지만, 리아는 몸에 저절로 힘이 들어갔다. 이토록 예민하게 반응하게 되는 건, 욕실을 가득 채운 습한 수증기 탓일 것이다.

"근육이 딱딱하게 뭉쳐 있어. 특히 여기……."

"앗!"

그가 어깨와 목 사이를 꾹 누르자, 리아의 입에서 외마디 비명이 흘러나왔다. 하지만 그는 손을 치우기는커녕, 더욱더 힘을 주어 아픈 부분을 압박했다.

"뭉친 거 풀어줄게. 조그만 참아."

"……으응."

리아는 앞으로 고개를 숙이며 아랫입술을 깨물었다.

아파서 비명을 지른 게 아닌데……. 너무 좋아서 지른 건데.

하지만 오해를 바로잡을 생각은 전혀 없었다. 어깨와 목 사이를 누르던 손길은 어느새 미끄러지듯 아래로 내려갔다.

어쩌면 좋아? 근육을 풀어주는 손놀림이란 걸 알면서도 리아는 머리가 핑 돌며 눈앞이 아득해지는 것만 같았다. 미치도록 자극적이었다. 두 눈을 감은 리아는 벽을 짚은 손에 힘을 주었다. 벽을 짚은 태호의 한쪽 팔에도 힘이 들어갔다. 눈앞에 보이는 눈처럼 새하얀 피부에 가슴이 뛰었다. 분명 처음엔 간단하게 샤워만 하고 끝낼 계획이었다. 그렇지만 세상일이란 것이 계획된 대로만 흘러가는 것은 아니다.

리아의 어깨 근육이 딱딱하게 뭉쳐 있는 걸 보자, 자연스럽게 손이 움직였다. 샤워 볼로 살결을 문지를 때의 감촉과 손바닥으로 직접 문지를 때와는 감촉은 차원이 달랐다.

그러고 보니, 둘이 함께 샤워하는 건 오늘이 처음이다. 이렇게 좋은 걸 지금까지 안 하고 있었다니. 오랜 시간, 연인으로 지냈어도 아직 해보지 못한 일이 너무나도 많았다.

달콤한 보디 샴푸 향과 온몸을 감싸는 몽글몽글한 거품, 스치듯 부딪치는 맨살의 감촉에 서서히 숨이 차올랐다.

"앗, 잠깐만. 거긴 안 돼. 간지러워. 큭큭."

어쩌다 간지럼 타는 부분을 건드렸는지, 리아는 몸을 비틀었다. 그 탓에 그녀의 다리가 휘청거리자, 태호는 손을 뻗어 그녀를 품으로 끌어당겼다. 이런! 전혀 예상하지 못한 자극에 태호는 크게 미간을 찌푸렸다. 부드러운 살결이 중심부에 닿는 순간, 지금까지 꽉 잡고 있던 이성의 끈이 툭 끊어졌다.

맹세코 오늘은 그녀를 쉬게 할 생각이다. 하지만 이젠 도저히 참을 수 없었다. 태호는 리아의 어깨를 감싸, 자신을 바라보게 돌려세웠다. 리아는 의아한 표정으로 태호를 바라보았다. 그리고 곧 뭔가 분위기가 바뀌었다는 것을 깨달았다. 열기로 가득한 짙은 태호의 눈빛이 뚫어지듯 그녀를 향하고 있었다. 무엇을 뜻하는지 알기에 리아의 얼굴에서 서서히 웃음이 사라졌다.

지금 여기서?

걷잡을 수 없는 설렘에 가슴이 뛰기 시작했다. 리아는 손을 들어 조심스럽게 그의 뺨을 어루만졌다. 살며시 뺨을 만지는 것뿐인데도 간절한 욕구가 그녀에게로 전해지는 것만 같았다. 그녀는 그를 향해 발끝을 들었고, 그는 그녀를 향해 고개를 숙였다. 누가 먼저랄 것도 없이 뜨거운 입술이 깊숙이 맞물렸다. 유리 벽에 몸을 기대어 중심을 잡은 두 사람은 서로를 부둥켜안았다.

한 치의 틈도 없이, 더는 가깝게 닿을 수 없을 때까지. 온종일 떨어져 있던 시간을 만회라도 하듯 뜨겁고 아주 격렬하게. 길고도 긴 두 사람만의 은밀한 샤워가 시작되었다.

한참 후, 후끈거리던 열기가 가라앉고 말할 기운도 남지 않은 리아는 안기듯 태호에게 몸을 맡겼다.

"배고프지? 저녁 먹자."

"응."

리아가 힘없이 고개를 끄덕이자, 태호는 그녀를 번쩍 들어 안고 주방으로 향했다. 아일랜드 식탁의 앞에 리아를 내려놓은 태호는 저녁을 준비하려는지 찬장으로 걸어갔다. 리아는 바 스툴에 앉아 태호의 널찍한 등을 멍하니 바라보았다. 손을 들어 찬장을 열 때마다 가운 밑에서 근육이 불끈 솟아오르는 게 보였다.

어쩜 뒷모습마저 저리도 예술일까?

리아는 아일랜드 식탁에 팔꿈치를 올려 두 손으로 턱을 괸 채로 그가 하는 모습을 지켜보았다. 태호는 찬장에서 식자재를 꺼내, 조리대에 하나씩 올려놓았다. 조리대에 쌓여가는 식자재를 보니, 절대로 라면을 끓이거나 즉석식품을 데워 먹는 수준은 아닌 것 같았다.

"우리 그냥 간단하게 먹자."

"간단하게?"

"응."

아무리 그가 체력이 좋다곤 하지만, 방금 그렇게 무리했는데 다시 거창하게 저녁상을 차리게 하고 싶진 않았다. 주말도 아니고 주중인데. 그럴 힘이 있으면 다른 곳에 쏟는 게 낫지 않을까? 물론 배는 고팠지만, 가운 차림의 남편을 보고 있자니 다시금 다른 충동이 슬슬 기지개를 켜기 시작했다.

하, 정말 답이 없다.

리아는 그런 자신이 마음에 들지 않는 듯, 미간을 찌푸렸다. 방금까지 축 처져 손가락 하나 까딱하지 못했으면서, 그새 기운 좀 차렸다고 딴생각을 한다니.

"글쎄……."

간단하게 먹자는 말에 태호는 찬성도 반대도 하지 않은 채, 냉장고 문을 열었다. 그러자 가운이 벌어지며 태호의 매끄러운 근육이 힐끗 모습을 드러냈다.

어째서 살짝살짝 드러나는 모습이 더 야하고 자극적인 걸까?

리아는 저도 모르게 혀를 내밀어 마른 입술을 축였다.

"그런데 말이야."

냉장고 안을 들여다보며 태호가 무심한 말투로 지나가듯 물었다.

"교통사고 이야기, 누구에게 들었어? 언제 알게 된 거야?"

"어?"

갑작스러운 질문에 리아는 화들짝 상념에서 깨어났다.

"내가 미국에서 교통사고 당한 거, 누구에게 들었지? 그거 아버지 빼곤 가족도 모르는 일이거든."

"아, 그거?"

리아는 별거 아니라는 듯 어깨를 으쓱거렸다.

"알게 된 지 얼마 안 됐어. 엊그제……."

'수진이 만났다가 들었어.'라고 말하려던 리아는 흠칫, 입을 다물었다. 그가 너무 자연스럽게 지나가듯 물어봐서 그대로 말해버릴 뻔했다. 아무 말도 하지 않자, 태호는 냉장고에서 리아에게로 고개를 돌렸다. 그와 눈이 마주치자, 리아의 표정이 곤혹스럽게 변했다. 태호를 빤히 바라보면서 거짓말은 할 수 없었다. 하지만 그렇다고 수진이라고 고자질하고 싶지도 않았다.

"누가 해줬든 간에, 지금 그게 뭐가 중요해?"

리아는 흘러내린 머리카락을 손으로 넘기며 자연스럽게 대꾸했다. 사실이다. 누구에게 들었건, 그건 중요한 건 아니었다.

"그보단 네가 죽을 만큼 괴로워했다는 거, 깊게 상처 받았다는 게 중요한 거지."

"리아야."

"난 그때!"

태호가 뭐라 말하려고 했지만, 리아는 틈을 주지 않고 빠르게 말을 이어갔다.

"내 아픔만 보고, 너의 아픔은 보지 못했어. 바보처럼 눈이 멀었던 거야. 조금만 신경 썼더라면 내가 얼마나 너에게 상처를 줬는지 알 수 있었을 텐데, 난 내 사정만 살피느라⋯⋯."

그 순간을 떠올리려니 다시금 울컥했다. 리아는 옆으로 고개를 돌려 그의 시선을 피했다. 얼마나 괴로웠을까! 태호는 겉으로 감정을 표현하는 사람이 아니었다. 하지만 헤어지던 그날은 달랐다. 그녀를 보낼 수 없다며 그녀를 품에 끌어안고 또 끌어안았었다.

그녀는 그런 그를 매정하게 뿌리쳤었다.

─ 태호야, 제발 현실을 깨달아. 우리는 결코 맺어질 수 없어. 로미오
   와 줄리엣처럼 죽어야 끝이 난다고.

그때가 머릿속에 떠오르자, 리아는 바 스툴에서 벌떡 몸을 일으켰다. 그리고 그대로 태호에게 달려가 그를 끌어안았다. 그 반동으로 태호는 뒤로 밀리며 냉장고 문에 등이 닿았다.

"리아야?"

그가 어리둥절한 목소리로 물었지만, 리아는 대답 대신 그의 가슴에 얼굴을 묻고 등 뒤로 손을 둘렀다.

"미안해. 태호야."

작은 속삭임이 그녀의 입에서 흘러나왔다.

"우리 헤어지는 게 아니었어. 다 내 잘못이야."

조금만 더 견디었어야 했다. 조금만 더 강했어야 했는데. 그때 조금만 더 용기를 내었더라면, 두 사람을 갈라놓은 아픔의 시간은 없었을지도 모른다.

"후."

말없이 리아를 내려다보던 태호는 입가에 희미한 미소를 떠올렸다.

"리아야, 네 잘못이 아니야. 그땐 그게 맞는 거였어. 그때 헤어졌기 때문에 오늘이 있을 수 있었던 거야."

그랬을까? 그때의 아픔은 지금의 행복을 위한 밑거름이 되었을까?

리아는 고개를 뒤로 젖혀 태호를 바라보았다.

"사랑해, 태호야. 그때도, 지금도."

"알아."

다정한 그의 눈빛이 그녀의 얼굴에 닿았다. 물론 말로 하지 않아도 그는 그녀의 마음을 알 것이다. 그녀도 이젠 눈빛만 봐도 그의 마음을 알듯이. 하지만 그래도 한 가지 확실히 짚고 넘어가야 할 것은 있었다.

"그때 정말로 죽으려고 했던 거 아니지?"

"아니라고 했잖아."

태호는 부드럽게 미소 지으며 리아의 허리에 팔을 감아 그녀를 가볍게 안아 들었다. 리아를 아일랜드 식탁 위에 앉힌 다음, 그녀가 다리로 자신의 허리를 감게 했다.

"내가 널 두고 죽긴 왜 죽어?"

그녀의 뺨에 입을 맞추며 그가 부드럽게 속삭였다. 뺨에 닿은 입술은 미끄러지듯 목덜미로 내려갔다. 그가 손으로 그녀의 등을 앞으로 끌어당기자, 두 사람의 몸이 더욱더 가깝게 밀착되었다. 두 사람은 그대로 하나로 연결되기라도 하듯이 서로를 꽉 끌어안았다.

잠시 후, 그녀를 껴안은 채 태호가 입을 열었다.

"널 여기 혼자 두고 내가 편안히 죽을 수 있다고 생각해?"

어떻게 그럴 수 있을까? 천국에 간다고 해도 그에겐 지옥이 될 것이다. 그녀가 없는 곳은 어디나 마찬가지였다. 그녀를 품에 안고 있는 지금 이 순간이 그에겐 천국이니까.

"……흥, 그러기만 해봐."

투덜거리듯 리아가 되받아쳤다.

"내가 지옥 끝까지 쫓아가서 널 다시 여기로 끌고 올 거니까."

"이런…… 주리아, 이제 보니 집착이 심하네."

그가 약 올리듯 속삭이며 살며시 입술을 겹쳤다. 리아는 사실이라고 증명이라도 하려는 듯이 그의 목을 두 팔로 꽉 끌어안았다.

키스가 깊어지면 깊어질수록, 가운이 벌어지며 뜨거운 가슴이 맞닿았다. 마치 심장이 닿은 것처럼, 서로의 심장 박동이 같은 속도로 뛰기 시작했다. 서서히 거세게 출렁이는 감정의 물결이 다시금 두 사람을 집어삼켰다.

문득 '이러다 저녁은 언제 먹지?'라는 생각이 들었지만, 곧 떨쳐버렸다. 한 끼 굶는다고 큰일 나는 건 아니니까. 지금의 이 한껏 고조된 분위기를 망치고 싶진 않았다.

"잠깐, 거기까지!"

하지만 잠시 후, 어디선가 날아온 날카로운 목소리에 태호는 미간을 찌푸렸다. 너무나도 귀에 익은 목소리였다. 고개를 돌리자, 못 볼 것을 봤다는 얼굴로 서 있는 태희가 눈에 들어왔다. 잠깐 잘못 본 게 아닌가 생각해보았는데 아니다. 정말로 말썽꾸러기 막내가 두 사람의 보금자리에 쳐들어와 있었다.

순식간에 태호의 얼굴이 일그러졌다. 그는 벌어진 가운을 도로 여미며 험상궂은 얼굴로 태희를 노려보았다.

"너, 지금 여기서 뭐 하는 거야? 아니, 그보단 왜 남의 집에 막 들어와?"

"아무리 벨을 눌러도 기척이 없으니까 그렇지!"

"그러면 그냥 돌아가면 될 것 아냐?"

"놓고 갈 게 있었다고!"

"어머, 아가씨 왔어요?"

태희를 발견한 리아는 얼굴색 하나 붉히지 않고 태연한 얼굴로 가운을 여몄다.

"그래서 놓고 갈 게 뭐야?"

태호의 질문에 태희는 들고 온 종이 가방을 건넸다.

"엄마가 새언니 챙겨주라고 음식 보냈어. 이번 일요일에 제대로 먹지 못했을 거라고. 이것저것 새언니 좋아하는 거, 만드셨대."

"정말요? 어머, 고마워라. 어머님께 감사하다고 전해주세요."

가방 안을 들여다보며 리아가 활짝 웃어 보였다. 하지만 리아가 용기를 꺼내려 하자, 태호는 그녀의 손을 잡아당겼다.

"태희가 냉장고에 집어넣을 거야. 우린 침실로 가자."

리아의 어깨를 감싼 태호는 매서운 눈으로 태희를 노려보았다. 아직도 태희가 분위기를 망친 것에 화가 난 표정이었다.

"아가씨 왔는데……."

"괜찮아. 쟤가 우리랑 차를 마시겠어, 같이 저녁을 먹겠어. 그렇지?"

태호의 질문에 태희는 반사적으로 고개를 끄덕였다. 그렇지, 이런 분위기에 다 같이 앉아서 차를 마시기도, 함께 저녁을 먹기도 그렇긴 하지.

"음식 다 냉장고에 넣고, 문 잘 닫고 가."

말을 마친 태호는 그대로 리아의 어깨를 끌어안은 채, 침실로 향했다.

"와!"

두 사람이 눈앞에서 사라지고 나서도 태희는 한동안 꼼짝도 할 수 없었다. 너무나 기가 막히고 화가 나서 손가락 하나 까딱하기 싫었다. 팔은 안으로 굽는다지만, 태희는 리아보다 태호가 백배 천배는 더 얄미웠다. 여기까지 가져다줬는데, 고맙다는 말도 안 해?

물론 리아는 정 여사에게 감사의 인사를 남겼지만, 정확하게 따지자면 정 여사가 요리한 음식은 아니었다. 오히려 여기까지 음식을 날라준 태희가 감사의 인사를 받아야 했다. 그리고 자신은 엄연히 손님인데, 물 한 잔 얻어 마시지도 못하고 돌아가게 생겼다.

하지만 이곳에 오래 머물수록 손해를 보는 건 그녀였다. 태희는 빛의 속도로 음식을 냉장고에 넣고 핸드백과 재킷을 챙겨 집을 빠져나갔다.

"아우, 왕짜증."

태희는 툴툴거리며 빠르게 차 문을 열었다. 그때 그녀 머릿속에 의문이 하나 떠올랐다.

— 널 여기 혼자 두고 내가 편안히 죽을 수 있다고 생각해?

얼핏 듣긴 했지만, 태호는 분명 그렇게 말했다.

별안간 죽는다는 말은 왜 나온 거지? 설마, 오빠가 죽을병에 걸린 건 아니겠지?

순간 덜컹 심장이 가라앉았다. 말도 안 되는 상상이었지만, 뭔가 그 럴듯한 것도 사실이었다.

혹시 그래서 두 사람이 연인 관계였다는 사실을 털어놓은 거였나?

태희는 걱정된 얼굴로 태호의 신혼집을 바라보았다.

chapter 18

우리의 사랑을 알아?

"남 비서, 잠시 나 좀 봐."

오전 회의를 마치고 자리에 돌아온 태호가 남 비서를 집무실로 불렀다. 남 비서가 안으로 들어오자, 태호는 곧바로 본론을 꺼냈다.

"혹시 리아가 나 미국 지사에 있을 때 지사장이었던 정 대표님과 연락하는지 알고 있나?"

"갑자기 그건 왜요?"

"아, 내가 미국에 있을 때 일을 리아가 알더라고. 지사장님밖에 모르는 일인데……."

"글쎄요. 식품 박람회에서 안면을 튼 것 같긴 한데, 따로 연락하는 사이는 아닌 걸로 알고 있습니다."

"그래, 알았어."

태호는 혼잣말을 중얼거리며 소파 등받이에 머리를 기댔다.

"그렇다고 아버지는 아닐 텐데……."

어제 리아의 태도로 봐선, 쉽게 알려주지 않을 것 같다. 솔직히 리아의 말대로 그게 뭐 그리 중요할까 싶기도 했다. 하지만 그런데도 자꾸만 찜찜한 기분이 드는 건 어쩔 수 없었다.

집무실을 나가던 남 비서가 뭔가 생각이 났는지, 등을 돌려 태호를 바라보았다.

"저 그때 한수진 씨, 미국에서 어학연수 하지 않았습니까? 유학 갈 것도 아니면서 대학 졸업하고 무슨 어학연수냐고 했던 것 같은데요."

"그랬나?"

태호는 어깨를 으쓱거리며 소파에서 몸을 일으켰다. 전혀 관심이 없으니 수진이 미국에 언제 어학연수를 갔는지 알 리도 없었고, 알았다고 해도 기억할 리 없었다.

"음, 제가 알기론 그때 지사장님과 가끔 만나서 밥도 먹고 그런 걸로 아는데요. 한 사장님이 수진 씨 부탁한다고 지사장님께 계속 연락하고 그랬거든요."

"그래?"

그렇다면 수진은 사고 소식을 지사장을 통해서 우연히 들었을 수도 있겠다. 그런데 지금까지 아무 말도 하지 않았던 그녀가 왜 난데없이 리아에게 말한 걸까? 당사자를 만나서 물어볼까? 하지만 수진이 이야기했는지 확실하지도 않은데, 불필요하게 그녀를 만날 이유는 없었다.

그때 책상에 놓아둔 휴대폰이 울렸다. 아무 생각 없이 휴대폰을 집어 든 태호는 발신자 이름을 보고 미간을 찌푸렸다. 수진에게서 온 전화였다. 마치 그의 속마음을 엿듣기라도 한 것처럼 기가 막힌 타이밍이었다. 평상시라면 수진의 전화를 무시했을 것이다. 하지만 궁금증이 생긴 태호는 말없이 통화 버튼을 눌렀다.

"네, 강태호입니다."

[……잠깐 볼 수 있을까?]

잠시 침묵이 흐르고, 건너편에서 착 가라앉은 수진의 목소리가 흘러나왔다.

수진은 회사 근처 카페에서 만나길 원했지만, 태호는 시간이 없다는 이유로 사내 옥상에서 만나자고 했다. 그녀와 음료수를 앞에 놓고 한가하게 앉아서 이야기할 마음이 전혀 없었기 때문이다. 사실은 세상 어떤 여자와도 그럴 마음은 없었다. 리아를 제외하곤 말이다.

　옥상으로 올라가자, 먼저 도착한 수진이 태호를 보고 벤치에서 일어났다. 태호는 수진을 향해 살짝 고개를 끄덕이고 앞에 설치된 유리 난간으로 걸어갔다. 그녀와 함께 벤치에 앉을 일은 없으니까.

　"할 이야기란 게 뭐야?"

　수진에게 시선을 주지 않은 채, 그가 차갑게 물었다. 하지만 아무리 기다려도 수진에게선 아무런 말도 돌아오지 않았다. 결국 태호는 고개를 돌려 뒤를 바라보았다. 무슨 일로 긴장했는지, 수진은 하얗게 질린 얼굴로 두 손을 꼭 움켜쥐고 있었다.

　그런 수진을 바라보는 태호의 표정이 싸늘하게 식어갔다. 상대는 꾸준히 바뀌었지만, 잊을 만하면 마주하게 되던 모습이었다. 대부분은 그에게 마음을 고백하는 여자에게서 그런 모습을 발견하곤 했다. 그리고 어쩌다 가끔, 비리가 탄로 난 간부에게서도 나타났다.

　다짜고짜 수진이 사랑 고백을 할 리는 없고, 한 사장의 비리가 탄로 났다는 사실을 눈치채기라도 했나? 이유야 어찌 됐든 태호에겐 성가신 일이었다.

　한참을 기다려도 수진이 말을 꺼내지 못하자, 태호는 손목시계로 시간을 확인하며 유리 난간에 기댔던 몸을 일으켰다.

　"할 말 없으면 그만 가볼게."

"······태호야."

태호가 자리를 뜨려고 하자, 그제야 굳게 닫힌 수진의 입이 열렸다.

"말해."

"······너, 리아를 믿니?"

"뭐?"

태호는 잠시 자신이 잘못 들은 건 아닐까, 미간을 찌푸렸다. 하지만 아닌가 보다. 수진은 태호를 빤히 바라보며 또박또박 힘을 주어 같은 말을 되풀이했다.

"너, 리아를 믿니? 리아를 믿을 수 있어?"

잘못 들은 게 아니라는 것을 확인한 태호는 딱딱하게 얼굴을 굳혔다. 그리고 싸늘한 목소리로 물었다.

"그게 무슨 뜻이지?"

수진을 노려보는 태호의 눈빛엔 소름 돋을 정도로 냉기가 어려 있었다. 알고 지낸 지 오랫동안, 태호는 무관심한 눈으로 바라보긴 했어도 이런 적은 처음이었다.

숨기지 않는 적대감에 수진은 저도 모르게 몸을 움찔거렸다. 하지만 이미 말을 꺼낸 이상 도로 주워 담을 순 없었다. 어쩌면 무관심보단 증오가 나을지도 모르겠다. 그래도 감정이란 게 담겨 있는 거니까.

수진은 깊게 숨을 들이마시며 태호의 날 선 시선을 견디어냈다.

고백도 한 번 제대로 해보지 못하고 끝내야 하는 사랑이라니. 언젠가는 기회가 있을 거란 희망에 참고 또 참았는데······. 그런데 그게 다 헛수고라잖아! 리아와 태호는 예전부터 서로 사랑하는 사이라잖아!

그 사실을 알게 되었을 때, 수진은 지옥으로 추락하는 기분이었다. 긴 세월 동안 애절히 태호를 바라보며 기다렸던 자신이 너무나 가여웠다. 태호를 가질 수 없다면 흠집이라도 내야 덜 속상할 것 같다. 수진은 리아와 태호, 두 사람 사이에 불신을 심어야겠다고 마음먹었다.

수진은 태호를 빤히 바라보며 생각해두었던 말을 꺼냈다.

"나와 리아, 우리, 대학교 다닐 때부터 둘도 없는 친구 사이야. 그런데 난 너희가 사귀는 거 전혀 몰랐어. 날 감쪽같이 속이고 너를 만났더라고. 거짓말을 밥 먹듯 하면서."

솔직히 말하자면 그건 사실이 아니다. 대학 재학 시절엔 함께 클럽도 가고 종종 밥을 먹긴 했지만, 시시콜콜 사생활을 털어놓을 정도로 친한 건 아니었다. 그러니 리아가 주말에 뭘 했는지, 누구를 만났는지엔 관심 없었다.

정확히 리아와 수진이 가까워진 것은, 리아가 태호와 헤어진 이후다. 이별의 상처로 괴로웠던 리아는 유정을 불러내 술을 마시다 수진과도 함께 어울리게 되었고, 서서히 속마음을 털어놓는 사이로 발전했다. 하지만 그런 사실을 태호에게 밝힐 마음은 없었다.

지금 누가 누굴 걱정해?

상황을 놓고 따지자면 리아는 가해자였고, 자신은 피해자였다.

수진을 가장 화나게 한 것은 리아와 태호가 어떻게 처음 만나게 되었냐는 것이다.

─ 너희 둘, 정확히 언제부터 사귄 거야?

─ 대학교 2학년 때. 우연히 클럽에 갔다가 그곳에서 생일 파티하던
　태호를 보게 됐어.

─ 뭐?

리아에게 그 말을 듣는 순간, 수진은 속으로 크게 비명을 질렀다. 그날이라면 너무나도 잘 기억한다. 태호의 생일 파티에 초대받고 싶어 여

기저기 부탁해 보았지만, 남자끼리 놀 거라는 말에 포기할 수밖에 없었다.

결국 수진은 멀리서나마 태호를 볼 수 있을까 하는 기대에 유정과 리아를 끌고 클럽으로 향했었다. 하지만 불행히도 수진은 태호를 볼 수 없었다. 그런데 그날 리아는 루프톱에서 태호를 만나게 되었단다.

만약에 그때 자신이 리아와 함께 클럽에 가지 않았다면, 어쩌면 두 사람의 인연은 시작되지 않았을지도 모른다.

그러니까 내가 두 사람을 맺어준 거네?

거기까지 생각이 미치자, 수진은 미쳐버릴 것만 같았다.

아아악!

두 사람이 미운 만큼 멍청한 자신도 미웠다.

어떻게 해야 엉망진창이 된 기분이 조금이나마 풀릴까? 모두 다 부숴버릴까? 가질 수 없는 장난감을 망가뜨려야 울음을 그치는 어린아이처럼?

"거짓말을 밥 먹듯 하면서라……. 훗, 도대체 무슨 말을 하고 싶은 거야?"

가슴 앞으로 팔짱을 끼며 태호가 물었다. 그가 이야기에 흥미를 보이자, 수진은 재빨리 말을 이었다.

"태호야, 리아가 내 친구라지만 너도 내 친구야. 아니, 네가 더 오래된 친구지. 그러니까 나는 리아보다 네가 더 걱정돼. 그래서 하는 말이야. 리아는……."

"잠깐만."

태호는 한 손을 들어 올리며 수진의 말을 막았다. 한동안 수진을 뚫어지게 바라보던 그는 곧 치아를 드러내며 크게 미소 지었다.

"태호야?"

수진은 한 번도 태호가 이렇게까지 환하게 웃는 모습을 본 적은 없었다. 수진은 귀신에 홀린 듯 멍하니 그를 바라보았다. 그러나 미소는 잠시뿐이었다. 그는 곧 입가에서 웃음을 지우고 싸늘한 표정으로 돌아갔다.

"저번에도 말하지 않았나? 내가 너를 상대하는 이유는 오로지 네가 리아의 친구이기 때문이라고. 그런데 내가 네 친구라고?"

그 말에 수진은 눈시울을 붉게 물들였다. 이미 한 번 들은 말이지만, 그때나 지금이나 상처 받는 건 마찬가지였다.

"태호야, 내가 어떻게 리아의 친구이기만 해? 나는 리아보다 널 먼저 만났어. 리아는 대학에 들어가서 만났고, 난 중학교 때 만났다고!"

"그래서? 오래 알고 지내면 다 친구가 되는 건가? 넌 그래?"

"……태호야."

"난 아니야. 널 언제부터 알고 지냈는지는 중요하지 않아. 난 너를 한 번도 친구라고 생각해본 적 없어."

"흐흑, 어떻게 그런 말을……."

결국 수진의 입에서 울음이 터져 나왔다. 하지만 태호의 차가운 태도는 변함이 없었다. 오히려 귀찮다는 표정으로 수진을 응시했다.

도대체 난데없이 왜 이러는 거야?

그는 도무지 수진이 이해되지 않았다.

한 번이라도 수진에게 틈을 보인 적 있었던가? 친구처럼 다정하게 대해준 적이 있었던가? 곰곰이 생각해봐도 그런 일은 없었다. 또래끼리 놀라는 어른의 말에도 태호는 수진을 힐끗 쳐다보기만 하고, 자신의 방으로 들어가 버리곤 했었다. 리아가 아니라면, 그 누구와도 어울리고 싶지 않았으니까. 그랬는데 수진은 자신을 친구라 여기고 있었다니 정말 황당할 따름이었다.

태호는 더는 시간 낭비하지 말고 원하는 정보만 알아내야겠다고 마음먹었다.

"한 가지만 묻자. 내가 미국에서 교통사고 당한 거, 그걸 리아에게 말해준 게 너야?"

순간 수진의 얼굴에 당황한 표정이 떠올랐다.

"누…… 누가 그래? 리아가 그래? 내가 말해줬다고?"

"지금 여기서 그게 중요한 게 아니잖아? '그렇다', '아니다'만 말해."

거역할 수 없는 명령조였다. 잠시 침묵을 지키던 수진은 결국 고개를 끄덕였다.

"……그래, 내가 리아에게 말했어."

울음 섞인 목소리로 그녀가 말을 이었다.

"……난 그때 네가 왜 그리 힘들어하는지 몰랐어. 너, 미국에 있을 때 완전 유령 같은 모습이었잖아. 그랬는데 알고 보니까, 그게 모두 리아에게 버림받아서였더라고."

버림받은 게 아니라 잠시 헤어진 것이었지만, 태호는 잠자코 수진의 말이 끝나기를 기다렸다.

"너 그렇게 힘들어하는 동안, 리아는 어떻게 지냈는지 아니? 이 남자 저 남자 만나면서 아무렇지 않게 지냈어."

물론 그도 아는 사실이다. 헤어지고 난 후, 리아는 민 여사의 손에 끌려 선을 보러 나가기도 했고, 지인 소개로 만난 상대와 가볍게 데이트도 했었다. 하지만 진심이 아니라는 건 굳이 묻지 않아도 알 수 있었다. 그저 아픔을 잊으려는 몸부림이었을 뿐. 대부분은 가끔 만나서 차를 마시거나, 함께 영화를 보는 선에서 끝났다.

하지만 더 깊은 관계로 발전했었다고 해도 태호는 받아들일 수 있었다. 그렇게 해서라도 리아가 이별의 아픔에서 헤어날 수 있다면 상관없었다. 자신이 해주지 못한 위로를 다른 이가 해줬다면, 질투로 속은 타들어가더라도 감당할 수 있었다. 그랬기에 태호는 수진의 도발에 헛웃음이 흘러나왔다.

너 따위가 우리의 사랑을 알아?

"태호, 네가 혼자 아파할 동안, 리아는 남자들이랑 재미 볼 거 다 보면서……."

그의 인내심은 여기까지였다.

"닥쳐."

수진을 노려보며 태호는 짧게 말했다. 전혀 예상하지 못한 험한 말에 수진은 흠칫 입을 다물었다.

"거기까지만 듣겠어. 거기서 한마디 더 나오면, 가만히 있지 않을 거야."

"태, 태호야……."

믿을 수 없다는 듯 수진의 얼굴이 흉하게 일그러졌다.

"아무리 네가 리아의 친구라곤 하지만, 앞으론 나에게 그 어떤 예의도 기대하지 마. 마음 같아선 리아와 못 만나게 하고 싶지만 그건 리아가 결정할 일이고."

"흐흑."

수진의 눈에서 끊임없이 눈물이 흘러내렸지만, 리아가 아닌 다른 여자의 눈물은 그에겐 아무 의미가 없었다. 태호는 그대로 수진을 지나쳐 빠르게 옥상 정원을 빠져나갔다.

"흐흐흑, 태호야."

수진은 시야에서 멀어지는 태호를 멍하니 바라보았다. 이렇게 될 것
이라고 예상은 하고 있었다. 하지만 그래도 실낱같은 희망을 품었었는
데……. 처음엔 작은 흠집이라도 차차 균열이 커져서 언젠가는 깨지고
말 테니까. 자신이 아픈 만큼 리아와 태호의 관계에 흠집을 내고 싶었
으니까. 하지만 리아를 향한 태호의 믿음은 너무나 견고했다. 불신의
화살은 두 사람 사이에 흠집을 내긴커녕, 그대로 튕겨 다시 수진에게
날아왔다.

"……왜? 왜?"

목이 아프게 크게 울부짖고 싶었다.

왜 리아는 되고, 왜 나는 안 되는데! 도대체 왜?

수진은 두 손으로 얼굴을 감싸며 자리에 주저앉았다.

"정말 오늘은 얌전히 잠만 잘 거야."

리아는 룸 미러에 비친, 퀭한 자신의 얼굴을 바라보며 굳게 다짐했
다. 어젯밤은 해도 해도 너무했었다. 저녁도 건너뛰고 날이 밝을 때까
지 서로를 탐색했으니까, 무리도 그런 무리가 없었다.

"하, 전날에도 무리했는데……."

리아는 한숨을 내쉬며 천천히 차에서 밖으로 발을 내디뎠다. 자칫
잘못 움직이면 근육이 땅겨서 비명을 지를 테니까.

아침에도 출근 준비하다 힘이 들어가지 않는 다리 때문에 몇 번이나
제자리에 주저앉았는지 모른다. 그때마다 태호는 그녀를 품에 껴안아

조심스럽게 일으켜줬다. 만약 태호가 옆에 없었다면, '아이고' 하며 앓는 소리를 냈을 게 분명하다. 회사에서도 아무렇지 않은 척 평소와 같이 행동하느라 얼마나 힘들었는지 모른다. 그러니까 오늘은 이대로 침대로 직행해서…….

순간 리아의 머릿속에 뜨겁고 거칠게 자신을 끌어안던 태호가 떠올랐다.

헐!

당황한 리아는 세차게 고개를 흔들었다.

아니, 아니! 그런 침대 직행이 아니라, 잠만 자는 침대 직행을 말하는 거야!

틈만 나면 자꾸만 야한 쪽으로 흘러가는 자신의 상상력을 탓하며 리아는 탁 소리가 나게 차 문을 닫았다. 동시에 차 키를 꽉 움켜쥐었다. 오늘 밤, 얌전히 잠만 자지 않으면 난 이제부터 '주리아'가 아니라 '조리아'야.

"조, 리, 아."

다짐하듯 입으로 소리를 내며 현관문을 열고 집 안에 들어서던 리아는 자신도 모르게 탄식을 흘리고 말았다.

"……아."

눈앞에 너무나도 아름다운 풍경이 펼쳐졌다. 리아는 천천히 거실로 걸음을 옮겼다.

거실 소파에 앉아 두 눈을 감고 있는 태호의 위로 붉게 물들어가는 노을이 내려앉고 있었다. 그녀가 들어오는 소리가 들렸을 텐데, 가만히 있는 것을 보면, 아마도 깜빡 잠이 든 모양이다.

침대 위에서 잠든 모습은 많이 봤지만, 거실 소파에 앉아서 잠든 모습을 보는 것은 처음이었다. 한 치의 빈틈도 없는 남자가 경계를 허물고 소파에서 졸고 있다니. 그런 모습마저 눈부시게 아름답다고 한다면 눈에 콩깍지가 씌었다고 하겠지? 하지만 엄연히 사실인걸! 예술가가 심혈을 기울여 그린 한 폭의 그림과도 같은 장면이었다.

아, 저 프레임 안에 있는 조각상 같은 남자가 내 남편이란다!

정말 눈물 핑 돌게 행복하다. 리아는 마냥 흘러나오는 웃음을 어쩌지 못한 채, 살금살금 태호가 앉아 있는 소파로 다가갔다. 깨우지 않게 조심하며 태호의 옆에 앉은 리아는 살며시 기대듯 그를 끌어안았다. 순간 스며드는 익숙한 체취와 체온이 미치도록 좋다.

그녀가 느낀 것처럼 그도 리아를 느꼈는지, 가만히 있던 몸이 살짝 꿈틀거렸다. 이어서 나직한 목소리가 흘러나왔다.

"……왔어?"

"응."

고개를 들자, 그가 부드러운 눈빛으로 그녀를 내려다보고 있었다.

"언제 왔어?"

"방금."

"……그래."

그것으로 대화는 끝이었다. 아무런 말도 필요 없었다. 이렇게 안고만 있어도 서로 마음이 통하고 몸이 따뜻해지는걸!

아, 너무 좋다.

리아는 입가에 미소를 띠며 태호의 어깨에 얼굴을 기댔다.

태호는 고개를 숙여 리아의 머리에 입을 맞추고 팔을 뻗어 그녀를 품에 꽉 끌어안았다.

먼저 집에 돌아온 태호는 오늘 수진과 있었던 일을 리아에게 이야기해야 하나, 말아야 하나? 고민하던 중이었다. 수진이 이런 사람이라는 것을 리아에게 알려주는 게 옳을 것이다. 하지만 리아는 수진을 절친한 친구로 여기고 있었다. 그런 수진이 뒤에서 험담하고 있다는 사실을 알게 된다면 얼마나 실망스럽고 기분이 나쁠까, 하는 걱정이 들었다. 태호는 조금이라도 리아에게 상처가 되는 말은 하고 싶지 않았다.

너무 깊게 생각에 잠겼던 탓일까? 태호는 리아가 옆으로 올 때까지 그녀가 집에 돌아왔다는 것을 알아차리지 못했다. 그를 끌어안는 부드러운 손길과 그녀만의 달콤한 향이 느껴지자, 태호의 몸이 저절로 움찔거렸다. 순간, 괜한 걱정을 하고 있다는 생각이 들었다. 두 사람에게 있어서 수진은 아무 존재도 아니니까. 쓸데없는 이야기로 두 사람만의 시간을 방해받고 싶진 않았다.

"흠."

그는 짧게 숨을 들이마시며 다시 눈을 감았다.

붉게 물든 노을이 서서히 어둠으로 변할 때까지 리아와 태호는 서로를 끌어안은 채 소파에 몸을 맡겼다.

두 사람의 고른 숨소리만이 넓은 거실을 잔잔하게 채워나갔다.

"그래서 뭐, 특별히 알아낸 거 있나?"

"죄송합니다. 사장님."

호출을 받고 급히 부산에서 올라온 표 과장은 한 사장만큼이나 굳은 표정이었다.

"도대체 어디로 사라졌는지 완벽하게 종적을 감췄습니다."

"후우, 그래?"

그 말에 한 사장은 넥타이를 느슨하게 풀며 의자에 몸을 기댔다. 요 며칠 정민훈 대리에게 통 연락이 없자, 한 사장은 혹시나 하는 마음에 정 대리의 부모가 머무는 요양원에 연락해보았다. 그럴 때마다 항상 정 대리가 그곳에 있었기 때문이다.

하지만 이번엔 전혀 예상하지 못한 답이 돌아왔다. 얼마 전, 정 대리의 부모가 요양원을 퇴소했다는 것이다. 놀란 한 사장은 급히 표 과장을 부산으로 보냈다. 하지만 갑자기 행방이 묘연해진 정 대리의 부모를 찾기란 쉽지 않았다.

"정 대리는 아직도 연락되지 않습니까?"

표 과장의 물음에 한 사장은 눈살을 찌푸렸다.

"돼. 오늘 아침에 녀석이 먼저 전화했더군."

그런데 그래서 더 수상했다.

"아예 연락이 안 되는 거면 '눈치채고 튀었나?'라고 생각할 텐데 말이야."

도무지 정 대리의 속을 알 수 없었다. 처음부터 그랬다. 그가 진실을 알고 일부러 접근해온 것인지, 아직 아무것도 모르는 건지 종잡을 수가 없었다.

"요양원에서 부모를 퇴소시키고 다른 곳으로 옮겼다는 이야기는 없었습니까?"

"응, 없었어."

씁쓸한 얼굴로 한 사장이 대답했다. 분명 뒤에 뭔가 있긴 있는데, 그게 뭔지는 모르겠다. 하지만 감이 안 좋은 것만은 확실했다. 자신의 손이 닿지 않는 곳으로 정 대리의 부모가 사라진 것을 보면, 누군가가 정 대리를 뒤에서 돕고 있는 게 분명했다.

"사장님, 그리고 이건……."

생각에 잠긴 한 사장에게 표 과장이 준비해온 서류를 내밀었다.

"우리 뒤를 캐는 이가 있는 것 같다고 예전에 보고드린 적 있었죠. 그게 누군지 알아봤는데…… 아무래도 그게……."

"누군데 그렇게 뜸을 들여?"

표 과장이 곤란하다는 듯 말끝을 흐리자, 한 사장은 그의 손에서 서류를 낚아챘다.

"확실한 거야?"

얼마 후, 서류를 훑어보던 한 사장의 미간에 깊게 주름이 파였다.

"강태호 이사 쪽 사람이라고?"

"네."

"그래서 어디까지 알아낸 것 같아?"

표 과장에게 서류를 돌려주며 한 사장이 짧게 물었다.

"워낙 철저하게 처리해놓아서, 우리 뒤를 캔다고 해도 그쪽에서 알아낼 건 별로 없을 겁니다. 모든 건 안전 가옥 금고에 있으니까요."

안전 가옥은 청평에 있는 한 사장의 별장을 말한다. 금고는 한 사장이 사용하는 침실에 있었다. 침실에 들어갈 수 있는 사람은 한 사장과 가끔 밀회를 즐기러 찾아오는 강수미뿐이었다. 그러니 정말로 강태호가 그의 뒤를 캔다고 해도 겁먹을 필요는 전혀 없었다.

"훗, 태호 녀석, 제법이군. 감히 내 뒤를 캐고 있었단 말이지."

언제나 깍듯하게 '강 이사'라고 부르던 한 사장 입에서 '태호 녀석'이란 말이 흘러나오자, 표 과장은 일순 당황한 표정을 지었다. 하지만 차마 어떻게 된 일인지 물어볼 용기는 나지 않았다.

"아무래도 우리가 먼저 선수를 쳐야 할 것 같군. 쓸 만한 미끼 좀 찾아와 봐."

먼저 선수를 치다니? 지금 그룹 총수의 아들을 상대하자는 말인가?

"사장님, 그건 좀 위험하지 않을까요?"

표 과장이 겁먹은 얼굴로 말했다.

"세상에 위험하지 않은 게 어디 있나? 어차피 모든 게 도박이야."

그렇다. 지금까지 모두 것을 잃게 되거나, 모든 것을 차지하거나의 갈림길에서 한쪽을 택하곤 했다. 그것 때문에 아내를 먼저 떠나보내게 되었지만, 절대로 후회하진 않았다. 다시 그때로 돌아간다고 해도 그는 같은 결정을 내릴 것이다.

"본때를 보여줘야겠어."

한 사장은 혼잣말하듯 작게 중얼거렸다.

함정을 파는 김에 아예 주리아와 강태호를 이혼시키는 것도 좋겠군.

그건 아마도 식은 죽 먹기처럼 쉬울 것이다. 굳건하게 맺어진 ㈜정직도 쉽게 둘로 쪼개놓지 않았던가.

"후후."

한 사장의 입가에 비릿한 미소가 떠올랐다.

"할 말 있으면 해."

미팅이 끝나고도 채영이 회의실에 남아 머뭇거리자, 컴퓨터 화면에 시선을 고정한 채 리아가 말했다.

"저, 팀장님……. 정 대리님 말이에요."

그날 이후로 정 대리는 사무실에 출근하지 않고 있었다. 주원식품 사원인 정 대리를 파견 근무 형식으로 1년 동안 KJ푸드로 데려가려면 그럴듯한 명분이 필요했다.

적당한 구실을 찾기 위해선 시간이 필요했고, 그러다 보니 공백이 길어지고 있었다. 기다리는 동안 슬그머니 주위에 소문도 흘렸다.

"KJ푸드로 파견 근무 가신다는 말이 있던데, 사실인가요?"

채영의 귀에까지 이야기가 들어간 것을 보니, 제대로 흘린 모양이다.

"응. 아마도. 다음 달부터 그쪽으로 출근하게 될 거야."

"정말이요? 흑, 서운해요."

정 대리가 산업 스파이긴 했지만, 팀원들에게 꽤 괜찮은 동료였던 것은 사실이다. 특히 막내 사원인 채영을 잘 챙겨주곤 했었다. 리아에게도 민훈은 좋은 학교 선배였다. 어쩌다 그와의 관계가 이리 꼬여버린 건지, 참으로 속상할 뿐이다.

"그런데 정 대리님, 우리에겐 한마디도 없으시고. 아예 출근을 안 하시잖아요."

"갑자기 결정 난 거라서 처리할 게 많아서 그래. 다 정리되면 KJ로 가기 전에 와서 인사할 거야."

"네, 알겠습니다. 팀장님."

그제야 환하게 웃은 채영은 회의실을 나서던 중, 문득 걸음을 멈추고 뒤를 돌아보았다.

"그나저나 팀장님, 요새 너무 피곤해 보이세요. 그러다 쓰러지면 어쩌시려고. 오늘은 반차 내고 일찍 퇴근하세요."

채영은 정말로 리아가 걱정된다는 얼굴이었다.

"어……? 어, 그러지, 뭐. 이것만 정리하고."

리아는 어색한 미소를 짓고는 황급히 컴퓨터 화면으로 시선을 돌렸다.

그렇게나 피곤해 보였나?

어젯밤 두 사람은 어두워질 때까지 소파에 앉아 있다가, 전날 정 여사가 보낸 음식으로 저녁을 해결하고 곧장 잠자리에 들었다.

굳게 다짐한 대로 얌전히 잠만 잤다. 문제는 새벽녘에 잠시 눈을 뜨고 나서다. 어쩌다 보니 두 사람은 동시에 잠에서 깨어났는데, 그와 함께 눈도 맞아버렸다.

서로 바라만 봐도 불꽃이 팡팡 튀는데 어쩌란 말인가! 정신을 차렸을 땐 이미 멈출 수 없는 선까지 넘어가버린 상태였다. 그러다 보니, 결국 잠을 설치고 말았다. 잠이 얼마나 중요한 건데…….

물론 밥 먹다가도, 설거지하다가도 눈 맞는다는 신혼이니까, 어찌 보면 당연한 현상일지도 모른다. 늦게 배운 도둑질이 무섭다고, 길고 긴 연애 기간과 비교해 늦게 시작한 이유도 있을 테고.

그래도 리아는 회사에서만큼은 티를 내지 않으려 무진장 노력했다. 하지만 여기저기 온몸이 쑤시는 탓에 저도 모르게 얼굴을 찡그리곤 했다. 잠이 모자라 끊임없이 커피를 물처럼 들이켰고…….

하, 정말 이러다 채영이 걱정한 대로 쓰러지는 거 아닌지 모르겠다. 신혼 때 쓰러졌다는 친구의 얘기를 듣고 '왜?' 하고 의아해했었는데 이젠 왜인지 알 수 있을 것 같다.

"아함."

작업을 끝낸 리아는 하품하며 노트북을 닫았다. 정말 오늘은 일찍 퇴근해서 눈 좀 붙여야겠다.

띠리리릭—.

노트북을 들고 자리에서 일어나려는데 휴대폰이 울리기 시작했다.

"어머?"

아무 생각 없이 발신자를 확인한 리아는 깜짝 놀란 얼굴로 통화 버튼을 눌렀다.

"여보세요? 어머님?"

[그래, 나다.]

휴대폰 너머로 정 여사의 목소리가 흘러나왔다. 전혀 예상하지 못한 시어머니의 전화에 리아는 긴장하고 말았다.

무슨 일이시지?

[내가 바쁜데 전화한 건 아닌지 모르겠구나.]

"네, 어머님. 아닙니다. 말씀하세요."

[갑자기 연락해서 미안한데, 급한 일이라서 어쩔 수가 없구나. 리아야, 너 오늘 반차 내고 나 좀 도와줄 수 있겠니?]

강요하는 말투가 아닌 상냥하고 나긋나긋한 말투였다. 하지만 절대로 거절할 수 없는 말투이기도 했다. 게다가 정 여사는 그녀를 '새아가'가 아닌 '리아'라고 다정하게 이름을 불러주었다.

어떡하지? 리아는 선뜻 대답하지 못하고 미간을 찌푸렸다. 물론 업무가 바빠서 곤란하다고 정중히 거절할 수도 있었다. 하지만 오늘 그녀는 반차를 내고 일찍 퇴근하려던 참이기도 했다. 아무렇지 않게 거짓말할 자신은 없었다.

"네, 일찍 퇴근할 수 있어요. 그런데 어떻게 도와드려야 하죠?"

[아, 그러니까 말이다……]

정 여사의 설명을 들은 리아는 깜짝 놀란 표정을 지었다.

"네?"

정 여사의 부탁은 '불우 아동 돕기 자선 행사'에 참석해달라는 것이었다. 일정이 꼬여 다른 행사와 겹치는 바람에 정 여사는 우선 소정을 자선 행사에 보내기로 했다. 그러나 곧 불안감이 밀려왔다. 소정이 모임에서 어떤 대접을 받는지 알고 있기 때문이다.

그렇다고 대놓고 항의할 순 없기에 정 여사는 항상 소정과 함께 모임에 참석하는 것으로 며느리를 도와왔다. 자신이 옆에 있다면 그 누구도 소정을 함부로 대하진 못할 테니까. 하지만 오늘은 그럴 수 없었다. 그래서 생각해낸 게 둘째 며느리인 리아였다. 리아가 함께 가준다면 소정에게 힘이 되어주지 않을까? 하고. 그래도 난데없는 부탁이라, 물어보기가 쉽지는 않았다.

[나도 안다, 별로 내키지 않는 부탁이라는 걸.]

고민의 흔적이 묻어나는 정 여사의 목소리는 가라앉아 있었다.

[……그래도 가줄 수 있겠니?]

일요일 이후, 리아를 대하는 정 여사의 태도는 확실히 달라져 있었다. 그녀를 에워싼 단단한 벽이 무너졌다고 해야 하나? 말로 하지 않아도 충분히 느낄 수 있는 변화였다. 이제야 리아를 진정한 며느리로서 가족의 일원으로 받아들인 걸까?

"내키지 않는다니요. 당연히 가야죠."

일부러 리아는 더 밝은 목소리로 힘차게 대답했다. 정 여사가 누구인가? 사랑해 마지않는 강태호를 세상에 태어나게 해준 어머니 아니던가! 요 며칠 사랑을 불태우느라 피곤한 건 사실이지만, 리아는 정 여사의 부탁을 기쁜 마음으로 받아들일 수 있었다.

"지금 당장 갈게요. 어머님."

[그래, 고맙구나. 네가 가주면 큰 애에게 도움이 될 거다.]

"네."

그러나 정 여사와 전화를 끊은 리아는 잠시 고민에 빠졌다.

"……흠."

과연 자신이 정 여사만큼 소정에게 도움이 될 수 있을까? 하는 우려 때문이었다. 이번 행사에 '빙쌍 무리'도 참석하는 건 아니겠지? 리아는 LS 그룹 창립 파티에서 만났던 채연희 일행을 머릿속에 떠올렸다.

─ 그게 KJ 스타일인가 봐. 그 집 첫째는 완전 흙수저 집에서 데려왔 잖아.

─ 진짜 수준 안 맞아.

─ 돈 없어서 쩔쩔매는 거 맞잖아요. 아, 그러고 보니 그쪽도 그러네.

그날 일을 돌이키던 리아는 저도 모르게 인상을 찌푸렸다. 아, 진짜! 지금 생각해도 열받는다. 그땐 태호가 나서는 바람에 꾹 참았지만, 또 다시 같은 일이 일어난다면…….

"이번엔 참지 않을 거야."

리아는 혼잣말처럼 중얼거리며 씩씩하게 사무실을 나섰다.

역시 아니나 다를까, 행사장에 들어서자마자 반갑지 않은 무리가 리아의 시야에 확 들어왔다. 그날도 핑크빛 드레스로 눈에 확 띄더니, 채연희는 오늘도 머리끝에서 발끝까지 핑크빛 일색이었다. 그리고 그때와 마찬가지로 불타듯 이글거리는 눈으로 리아를 노려보고 있었다. 일관성 하난 확실하다.

"하."

리아는 저도 모르게 웃고 말았다. 다 큰 어른이 싫어하는 감정 하나 숨기지 못하다니……. 그래도 됐으니까 그런 거겠지? 아무도 제지하는 이가 없었을 테니까. 결국은 진정으로 그녀를 아끼고 걱정해주는 인물이 주위에 없다는 뜻이다. 그렇게 생각하니, 어떤 면에선 연희가 불쌍하게 느껴졌다.

리아가 시선을 피하지 않고 빤히 마주 보자, 연희는 흠칫 놀란 듯 살며시 시선을 피했다. 받아치면 바로 꼬리를 내릴 거면서……. 리아는 연희를 무시하기로 하고 소정을 찾기 위해 주위를 둘러보았다. 이상하게도 소정의 모습은 어디에서도 보이지 않았다. 전화를 걸어보았지만, 무슨 일인지 신호음만 가고 연결되지 않았다.

"소정 씨 찾아요?"

그런 리아에게 연희가 일행을 이끌고 다가왔다. 연희는 생글생글 웃으며 묻지도 않은 말을 줄줄 내뱉었다.

"아까 주최 측에서 소책자 나르는 데 손이 모자란다고 했더니, 그거 도우러 갔나 봐요. 저쪽으로 가보세요."

연희는 핑크색 매니큐어가 발라진 긴 손톱으로 행사장 뒤쪽을 가리켰다.

"소정 씨, 아마 거기 있을 거예요."

'노려볼 땐 언제고 왜 갑자기 친절하지?'라는 생각이 들었지만, 어쨌든 알려준 건 고마운 거니까 리아는 짧게 고개를 끄덕였다.

"고마워요."

그러나 막 연희를 지나친 순간, 비아냥거리는 소리가 흘러나왔다.

"격 떨어지게 그런 일을 왜 한다고 나서?"

누구? 형님을 말하는 건 아니겠지?

"뭐…… 평소에 하던 일이니까 남들보다 잘한다고 생각했겠지. 안 그래?"

"아, 맞다. 부모도 없이 이모 손에 컸다며? 알바란 알바는 다 해가면서……."

"어머, 말로만 듣던 불우 아동이 바로 옆에 있었네?"

예상한 대로 소정을 가리키는 말이었다. 아무렇지 않은 듯 막말을 내뱉는 채연희 일행에게 저절로 눈살이 찌푸려졌다.

저것들이 정말!

발끈한 리아는 걸음을 멈추고 연희 일행 쪽으로 고개를 돌렸다.

"방금 그 소리, 우리 형님을 두고 말한 거예요?"

리아가 단도직입적으로 묻자, 연희는 깜짝 놀라는 시늉을 해 보였다.

"어머, 들었어요?"

일부러 들으라고 크게 말한 주제에 연희는 딴청을 부렸다.

격 떨어지는 건 소정이 아니라, 바로 자신들이라는 걸 왜 모를까?

연희에게 뭐라고 해보았자 쇠귀에 경 읽기겠지만 그래도 가만히 있을 순 없었다. 다른 사람의 일도 아니고, 소정의 일인데…… 가족을 건드리는데 어떻게 참고만 있을까!

"이봐요, 채연희 씨."

연희를 노려보는 리아의 눈빛이 오싹할 만큼 엄격하고 매서웠다.

"연희 씨는 자선 행사에 놀러 왔어요? 봉사하러 왔으면 당연히 도와야죠."

"나 지금 봉사하고 있는데요?"

연희는 무슨 소리냐는 듯 어깨를 으쓱거리며 일행을 둘러보았다. 그러자 일행 중 한 명이 연희를 위해 나섰다.

"눈멀었어요? 우리 지금 봉사하고 있는 거 안 보여요?"

"네. 안 보이는데요. 정확히 뭘 하고 있었죠?"

"정확히요? 어, 그러니까……."

모여서 수다 떠는 것 외엔 딱히 아무것도 하지 않고 있던 터라, 일행은 선뜻 대답할 수 없었다. 그러자 연희가 나섰다.

"아무리 봉사하러 왔어도 소책자 나르는 허드렛일을 왜 우리가 해요? 그러다 손톱이라도 망가지면 어쩌려고? 난 제대로 거절도 못 하고 끌려간 소정 씨가 안쓰러워서 그런 거예요."

연희의 말에 일행이 연이어 맞장구를 쳤다.

"맞아, 그래서 그런 거지."

"소정 씨, 너무 애쓰더라."

참으로 안쓰러워서 그렇겠다. 어쩌면 얼굴색 하나 안 변하고 저렇게 뻔뻔한 거짓말을 늘어놓을 수 있을까? 리아는 할 말을 잃고 말았다.

"뭐, 이해는 해요. 소정 씨는 오늘 행사가 남 일 같지 않게 느껴졌겠죠."

연희는 소정도 불우 아동이었다는 사실을 한 바퀴 돌려서 비아냥거렸다. 부모를 여의고 이모네에서 자란 소정의 과거를 비꼰 것이다. 자기 의지로 부모를 택해 태어난 것도 아니면서 '부모 잘 만난 것도 실력'이라고 굳게 믿는 불쌍한 존재들. 부모란 바람막이가 사라지면 아무것도 아니면서 뭐가 그리도 잘났는지…….

"우리 형님은 무슨 일이든 최선을 다하시는 분이에요. 봉사하러 왔으면 제대로 해야지, 그쪽처럼 설렁설렁할 순 없죠."

"뭐요? 설렁설렁?"

리아의 말에 연희는 과장되게 눈을 휘둥그레 떴다. '설렁'은 평소에 연희가 가장 싫어하는 말이었다. 형제 중 유일하게 딸로 태어난 연희는 '외동딸'이란 타이틀을 달고 가족의 사랑을 독차지했다. 그러다 보니 연희는 매사에 설렁설렁, 무슨 일이든 가족 누군가가 대신해주길 바랐다. 그런 연희를 보고 가족들은 '설렁이'라고 불렀다.

그랬는데 '설렁설렁'이란 단어가 다른 누구도 아닌 주리아 입에서 나오다니! 마음 같아선 '야! 너 지금 말 다 했어?'라고 소리치고 싶지만 그러면 리아가 놓은 덫에 걸리는 꼴이 된다. 연희는 욱하는 감정을 참으며 싱긋 웃어 보였다.

"그게 아니라, 여유죠. 우리는 삶의 여유가 있는 거예요. 빠듯하게 사는 거랑은 차원이 틀린 거라고요."

"차원이 틀려요? 하."

리아는 기가 막힌다는 듯 짧게 웃음을 터트렸다. 도저히 안 되겠다. 들자 들자 하니까 정말 답이 없네. 돼지 목에 진주 목걸이라고……. 연희 같은 부류엔 어떤 설교도 통하지 않을 거다. 그저 똑같이 갚아줘야 할 뿐.

"이런, 어쩌나? 삶의 여유가 있다는 사람이 공부할 시간은 좀 모자랐나 봐요."

"……네?"

리아의 말이 끝나기가 무섭게 연희의 얼굴이 흉할 정도로 일그러졌다. 실제로도 공부한 시간이 별로 없었기에 발끈할 수밖에 없었다. 지원한 모든 대학에 불합격한 그녀는 거액의 기부금을 내고 해외 사립대에 겨우 입학할 수 있었다. 하지만 입학 후에도 개인 비서에게 모든 과제를 맡긴 채 놀러 다니기에 바빴었다.

"'차원이 틀리다'라는 건 잘못된 표현이에요. '차원이 다르다'라고 해

야죠. '틀리다'라는 표현은 옳고 그름을 가릴 때나 사용하는 거라고
요."

"그, 그게 뭐……?"

자세한 설명에도 연희는 리아가 지금 무슨 말을 하는지 알아들을
수 없었다. 그런 연희를 이번엔 리아가 안쓰럽다는 얼굴로 바라보았다.

"그래요, 뭐. 손톱 망가지는 게 더 중요한 사람인데, 표현 틀린 게 뭐
라고. 그렇죠? 계속해서 쭉 여유 있게 사세요."

할 말을 마친 리아는 그대로 등을 돌려, 행사장 뒤쪽으로 걸어갔다.

잠시 멍한 표정으로 리아의 뒷모습을 바라보던 연희가 중얼거리듯
입을 열었다.

"지금 나보고 보라고 한 거야? 공부할 시간이 모자라?"

한 방 먹었다는 사실을 깨달은 연희는 일행을 바라보며 날카롭게 외
쳤다.

"나, 가방끈 길어. 유학도 갔다 왔다고."

"알아, 연희야. 진정해."

"아니, 뭐 저런 게 다 있어?"

연희가 씩씩거리며 리아에게 가려고 하자, 양쪽에서 일행이 그녀를
말렸다. 봉사하러 와서 괜한 일에 말려들을 순 없으니까.

"참아, 연희야. 여기서 싸울 순 없잖아."

"그래. 더러워서 피하지, 무서워서 피하니?"

그러자 잡힌 팔을 뿌리치며 연희가 외쳤다.

"누가 저런 거랑 싸운대? 격 떨어지게."

리아를 노려보는 연희의 두 눈이 화르르 불타올랐다.

"너 어디 오늘, 망신 한번 당해봐라."

"형이 어쩐 일이야?"

태문이 집무실로 들어서자, 태호는 놀란 얼굴로 자리에서 일어섰다. 태문은 일어날 필요 없다는 듯 손을 저으며 소파로 걸어갔다.

"본사에서 계열사로 근무 환경 조사 나가더라고. 그래서 나도 따라 왔어. 내 눈으로 직접 둘러도 볼 겸해서."

그 말에 태호는 짧게 웃음을 터뜨렸다.

"하, 시간이 남아도나 보군."

괜한 비아냥거림은 아니었다. KJ그룹의 전무인 태문이 직접 나설 업 무는 아니니까. 하지만 태문은 거래처 중역과 골프할 여유가 있으면 그 시간에 작업 현장이나 한 번 더 둘러보겠다는 주의였다. 강 회장은 그런 태문을 보며 기업인이 아니라, 사회 복지사가 되었으면 더 어울렸 을 거라고 투덜거렸다. 장남인 태문 대신 태호를 후계자로 내심 결정 한 것도 그래서였다.

"무슨 소리야? 계열사 직원 복지를 챙기는 것도 내 업무인 거 몰 라?"

자리에서 일어난 태호가 맞은편 소파에 앉자, 태문은 힐끔 주위를 둘러보았다. 그리고 혼잣말처럼 중얼거렸다.

"사옥이 참 오래되긴 했어."

하늘 높은 줄 모르고 치솟은 본사와 비교하면 지상 10층인 KJ푸드 건물은 초라할 정도로 수수했다. 집무실 내부 역시 크게 다르지 않았 다. 작년에 새로 실내 공사를 했다지만, 군데군데 드러나는 세월의 흔 적을 숨길 순 없었다.

"넌 언제 본사로 들어올 거야?"

태문이 생각하기에 이곳은 태호가 있을 자리가 아니었다. 동생에게는 KJ푸드가 아닌 그룹 본사처럼 더 넓고 높은 곳이 필요하다. 전무란 직함 역시 자신보다는 태호에게 어울린다고 생각했다.

"……글쎄. 하던 일은 끝내고 가야지."

그러나 태호에겐 그 어떤 것보다 한 사장을 처리하는 게 먼저였다. 리아와 결혼에 성공하긴 했지만, 양가의 오해가 완전히 풀린 게 아니기에 아직은 불안한 상태였다.

"기어코 끝을 볼 거야?"

"당연하지."

태호의 대답에 태문은 미간을 찌푸렸다.

"쉽진 않을 거야. 한 사장이 당하고만 있겠어? 틈틈이 인맥을 쌓아 놓았더라고. 주주 중에도 한 사장 라인이 꽤 있어."

"그래도 한 사장의 가장 큰 인맥은 아버지지."

비릿한 미소를 떠올리며 태호가 말했다.

그렇다. 한 사장을 뒤에서 단단히 받치고 있는 인물은 다른 누구도 아닌 강대호 회장이었다. 그러니까 그 무엇보다도 강 회장이 한 사장을 내칠 결심을 하는 것이 우선이었다.

"아버진 아직도 반신반의 하시지?"

"반신반의한다기보다는……."

태호의 물음에 태문은 정확한 대답을 찾기 위해 말꼬리를 흐렸다. 그리고 잠시 후, 말을 이었다.

"그래도 수십 년 동안 오른팔로 지낸 사람이니까, 비리가 있다 해도 웬만하면 덮고 지나가고 싶으신 것 같아. 여기서 더 나빠지지만 않는다면 말이지."

"아버지답지 않게 약한 모습인데?"

"한 사장이 아버지 대신 감방에 간 일로 마음의 빚이 있으시겠지. 사실 그때 그 일로 한 사장 부인도 일찍 돌아가시게 됐고⋯⋯."

태호는 묵묵히 듣기만 했다.

강 회장은 한 사장이 자신을 대신해 죄를 뒤집어쓰고 복역했다고 생각했다. 하지만 사실은 전혀 그렇지 않았다. 실제로 가공 육류에 불법 성분을 첨가하게 지시한 이는 한 사장이었다. 회사 몰래 원자재 대금을 빼돌리다 발각될 위기에 몰리자, 그걸 덮기 위해 벌인 일이었다. 그 와중에 공장에서 사고가 일어났고, 민훈의 아버지인 정창식이 다쳤다. 자신의 비리가 탄로 날 게 두려웠던 한 사장은 윗선에 보고하지 않았고, 결국 정창식은 산재 처리를 받지 못하게 되었다.

한 사장이 강 회장 대신 죄를 뒤집어쓴 게 아니라는 사실을 태호가 알아낸 건 얼마 전의 일이다. 기회를 봐서 강 회장에게 알릴 계획이었지만, 아무래도 서둘러야 할 것 같다. 강 회장이 진실을 알게 된다면 보다 쉽게 결단을 내릴 수 있을 테니까.

"그건 그렇고⋯⋯."

대화가 무거운 주제로 흘러가게 되자, 태문은 슬그머니 자리에서 몸을 일으켰다.

"나, 끝날 때쯤이면 딱 퇴근 시간이니까, 이따 함께 퇴근하자."

"내가 왜?"

함께 퇴근하자는 말에 태호는 미간을 찌푸렸다. 형제끼리 사이가 나쁜 건 아니었지만, 낯간지럽게 함께 퇴근할 정도로 사이가 좋은 것 또한 아니었다. 초등학교 다닐 때조차 둘은 한 번도 나란히 하교한 적이 없었다. 물론 그땐 태호가 리아의 정혼자인 태문을 탐탁지 않게 여겼기 때문이다.

— 응, 우린 정혼한 사이래.

태문은 정확히 무슨 뜻인지도 모르면서 한 말이었겠지만, 그 말은 꽤 오랫동안 태호를 괴롭혔다. 리아와 관련된 일에선 어째서인지 신경이 날카로워진다.

태호가 태문과 거리를 두는 일은 그가 소정을 만나 사랑에 빠질 때까지 이어졌다. 그런 태호의 속을 아는지 모르는지, 태문은 싱글벙글 웃으며 빠르게 대답했다.

"왜긴 왜야? 자선 행사 같이 가야지. 오늘 소정이가 어머니 대신해서 행사에 참석했잖아. 우리 소정이 고생 많았을 텐데, 가서 맛있는 거 사줘야지."

"뭐?"

태호는 어이가 없다는 듯 미간을 찌푸렸다.

자기 아내 고생했다고 마련하는 자리에 왜 나를 끌어들여? 눈치가 없는 건가? 아니면 없는 척하는 건가?

한창 신혼의 단꿈에 빠진 사람에게 말도 안 되는 제안이었다.

한시라도 빨리 집에 가서 리아를 봐야 한다. 그런데 자선 행사라니!

소정을 아끼긴 했지만, 그건 어디까지나 형수로서일 뿐이다. 리아와 함께하기에 하루 24시간도 모자라는데, 소정까지 챙길 여유가 있을 리 없었다. 형수는 형수, 아내는 아내다.

"됐어. 난 바로 집에 가야 해."

태호는 쌀쌀맞게 거절하며 소파에서 몸을 일으켰다. 그러자 태문이 의아하다는 표정을 지었다.

"집에 가서 뭐 하게?"

정말 몰라서 묻나? 자신이 신혼 때 어땠는지 기억을 못 하는 건가?

태호는 눈치 하나도 없는 태문에게 짜증이 밀려왔다. 태호에게서 아무런 말이 없자, 태문은 혼잣말처럼 중얼거렸다.

"아무도 없는 집에 가서 뭐 하게? 제수씨도 오늘 소정이랑 자선 행사 함께 참석했는데……."

"뭐?"

자리로 돌아가던 태호는 제자리에 우뚝 멈춰 섰다.

리아도 자선 행사에 참석했다고?

순간 태호는 오늘 아침, 출근 준비를 하던 리아의 모습을 떠올렸다. 요 며칠 회사 일이 바쁜지 그녀는 몹시도 피곤해 보였다. 그런데 난데없이 자선 행사 참석이라니. 왜 거길 보낸 거야!

"그게 정말이야?"

태문을 향한 태호의 눈빛이 싸늘하게 변해갔다.

밖으로 나간 리아는 한눈에 소책자를 나르는 소정을 발견했다. 소정의 양손에는 제법 묵직해 보이는 소책자 묶음이 들려 있었다. 리아는 재빨리 소정에게 걸어가 손에서 소책자 묶음을 받아 들었다.

"형님, 저 왔어요."

"동서!"

리아를 본 소정의 얼굴이 환하게 밝아졌다. 그동안 그녀 혼자 나르고 있었는지, 빨개진 소정의 손바닥이 눈에 들어왔다.

"아니, 왜 혼자 이걸 나르고 계세요? 다른 사람들도 많은데……."

리아는 저도 모르게 인상을 구겼다.

"아냐, 다른 사람들도 다 바쁘잖아."

소정은 아무것도 아닌 것처럼 말했지만, 리아는 굳은 표정을 풀지 않았다. 리아가 기분이 상했다는 것을 알아챈 소정이 힘없이 고개를 내저었다.

"그러지 마, 동서. 난 괜찮아. 내가 한다고 했어. 사실은 이게 더 편하거든……."

저 안에서 소정이 어떤 대접을 받았는지, 얼마나 가시방석이었는지 안 봐도 훤하다.

"이 여자들이 정말."

할 수만 있다면 연회 일행 머리끄덩이를 확 잡아채고 싶었다. 하지만 그러면 정 여사의 체면에 흠집이 가게 되니까, 분해도 참을 수밖에 없었다. 대신 리아는 소정의 어깨를 확 움켜쥐었다. 그리고 그녀의 눈을 빤히 들여다보았다.

"형님, 쟤들 아무것도 아니에요. 원래 빈 수레가 요란한 거잖아요. 머릿속이 텅텅 비어서 그런 거라고요."

"동서."

그 말에 위로가 되었는지, 소정은 눈물을 글썽이며 환하게 미소 지었다.

"자, 자. 저도 도울게요. 얼마나 더 날라야 해요?"

리아는 씩씩하게 말하며 소정을 도와 소책자를 날랐다.

소책자를 모두 나른 후에도 소정은 다른 일을 맡았고, 리아는 옆에서 성심껏 도왔다. 두 사람이 소매를 걷어붙이고 바삐 일하자, 멀뚱하니 서 있는 연희 일행에게 의아해하는 시선이 몰렸다. 봉사하러 와서 아무것도 하지 않고 있었으니까. 결국 연희 일행은 자신들에게 쏟아지는 따가운 시선을 이기지 못하고 마지못해 행사를 돕기 시작했다. 불쾌한 얼굴로 리아와 소정을 노려보면서.

그렇게 바쁘게 뛰어다니길 서너 시간. 자선 행사를 마칠 무렵엔 리아와 소정 모두 하나같이 녹초가 되어 있었다.

"어머니 대신 참석한 거야. 말이 자선 행사지, 얼굴만 들이대면 되는 자리라고."

태문의 설명에도 태호는 굳은 표정을 풀지 않았다. 행사장으로 향하는 내내 못마땅한 눈으로 태문을 노려보았다.

녀석, 누가 자기 아내를 잡아먹기라도 하나?

자선 행사 참석한 게 뭐 그리 큰일이라고 저리도 화가 났을까 싶다. 결국 태문은 살벌한 태호의 시선을 피해, 창밖으로 고개를 돌리고 말았다.

"지금까지 자선 행사 참석해서 형수가 뒷짐 지고 가만히 있었던 적 있어?"

답이 필요해서 하는 질문은 아니었다. 두 사람 모두 대답을 알고 있으니까.

태문이 창밖에서 고개를 돌려, 태호를 바라보았다.

"형수, 자선 행사 참석하기만 하면 일주일 동안 앓아누울 정도로 무리하잖아. 저번에도 '독거노인을 위한 김치 담그기 행사'에 갔다가 손목 인대에 이상이 생겼었지."

"그랬지. 소정이 성격에……."

"그러면."

태문의 말을 도중에 끊으며 태호가 잔뜩 미간을 찌푸렸다.

"오늘은 어머니도 없이 형수만 행사에 참석했는데, 리아 성격에 형수만 혼자 고생하는 거 옆에서 보고만 있을까?"

"어?"

그제야 태문은 왜 태호가 이리도 기분 나쁜 표정인지 깨달았다.

아니, 이 녀석. 어쩌다 벌써 팔불출이 돼버렸지? 그러니까 제 아내 고생하는 꼴을 절대로 못 보겠다는 거잖아!

태문은 자신의 옆에 앉은 이가 자신이 알고 있던 강태호가 맞나? 잠시 의심해보았다.

아무리 사랑을 하면 모든 것이 변한다고 하지만……. 와, 까칠한 내 동생이 이렇게 변할 것이라곤 상상도 하지 못했다. 지금이라도 소정에게 전화해 오늘은 대충대충 하라고 해야 하나?

태문은 몹시도 심각하게 고민에 빠져들었다.

"아아."

리아는 산처럼 쌓인 컵케이크 타워를 바라보며 뻐근한 어깨를 주물렀다. 근육이 많이 뭉쳤는지 앓는 소리가 절로 나온다. 소정을 따라다니며 이 일 저 일 돕다 보니, 생각보다 체력 소모가 컸다. 리아는 어머니 민 여사를 따라 자선 행사에 여러 번 참석했지만, 땀이 날 정도로 강도 높게 일한 적은 오늘이 처음이었다.

"으음."

순간 아찔하며 눈앞이 흐려지려고 하자, 리아는 급히 양손으로 얼굴을 감쌌다.

아, 너무 무리했나? 잠이 모자라는데 땀까지 흘려가며 정신없이 일해서 더 그런 모양이다. 그래도 이제 조금만 있으면 모두 끝나니까, 그때까지만 참으면 되겠지.

리아는 양손으로 뺨을 톡톡 두드리며 주위를 둘러보았다. 참가자 대부분은 단상에 선 진행자에게 시선을 모으고 있었다.

주최 측의 감사 인사가 끝나고 참가자들에게 컵케이크를 답례로 하나씩 나누어주면 오늘의 행사는 모두 끝이 난다.

총 8단으로 구성된 컵케이크 타워에는 100개가 넘는 컵케이크가 놓여 있었다. 원래는 연희 일행이 원하는 이들에게 개별 포장해서 나누어주는 건데, 모두 어디로 가버렸는지 보이지 않았다. 마침 할 일을 끝낸 리아는 연희 일행이 올 때까지 개별 포장을 돕기로 했다. 과연 도우러 올지 모르겠지만.

"어머, 미안해요."

뒤쪽에서 연희의 목소리가 들렸다. 뒤를 돌아보자, 어디 갔다가 이제 오는지 연희가 미안한 얼굴로 걸어오고 있었다.

"리아 씨는 인제 그만 쉬어요. 개별 포장은 내가 할게요."

웬일이라니? 그새 철들진 않았을 텐데…….

그때였다. 리아의 본능이 위험 신호를 알렸다. 이상한 낌새에 뒤를 돌아보니, 무슨 일인지 컵케이크 타워가 휘청 흔들리기 시작했다.

타워 뒤편에 있는 누군가를 본 것 같긴 한데 확실하진 않았다. 크게 휘청거리던 컵케이크 타워는 8단이 한꺼번에 무너지며 리아를 향해 쏟아져 내렸다. 하지만 리아가 누구인가! 왕년에 태권도 검은 띠까지 땄던 그녀이다. 17 대 1로 싸우진 못해도, 위기의 순간에 휙 몸을 날려 피하는 건 식은 죽 먹기였다. 무너진 컵케이크 타워가 덮치기 직전, 리아는 재빠르게 옆으로 몸을 날렸다.

"꺄아아악!"

잠시 후, 날카로운 비명이 행사장에 울려 퍼졌다. 모두의 시선이 소리가 난 쪽으로 몰렸다. 머리끝에서 발끝까지 컵케이크를 뒤집어쓴 연희가 빨개진 얼굴로 비명을 지르고 있었다.

컵케이크로 엉망진창이 된 연희의 모습이 리아의 흐릿해진 시선에 잡혔다. 아마도 리아가 옆으로 비켜서는 순간, 뒤에 있던 연희에게로 컵케이크 타워가 쏟아져 내린 모양이다.

연희에게 미안한 감정이 들었지만, 갑자기 몰려온 어지러움에 리아는 꼼짝도 할 수 없었다. 정신을 차리려 해도 눈앞이 캄캄해지며 다리에 힘이 빠졌다. 더는 견디지 못하고 제자리에 주저앉으려는데 단단한 팔이 그녀의 허리를 감쌌다.

"하아."

따뜻한 품 안에서 그리운 체취를 느끼는 순간, 리아는 저도 모르게 안도의 숨을 내쉬었다.

그가 왔다, 내 남자가…….

이 와중에 입가에 미소가 번지다니.

"도대체 리아에게 무슨 짓을 한 거야?"

화난 듯 낮게 가라앉은 목소리가 귀가에 흘러들었다. 너무나 익숙한 목소리인데도 들을 때마다 가슴을 설레게 한다. 리아는 단단한 가슴에 얼굴을 묻으며 스르르 두 눈을 감았다.

"꺄아아악!"

컵케이크를 뒤집어쓴 연희의 입에서 연신 비명이 흘러나왔다.

악! 이게 무슨 날벼락이야! 컵케이크를 뒤집어써야 할 사람은 자신이 아니라, '주리아'여야 했다. 작은 충격에도 기울어지게끔 타워 지지대를 손본 후, 연희가 말을 건네고 리아가 뒤돌아보는 사이 일행 중 한 명이 지나가는 척 지지대를 건드릴 계획이었다.

지지대가 무너지면 연희에게도 컵케이크 파편이 튈 수 있겠지만, 괜한 의심에서 벗어나려면 그녀도 조금은 컵케이크 세례를 받아야 했다. 당당한 리아의 얼굴이 무참하게 일그러지는 꼴을 눈앞에서 확인하고 싶은 마음도 있었다. 구경은 가까운 데서 해야 제맛 아니겠어?

그것이 리아의 뒤에 바짝 서 있었던 이유다. 어차피 리아가 대부분 뒤집어쓸 테니까, 괜찮을 거라고 마음을 놓았다. 그런데 앞에 있던 리아가 빛의 속도로 사라졌다. 그리고 '어? 어? 어?' 하는 사이, 리아에게 쏟아질 컵케이크가 연희에게로 쏟아졌다. 더욱더 기가 막힌 건, 그게 끝이 아니었다.

"도대체 리아에게 무슨 짓을 한 거야?"

쓰러진 리아를 품에 안은 태호가 엉망진창으로 망가진 연희를 죽일 듯 성난 눈으로 노려보았다. 마치 그녀의 잘못으로 리아가 정신을 잃었다는 것처럼…….

아니, 그걸 왜 나한테 물어?

지지대가 무너지게 손을 본 것은 맞지만, 리아가 기절한 것과는 아무런 관계가 없었다. 전혀 아는 바가 없었다.

왜 멀쩡하던 리아가 기절했는지 내가 알게 뭐냐고? 혹시 이 여자, 나 엿 먹이려고 일부러 기절한 척하는 거 아냐?

순간 의심이 들었지만, 살벌한 태호의 눈빛에 기가 죽은 연희는 아무 말도 할 수 없었다. 그녀가 할 수 있는 건, 급히 자리를 피하는 것뿐이었다.

악! 악! 악!

속으로 날카로운 비명을 지르며 연희는 발목이 부서져라, 빠르게 문을 향해 내달렸다.

Chapter 19

슬기로운 신혼 생활

"······으응."

두 눈을 감은 리아의 입에서 작은 탄식이 흘러나왔다. 어두컴컴한 주위에 한 줄기 빛이 내려와 산처럼 쌓인 핑크빛 컵케이크를 밝게 비추고 있었다. 리아는 먹음직스러워 보이는 컵케이크를 집어 들고 한입 가득 베어 물었다. 컵케이크가 입 안에서 사르르 아이스크림처럼 녹아내렸다.

아, 고소해!

리아는 만족스러운 미소를 지으며 손에 묻은 생크림을 혀로 할짝할짝 핥았다. 그런데······ 잠깐, 왜 고소한 맛이지? 달콤해야 하는 거 아닌가?

리아가 이상한 것을 깨닫는 순간, 앞에 놓인 핑크빛 컵케이크가 하나둘씩 사라지기 시작했다.

어? 나 아직 다 안 먹었단 말이야!

당황한 리아는 사라지는 컵케이크를 향해 다급히 손을 뻗었다. 그와 동시에 갑자기 주위가 밝아졌다.

"응?"

리아는 어리둥절한 표정을 지으며 주위를 둘러보았다. 흐릿했던 영상이 또렷해지며 서서히 눈앞의 물체가 형체를 찾아갔다.

우웅, 낮게 울리는 엔진 소음과 휙휙 지나가는 풍경으로 보아, 그녀는 달리는 차 안에 앉아 있었다. 옆으로 고개를 돌리니 운전대를 잡은 태호의 모습이 보였다.

"……태호?"

리아의 목소리에 태호가 그녀를 향해 고개를 돌렸다. 그와 시선이 부딪치자, 리아는 행사장에서 쓰러지며 태호의 품에 안겼던 사실을 기억해냈다. 하지만 거기까지였다. 그다음부턴 머릿속을 지우개로 지운 것처럼 아무것도 생각나지 않았다.

"깼어?"

리아를 바라본 후, 다시 차도로 시선을 돌리며 태호가 말했다. 리아는 가볍게 고개를 끄덕이며 휙휙 지나가는 창밖 풍경을 바라보았다.

"지금 어디 가는 거야?"

"집에 가는 중이야."

"집에?"

그 말에 리아는 미간에 주름을 잡았다. 분위기로 보아 자선 행사는 끝난 것 같았다. 하지만 그녀는 행사 후, 할 일이 있었다. 소정은 도와줘서 고맙다며 함께 저녁을 먹자고 했고 리아는 흔쾌히 받아들였었다. 소정과 친해질 기회라고 생각했기 때문이다.

"나, 형님이랑 저녁 먹기로 했는데……."

"저녁은 다음에 먹어. 지금 네 상태가 어떤 줄이나 알아?"

"……아."

그제야 리아는 잠시 오해가 있다는 사실을 깨달았다.

"태호야, 나 기절한 거 아니야. 갑자기 졸음이 밀려와서 그런 거야."

사실이다. 태호의 품에 안기는 순간, 긴장이 탁 풀려 기절하듯 잠들고 말았다. 하지만 리아의 설명에도 태호는 아무 말 없이 운전에 집중했다. 왜? 그도 아는 사실이니까.

멀쩡한 지지대가 갑자기 무너지다니……. 다른 사람은 다 속여도 태호는 속일 수 없었다. 누군가가 꾸민 짓궂은 장난임이 분명했다. 그것 때문에 리아가 기절한 것은 아닌지, 혹여 그 배경에 연희가 있는 건 아닌지 태호는 알아야 했다.

그런데 연희를 마구 추궁하는 도중, 어디선가 새근새근한 숨소리가 들렸다. 들릴 듯 말 듯, 아주 작게 코 고는 소리도 함께였다. 태호는 조심스레 품에 안긴 리아에게로 시선을 돌렸다. 평온하게 두 눈을 감은 리아의 모습이 마치 단잠에 빠진 '잠자는 숲속의 미녀'처럼 보였다.

뭐야? 잠에 곯아떨어진 거야?

하지만 안도하는 것은 잠시, '얼마나 피곤했으면 기절한 것처럼 잠에 빠져들었을까.' 하는 생각이 들었다. 그럴 만도 하다. 요 며칠 거의 밤을 새우다시피 하며 서로를 불태웠으니까. 아무리 참기 어렵다고 해도, 오늘 새벽엔 편히 잠자게 내버려둬야 했다. 그녀가 원한다고 해도 말이다.

태호는 리아를 한계까지 밀어붙인 자신이 짐승처럼 느껴졌다. 뜨겁고 거칠게 침범하고, 모든 것이 녹아버릴 때까지 멈추지 않았다. 그깟 욕망 하나 어쩌지 못하고 사랑하는 여자를 힘들게 하다니.

"태호야."

그때 부드러운 손길이 태호의 팔을 쓸어내렸다. 옆으로 고개를 돌리니, 리아가 그를 향해 웃고 있었다. 그가 굳은 표정으로 입을 다물고만 있자 어디 아픈 건 아닌가 걱정한다고 여긴 모양이다.

"나, 아주 멀쩡해."

거짓말은 아니었다. 그새 잠시 눈 좀 붙였다고 리아는 마구 힘이 솟아나는 게 느껴졌다. 수면 시간은 짧았지만, 아주 깊게 푹 잠들어서였다. 역시 수면의 질은 중요한 것이다.

리아는 태호의 걱정을 덜기 위해 좀 더 밝은 목소리로 말을 이었다.

"어차피 저녁 먹어야 하잖아. 그러니까 형님이랑 같이 먹자. 나, 이렇게 집에 가버리면 형님이 자신 때문에 내가 너무 무리해서 탈 난 거 아닌가 걱정하실 거야."

그 말에 태호는 못마땅한 듯 미간을 찌푸렸다.

"지금 형수 걱정할 때야?"

이런, 밝은 목소리만 가지곤 안 되나 보다. 하지만 그렇다고 바로 물러날 리아도 아니었다. 이젠 아니까. 어떻게 하면 태호를 움직일 수 있는지. 리아는 태호의 어깨에 고개를 기대며 콧소리를 냈다.

"오빠아, 나 진짜 가고 싶어……. 정말 안 될까?"

순간 흠칫하며 태호의 어깨가 자잘하게 떨렸다.

'오빠아'? 그냥 오빠가 아니라, 애교가 가득 담긴 목소리로 오빠아?

그는 제 귀를 의심했다. 이제까지 한 번이라도 리아가 이렇게 불러준 적 있었던가? 그 어떤 유혹보다도 강렬하게 태호의 심장을 강타했다.

"흐응, 오빠아."

리아가 다시 콧소리를 냈다. 제길, 태호는 어금니를 사리물었다. 운전 중이 아니었다면 바로 입술을 겹쳐 미치도록 달콤한 소리를 흔적도 없이 빨아들였을 것이다.

"좋아."

결국 태호는 무릎을 꿇을 수밖에 없었다.

"대신 술은 안 돼."

"딱 한 잔만 마실게."

"안 돼."

"오빠아, 딱 한 잔만, 응?"

또다시 그녀 입에서 '오빠야'라는 말이 나오자, 태호는 작게 한숨을 내쉬었다. 안 되는데, 넘어가면 안 되는데…… 그러나 이번에도 오래 버틸 순 없었다. 그는 그녀에겐 약할 수밖에 없었기에.

잠시 후 그가 떨떠름한 표정으로 마지못해 대답했다.

"알았어. 딱 한 잔."

"와, 고마워. 태호야!"

리아는 신이 난 목소리로 태호의 어깨를 손으로 두드렸다. 그리고 재빨리 소정에게 전화를 걸었다.

"형님? 저예요. 저녁 어디서 먹을까요? 네. 전 괜찮아요. ……네."

저리도 좋을까?

태호는 소정과 통화하는 리아를 힐끗 쳐다보며 픽 웃고 말았다.

그래, 리아가 원한다면 뭐든 들어줘야지. 어떻게 반대할 수 있을까? 딱 한 잔만이라고 했으니까, 괜찮을 거다. 리아는 자신이 한 말에 책임을 지는 성격이니까…….

그러나 그의 안일한 생각은 저녁 장소에 도착하고 무참히 깨지고 말았다. 태문이 저녁 식사 장소로 결정한 곳은 격식을 차리는 고급 레스토랑이 아닌, 수제 맥주를 파는 격식 없는 팝 레스토랑이었다.

"맛있는 거 사준다면서 웬 술집이야?"

태호가 불만스러운 얼굴로 주위를 둘러보자, 태문이 빨리 대답했다.

"소정이가 시원하게 맥주 마시고 싶다고 해서……. 여기 음식도 맛

있는 편이야. 나름 맛집이라고. 제수씨, 괜찮죠?"

"그럼요, 저 완전 괜찮아요. 저도 맥주 마시고 싶었거든요."

딱 한 잔만 마실 거라고 하고선, 리아는 기대감에 눈을 반짝이며 수제 맥주를 골랐다. 그리고 식사 내내 홀짝홀짝 맥주를 마셨다. 물론 약속한 대로 한 잔만 마셨다. 보통 맥주잔이 아닌, 커다란 피처 잔을 한 잔으로 쳐서……

피곤한 상태로 마셔서인지 술에 강한 리아였지만 식당을 떠날 무렵엔 혀가 살짝 꼬여 있었다. 리아는 기분 좋은 듯 연신 미소를 흘리며 그의 어깨에 얼굴을 기댔다.

한 번도 술에 취한 모습을 보여준 적 없는 리아였다. 그랬던 그녀가 조금은 흐트러진 모습을 보여주고 있었다. 이제야 모든 긴장을 풀고 마음을 놓은 건가?

"태호야, 나 너무 행복해."

"그래?"

"응. 너무 좋아."

리아는 생글생글 웃으며 그의 허리에 팔을 감았다.

미치겠다. '헤헤헤' 웃는 모습이 왜 이리 예쁜 거야.

식당에서 주차장까지 걸어가는 거리가 얼마나 멀게 느껴졌는지 모르겠다.

"이리 와."

태호는 차에 오르자마자, 그녀의 뒷머리를 손으로 감싸 안고 입을 맞추었다. 술기운에 경계가 풀린 리아는 지금 이곳이 차 안이라는 것도 잊고 태호가 이끄는 대로 몸을 맡겼다.

뜨겁고도 깊은 키스였다. 서서히 그의 탄탄한 몸이 그녀에게로 기울어지며, 조수석 쪽으로 그녀의 몸을 묵직하게 내리눌렀다. 겹쳐진 입술 사이로 뜨거운 숨결이 오가고, 동시에 심장 박동이 걷잡을 수 없이 빨라졌다. 그저 입을 맞춘 것뿐인데도 온몸이 맞닿은 것처럼 강렬한 쾌감이 몰려왔다. 거친 숨소리를 토해내던 입술은 한참 후에야 떨어져 나갔다.

태호는 조수석에 기댄 리아를 바라보며 거친 호흡을 달랬다. 말을 하지 않아도 알 수 있었다. 여기서 조금만 더 나간다면 도저히 멈출 수 없단 것을.

태호는 손으로 그녀의 젖은 입술을 부드럽게 매만졌다. 단순한 접촉임에도 다시금 심장이 널뛰기 시작했다. 하지만 이곳에서 그녀를 안을 순 없었다. 아니, 오늘은 그녀를 건드리면 안 된다.

"집에 가자."

태호는 낮게 중얼거리며 차에 시동을 걸었다.

집에 도착하자 다행히도 욕망은 통제가 가능할 정도로 가라앉아 있었다. 집에 오는 동안 잠이 든 리아는 살며시 입술을 벌린 채, 고른 숨을 내쉬고 있었다. 태호는 리아를 안고 집 안으로 들어가 조심스레 침대에 눕혔다. 그때까지 세상 모르게 자던 그녀가 침대에 몸을 눕히자, 살며시 눈을 떴다.

"으응?"

리아는 아까 차 안에서 행동한 것처럼 멍하니 주위를 둘러보았다.

"집이야."

"……아, 벌써?"

어눌한 발음을 보니 아까보다 조금 더 혀가 꼬인 것 같았다. 술에 취하고, 잠에 취하고. 그녀는 지금 반쯤 제정신이 아닌 게 분명했다. 리아는 비틀거리며 침대에서 몸을 일으켰다. 하지만 바닥에 발을 내딛자마자 크게 휘청거렸다. 태호는 재빨리 그녀의 허리에 팔을 감았다.

"뭐 하는 거야?"

"……나, 화장 지워야 해."

"내가 지워줄게. 넌 여기 있어."

"……아니, 샤워도 해야 해."

"너 취했어. 샤워는 무슨. 이따 술 깨면 해."

리아는 그의 허리에 팔을 감으며 가슴에 얼굴을 비볐다.

"으으으흥, 시러. ……땀 흘려서 찝찝하던 말이야."

리아야, 너 오늘 정말 왜 이러니?

태호는 리아를 품에 끌어안은 채 질끈 두 눈을 감았다.

이건 엄연한 반칙이다. 오늘은 얌전하게 잠만 재워야 하는데, 이리 애간장이 녹게 애교를 부리면 도대체 어쩌라는 건지.

그런 태호의 마음을 아는지 모르는지, 리아는 그의 가슴에 얼굴을 묻고 계속해서 종알거렸다.

"그럼, 우리…… 같이 샤워할래? 오빠가 씻겨줘."

그녀의 손이 꼼지락거리며 그의 셔츠 단추를 하나씩 풀기 시작했다.

"……그 대신 옷은 내가 벗겨줄게."

"리아야, 제발."

단추를 풀 수 없게 그녀의 손을 감쌌다. 하지만 반항은 잠시뿐이었다. 그녀는 휙 그의 손을 물리치고 다시금 단추를 열기 시작했다. 태호는 자포자기한 심정으로 자신의 셔츠를 벗기는 리아를 내려다보았다.

이게 아니었는데…… 그는 아내의 건강을 염려하는 착한 남편이 되고 싶었다. 화끈하게 할 건 다 하면서도 몸에 무리가 가지 않는 슬기로운 신혼 생활을 하고 싶었다. 하지만…… 주리아에게 강태호는 언제나 약했다.

리아가 굳은 표정으로 사무실에 들어서자, 모두의 시선이 그녀에게로 쏠렸다.

어, 무슨 일이지?

항상 생글거리며 출근하던 그녀가 왜 갑자기 저기압일까?

"팀장님, 좋은 아침입니다."

채영이 자리에서 일어나 인사하자, 그제야 리아는 가면을 쓰듯 어색한 미소를 떠올렸다. 그녀는 팀원들을 바라보며 애써 밝은 목소리로 인사했다.

"모두 좋은 아침입니다. 오늘 회의는 점심시간 끝나고 하죠."

"네, 알겠습니다."

서둘러 팀장실로 들어간 리아는 의자에 앉자마자 양손으로 머리를 감쌌다.

"아아……."

머리가 쪼개질 것처럼 아팠다.

이상하다. 섞어 마시지도 않았는데 왜 이렇게 숙취가 심한 거지?

많이 마시지도 않았다. 고작 피처를 한 잔 해치웠을 뿐이다. 평상시 주량의 새 발의 피도 안 되는 양이었다. 그런데 어제는 이상하게도 피처 잔을 거의 비울 무렵, 확 취기가 올라왔다.

잠이 모자란 상태에서 마셔서 그런가?

리아는 숙취 해소제를 꿀꺽 삼키며 곰곰이 어젯밤 일을 떠올려 보았다. 이상하게 군데군데 필름도 끊겨 있었다. 생각났다가, 생각나지 않았다가……. 아예 까맣게 모든 기억이 지워졌다면 덜 찜찜했을지도 모르겠다. 문제는 가장 중요한 순간에 숭덩숭덩 가위질한 듯 기억이 사라졌다는 거다. 그래도 불행 중 다행인 건 밖에선 어느 정도 통제가 가능했다. 집에 오고 나서 침대에 눕고 나서가 문제였다. 리아는 조각 조각 난 어젯밤을 떠올리며 아랫입술을 깨물었다.

— 으으으흥, 시러. ……땀 흘려서 찝찝하던 말이야.

으, 평소에 그녀라면 온몸에 소름이 돋을 말투였다.

미쳤나? '으으으흥, 시러.'라니! 하지만 그뿐이 아니었다.

— 우리…… 같이 샤워할래? 오빠가 씻겨줘.

— ……그 대신 옷은 내가 벗겨줄게.

리아는 질끈 두 눈을 감았다.

이게 정말 내가 한 말이라고? 그래서 어떻게 됐더라?

셔츠 단추를 하나씩 푼 것까진 기억이 나는데, 그 이후 갑자기 어두운 장벽이 내렸다. 결론은 자신이 진짜 태호의 옷을 벗겼는지, 그에게 씻겨달라고 몸을 맡겼는지 통 기억이 나지 않는다는 거였다. 물어볼 수도 있겠지만, 아침에 눈을 떴을 땐 그는 이미 집에 없었다. 조찬 모임이 있어서 아침 일찍 나가봐야 한다는 쪽지만이 남겨 있었다.

"그래, 그게 뭐 어때서?"

하지만 고민은 잠시, 리아는 그냥 뻔뻔해지기로 했다.

부부끼리 그게 뭐 어때서. 더한 것도 하는 사이에 말이다. 맨날 남자가 여자 옷 벗기라는 법이라도 있나? 맨날 남자가 먼저 샤워하자고 유혹하란 법 있냐고.

그렇게 생각하자 한결 마음이 가벼워졌다. 어느새 숙취 해소제가 듣기 시작했는지, 축 처진 몸이 가벼워진 것 같았다. 리아는 활짝 웃으며 컴퓨터 전원 버튼을 꾹 눌렀다.

"악!"

그와 동시에 그녀의 입에서 짧은 비명이 흘러나왔다.

자리에서 벌떡 일어난 리아는 멍하니 앞을 바라보았다.

어떻게 하지? 아무래도 어젯밤 더한 실수를 한 것 같다! 흑, 망했다…….

"어제 자선 행사에서 무슨 좋은 일이라도 있으셨습니까?"

커피를 내려놓으며 남 비서가 물었다. 조찬 모임에서 돌아온 태호의 입가에 미소가 걸려 있었기 때문이다. 아버지뻘 되는 중역들과의 모임에서 좋은 일이 있었을 리는 없을 테고, 남 비서는 자동으로 자선 행사를 떠올렸다.

태호는 대답하지 않았다. 하지만 남 비서는 그걸로 질문을 끝냈다. 말로 하지 않아도 태호의 환한 표정이 대신 답을 해주었으니까.

"성후야."

집무실을 나서는 남 비서를 태호가 불렀다.

정말 기분 좋은가 보네. 남 비서가 아니라 성후라고 부르다니.

"커피 말고 핫 초콜릿 마실 수 있을까?"

"핫 초콜릿이요?"

남 비서는 믿을 수 없다는 얼굴로 되물었다. 평소에 단 음료는 입에도 대지 않는 태호의 까다로운 식성을 누구보다 잘 아니까.

"네, 알겠습니다."

도로 커피잔을 가져나가며 남 비서는 티 나지 않게 고개를 갸우뚱거렸다. 도대체 오늘 무슨 일인지 모르겠다.

"후후."

남 비서가 집무실을 나가고 잠시 후, 태호는 꾹 참고 있던 웃음을 터뜨렸다. 아까부터 웃고 싶은 걸 참느라 얼마나 힘들었는지 모른다. 조찬 모임에서도 자꾸만 터져 나오려는 웃음을 억지로 밀어 넣느라 애를 먹었다. 하지만 좋은 걸 어떡하라고.

태호는 한 손으로 입을 감싸며 다시금 짧은 웃음을 흘렸다. 역시 옛말 틀린 거 하나도 없다. '참는 자에게 복이 있다'고 하더니, 어제가 정말 그랬다.

어젯밤 그는 힘겹게 리아의 유혹을 모두 물리쳤다. 물론 쉽지는 않았다. 사랑하는 여자가 눈꼬리를 휘며 셔츠를 벗기고 품에 안겨드는데, 신체 건강한 남자로서 어떻게 참을 수 있을까. 그래도 그는 참아냈다. 그녀를 위한 일이라고 되뇌며…….

샤워까진 갈 수 없었다. 샤워하면서 손끝 하나 건드리지 않을 자신은 없었다. 그래, 솔직해지자. 도를 닦은 것도 아닌데 거기까진 무리다. 대신 태호는 아이에게 하듯 리아를 달래며 클렌징 티슈로 화장을 지워냈다. 처음엔 샤워할 거라고 투정을 부리던 그녀가 어느새 그의 손에 얼굴을 맡기고 가만히 침대에 누워 눈을 감았다.

"……오빠."

화장이 다 지워질 때쯤 그녀가 나직이 입을 열었다.

"……으응, 오빠, 그거 알아?"

살짝 혀가 꼬인 것으로 보아, 아직도 필름이 끊긴 상태가 분명했다. 남들이 보면 술주정이라고 하겠지만, 태호에겐 사랑스러운 애교였다.

"뭐?"

"흐응."

뭐가 그리도 좋은지 리아는 콧소리를 내며 활짝 웃었다.

"……나 사실은 처음 봤을 때부터 좋아했어."

"처음 봤을 때? 클럽에서?"

"아니."

리아는 절레절레 고개를 흔들었다.

"정말로 처음 봤을 때……."

정말로 처음 봤을 때라면 어렸을 때? 유년 시절 전혀 기억 안 난다며?

태호의 미간이 좁아졌지만, 눈을 감고 있는 리아는 알지 못했다.

"……난 함께 놀고 싶었는데 오빤 맨날 책만 읽고."

"보자마자 날 좋아한 거라고? 내가 초콜릿을 줘서 그런 게 아니라?"

그 말에 감았던 리아의 두 눈이 번쩍 뜨였다. 그녀는 말간 눈동자가 오롯이 그를 향했다.

"나, 먹는 거로 쉽게 넘어가지 않거든."

기분이 상했는지 그녀는 아랫입술을 살짝 깨물었다. 술 깬 후에 리아는 지금의 대화를 기억하지 못할지도 모르겠다. 하지만 지금 그녀는 나름 진지했다.

"그래, 알았어."

클렌징 티슈를 옆에 놓으며 태호가 작게 중얼거렸다. 그녀가 정말 유년 시절을 기억하고 하는 말인지, 그저 술김에 하는 말인지 그건 중요하지 않았다. 사실, 아무래도 상관없었다. 그녀가 그를 사랑하지 않는다고 해도, 지금 옆에 있다는 사실만으로도 충분했으니까.

"……리아야."

속삭이듯 그녀를 부른 태호는 고개를 숙여 그녀의 도톰한 입술을 한입 가득 머금었다. 초콜릿보다 찐득하고 훨씬 더 달콤한 맛이 입 안에 흘러들었다.

표 과장은 불안한 얼굴로 한 사장을 바라보았다.

"사장님, 이건 너무 위험부담이 큽니다."

"나도 알아."

"자칫 잘못했다간 그 불똥, 다 저희에게 튀게 됩니다."

"왜? 겁먹었나?"

한 사장의 말에 표 과장의 얼굴이 일그러졌다.

당연히 겁먹지, 겁 안 먹을 수가 있나? 그룹 총수의 아들을 치는 계획인데…….

아무리 교묘하게 덫을 놓는다고 해도, 강태호란 호랑이를 잡을 수 있을지 아닐지는 아무도 장담할 수 없었다. 오히려 덫에서 빠져나온 호랑이의 먹잇감이 될 수도 있을 것이다.

"사장님, 이렇게 무모한 분 아니셨잖습니까?"

"하지만 이것 말고 다른 수가 있나? 강 이사가 칼을 빼 들고 그대로 끝나는 경우가 있었던가? 지금은 아무것도 찾지 못한다고 해도, 조만간 꼬리를 잡힐 거야."

'수박 겉핥기식'으로 끝날 줄 알았는데 예상했던 것보다 사태가 심각했다. 한 사장은 며칠 전, 안전 가옥 금고에 넣어둔 장부의 위치가 조금 달라졌다는 것을 깨달았다. CCTV를 돌려봐도 이상한 점은 찾을 수 없었고, 금고의 비밀번호 역시 그 말곤 아무도 모르지만 뭔가 수상했다.

강태호가 자신의 뒤를 캐고 있다는 걸 알아서일까? 불안과 분노 때문에 손에 일이 잡히지 않았다. 태호가 그의 뒷조사에 들어갔다는 것은, KJ쇼핑 사장 자리는 이미 물 건너갔다고 봐야 한다는 의미였다. 어쩌면 이대로 쫓겨날지도 모른다. 물론 강 회장이 방패막이 되어줄 것이다. 하지만 그게 언제까지일지는 아무도 모른다.

만약 자신을 대신해서 한 사장이 복역한 게 아니라는 걸 알게 된다면, 강 회장은 거리낌 없이 그를 내칠 것이다.

제길, 몸을 바쳐 충성한 결과가 고작 이런 거라니. 이게 바로 토사구팽이 아니면 뭐란 말인가!

다행스럽게도 빼돌린 회삿돈은 이미 아무도 추적할 수 없는 안전한 계좌에 넣어두었다. 기회를 봐서 수진을 데리고 한국을 뜨면 그만이다. 하지만 그 전에 폭탄 하나쯤은 터뜨리고 가야 덜 억울할 것 같다. 자신 혼자 당할 순 없었다.

"덫을 놓을 수 있는 적당한 시기를 찾아봐."

한 사장의 지시에 마지못해 표 과장이 대답했다.

"알겠습니다."

표 과장이 사무실을 나가자, 한 사장은 자리에서 일어나 창가로 걸어갔다. 태호의 이미지에 아주 큰 흠집을 내줄 계획이다. 그렇게 한번 흠집이 나게 되면 태호가 하는 말엔 큰 힘이 실리지 못하고, 후에 후계자 승계에도 문제가 생길 것이다.

"갖지 못하면 부숴버리면 되는 거지."

바깥 풍경을 바라보는 한 사장의 입가에 비열한 웃음이 떠올랐다.

"강태호, 기대하라고."

현관을 열고 들어온 리아는 조심스럽게 집 안을 둘러보았다. 불 꺼진 적막한 실내가 그녀를 기다리고 있었다.

후, 다행이다. 먼저 잠들었나?

오늘 리아는 일부러 늦게까지 회사에 남았다. 태호에겐 급한 일이라고 대충 둘러대었다. 이유는 도저히 그와 마주 볼 용기가 나지 않아서다. 리아는 발꿈치를 들고 살금살금 앞으로 나아갔다. 제집에 들어가면서 도둑놈처럼 걷는 건 마음에 들지 않았지만, 어쩔 수 없었다. 괜히 소리를 냈다가 태호가 깨기라도 하면 큰일이다.

물론 별거 아니라고 하면 별거 아닐 수도 있었다. 아내가 남편 옷도 벗길 수 있는 거고, 술주정을 부릴 수도 있는 거다.

그게 뭐 어때서? 그렇지? 하지만…… 하지만…….

"하아."

리아는 우뚝 제자리에 멈춰 서며 짧게 한숨을 내쉬었다. 지금까지 유년 시절 같은 거 하나도 생각 안 난다며 거짓말을 했는데, 어제 술김에 어릴 때부터 좋아했다고 털어놓고 말았다.

아, 정말! 미치셨어요? 주리아 씨!

그녀가 먼저 키스했고, 그녀가 먼저 접근했지만 그래도 태호가 먼저 그녀를 좋아한 것으로 나름 정리된 관계였다. 그녀를 끌어안으며 먼저 '사귀자.'라고 말한 사람은 태호였으므로.

그게 별거 아닌 것 같으면서도 괜히 어깨가 으쓱거리고 그런 거거든. 그래서 지금까지 유년 시절 기억 따위 생각나지 않는다고 입을 꾹 다물었는데…….

아, 어디 쥐구멍에라도 확 들어가고만 싶다.

결국 리아는 술 때문에 필름이 끊긴 걸로 하고, 모르쇠로 일관하기로 마음먹었다. 그러나 태호의 얼굴을 빤히 쳐다보면서 태연하게 거짓말을 할 순 없었다. 그러려면 며칠 동안은 그와 마주쳐선 안 된다. 그러다 보면 어젯밤 일은 자연스럽게 사라지겠지. 하지만 거실을 다 지나치기도 전에, 달칵 침실 문이 열렸다. 이어서 순식간에 컴컴한 거실이 환하게 밝아졌다.

"흐읍."

리아는 침실에서 나오는 태호를 보며 저도 모르게 숨을 죽였다.

"많이 늦었네. 피곤하지 않아?"

"어? 어. ……하던 일을 마저 하려고 하다 보니까…… 시간이 이렇게 됐네."

그러는 너는 지금이 몇 신데 아직도 안 자고 뭐 하는 거야!

벽에 걸린 시계는 새벽 1시를 가리키고 있었다.

"늦었는데 안 자고 뭐 해?"

"너 안 들어왔는데 어떻게 내가 먼저 잠들어?"

"다음부턴 그냥 먼저 자."

그 말이 마음에 들지 않는지 그가 미간을 찌푸렸다.

"다음부터?"

"응, 내일도 야근할지 몰라. 이번 이벤트가 아주 중요해서……."

무슨 이벤트라곤 묻지 마라, 제발.

급하게 꺼낸 거짓말이라 자세하게 물어온다면 해줄 말이 없었다. 가만히 바라보기만 하던 그가 천천히 그녀를 향해 걸어오기 시작했다.

아, 안 되는데. 가까이서 눈 보고 이야기하면 바로 들킬 텐데.

그가 다가올수록 리아는 살며시 뒤로 물러섰다. 하지만 보폭의 차이 때문일까? 긴 다리로 성큼 다가온 그의 손에 허리를 감기고 말았다.

"나도 그랬어."

어쩔 수 없이 그를 살며시 올려다보는데 그가 환하게 웃었다. 아찔할 정도로 아름다운 미소였다.

아, 얘 또 반칙하네.

리아는 자포자기해 투덜거렸다. 저렇게 잘생긴 얼굴로 웃으면 어떻게 반항할 수 있겠는가! 리아는 자신이 거미줄에 걸린 가련한 풀벌레처럼 느껴졌다.

그가 느릿하게 그녀를 향해 고개를 숙였다.

"나도 널 처음 봤을 때부터 좋아했어."

그녀의 뺨을 손등으로 쓸어내리며 그가 부드럽게 속삭였다.

"그런데 넌 나랑은 놀아주지 않고, 형이랑만 놀잖아. 그래서 책만 읽었던 거야."

리아의 두 눈이 커다래졌다.

내가 지금 뭘 잘못 들은 건가?

"태호야……?"

"아, 맞다. 그리고 너 초콜릿 먹는 모습에도 반했어."

필름 끊긴 것처럼 연기하려면 지금 무슨 말을 하는 거냐고 되받아쳐야 한다. 하지만 그러기엔 너무나 귀가 솔깃한 고백이었다.

그러니까 너도 어렸을 때부터 날 좋아했다는 거지? 대학교 때부터가 아니라? 참, 그게 뭐라고 가슴이 울컥했다.

"……태호야, 난……."

도대체 너란 남자는 왜 이렇게 날 감동하게 하는 거니? 온종일 걱정했던 게 모두 쓸데없는 일이었다니.

"쉬이, 아무 말도 하지 마."

태호는 그녀의 입술에 손가락을 가져갔다. 그녀를 향하는 눈빛이 따뜻하게 반짝거렸다.

리아가 지금 어떤 생각을 하는지 모를 리가 없었다. 야근해야 한다고 했을 때, 그녀가 어젯밤 일을 기억해냈다는 사실을 단번에 깨달았다. 어떤 성격인지 훤히 아는데……. 분명 술김에 한 고백으로 혼자 끙끙대고 있을 것이다. 그래서 그가 먼저 움직였다. 너뿐만이 아니라고. 나도 그때부터 너를 좋아했다고. 자신과 놀아주지 않는 그녀가 얄미워서 일부러 심술을 부렸다고.

리아는 아무 말 없이 태호를 빤히 바라보았다. 그가 하는 말이 진실인지 아닌지, 골똘히 생각하는 것 같았다. 하지만 침묵은 오래가지 않았다. 리아는 활짝 웃으며 그의 목에 팔을 둘렀다.

"사랑해, 태호야. 아주 오래전부터 너밖에 없었어."

그 말과 함께 발꿈치를 들고 그에게 입을 맞췄다. 고백이란 건, 언제나 서로의 마음을 설레게 한다. 이미 여러 번 한 고백이지만 언제나 새롭게 느껴졌다.

그날 밤, 두 사람은 서로를 껴안은 채 잠을 청했다. 입을 맞추지 않아도, 격렬하게 탐하지 않아도 서로를 가슴에 담은 것 같은 느낌으로. 평온하고 따뜻하게 서로를 온전히 품었다.

"태희야, 너 얼굴이 왜 그래? 뭐 걱정되는 일이라도 있어?"

서현의 말에 태희는 느릿하게 고개를 내저었다. 하지만 시무룩한 표정은 그대로였다.

"그런데 왜 그래? 요새 태호 오빠가 못살게 안 굴어서 살판난다며?"

그랬지.

태희는 가만히 고개를 끄덕였다.

하아, 한동안은 그랬었지. 신혼 재미에 듬뿍 빠져서, 동생이 강의를 빼먹고 놀든 말든 일말의 관심도 두지 않았다. 처음엔 '이게 무슨 행운인가!' 하는 생각에 놀기 바빴다. 그런데 너무 자유로우면 괜히 쓸데없는 생각이 든다고, 자꾸만 이상한 그림자가 슬금슬금 그녀를 갉아먹었다.

아무리 생각해도 오빠가 사랑에 빠지고 그런 인물이 아닐 텐데…….

사람이 죽을 때가 된다면 변한다고 하던데, 혹시?

그날 우연히 엿듣게 된 대화 내용도 뭔가 찜찜했다.

— 널 여기 혼자 두고 내가 편안히 죽을 수 있다고 생각해?

태희가 아는 강태호는 이유 없이 그런 말을 할 사람이 아니었다. 만약에 오빠가 죽을병에 걸린 게 사실이라면?

"안 돼!"

태희는 저도 모르게 소리 지르며 자리에서 벌떡 일어났다.

"태희야, 왜 그래?"

놀란 서현이 따라서 일어났지만, 혼자만의 세계에 빠진 태희는 알아채지 못했다. 하나하나 짚고 넘어갈수록 수상한 게 한둘이 아니었다. 저번 공사장에서 일어난 사고만 해도 그렇다. 크게 다친 것도 아니고, 갈비뼈에 금이 간 건데 태호는 일주일이나 병원에 입원해야만 했다.

지금까지 꼭꼭 숨겨놓았던 비밀 연애를 갑자기 가족에게 털어놓은 것도 그렇고. 뭔가 낌새가 이상했다.

나, 강태희가 누구인가! 눈치 하난 엄청나게 빠르지 않은가!

태호의 밑에서 살면서 터득한 그녀만의 생존의 방법이었다.

만에 하나라도 그녀가 우려하는 상상이 현실이 된다면? 호랑이 저리 가라 무섭게 혼만 내는 오빠였지만, 그래도 엄연한 가족이었다.

태호가 해외 출장을 떠나기라도 하게 되면 '자유다!'라고! 외쳤지만, 사실 출장에서 돌아온 오빠를 보는 것도 좋았다. 만약 태호에게 무슨 일이 생겨 영영 보지 못하게 된다고 생각하자, 덜컥 겁이 났다. 동시에 핑 눈물이 돌았다.

"흑, 우리 오빠 죽으면 어떡해?"

"뭐? 죽어? 누가? 태문 오빠? 태호 오빠?"

그제야 태희는 옆에 서현이 있다는 사실을 깨달았다.

"서현아, 흑흑흑."

태희는 눈물을 글썽이며 서현을 와락 끌어안았다. 태희 딴에는 정말 심각했다.

"너, 무슨 일 있어?"

리아가 싱글벙글한 얼굴로 연구실에 들어서자, 민수는 의아한 표정을 지어 보였다. 그가 그녀의 사무실로 찾아가는 일은 잦아도 그녀가 그의 연구실에 오는 일은 드물었고, 온다고 해도 항상 고민에 찬 얼굴로 왔기 때문이다.

오늘은 해가 서쪽에서 떴나?

"민수야, 아, 아니다. 오늘은 기분 엄청 좋으니까 오빠라고 불러줄게. 오빠."

갑자기 왜 이래?

민수는 찜찜한 느낌에 슬그머니 뒤로 몸을 피했다.

혹시 자신이 정민훈 대리의 뒷조사한 사실을 알게 돼서 따지러 온 건가?

리아가 친절하게 나올 때면 언제나 끝엔 반전이 있었다.

"기분이 왜 엄청 좋은데?"

"알고 보니까 말이지, 오빠가 우릴 한 번만 이어준 게 아니었더라고."

"응?"

민수는 무슨 황당한 소리냐는 듯 눈을 크게 떴다.

"민수, 너 어렸을 때, 몸 안 좋아서 외가댁에 요양 갔었잖아."

"그게 너랑 태호랑 이어준 거랑 무슨 상관인데?"

"무슨 상관이냐니? 너랑 떨어져서 나 혼자 쓸쓸할 거라고, 어른들이 나 태호랑 놀게 했잖아."

"그랬지. 하지만 넌 태호랑 안 놀고 태문이 형이랑 놀았잖아. 그리고 그게 뭐?"

"큭."

그때부터 둘이 사랑에 빠졌다고 털어놓으면 민수는 어떤 표정을 지을까? 참 가지가지 한다고 투덜거릴까?

"그보다, 리아야."

그녀의 상념은 다음에 이어지는 민수의 말에 연기처럼 사라지고 말았다.

"시댁에서 너희 비밀 연애한 거 알게 됐다며."

"어? 어."

"그 말은 사돈어른 다 알게 됐다는 거잖아."

"그런데?"

리아는 그게 무슨 문제가 되냐는 듯 고개를 갸웃거렸다. 지금까지 꼭꼭 숨겼던 비밀을 털어놓게 되어서 얼마나 가슴이 후련한지 모른다. 다행스럽게도 시댁 식구 모두 두 사람을 이해해주었다. 처음에만 강 회장이 잠시 화를 냈을 뿐, 그래도 정 여사 덕분에 큰일 없이 지나갔다. 그뿐인가? 그 이후부턴 정 여사는 틈틈이 며느리 사랑을 확인시켜 주곤 했다. 오늘 아침에만 해도 정 여사는 직접 전화를 걸어…….

"너, 정말 모르겠어? 감 전혀 안 와?"

이번에도 그녀의 상념은 민수의 말에 무참하게 깨지고 말았다.

"왜?"

리아는 어서 본론을 말하는 듯 눈살을 찌푸렸다. 그러자 민수는 짧게 한숨을 내쉬며 고개를 내저었다.

"내가 쉽게 말해줄게. 너희 비밀 연애한 거, 난 처음부터 알고 있었어. 그리고 태호가 아버지에게 털어놓았고. 얼마 전에 시댁에서도 알게 되었고. 자, 여기서 너희 비밀 연애를 아직도 모르고 있는 사람은 누굴까?"

"어?"

"힌트 하나. 사실은 누구보다 제일 먼저 알아야 할 사람이야."

헉!

순간 리아의 두 눈이 쏟아질 것처럼 커다래졌다.

어떡해, 어떡해!

모든 일이 순식간에 일어나는 바람에 그만 깜빡하고 말았다.

"엄마!"

리아는 망연자실한 표정으로 입을 벌렸다. 사돈처녀인 태희까지 다 아는데, 친정 엄마인 민 여사만 두 사람의 비밀 연애를 까맣게 모르고 있었다. 가뜩이나 마음에도 없는 정략결혼이라며, 리아를 걱정하며 마음 졸이고 있는 민 여사인데……. 사실을 알게 되면 얼마나 충격이 클까! 아니, 그보다 모두 다 아는 사실을 본인만 아직도 모르고 있었다는 걸 알게 된다면 소외감을 느낄 것이다.

"아빠가 말 안 했을까?"

리아는 혹시나 하는 기대에 희망을 걸어보았다. 그러나 민수는 매정하게 고개를 저었다.

"안 하셨을 거야. 그런 거에는 고지식할 정도로 입 무거우시잖아."

"알았어. 오늘 퇴근하고 집에 가서 엄마에게 말할게."

"그래, 서둘러. 그러다 엄마가 먼저 알게 되면……. 후."

민수는 상상도 하기 싫다는 듯 한숨을 쉬었다.

"엄마, 뒤끝 긴 거 알지?"

"당연히 알지, 그럼."

그나저나 뭐라고 하면서 털어놓지? 하아, 미치겠네.

리아도 민수를 따라서 길게 한숨을 내쉬었다.

사무실에 돌아온 리아는 제일 먼저 태호에게 전화를 걸었다. 하지만 태호가 중역 회의에 들어간 탓에 통화는 연결되지 못했다. 대신 리아는 남 비서에게 오늘 태호의 저녁 일정을 비워달라고 부탁했다. 아무래도 그녀 혼자 가는 것보단 둘이 가서 털어놓는 게 좋을 테니까.

하지만 만약에라도 태호가 시간이 되지 않는다면 그녀 혼자라도 가서 민 여사를 만나야 했다. 한시라도 빨리 말해야 조금이라도 충격을 줄일 수 있으니까.

"아우, 바보같이."

어떻게 이리 중요한 걸 깜빡 까먹을 수 있을까. 민 여사가 그녀 걱정으로 얼마나 마음 졸이고 있는지 뻔히 알면서. 정말 불효녀가 따로 없네. 이러니 자식 다 필요 없다고 하는 거다.

하아, 죄송스러운 마음에 숨이 탁탁 막히는 것 같았다. 손목시계로 시간을 확인하니, 아직 퇴근하려면 꽤 많은 시간이 남아 있었다. 리아는 초조한 마음으로 느릿하게 움직이는 시곗바늘을 노려보았다.

예정에 없던 모임에 참석하게 된 민 여사는 전혀 계획에 없었던 상대와 마주쳤다. 속으론 껄끄러워도 겉으론 환하게 웃으며 맞아야 하는 사돈 정숙희 여사였다. 대학 선후배 사이로 결혼 전부터 알고 지낸 사이긴 했지만, 긴 세월 양가의 불화를 겪다 보니 어느새 서먹서먹한 사이가 되고 말았다.

마음 같아선 모른 척하고 지나치고 싶었지만, 민 여사는 리아를 생각해 먼저 정 여사에게 다가갔다.

"안녕하세요, 사돈."

정 여사는 민 여사를 여기서 보게 될지 몰랐다는 듯 깜짝 놀란 표정을 지었다. 민 여사는 형식적인 미소를 지으며 정 여사의 궁금증을 풀어주었다.

"예정에 없었는데 그렇게 됐네요. 그동안 잘 지내셨죠?"

"네, 덕분에."

정 여사 역시 형식적인 미소로 답했다. 잠시 대화를 나눈 두 사람은 자연스럽게 서로 멀찍이 떨어져 자리를 잡았다. 가까이 있으면 여러모로 불편할 것이다. 두 사람은 어쩌다 눈이 마주치면 웃어 보일 뿐, 모임이 끝날 때까지 한마디도 나누지 않았다.

그렇게 그대로 헤어졌다면 아무 일도 일어나지 않았을 것이다. 하지만 사건은 모임이 끝난 직후에 일어났다. 민 여사가 막 모임 장소를 빠져나가는데, 누군가가 다급히 그녀의 팔을 잡아당겼다. 놀랍게도 그녀를 붙잡은 이는 정 여사였다. 정 여사는 주위에 아무도 없다는 것을 확인하더니 빠르게 말했다.

"성은아, 나랑 잠시 얘기 좀 해."

정 여사는 결혼하기 전처럼 민 여사를 이름으로 불렀다. 민 여사도 정 여사를 따라서 예전에 부르던 호칭을 사용했다.

"언니, 무슨 일이에요?"

"우선 내 차로 가자."

차 안으로 자리를 옮기고 정 여사는 한동안 말을 꺼내지 못했다. 대신 안타까운 눈으로 민 여사를 바라보며 그녀의 손을 꼭 붙잡았다.

"성은아, 미안하다. 네가 정말 마음고생이 많았겠구나."

마음고생? 하, 입 아프게 말해서 뭐 할까? 하나밖에 없는 딸을 호랑이 굴로 시집보냈는데, 아무렇지 않은 게 더 이상하다.

민 여사는 쓸쓸하게 웃어 보이는 것으로 대답을 대신했다.

"넌 처음부터 알고 있었지?"

모호한 정 여사의 질문에 민 여사는 미간을 그러모았다. 답이 없자 정 여사는 그걸 긍정으로 받아들이고 계속해서 말을 이었다.

"그래, 리아가 너에겐 다 말했겠지. 주 회장도 이미 알고 있는 사실이니까."

"네? 무슨 사실이요?"

정 여사를 바라보는 민 여사의 미간에 좀 더 짙은 주름이 새겨졌다.

퇴근 시간이 되자마자 리아는 용수철처럼 자리에서 일어났다. 태호는 청담동에서 만나기로 했다.

태호 역시 민 여사에게만 밝히지 않았다는 걸 깨닫고 적잖이 당황스러워했다. '괜찮아. 오늘 잘 말씀드리면 될 거야.'라고는 했지만, 솔직히 반반이었다. 민 여사가 크게 화를 낼 가능성이 반, 정 여사처럼 쉽게 받아줄 가능성이 반.

민수는 일찍 퇴근 후, 먼저 집에 가 있기로 했다. 민 여사의 눈치를 살피며 리아와 태호를 돕기 위해서였다.

띠리리릭―.

차에 올라, 막 시동을 걸려는데 휴대폰이 울리기 시작했다. 화면으로 발신자를 확인한 리아는 왠지 불길한 예감에 눈살을 찌푸렸다.

[큰일 났어.]

역시나……. 전화를 받자마자 다급한 민수의 목소리가 흘러나왔다. 그가 말하는 큰일이라는 게 자신이 우려하는 그 큰일이 아니길 바라며, 리아는 휴대폰을 꽉 움켜쥐었다.

"큰일이라니?"

[한발 늦었어. 엄마도 다 알게 되셨어.]

"뭐?"

민수는 오늘 민 여사가 예정에 없던 모임에 참석한 것과 그곳에서 우연히 정 여사를 만났다는 사실을 말해주었다.

[사돈께선 당연히 다 알고 계신다고 생각하셨나 봐. 엄마 손을 꽉 붙잡고 그동안 맘고생 심했겠다고, 몰라서 못 도와줘 미안하다고 하셨대.]

"그래서? 엄마는 뭐라고 하셨대?"

[엄마 자존심이 있지. 몰라도 그걸 밝히셨겠냐? 잠자코 듣기만 하다가 오셨나 봐. 하여간 지금 엄마 표정 엄청 안 좋아. 언제 폭발할지 모르니까 단단히 각오하고 와라.]

아, 진짜! 일이 꼬이려니까.

전화를 끊은 리아는 서둘러 시동을 걸고 차를 출발했다.

하고많은 날 중에 왜 하필 오늘이 모임이었을까?

정 여사가 미안하다고 말해준 건 정말 백번 천번 고마웠다. 하지만 내일 그래 주셨다면 더 좋았을 텐데……. 하루 먼저 말한 탓에 어마어마한 핵폭탄이 되고 말았다.

친정 청담동에 당도하니, 이미 도착한 태호는 집 앞에서 그녀를 기다리고 있었다. 그도 이미 민수에게 이야기를 들었는지 굳은 표정이었다. 차에서 내린 리아는 급히 태호에게 걸어갔다.

"태호야, 어떡하지?"

말은 그렇게 했지만, 그가 뭘 어떻게 할 수 있을 것이라곤 기대하지 않았다. 지금 비뚤어진 상황을 바로잡을 사람은 그녀밖에 없었다. 그가 강 회장과 담판을 지었듯 그녀는 민 여사를 달래야 한다. 신선놀음에 도낏자루 썩는 줄 모른다더니…….

리아는 어른 놀이에 흠뻑 빠져 중요한 걸 까먹은 자신이 몹시도 한심하게 느껴졌다. 시댁에서 모든 걸 밝힌 후에 다음 날이라도 민 여사에게 비밀 연애에 관해 털어놓았어야 했다. 민 여사가 그녀 때문에 얼마나 마음을 졸이는지 잘 알고 있으면서, 시댁에서 사랑을 듬뿍 받는다고 해도 내심 불안한 게 친정 엄마 마음이라는 걸 뻔히 알면서…….그러면서도 깜빡 잊다니. 에라이, 주리아. 너, 정말 무심한 딸이네.

"이리 와."

리아의 표정이 점점 어두워지자, 태호는 조심스럽게 그녀를 품으로 끌어당겼다. 따뜻하고 너른 가슴에 안기자, 리아는 저도 모르게 안도의 숨을 내쉬었다.

"어떡하긴 뭘 어떡해?"

안심시켜주려는 듯 손바닥으로 그녀의 등을 쓸어내리며 그가 말했다.

"그냥 무릎 꿇고 빌어야지."

"무릎을 꿇어?"

잘못 들은 거 아니지?

리아는 커다래진 눈으로 태호를 올려다보았다. 천하의 강태호가 지금 무릎을 꿇겠다고 한 거 맞지? 강 회장에게조차 절대로 꿀리지 않고 당당하게 나갔던 태호다. 그런 그가 자진해서 무릎을 꿇겠단다.

'아내가 예쁘면 처갓집 말뚝 보고도 절을 한다'더니, 그런 거니?

태호는 리아를 안심시키려는 듯 그녀의 이마에 살며시 입을 맞추었다.

"내 잘못이 가장 크잖아."

"무슨 말이야, 지금 여기서 가장 잘못한 사람은 네가 아니라 나야. 내가 엄마한테……."

"쉬."

태호의 손가락이 입술을 내리누르는 바람에 나머지 말은 밖으로 나올 수 없었다.

"지금은 잘잘못 따질 때가 아니야. 장모님 더 화나시기 전에 어서 들어가자."

태호는 리아의 허리에 팔을 감고 대문으로 향했다. 문을 안 열어주면 어떡하나, 걱정했는데 그래도 무사히 집 안까지 들어갈 수 있었다. 대문을 열자 민수가 두 사람을 맞으려 정원으로 튀어나왔다. 민수의 긴장한 얼굴만 봐도, 지금 민 여사의 기분이 어떤지 쉽게 예상할 수 있었다.

"리아야, 무조건 빌어. 알았지?"

"아빠는?"

리아는 지푸라기 잡는 심정으로 급히 주 회장을 찾았다. 따지고 보면 주 회장도 공범이므로. 결혼 전에 태호에게 모두 들었으면서도 민 여사에게는 비밀로 했으니까.

괘씸죄의 무게를 따지자면 한 이불을 덮는 부부 사이에 침묵을 지킨 주 회장의 죄가 더 무거웠다. 그러니 주 회장이 제일 적극적으로 민 여사를 달랠 것이 틀림없었다. 하지만 옅은 희망은 곧 산산이 부서졌다.

"아버지 급히 베트남으로 출장 가셨어. 한 일주일 있다 오실 거래."

"갑자기 웬 출장?"

"왜겠어? 아까 보니까 엄마, 아버지랑 통화하시면서 한바탕하시더라."

그렇다면 해외 출장은 핑계일 뿐이고, 아마도 사태가 진정되기 전까지 잠시 피해 있으려는 목적일 것이다.

"하아."

큰 아군을 잃은 리아는 한숨을 쉬며 민수를 따라 조심스럽게 집 안으로 들어갔다. 예상대로 민 여사는 가슴 앞에 팔짱을 끼고 쌀쌀한 얼굴로 리아를 맞이했다.

"연락도 없이 갑자기 무슨 일이니?"

"……엄마."

"장모님, 죄송하게 됐습니다."

어떻게 말을 꺼내야 할지 몰라 리아가 망설이자, 옆에 있던 태호가 먼저 고개를 숙이며 사죄를 드렸다. 민 여사는 차가운 눈으로 리아를 흘겨보고는 태호에게로 시선을 돌렸다.

"뭐가 죄송한 건 줄은 아나?"

"네, 정말 면목 없습니다. 장모님께 바로 알려드렸어야 하는데……. 다 제 불찰입니다."

다행히도 민 여사는 단골 레퍼토리인 '꼴 보기도 싫으니 당장 나가!'를 외치진 않았다. 대신 거실을 향해 등을 돌렸다.

"자초지종 먼저 듣고 용서할지 말지 결정할 테니, 들어오게."

이상하네?

거실로 향하는 민 여사의 뒷모습을 바라보며 리아는 살며시 미간을 찌푸렸다.

엄마 성격에 저렇게 차분하게 나올 리가 없는데…….

리아가 불같이 화끈한 건, 모두 민성은 여사에게서 물려받은 성격이었다. 이런 큰일에 언성 하나 높이지 않고 설명부터 듣겠다고 나오는 건 민 여사의 스타일이 아니었다. 그래서 더 겁이 났다.

엄마가 화낼 필요를 못 느낄 정도로 실망한 건 아닐까? 딸내미 다 필요 없다고 나오는 건 아니겠지?

민 여사를 따라가는 리아의 걸음이 너무나 무거웠다. 그런 리아의 속마음을 눈치챈 듯, 태호가 팔을 뻗어 그녀의 어깨를 끌어안았다. 리아는 떨리는 마음을 진정하며 태호에게 바짝 몸을 붙였다.

아무쪼록 제발 무사히 지나갔으면…….

엄마, 정말 미안해.

집 안으로 들어간 리아와 태호는 민 여사에게 지금까지의 모든 일을 털어놓았다. 시댁엔 아직 이야기하지 못한 유년 시절부터 서로 좋아했다는 것까지 곁들여, 대학교 2학년 때 클럽에서 우연히 만나게 된 이야기부터 시작해서, 민수 대리 출석해주다 다시 만난 이야기, 어른들의 눈을 속이며 몰래 사귄 이야기, 어떻게 헤어졌냐 등등, 그리고 얼마 전에야 아직도 서로를 잊지 못했다는 걸 알게 되었다는 것까지 모두.

잠자코 듣고만 있던 민 여사는 설명이 끝나자마자 자리에서 벌떡 일어섰다. 그리곤 일그러진 얼굴로 버럭 소리를 질렀다.

"나가! 꼴도 보기 싫어."

민 여사의 고함이 쩌렁쩌렁하게 거실 안에 울려 퍼졌다.

"나가라는 말 안 들려, 당장 나가라고!"

"엄마!"

"장모님."

리아와 태호는 당황스러운 표정으로 민 여사를 바라보았다. 분노의 화살이 날아간 대상은 리아와 태호가 아니었다. 민 여사가 손가락으로 가리킨 이는 그녀의 옆에 앉은 민수였다.

"나?"

민수는 황당하다는 얼굴로 민 여사와 리아, 태호를 번갈아 바라보았다. 자신은 제삼자일 뿐인데 왜 난데없이 공격 대상이 되었는지 이해할 수 없었다. 그건 리아와 태호도 마찬가지였다. 무릎을 꿇어서라도 민 여사의 마음을 가라앉히게 할 계획이었는데 상황이 전혀 예상하지 못한 방향으로 흘러갔다.

"그래, 너! 주민수. 지금 여기서 네가 제일 나빠. 리아는 당연히 얘기 못 했겠지. 하지만 민수, 넌 아니었잖아."

"어?"

아니, 그러면 고자질이라도 해야 했다는 건가?

민수는 코가 막히고 기가 막힐 뿐이었다.

"엄마, 그랬다가 나 때문에 쟤들 깨지면 그 원망 내가 다 받을 텐데?"

"그럼 두 사람 헤어지고 나선, 왜 내게 말 안 했어?"

"응?"

민 여사의 질문에 민수는 말문이 막혔다. 그러자 민 여사는 손으로 세차게 민수의 등을 내리쳤다.

"앗, 엄마!"

"허약하다고 어릴 때부터 오냐오냐 키워서 저밖에 모르지. 넌 동생이 괴로워하는데 나 몰라라 해? 그때라도 나한테 얘기했어야지!"

처음엔 민 여사도 긴 세월 동안 감쪽같이 속인 리아가 괘씸했다. 그리고 모두가 아는 사실을 자신만 모르고 있었다는 사실에 기가 막혔다. 나중엔 막 서럽기까지 했다. 자신이 얼마나 걱정하는지, 엄마 마음하나 몰라주는 리아가 원망스러웠다.

하지만 리아가 견뎌야 했던 고난에 비하면, 이건 아무것도 아니라는 생각이 들었다. 민 여사는 몇 년 전, 속은 망가졌지만 겉으론 애써 밝은 척하던 리아를 떠올렸다.

바보 같은 계집애! 왜 그런 걸 말 안 하고 혼자 끙끙 앓은 거야.

그래서 리아에겐 화를 낼 수 없었다. 자신이 화를 내지 않아도 그간 충분히 힘들었을 테니까. 하지만 민수는 아니었다.

"엄마, 나만 속인 거 아니잖아. 아버지도……"

"아빠는 알게 된 지 얼마 안 됐다며? 아빠도 얼마나 충격이 크셨겠어."

사실 주 회장도 괘씸하긴 했다. 그래서 아까 전화하면서 할 수 있는 욕이란 욕은 다 퍼부었다. 얼마나 살벌했으면 예정에 없던 베트남 출장까지 서둘러 떠났을까. 하지만 그는 민수만큼 그녀를 오래 속인 건 아니었다. 고작 몇 달인데……. 그사이 말할 기회를 엿보고 있었다고 믿고 싶다. 그래도 사랑하는 남편이니까.

"하여간 네가 제일 나빠!"

졸지에 천하의 나쁜 놈이 되어버린 민수는 더는 아무 말도 못 하고 리아와 태호에게 도와달라는 신호를 보냈다. 그러나 리아가 뭐라고 말을 꺼내기도 전에 민 여사는 결정을 내렸다.

"주민수, 앞으로 한 달 동안 집에 들어오지 마."

"엄마!"

일주일도 아니고 한 달이라니! 고래 싸움에 새우 등 터지는 것도 아니고, 이건 말이 되지 않는다.

"왜, 아예 쫓겨나고 싶어?"

어떤 항변에도 민 여사는 꿈쩍도 하지 않았다. 그녀는 딱 30분을 짐 챙기는 시간으로 내주었다. 할 수 없이 민수는 당장 필요한 것만 대충 슈트 케이스에 넣고 아래층으로 내려왔다.

혹시라도 그사이 민 여사 화가 풀리지 않았을까 기대했지만, 그녀는 차디찬 얼굴로 현관문을 가리켰다.

"필요한 거 있으면 사람 시켜서 보낼 테니까, 집엔 얼씬거리지도 마. 리아, 너도 마찬가지야. 네 사정 이해는 해. 이해는 하는데, 그래도 괘씸해. 적어도 한 달 동안은 서로 보지 말자."

말을 마친 민 여사는 '쾅' 소리 나게 현관문을 닫았다.

Chapter 20

오늘 밤 기대되지 않아?

밖으로 쫓겨난 세 사람은 당황스러운 눈으로 서로를 바라보았다.

이제 어떡한다?

침묵을 깨고 먼저 입을 연 건 리아였다.

"아무래도⋯⋯."

태호와 민수의 시선이 동시에 리아에게로 모였다.

그녀에게 좋은 아이디어라도 있는 걸까?

"지금은 아무 소리 말고 엄마 말 들어야 할 것 같아. 엄마가 저렇게 기간을 정해버리면 하늘이 무너져도 그 전엔 화 안 푸시잖아."

"후우, 그야 그렇지."

누구보다도 민 여사를 잘 아는 민수는 길게 한숨을 내쉬었다. 집에서 쫓아낼 정도라면 지금 민 여사의 분노는 걷잡을 수 없이 크다는 뜻이다. 앞에서 얼쩡거리는 꼴조차 보기 싫다는 거겠지. 오늘 아침에만 해도 '우리 아들, 우리 아들' 하며 하트를 발사하던 민 여사였는데⋯⋯ 반나절 만에 '원수 덩어리'가 돼버렸다. 어쩌다 이리도 처량한 신세가 되었는지. 민수의 입에서 연신 한숨이 흘러나왔다. 리아는 민수가 안쓰럽다는 듯 그의 등을 토닥거렸다.

"할 수 없잖아. 한 달 지나면 엄마, 화 풀릴 거야."

"한 달 지나도 안 풀리면?"

"그럼 기간이 연장되겠지?"

"하, 그러면 안 되는데……."

리아와 민수는 주거니 받거니 대화를 나누며 대문으로 향했다. 태호는 이해되지 않는다는 표정으로 그런 두 사람을 바라보았다. 민 여사의 화를 풀기 위해 별다른 노력을 하지 않는 것처럼 보였기 때문이다. 나가라는 소리에 별 반항 없이 짐을 챙기는 민수나, 한 달 동안 찾아오지 말라는 말을 순순히 받아들이는 리아나…….

태호의 가족과는 전혀 다른 분위기였다. 정 여사가 자신을 집에서 쫓아내는 것은 상상도 할 수 없는 일이다. 자신이 제 발로 걸어 나간다면 모를까. 하지만 리아와 민수가 고분고분 민 여사의 결정을 받아들이는데, 그가 중간에서 뭐라고 할 순 없었다. 태호는 잠자코 두 사람을 따라 대문을 나섰다.

슈트 케이스를 넣으려는지, 리아가 차의 트렁크를 열었다. 태호는 그런 그녀를 말리며 민수의 슈트 케이스에 손을 뻗었다.

"내 차에 실어. KJ호텔까지 데려다줄게. 총지배인에게 말해서 스위트룸 준비해놓으라고 하면 되니까."

"호텔?"

'호텔'이라는 말에 리아는 난처한 눈으로 민수를 바라보았다. 민수역시 불편한 표정으로 입을 꾹 다물었다.

"왜? 뭐 잘못됐어?"

미묘한 분위기에 태호가 미간을 찌푸리자, 리아가 대신 대답했다.

"태호야, 민수 예민한 거 너도 잘 알잖아. 한 달 동안 호텔에서 못 지내."

"……아."

그러고 보니, 민수는 낯선 곳에 오래 머무르는 것을 싫어했다. 그래서 남들 다 가는 여행도 안 가고, 제주도 출장을 가게 되더라도 호텔이 아닌 별장에 묵곤 했다. 군대도 허약 체질로 인해 집에서 출퇴근할 수 있는 사회 복무 요원으로 다녀온 터라, 지금까지 밖에서 오래 지낸 적은 거의 없었다고 봐야 한다. 아마도 그래서 민 여사가 더 민수를 집에서 쫓아낸 듯싶다. 어디 한번 밖에서 고생해보라는 의미로 말이다.

"걱정하지 마. 그동안 우리 집에 와 있어."

민수의 표정이 어두워지려 하자, 리아는 재빨리 그의 팔에 팔짱을 꼈다. 불편하겠지만 그래도 호텔보다는 나을 것이다.

그냥 형제도 아니고 쌍둥이 형제인데, 이럴 때 끈끈한 형제애를 발휘하지, 언제 발휘해보겠는가!

"그래도 될까?"

"당연하지. 그렇지, 태호야?"

그 말에 이번엔 태호가 난처한 듯 살짝 눈살을 찌푸렸다. 아무리 그래도 신혼인데 한 달 동안이나 함께 지내야 한다니. 그러나 자신들 때문에 집에서 쫓겨난 민수를 매정하게 대할 순 없었다. 솔직히 민수 덕분에 두 사람 인연이 맺어진 것도 사실인 데다가 계속해서 민수에게 많은 도움을 받았다.

"그래. 그렇게 해. 이리 줘. 내 차 타고 가."

태호는 민수의 슈트 케이스를 건네받아 몰고 온 차의 트렁크에 실었다. 리아가 먼저 출발하고, 민수가 옆 좌석에 올라탔다.

"신세 좀 지자."

민수의 말에 태호는 피식 웃어 보이곤 차에 시동을 걸었다.

계획에 없던 뜻밖의 동거라……. 정말 한 달이나 민수와 지내야 하는 건가? 그 말은 앞으로 아일랜드 식탁에서도, 거실 소파에서도, 테라스에서도 둘만의 애정 행각을 펼칠 수 없다는 뜻이다. 침실 안에서도 되도록 큰 소리 내지 않게 조심하면서…….

거기까지 생각이 미치자, 태호는 속으로 욕설을 내뱉었다.

제길, 이럴 줄 알았으면 방음에 좀 더 신경을 써서 집수리하는 건데…….

태호는 운전대를 잡은 채 옆 좌석에 앉은 민수를 힐끗 쳐다보았다.

이대로 호텔로 가버릴까?

'친구야, 희생하는 김에 조금만 더 희생하자.'라고 한다면 어쩌면 민수는 순순히 들어줄지도 모른다. 언제나 그래왔으니까. 문제는 리아가 어떻게 받아들이냐다. 민수가 호텔에서 지내게 된다면 그녀의 마음이 불편할 것이다. 그렇게 할 순 없었다.

조금만 참으면 되겠지.

속으로 중얼거리며 태호는 가속 페달을 세게 밟았다.

청평 별장에 도착한 수진은 집 앞에 세워진 자동차를 보고 눈살을 찌푸렸다.

아무도 없을 줄 알고 왔는데, 누구지?

한 사장 없이 그녀 혼자 찾아온 건 오늘이 처음이다. 수진은 혼자만의 시간이 필요했다. 한 사장 앞에서 아무렇지 않은 척 연기하기도 지쳤고, 그렇다고 태호와 있었던 일을 한 사장에게 말할 수도 없었다. 한 사장이 어떻게 나올지 뻔히 알았기에…….

태호가 밉다고 해도 아직은 적으로 돌리고 싶진 않았다. 그러기엔 태호를 사랑한 시간이 너무나도 길었다. 별장에 들어선 리아는 전혀 예상하지 못한 인물을 발견하고 제자리에 우뚝 굳어버렸다.

"강수미? 당신이 왜 여기 있는 거예요?"

강수미 역시 깜짝 놀란 표정으로 수진을 바라보았다. 한 사장 외엔 이곳에 올 사람은 자신밖에 없기 때문이다. 수진과 마주칠 거라고 전혀 예상하지 못한 그녀는 순간 할 말을 잃고 말았다.

"내 말 안 들려요? 당신이 왜 여기 있냐고?"

"……아, 한 사장님이…… 쉬고 싶을 때 언제든지 이곳을 쓰라고 하셔서요."

"아빠가요?"

께름칙하긴 했지만, 강수미가 거짓말할 필요는 없었다. 한류 스타인 그녀가 남의 별장에 몰래 숨어들었을 리는 없고, 더구나 그녀는 KJ푸드 전속 모델이었다. 보너스 차원에서 한 사장이 강수미에게 별장 사용을 허락했을 수도 있다. 평소라면 한 사장에게 전화를 걸어 확인해 보았겠지만, 지금 수진에겐 그럴 여유가 없었다.

"전 마침 떠나려던 참이었어요."

강수미는 재빨리 차 키와 핸드백을 들더니, 현관문으로 향했다. 수진은 그녀가 지나갈 수 있도록 옆으로 비켜섰다. 강수미가 막 지나치는 순간, 한 가지 의문점이 수진의 머릿속에 떠올랐다. 수진은 반사적으로 강수미의 팔을 움켜잡았다. 놀란 강수미가 고개를 돌리자, 수진은 뚫어지듯 그녀의 눈을 바라보았다.

"태호랑 어디까지 간 사이예요? 정말 아무 사이 아닌데, 괜한 스캔들

난 거 아니죠?"

따지듯 묻는 수진에게 강수미는 선뜻 대답할 수 없었다.

어떤 대답이 지금 상황을 모면하게 할 수 있을까?

"둘이 잤어요? 그래요?"

"네?"

너무나도 단도직입적인 수진의 질문에 강수미는 또다시 할 말을 잃고 말았다.

손님이 지낼 수 있는 별채가 따로 있었지만, 아직 가구를 들여놓지 않은 탓에 민수는 리아와 태호의 침실 맞은편에 있는 방을 사용하기로 했다. 좀 더 멀찍이 떨어진 곳이 좋겠지만, 그 방엔 침대가 없어 어쩔 수 없었다.

"우선 짐 정리하고 있어. 저녁 먹어야지."

"아니. 저녁 생각 없어. 짐 정리하고 그냥 잘게."

민수는 힘없이 웃고는 슈트 케이스를 끌고 방으로 들어가버렸다. 리아는 잠시 닫힌 문을 바라보다가 침실로 향했다. 방에 들어서는 동시에 리아의 어깨가 축 처졌다. 민수가 쫓겨난 게 그녀의 잘못인 것 같아 여간 신경이 쓰이는 것이 아닌가 보다. 태호는 조용히 팔을 뻗어 그녀를 품에 끌어안았다.

"너무 걱정하지 마, 괜찮을 거야."

리아는 입을 다문 채, 넓은 가슴에 얼굴을 묻었다. 지금은 아무것도 생각하지 않고 그녀를 감싸는 체온을 느끼고 싶었다. 그에게 안겨 있으면 잠시 동안이라도 모든 걱정이 사라지니까.

"태호야, 나 좀 꼭 안아줘."

그 말에 그녀를 안은 팔에 힘이 들어갔다. 리아는 좀 더 깊숙이 그의 품으로 파고들었다. 동시에 그가 그녀의 하얀 목덜미로 고개를 숙였다. 뜨거운 입술이 살갗에 닿자, 마치 불에 덴 것처럼 화끈거렸다. 리아는 흠칫 몸을 떨며 그를 올려다보았다.

"위로가 필요할 것 같아서……."

그녀의 눈을 빤히 들여다보며 태호가 작게 속삭였다.

위로라고……? 아, 어떤 형식의 위로인지 알 것 같다. 그렇다. 지금 그녀에겐 위로가 필요했다. 뜨겁고 달콤하고 아주 많이 설레는 위로.

리아는 발끝을 들어 태호의 목에 팔을 두르고 살며시 입술을 포갰다.

"하, 태호야."

말캉한 입술이 닿자, 리아의 입에서 한숨 섞인 속삭임이 흘러나왔다. 그녀가 스르르 두 눈을 감자, 그의 커다란 손이 머리카락 속으로 파고들며 그녀의 뒤통수를 감쌌다.

먼저 다가간 건 리아였지만, 주도권을 잡은 이는 태호였다. 좀 더 깊숙이 다가가기 위해 그가 얼굴을 기울이며 다른 손으로는 리아의 허리를 강하게 끌어당겼다.

얇은 셔츠를 사이에 두고 서로 밀착된 가슴으로 열기가 스며들었다. 숨결이 섞이고, 감정이 하나로 녹아들고. 촉촉하고 향기롭고 또는 끈적끈적 질척거리고. 굳이 말로 하지 않아도, 상대의 마음이 전달되는. 그래서 더욱더 효과적인 위로.

"기분 좀 나아졌어?"

한참 후에야, 머금었던 입술을 놓아주며 그가 나직이 속삭였다.

"하아."

호흡을 가다듬는 리아의 가슴이 크게 오르락내리락했다. 충분한 위로가 되었냐고 묻는다면 대답은 물론이다. 저 밑까지 가라앉았던 기분이 다시금 수면 위로 떠오르자, 현실이 눈에 들어왔다.

벌써 시간이 이렇게 됐나?

리아는 벽시계로 시간을 확인하며 미간을 찌푸렸다.

"……저녁 먹어야지. 배고프지 않아?"

그 말에 태호는 피식 웃으며 그녀에게 이마를 맞대었다. 지금 밥이 문제인가? 단지 위로해주려고 한 행동이었는데, 참았던 감정이 폭발하고 말았다.

따지고 보면 당연한 반응이었다. 눈만 마주쳐도 활활 타오르는 신혼이니까. 지금 여긴 두 사람만의 공간이니 애써 참을 필요는 없었다.

"난 저녁보다는 다른 게 배고픈데……."

그 말에 리아는 곤란한 표정을 지으며 고갯짓으로 문 쪽을 가리켰다. 민수가 문에 귀를 대고 엿들을 리는 없겠지만, 그의 존재가 신경 쓰이는 건 어쩔 수 없었다. 복도 하나를 사이에 두고 방이 마주 보고 있어, 자칫 소리가 새어 나갈 수도 있었다.

"걱정하지 마."

태호는 리아를 안심시키며 그녀를 가볍게 들어 올렸다. 그리고 성큼성큼 욕실로 향했다. 욕실을 지나쳐, 드레스 룸으로 들어간 그는 중앙에 놓인 소파 위로 리아를 내려놓았다. 그리고 욕실과 연결된 유리문을 닫았다.

"여기라면 안전해."

이중으로 문이 닫히고, 복도에서 멀리 떨어진 욕실 안쪽에 있는 드레스 룸이니 웬만해선 아무 소리도 새어 나가지 않을 것이다. 항상 옷만 갈아입었지, 거기까진 생각해보지 못했는데……

리아는 감격한 표정으로 소파로 다가오는 태호를 올려다보았다.

처음엔 드레스 룸에 웬 소파야? 이게 왜 여기 필요해? 했었는데…….

와, 인제 보니 완전 신의 한 수였네! 강태호, 괜히 천재란 소리를 듣는 게 아니었구나.

그가 소파에 무릎을 꿇으며 상체를 기울이자, 리아는 화답하듯 그의 목을 휘감았다. 다시금 두 사람의 입술이 뜨겁게 맞물렸다.

짐 정리를 끝낸 민수는 갈증이 밀려오자, 물을 마시려 방을 나섰다. 문을 열자 어두운 복도가 눈에 들어왔다. 모든 게 낯설었다. 하지만 어렵지 않게 주방을 찾을 수 있었다.

냉장고에서 물병을 꺼낸 민수는 의아한 표정으로 주위를 둘러보았다. 저녁 식사한 흔적이 전혀 없었기 때문이다.

나가서 먹기로 했나?

방으로 돌아가던 민수는 확인해볼 생각으로 두 사람의 침실 문을 노크했다.

똑똑―.

아무런 반응이 없자, 민수는 다시 문을 두드렸다. 그리고 두 사람을 불러보았다.

"리아야, 태호야? 안에 없어?"

그래도 대답이 없자 저녁 먹으러 나갔나 보다 하며, 자신의 방으로 등을 돌렸다.

그때 달칵 문 열리는 소리가 들렸다. 휙 뒤를 돌아보자 태호가 싸늘한 눈빛으로 그를 노려보고 있었다.

"무슨 일이야?"

태호의 목소리가 저승사자처럼 음산하게 느껴지는 건 기분 탓이겠지? ……음, 아닌가? 진짜 음산한 건가?

민수의 안락한 거주를 돕기 위해, 태호는 가능한 한 빨리 별채에 가구를 놓기로 했다. 그를 본채에서 밀어내고자 함은 절대로 아니다. 오로지 민수를 위해서였다.

"적어도 일주일은 걸리겠는데요."

별채를 둘러본 디자이너는 분위기에 맞는 가구를 구하려면 그 정도 시간은 필요하다고 했다.

고작 일주일 정도야, 뭐.

문제는 일주일 후, 별채에 가구가 도착하고 나서 발생했다. 가구를 옮긴 직원 중 한 명이 수도 배관에서 물이 새는 것을 발견했다. 배관 공사는 이틀이면 끝나지만, 바닥과 벽을 뜯고 다시 손봐야 해서 또다시 시간을 잡아먹게 되었다.

결론적으로 모든 보수 공사가 끝나려면 일주일쯤 걸린단다. 태호는 치솟는 짜증을 힘겹게 내리누르며 손끝으로 이마를 문질렀다.

또다시 일주일을 기다려야 한다니……. 얌전히 잠만 자는 것도 하루

이틀이지.

민수가 그들 집에 온 날, 노크 소리에 화들짝 놀란 리아는 그날 이후로 키스보다 수위가 높은 애정 행위를 철저히 거부했다. 드레스 룸에서조차도 말이다.

"태호야, 일주일만 더 참으면 되잖아, 응?"

말이 쉽지, 또 어떻게 일주일을 기다리라는 건지.

다행히 키스 정도는 할 수 있었는데 아주 전형적인 입술 키스만 허용되었다. 제자리를 벗어난 입술이 슬그머니 다른 쪽으로 이동하려는 낌새가 보이면 리아는 황급히 몸을 빼며 뒤로 물러나곤 했다.

"안 돼, 태호야!"

그다음에 어떤 일이 벌어질지 안 봐도 훤히 알 수 있었다. 이제 겨우 신혼의 참맛을 알게 되었는데, 갑자기 불어닥친 공백이 너무나도 크게 느껴졌다. 그러나 리아가 원하지 않는다면 억지로 진행할 순 없었다. 아무리 힘들어도 꿋꿋이 견뎌내야 한다.

민수를 원망하는 건 절대 아니다. 그는 첫날 노크 사건을 빼고는 되도록 폐 끼치지 않으려고 노력했다. 그렇다고 해도 그의 존재가 사라지는 건 아니었다.

욕구 불만 상태라서 그런지, 가만히 있어도 미간에 주름이 잡혔다. 그 이유로 KJ푸드 본사로 출근한 민훈이 인사차 들렀을 때도 태호의 표정은 한껏 찌푸려진 상태였다. 그의 방문이 내키지 않아서는 절대로 아니었다. 하지만 민훈은 다른 쪽으로 받아들인 것 같았다.

"이사님이 저를 불편하게 여기신다는 거, 잘 압니다. 정 내키지 않으면서 저는 이대로……."

"아, 아닙니다. 잠깐 고민할 게 있어서."

태호는 급히 표정을 풀고, 책상에서 일어났다. 태호가 소파 맞은편에 앉자, 민훈은 긴장된 얼굴로 그를 바라보았다. 아직 서로를 완전히 신뢰하는 건 아니지만, 한정안 사장이란 공통된 적을 상대하기 위해선 두 사람은 손을 잡아야만 했다.

태호는 간략하게 KJ푸드의 마케팅 전략에 관해 설명하자, 민훈은 조용히 귀를 기울였다.

"파견 근무 형식으로 온 거니까 우선은 마케팅 3팀에 자리를 마련해 두었습니다. 변 팀장에게 지시해두었으니까, 정 대리가 적응할 수 있도록 도와줄 겁니다."

"알겠습니다."

"아, 그리고……."

대화가 끝나고 민훈이 소파에서 일어나려 하자, 태호가 한마디 덧붙였다.

"사내에서 웬만하면 한 사장과 아는 척하지 말아요. 한 사장도 그걸 원할 테고."

"네. 그럼 전 이만."

민훈이 나가고 잠시 후, 남 비서가 집무실로 들어왔다. 곧장 책상으로 다가온 그는 태호의 앞에 서류 파일을 내려놓았다.

"전 아직도 반반입니다."

매사에 조심스러운 남 비서는 민훈을 '100%' 믿을 수 없다는 뜻을 내비쳤다. 얼마 전까지만 해도 한 사장에게 주원식품의 기밀을 빼돌렸던 사람이 지금은 반대가 되었으니까.

"알아. 남 비서는 강수미도 완전히 믿지 못하잖아."

"그건……."

찰나의 순간이었지만, 남 비서의 얼굴이 경직되었다. 그걸 모르고 지나칠 태호가 아니었다. 빤히 쳐다보던 태호가 입꼬리를 비틀자, 남 비서는 당황한 듯 급히 서류 파일을 펼쳤다.

"이 건, 오늘 중으로 처리해주셔야 합니다."

"그래?"

태호는 어깨를 으쓱거리며 남 비서가 내민 서류 파일로 시선을 돌렸다.

훗, 녀석.

남 비서가 과장되게 강수미를 밀어낼 때부터 알아채긴 했었다. 쉽게 감정 표현이라는 걸 하지 않는 녀석이 강수미 일이라면 심하다 할 정도로 싫은 티를 냈으니까. '혹시나?' 했는데 결국 '역시나?'인가?

"강수미랑 연락 잘되고?"

남 비서에게 서류 파일을 돌려주며 태호가 지나가는 투로 물었다.

"아뇨. 요새 새로 들어간 드라마 촬영하느라 바쁘답니다."

"그래?"

당분간은 강수미가 해줄 일이 없는 건 사실이다. 그녀는 이미 안전 가옥 금고에 있는 장부를 카메라에 담아 남 비서에게 건넸다. 비밀 장부를 손에 넣은 태호는 언제 터뜨릴지, 적당한 시기를 기다리고 있었다. 그러다 보니 강수미를 따로 만날 일도 서서히 줄어들었다. 물론 태호 본인이 아닌, 남 비서가 강수미를 만나는 거지만.

"……성후야."

"네, 선배."

태호가 낮은 목소리로 자신을 부르자, 남 비서는 긴장한 얼굴로 다음 말을 기다렸다.

"말 길게 안 할게. 끝까지 책임질 수 없으면 시작도 하지 마."

진심 어린 조언이었다. 상사로서 부하 직원에게 하는 충고가 아닌, 선배로서 아끼는 후배에게 하는 조언. 그걸 알아채지 못할 남 비서 또한 아니었다. 남 비서는 태호를 마주 보며 입가에 여린 미소를 떠올렸다.

"물론입니다."

후, 얼음 심장인 줄로만 알았는데······. 성후 녀석, 알고 보니 피가 들끓고 있었네.

강수미의 과거를 모두 알면서도 마음에 품다니, 쉽지 않은 사랑일 것이다. 물론 로미오와 줄리엣을 연상시키는 본인의 사랑 역시 만만치는 않았지만.

집무실을 걸어 나가는 남 비서의 뒷모습을 보며 태호는 나오려는 웃음을 삼켰다.

"사람이 양심이 있어야지. 아무리 화장실 들어갈 때 다르고 나올 때 다르다지만, 네가 그러면 안 되는 거잖아."

창밖을 내다보며 커피를 홀짝이던 리아는 조그맣게 혼잣말을 중얼거렸다. 요 며칠, 꾹 눌러두었던 감정이 결국 터져버렸다.

하, 그래, 양심. 하지만 누가 그걸 몰라서 그러나?

리아는 작게 한숨을 내쉬며 그새 눈에 띄게 수척해진 민수의 얼굴을 떠올렸다. 쌍둥이 형제의 집이라도 자기 집만큼 편하지는 않은지, 일주일 만에 살이 쏙 빠진 것 같았다. 그녀가 신경 써서 챙겨준다고 해도 불편한 건 불편한 거니까.

하지만 민수 얼굴만 수척해졌어? 우리 오빠도 그렇다고!

태호의 얼굴 역시 요 며칠 말이 아니었다.

"후우."

그 이유를 알기에 리아는 다시 한번 더 길게 한숨을 내쉬었다.

활활 타오르는 불길에 물을 쫙쫙 끼얹고 있는데, 얼마나 속이 타겠어?

리아도 마찬가지였다. 태호를 보기만 해도 화르르 자연 발화가 되니까. 황홀할 정도로 멋진 남편이 눈앞에 있는데 하고 싶은 일을 마음껏 못 하다니, 얼마나 안타깝겠냐고.

아, 말해 뭐해!

특히 민수가 온 첫날, 드레스 룸에서 일어난 해프닝은 지금 생각해도 숨이 탁 막혔다. 아슬아슬하게 직전까지 갔던 리아와 태호는 민수의 노크에 화들짝 뒤로 물러서야만 했다.

타오른 불길은 재가 될 때까지 아낌없이 태워줘야 스트레스가 없는 건데, 일주일이 넘는 동안 그러지 못했으니 두 사람 모두 욕구 불만으로 언제라도 '펑!' 터질 것만 같았다.

"아, 진짜!"

짜증 난 얼굴로 미간을 구긴 리아는 손에 든 커피 잔을 꽉 움켜쥐었다.

너 왜 이러니? 주리아! 불타는 신혼 생활에 장애가 왔다고 민수를 원망하고 그러면 안 되는 거잖아. 민수가 여기서 신세를 지게 된 이유도 따지고 보면 다 내 탓인데…….

"그래, 이건 모두 다 내 탓이지."

그리고 솔직히 말해서 태호와 맺어질 수 있었던 건 모두 민수 덕분이었다. 민수가 아니었다면 과연 맺어질 수 있었을까? 곰곰이 생각해 보던 리아는 곧 고개를 끄덕였다.

"그래, 지금은 우선 민수를 챙겨야지."

아무리 신세계에 눈이 돌아갔다지만, 그래도 한 핏줄인 민수가 먼저인 거다. 리아는 서둘러 태호에게 전화를 걸고, 최대한 밝은 목소리로 말을 꺼냈다.

"오늘은 저녁 먹고 들어가자."

[오늘은 저녁 먹고 들어가자.]

통화 버튼을 누르자, 밝은 리아의 목소리가 흘러나왔다.

"뭐 먹고 싶은 거 있어?"

[아니, 나 말고 민수. 민수 아무래도 입맛이 없는 것 같아서……. 요새 통 안 먹잖아.]

"집에서 쫓겨났는데 입맛이 있겠어."

[그렇긴 한데……. 민수가 식성이 좀 까다롭잖아.]

별말 아니지만, 태호는 약간 기분이 상했다. 식성 까다롭기라면 그도 만만치 않았으니까. 그러나 리아가 혹시라도 신경 쓸까 싶어, 입맛에 맞지 않아도 묵묵히 그릇을 비웠다.

[내가 민수 좋아할 만한 곳 알아볼게.]

"……그렇게 해."

리아와 전화를 끊은 태호는 자리에서 일어나 창가로 걸어갔다. 바삐 돌아가는 도시의 한가운데로 눈부신 햇살이 쏟아지고 있었다. 말없이 바깥 풍경을 바라보는 그의 입가에 씁쓸한 미소가 떠올랐다.

"후."

이제 정확히 알 것 같다. 왜 자꾸만 가라앉는 기분이 드는지.

욕구 불만도 욕구 불만이지만, 그보다는 민수에게 리아의 관심을 빼앗긴 것 같아서다. 민수가 오고 난 후로는 태호를 '오빠'라고 부르며 애교를 부리지도 않았다. 자기가 오빠라고 부르면 민수랑 헷갈릴 거라는 게 그 이유였다. 솔직히 이해할 수 없다. 리아는 민수를 오빠라고 부르지도 않으니까. 백번 양보해 그게 이유라고 해도, 단둘이 있을 땐 오빠라고 불러줘도 되는 게 아닌가 싶다.

아내의 쌍둥이 형제를 질투한다는 자체가 웃기긴 하지만. 태호는 난생처음으로 오랜 친구인 민수가 껄끄럽게 느껴졌다.

"솔직히 정 대리에게 맡길 만한 작업은 아직 없습니다."

태호에게 직접 지시를 받았지만, 변 팀장은 경쟁업체에서 온 민훈이 달갑지 않았다. 앞으로 있을 주원식품과의 협업을 위해서라는데, 정확한 시기는 확정된 게 없다고 했다. 그러니 지금 당장 마케팅팀에 넣기도 그렇고, 뭔가 애매했다.

"주원식품과 협업하게 되면 그때 본격적으로 작업에 들어가는 걸로 하고, 우선은 천천히 팀 분위기를 익히세요."

"알겠습니다."

민훈의 책상은 마케팅 3팀 자리에서 멀찍이 떨어진 자리였다. 서로 마주 보며 근무할 수 있는 탁 트인 다른 자리들과는 다르게, 그의 자리는 칸막이로 둘러싸여 있었다. 방해받지 않고 집중이 요구되는 작업을 할 때 사용하는 곳이라고 했다.

"급히 자리를 만드느라 그렇습니다."

속이 빤히 보이는 변 팀장의 변명을 민훈은 가만히 듣기만 했다. 변 팀장이 자리로 돌아가자, 민훈은 커피를 뽑기 위해 휴게실로 향했다. 누구도 휴게실이 어디에 있다고 알려주지 않았지만, 진한 커피 향을 따라가다 보면 쉽게 찾을 수 있었다.

민훈은 뽑은 커피를 손에 들고 주원식품 마케팅 1팀을 떠올렸다. 문득 가족 같은 분위기인 팀원들이 그리웠다. 하지만 그도 안다. 다시는 그곳에 돌아갈 수 없다는 걸. 가족 같은 그들을 배신하고 회사 기밀을 빼돌렸으니까. 이유야 어찌 됐든 그는 팀원의 믿음을 저버렸고, 그들의 친절을 사적인 복수의 수단으로 삼았다.

그때, 손에 들고 있던 휴대폰이 진동하기 시작했다. 아무 생각 없이 발신자를 확인한 민훈은 믿기지 않는다는 듯 눈살을 찌푸렸다.

[첫날 출근한 감상은 어때?]

급히 통화 버튼을 누르자, 휴대폰 너머로 한 사장의 목소리가 흘러나왔다. 당황한 민훈은 급히 주위를 둘러보았다. 다행히 휴게실에는 그 말고는 아무도 없었다.

"무슨 일이시죠? 사내에선 아는 척 안 하실 줄 알았습니다."

[왜? 내가 뭐가 무서워서 아는 척을 못 하나? 이따 점심이나 같이 먹지. 사장실로 올라와.]

뭐? 사장실로 올라와?

민훈은 잠시 제 귀를 의심했다. 하지만 뭐라고 되묻기도 전에 한 사장은 일방적으로 전화를 끊었다.

도대체 무슨 꿍꿍이지?

통화가 끊긴 휴대폰을 바라보는 민훈의 얼굴이 딱딱하게 굳어졌다.

밤 9시. 저녁을 먹기에는 조금 늦은 시각.

태호는 호텔 꼭대기 층으로 향하는 엘리베이터에 몸을 실었다. 리아가 저녁 장소로 고른 곳은 요즘 들어 가장 화젯거리인 프렌치 레스토랑이었다. 시내 야경이 한눈에 들어오는 호텔 꼭대기 층에 문을 연 레스토랑은 적어도 한 달은 기다려야 예약이 가능한 곳이었다. 그런데 리아는 무슨 재주로 당일 예약을 따냈다. 그것도 최고의 전망을 자랑하는 VVIP 룸으로.

안에 들어서자, 창가에 앉아 야경을 즐기는 리아의 모습이 보였다. 그가 옆으로 다가오자 리아는 자리에서 일어나 그를 맞이했다.

"미안, 좀 늦었어."

"아냐, 나도 방금 도착했어."

태호는 리아의 옆에 앉으며 궁금했던 점을 물었다.

"그런데 여기 어떻게 예약한 거야? 남 비서가 깜짝 놀라던데……."

"아, 내가 예약한 거 아니야. 민수가 했어. 민수가 여기 오너랑 친하거든."

그런데 정작 이 자리의 주인공인 민수는 보이지 않았다.

"민수는?"

"그러게. 나보고 먼저 가 있으라고 했는데…… 전화해볼게."

리아가 막 휴대폰을 집어 들려는데 똑똑 노크 소리와 함께 트레이를 든 웨이터가 들어왔다. 웨이터는 곧장 태호에게로 다가오더니 트레이 위에 놓인 봉투를 태호에게 건넸다.

"이게 뭡니까?"

"열어보시면 압니다. 이걸 강 이사님께 전해드리라고 했습니다."

봉투 안에는 짤막한 메모와 함께 호텔 카드 키가 들어 있었다.

메모에 적힌 글씨는 눈에 익은 필체였다.

이건?

필체를 알아본 태호가 눈을 가늘게 모았다.

> 태호야, 본의 아니게 민폐 끼쳐서 미안하다.
> 오늘은 아무것도 생각하지 말고 리아와 둘이서 근사한 시간 보내.
> 스위트룸 잡아놨으니까, 외박도 좀 하고.

……녀석.

메모를 모두 읽은 태호의 입가에 옅은 미소가 걸렸다.

잠시 잊은 게 있다. 그의 오래된 친구인 주민수는 쌍둥이 형제인 리아와 달리 눈치가 빠르다는 것.

태호는 의자에 느긋하게 몸을 기대며 재킷 주머니에 메모를 집어넣었다. 그런 그를 리아는 의아한 표정으로 바라보았다.

"뭔데?"

태호는 대답 대신 리아의 손에 호텔 카드 키를 쥐여주었다. 다른 한 손으론 리아의 어깨를 감싸며 그녀의 귀에 입술을 가져갔다.

잠시 후, 나른한 속삭임이 간질이듯 그녀의 귓가에 흘러들었다.

"오늘 밤 기대되지 않아?"

덜컹―.

벨을 울리고 한참만에야 문이 열렸다. 그런데 전혀 예상하지 못한 인물이 눈앞에 나타났다. 아는 사람은 맞지만, 그렇다고 또 잘 아는 사람은 아니다. 눈앞에 있는 인물이 새언니랑 똑같이 생겼지만, 새언니가 아닌 것처럼. 태희는 앞에 선 민수를 바라보며 믿을 수 없다는 듯 미간을 찌푸렸다.

"왜 사돈이 여기서 나와요?"

'가는 말이 고와야, 오는 말이 곱다'고. 민수는 예고도 없이 한밤중에 찾아온 태희의 궁금증을 풀어줄 마음이 없었다.

"평소에도 이렇게 불쑥 신혼부부 집에 찾아옵니까? 사돈처녀, 보기보단 예의가 없으시군요."

뭐래? 그러는 자기는 신혼부부 집에 있는 게 아니라, 호랑이 굴에 들어와 있는 건가?

"사돈 남 말 하시네요!"

민수는 불쾌한 감정을 숨기지 않으며 팍 인상을 구겼다.

"아, 됐고. 저, 오빠 만나러 왔어요."

"태호 지금 집에 없는데……. 물론 리아도 집에 없고."

"둘 다 늦어요?"

"글쎄, 모르겠네요."

"그래요? 전화해봐야지."

태희가 핸드백에서 휴대폰을 꺼내려 하자, 민수는 딱딱하게 표정을 굳혔다.

"내가 사돈이라면 전화 안 할 겁니다."

"왜요?"

"밤늦게 신혼부부가 집에 없다면 뻔한 거 아닙니까? 괜히 방해하지 말아요."

뻔한 거 아니냐고?

순간 태희의 두 눈이 튀어나올 것처럼 커다래졌다. 이건 그녀만의 뛰어난 육감이다.

오빠, 지금 병원 응급실에 있는 거야!

쏴아아―.

리아는 빗질을 멈추고 물소리가 흘러나오는 욕실 문으로 고개를 돌렸다. 조금 있으면 샤워를 끝낸 태호가 젖은 머리를 쓸어 올리며 느긋이 걸어 나올 것이다.

"큭."

상상만으로도 흐뭇하고 설레서 저절로 리아의 입꼬리가 올라갔다.

민수, 눈치 하난 빨라. 미리 알아서 배려해주고. 마음이 착한 이에게 복이 있다는 말 역시 사실이었어.

리아는 환하게 웃으며 다시 빗질을 시작했다. 문득 신혼여행 떠나기 전, 호텔에서 보냈던 첫날밤이 떠올랐다. 그때도 그녀는 태호가 샤워를 마치길 기다리면서 혼자 머리를 빗고 있었다. 아무렇지 않은 척했지만, 얼마나 떨렸는지 모른다. 입 밖으로 심장이 튀어나오는 줄 알았다니까!

갑자기 진행된 결혼식인 데다, 상대가 다른 누구도 아닌 강태호였으니까. 침착해야 한다고 마음을 다잡았지만, 손끝이 부르르 떨릴 정도로 긴장했었다. 하지만 우려와 달리 아무 일도 일어나지 않았다. 명색이 첫날밤이었는데 손도 잡지 않고 잠들었었다.

흠, 그러고 보니 너무 아쉽네. 단 한 번뿐인 첫날밤을 민숭민숭하게 흘려보낸 거잖아.

그때, 욕실 문이 열리고 샤워 가운을 입은 태호가 걸어 나왔다.

"샤워 함께하자니까……."

그는 물기 먹은 머리를 한 손으로 쓸어 올리며 자신을 기다리고 있는 리아를 보고는 부드럽게 미소를 지었다. 첫날밤과는 정반대다. 그때 그는 자신을 기다리는 리아를 보고 미간을 찌푸렸었다. 왜 먼저 잠들지 않았냐고 하면서. 돌이켜보면 그때 그도 그녀만큼 떨렸을 것이다. 사랑하는 여자를 옆에 두고서 티도 내지 못하고, 얼마나 힘들었을까!

순간 리아는 그런 그의 마음을 모르고 그를 힘들게 했던 자신에게 짜증이 밀려왔다. 리아가 미간을 찌푸리자, 태호도 연달아 미간에 주름을 잡았다.

"왜 그래?"

"아니야, 아무것도."

"얼굴에 다 쓰여 있는데 아무것도 아니긴."

어느새 침대로 다가온 그가 그녀를 향해 상체를 숙였다. 동시에 보디 샴푸 향에 섞인 짙은 수컷의 체취가 훅 코끝에 밀려들었다. 똑같은 보디 샴푸를 사용했는데 어쩌면 느낌이 이리도 다를까!

낯설면서도 익숙한 향이 왠지 모르게 자극적이었다. 태호는 손을 들어 부드럽게 리아의 뺨을 쓸어내렸다. 물기가 남은 손바닥이 살갗에 닿자, 리아는 저도 모르게 흠칫 몸을 떨었다.

그는 조금 더 상체를 앞으로 숙여 얼굴을 가까이하고 그녀의 눈을 빤히 들여다보았다. 대답을 요구하는 눈빛에 할 수 없이 리아는 속삭이듯 입을 열었다.

"첫날밤 생각하고 있었어."

"첫날밤?"

의외라는 듯 그가 눈꼬리를 위로 올렸다.

"별 뜻은 없어. 머리 빗으면서 너, 나오길 기다리려니까. ……그날도 그랬거든."

"……아."

자연스럽게 태호의 머릿속에도 호텔에서의 첫날밤이 떠올랐다.

그날 그는 일부러 천천히 샤워하고 늦게 욕실을 나섰다. 결혼식을 치르느라 온종일 피곤해했던 리아가 당연히 먼저 잠들었을 것으로 여기고. 그런데 그녀는 허리를 꼿꼿이 펴고 다리를 꼬고 앉아 그를 기다리고 있었다. 그런 그녀가 얼마나 당당해 보였는지 모른다. 그래서 더욱더 유혹적으로 다가왔다. 하지만 그가 할 수 있는 건, 짧은 굿나잇 키스가 전부였다.

"그날도 오늘도 넌 정말 예뻐."

사실 그녀가 예쁘지 않았던 적이 있었던가? 잠이 덜 깬 듯 게슴츠레한 눈을 하고 있어도 그에겐 숨 막히게 예쁠 뿐이다.

"첫날밤에 하지 못한 거, 오늘 밤에 만회할까?"

자신의 속마음을 들킨 것 같아, 리아는 선뜻 대답할 수 없었다. 뺨을 어루만지던 태호의 손이 뒤쪽으로 옮겨 리아의 귓불을 부드럽게 감싸 쥐었다.

"뭐부터 시작하지?"

귓불을 지분거리던 손길이 서서히 아래로 내려왔다. 그는 나른한 목소리로 속삭이며 리아의 가운 깃을 손끝으로 쓸어내렸다. 어째서인지 가운을 벗기는 것보다 더 자극적으로 느껴졌다.

오늘은 첫날밤도 아니고, 그새 틈틈이 복습과 실습을 충분히 했으면서도 리아는 아무 말도 못 하고 눈만 깜빡거렸다.

왜, 꼭 호랑이 굴에 끌려온 토끼 같은 기분이 드는 거지?

그녀가 아무 말도 하지 않자, 태호는 알았다는 듯 피식 입꼬리를 비틀더니 이내 고개를 숙여 리아의 귓속에 훅 입김을 불어넣었다. 짜릿한 감각이 빠르게 온몸으로 퍼져나갔다.

윽, 이건 반칙이잖아.

리아는 태호의 가운 깃을 양손으로 움켜쥐며 두 눈을 질끈 감았다. 그새 그는 어디를 자극하면 그녀가 즉각 반응을 나타내는지, 모두 파악한 것 같았다.

"……그러면 내가 알아서 시작할까?"

그녀의 귀에 입술을 댄 채, 그가 은밀히 속삭였다.

물론 그래도 상관없긴 했다. 가만히 있어도 그가 알아서 다 할 테니까. 침묵을 동의로 받아들였는지 그의 손이 천천히 가운의 안으로 파고들었다. 가운이 벌어지며 하얀 살갗이 드러나자, 그는 낙인을 찍듯 그녀의 하얀 어깨에 입술을 묻었다.

신음이 흘러나오려 하자, 리아는 지그시 아랫입술을 깨물었다. 부드러우면서도 강한 손길은 어느새 어깨를 거쳐 허리로 내려갔다. 동시에 서로의 입술이 겹쳐지고 누가 먼저랄 것도 없이 침대 위로 쓰러졌다.

말랑말랑한 점막을 따라 뜨거운 숨결이 진득하게 달라붙었다. 태호는 입술을 떼지 않은 채, 한 손으로 그녀의 허리를 잡아 단단히 고정했다. 그리고 리아의 샤워 가운을 조금 더 옆으로 벌렸다.

차가운 공기가 살갗에 느껴지자 리아는 자신이 너무 끌려가고만 있다는 사실을 깨달았다. 생각해보니 침대 위에선 대부분 그랬다. 언제까지 수동적으로만 대할 건데?

'어머, 안 돼!', '어머, 몰라!' 하면서 모든 걸 상대에게만 맡기는 건 그만해야 하지 않을까? 그거 완전 내숭 떠는 거거든. 21세기를 사는 문화인으로서 그러면 안 되는 거다.

마음을 다잡은 리아는 재빨리 두 손으로 태호의 가슴을 밀어냈다.

갑작스러운 반응에 태호는 의아한 시선으로 리아를 바라보았다.

"오늘은 내가 시작하고 싶어."

"뭐?"

"아까 물었잖아. 뭐부터 시작할 거냐고. 나, 먼저 하고 싶은 거 있어."

리아의 도발적인 태도에 태호는 피식 웃으며 흘러내린 앞머리를 쓸어 올렸다. 그리고 그녀가 일어날 수 있게 옆으로 몸을 비켰다. 리아는 가운 자락을 그러모으며 재빨리 침대에서 몸을 일으켰다. 태호는 비스듬히 침대에 앉아 잠자코 그녀를 지켜보았다. 리아는 태호의 벌어진 가운 사이로 조심스레 손을 뻗었다. 예상하지 못한 그녀의 행동에 태호의 눈이 일순간 가늘어졌다.

"그날……."

손바닥으로 완벽하게 균형 잡힌 태호의 가슴을 꾹 누르며 그녀가 말을 이었다.

"이러고 싶었거든."

밝은 침실 조명 아래 드러난 예술 조각 같은 몸을 보면서, 얼마나 숨을 죽였는지 그는 모를 것이다. 만져보고 싶은 충동에 손끝이 간질거리고, 갈라진 근육의 틈으로 흘러내리는 물방울이 부러울 정도였다고 하면 이해되려나? 그리고 한 가지, 명확하게 해두고 싶은 게 있다.

"흐응, 오빠아."

리아는 애교 섞인 콧소리로 속삭이며 태호의 가슴에 뺨을 기대었다.

"윽!"

태호는 전기 충격이라도 받은 듯 표정을 일그러뜨리며 뒤로 몸을 빼려고 했다. 하지만 리아는 양손으로 그의 팔을 꽉 붙잡고 놓아주지 않았다. 오히려 더욱더 가까이 뺨을 밀착했다.

쿵. 쿵. 쿵.

미친 듯이 빨라진 그의 심장 박동이 그녀의 귀를 통해 그대로 전해졌다. 리아는 입가에 만족스러운 웃음을 떠올리며 몸을 일으켰다. 그리고 그의 눈을 빤히 들여다보았다.

"오빠, 몸 너무 좋아."

"어?"

그녀가 눈꼬리를 휘자, 태호는 시선을 피하며 대답을 얼버무렸다.

어쩔 줄 모르고 당황한 모습이라니!

'오빠'라고 불러주면 좋아한다는 건 알았지만, 이렇게까지 심장 박동이 빨라지도록 반응할 줄은 몰랐다. 자칫 잘못했다간 심장 마비라도 올 기세였다.

알고 보니, 우리 강태호 애교에 약한 남자였네?

사실 그녀는 애교를 부리는 타입이 아니었다. 코맹맹이 소리는 어려서도 해본 적 없었고, 엄마나 아빠에게 애교를 부릴 바엔 포기를 택하곤 했었다. 하지만 태호는 다르다. 태호는 공적으로 사적으로 엄연한 그녀의 반쪽이 아닌가. 그가 좋아한다면 손발이 오그라든다고 해도 애교쯤이야 실컷 부려줄 수 있다. 리아는 태호의 가운 깃을 움켜쥐며 이미 부풀 대로 부풀어 오른 딱딱한 중심부 위에 살며시 내려앉았다. 그리고 나른한 목소리로 속삭였다.

"오빠, 나 오늘 밤 안 새울 거지?"

사실 일주일 넘게 참았는데 하룻밤으로 성이 찰 리는 없었다. 게다가 다행히 내일은 공휴일이라서 둘 다 회사에 출근하지 않아도 된다.

그때였다.

"이제 다 했어?"

오싹할 정도로 나직한 목소리가 그의 입에서 흘러나왔다.

뭐지?

리아는 설명할 수 없는 묘한 분위기에 꿀꺽 마른침을 삼켰다. 어느새 그녀를 향하는 눈빛은 으스스할 정도로 노골적으로 짙어져 있었다.

왜 잠자는 호랑이의 꼬리를 밟은 것 같은 느낌일까?

생각할 시간은 잠시뿐이었다. 그가 그녀의 허리를 움켜쥐더니 그대로 그녀를 침대로 쓰러뜨렸다. 이어서 한 손으로 그녀의 양손을 잡아 어깨 위로 끌어 올렸다.

눈 깜짝할 사이에 태호의 아래 깔린 리아는 어리둥절한 얼굴로 태호를 올려다보았다.

"지금 뭐 하는 거야?"

"……미안."

거친 호흡이 그녀 얼굴로 쏟아져 내렸다.

"네 장난에 장단을 맞춰줘야 하는데, 도저히 안 되겠어."

"……안 되다니? 뭐…… 읍?"

그다음 말은 태호가 입술을 겹치는 바람에 이어질 수 없었다. 입술이 얼얼해질 정도로 격렬한 입맞춤과 함께 태호는 리아의 허리에 감긴 가운의 매듭을 풀었다.

가운의 자락이 열리며 하얀 살결이 드러나자, 태호는 그대로 고개를 숙여 정점을 입에 물었다. 강하게 빨아들이다 딱딱해진 가슴 끝을 이를 세워 긁기 시작했다.

"흐윽."

온몸을 관통하는 저릿한 감각에 리아의 꼭 다문 입술 사이로 여린 신음이 쏟아져 나왔다.

애초에 이럴 계획은 아니었다. 그녀가 하자는 대로, 그녀가 원하는 대로 이끌려갈 계획이었다. '오빠아'라고 부르는 애교 섞인 목소리에도 흥분하지 않고 견딜 수 있었다. 심장이란 녀석이 눈치 없게 미친 듯이 날뛰긴 했지만, 그런대로 참을 만했다.

하지만…… '오빠, 나 오늘 밤 안 재울 거지?'라는 그 한마디에 꼭 붙잡아두었던 이성이 저 멀리 날아가버렸다. 심장이 뻐근하고 눈앞이 아찔해져서 그도 더는 어쩔 수 없었다.

오늘 밤 안 재우냐니! 내일 하루도 온종일 안 재울 생각이다.

"잠, 잠깐만! 태호야, 잠깐."

한참 후, 입술이 가슴에서 떨어져 나가자, 리아는 그의 품에서 벗어나려 손발을 바르작거렸다.

어째 분위기가 심상치 않았다. 장난이라도 너무 도발한 걸까?

"왜? 겁먹었어?"

하지만 태호의 물음에 리아는 그만 발끈하고 말았다.

"겁먹긴 누가?"

"그럼 됐어."

그녀가 날카롭게 반응하자, 태호는 안심했다는 듯 미소 지으며 그녀를 향해 고개를 숙였다.

부드러우면서도 거칠고 야릇한 공격이 그녀를 향해 끊임없이 이어졌다. 여태껏 웬만한 자세는 거의 대부분 시도했다고 여겼는데 전혀 또 다른 환희의 세계로 리아를 안내했다.

그날 밤, 리아는 뼈아프게 교훈 하나를 몸에 새겼다.

'굶주린 호랑이는 장난이라도 건드리는 게 아니다'라는 것을.

Chapter 21

미안하다는 말은
안 할 거야

　일주일 넘게 쌓인 욕구 불만이 하루 이틀에 모두 풀릴 수 있는 건
아니지만, 그래도 급한 불을 끄기엔 충분했다. 밤을 지새우고 다음 날
오후까지 활활 불태운 두 사람은 집을 나설 때보다 훨씬 환해진 얼굴
로 귀가했다. 물론 민수가 좋아할 만한 음식을 가득 준비해오는 것도
잊지 않았다. 도우미를 들이는 것을 반대하던 태호였으나, 민수를 위
해 그가 머무는 동안 전문 요리사를 고용하기로 했다.

　"고맙다, 친구."

　"고마운 걸로 따지면 내가 더 고맙지. 리아와 다시 잘된 거, 모두 네
덕분이니까."

　그 말에 민수는 피식 웃으며 고개를 내저었다. 그러나 잠시 후, 깜빡
잊었다는 듯 태호를 향해 고개를 돌았다.

　"아 참, 어젯밤에 사돈처녀가 찾아왔었어."

　"태희가?"

　"응. 너 보러 왔다면서 너한테 전화하려고 해서 내가 못 하게 말렸
어. 날 밝으면 하라고."

　"그래? 급한 일은 아닌가 보군. 여태껏 전화가 없는 걸 보면."

　워낙 엉뚱한 태희이기에 태호는 심각하게 생각하지 않고 무심코 넘

겨버렸다. 하지만 다음 날, 회사로 찾아온 태희를 맞이하며 뭔가 잘못
되었다는 걸 느꼈다. 그게 무엇인지 분명하지는 않지만…….

"오빠, 나 왔어."

남 비서를 어렵게 통과하고 집무실로 들어선 태희는 눈치를 보듯 조
심스레 태호의 책상으로 다가왔다.

"연락도 없이 갑자기 무슨 일이야?"

모니터에 집중한 태호가 힐끗 노려보자, 그녀는 화들짝 놀라며 제자
리에 멈춰 섰다.

"어머, 오빠는? 내가 뭐 꼭 일이 있어야만 오빠 보러 오나?"

"응. 넌 그래야 해."

앞으로 다가오는 태희를 태호는 싸늘한 눈으로 바라보았다. 한동안
귀찮게 굴지 않아서 다행이다 싶었는데, 왜 다시 이러는지 모르겠다.

"엊그제도 한밤중에 집으로 찾아왔었다며?"

책상에서 일어나 소파로 향하며 태호가 물었다.

"응. 그런데 갔더니 사돈이 문 열어주더라?"

태희는 소파에 앉는 대신 태호의 앞을 알짱거렸다. 태호는 그런 그녀
를 짜증 어린 눈으로 바라보았다.

"그러니까 무슨 일이냐고?"

"무슨 일은? 오빠 보고 싶으니까 그런 거지. 오빠아."

태호의 차가운 태도에도 굴하지 않고 태희는 코맹맹이 소리로 애교
를 떨며 뒤에서부터 태호를 끌어안았다. 그리고 속으로 하나, 둘, 셋 숫
자를 세었다. 이제 곧 오빠 입에서 '야, 강태희!' 하며 위협적인 목소리
가 흘러나오겠지? '손 잘리고 싶어?'라는 무시무시한 협박과 함께. 오
빠는 애교를 부리거나, 친근한 신체 접촉을 하는 걸 무척이나 싫어하

니까. 그런데, 어라? 태희가 예상한 반응 중, 그 어느 하나도 돌아오지 않았다. 태호는 협박하는 대신 작게 한숨을 내쉬더니, 허리에 놓인 태희의 손을 가볍게 두드렸다.

"무슨 일이야, 우리 막내, 걱정거리라도 있어?"

헐, 내가 지금 뭘 잘못 들었나? 그냥 막내도 아니고, 우리 막내라고?

충격을 받아서인지 온몸에 힘이 쭉 빠져버렸다. 태희가 안고 있던 팔을 툭 내리자, 태호는 천천히 뒤를 돌았다. 태희는 얼이 빠진 얼굴로 그를 보고 있었다. 뭐에 그리도 놀랐는지 입까지 크게 벌어진 상태였다. 그리고 잠시 후, 태희의 커다란 눈에 눈물이 방울방울 맺히기 시작했다.

"뭐야? 너, 왜 그래?"

태호가 미간을 찌푸리는 동시에 태희의 눈에서 닭똥 같은 눈물이 뚝뚝 떨어졌다.

"흐어어엉, 오빠."

어떡하면 좋아! 우리 오빠, 정말 어디 아픈가 봐. 사람이 죽을 때가 되면 변한다는데……. 이게 지금 변한 게 아니면 뭐란 말인가!

"허어엉."

하늘이 무너지는 것 같은 슬픔에 태희는 목 놓아 울고 말았다.

집을 나설 때만 해도 날아갈 것처럼 상쾌했는데…….

리아는 휴대폰을 들여다보며 아랫입술을 지그시 깨물었다. 방금 날아온 문자가 그녀의 머릿속을 복잡하게 만들었다.

수진에게서 온 문자였다. 뒤로 호박씨 까는 애 친구로 둘 생각 없다면서 인제 그만 보자더니, 그새 화가 풀렸나? 그렇다면 기뻐야 하는데, 이상하게 기분이 찝찝했다. '내 우정이 겨우 여기까지였나?'라는 생각이 들면서, '그날 수진과 싸우면서 적잖이 상처 받았나 보다.'라는 생각도 들었다.

그래도 언젠가는 수진과 얼굴을 맞대야 하기에, 리아는 수진이 말한 장소로 걸음을 옮겼다. 수진은 회사 앞, 커피숍에서 그녀를 기다린다고 했다. 커피숍에 들어간 리아는 어렵지 않게 구석에 앉아 있는 수진을 발견했다.

"수진아."

혼자 골똘히 뭘 생각하고 있는지, 수진은 리아가 앞에 다가온 걸 눈치채지 못했다. 리아가 자신을 부르고서야 수진은 고개를 들어 앞을 올려다보았다. 리아가 맞은편에 앉길 기다린 수진은 먼저 말을 꺼냈다.

"갑자기 만나자고 해서 미안해."

"아니야, 미안하긴. 그래서 화 좀 풀렸어?"

"아니."

수진의 단호한 대답에 리아는 순간 머쓱해지고 말았다.

아직도 화났는데 만나자는 건, 화풀이라도 하겠다는 뜻인가?

리아의 궁금증은 수진이 입을 열면서 바로 풀렸다.

"나, 얼마 전에 별장에서 강수미 만났어. 단둘이 만난 건 처음이야."

수진이 강수미를 단둘이 만났다는 이야기를 왜 자신이 들어야 하는지는 모르겠지만, 리아는 아무 생각 없이 고개를 끄덕였다. 그러자 수진의 눈빛이 활기를 띠며 반짝거렸다.

"단도직입적으로 물어봤어. 태호랑 잤냐고. 두 사람 어디까지 갔던 사이냐고."

"뭐? 수진아!"

리아가 당혹스럽다는 듯 인상을 찌푸렸지만, 수진은 전혀 개의치 않았다.

"왜? 못 물어볼 것도 없잖아. 태호랑 강수미, 세상 사람 다 아는 떠들썩한 스캔들이었는데……."

수진은 강수미가 그녀의 아버지, 한 사장과 어떤 관계인지 전혀 모르고 있는 게 분명하다. 그렇지 않고서야 강수미에게 그런 질문을 할 리 없었다. 리아는 난처한 눈으로 수진을 바라보았다.

"그래서 강수미가 뭐래?"

"몰라. 얼굴이 하얗게 질려서 아무 말도 못 하더라."

"당연히 아무 말도 못 하지. 넌 어떻게 그런 걸 물어볼 생각……."

"리아, 넌 아무렇지 않아?"

수진은 리아의 말을 중간에 끊으며 빠르게 물었다.

"얼굴이 하얗게 질린 걸 보면 분명 무슨 일이 있긴 있었던 것 같은데. 너, 태호가 강수미랑 잤다고 해도 받아줄 수 있어?"

"후우, 수진아."

질문의 의도를 알아차린 리아는 짧게 한숨을 내쉬었다. 지금 수진은 어떻게 해서라도 태호와 리아의 사이에 흠집을 내고 싶은 것 같았다. 왜 그러는지 정확히 알 수 없지만.

"그때 난 태호랑 헤어져 있는 상태였어. 그러니까 태호와 강수미가 어떤 관계였다고 해도 난 상관 안 해."

"거짓말. 어떻게 상관 안 해?"

솔직히 수진의 말이 맞긴 하다. 어떻게 상관 안 할 수 있을까. 어딜 가나 한류 스타 강수미의 얼굴로 도배되어 있는데……. 두 사람이 아무 관계도 아니란 걸 알기 때문에 상관 안 한다는 말이 나올 수 있는 것이다. 하지만 리아는 수진에게 사실을 털어놓을 수 없었다. 아무리 지금 수진의 태도가 마음에 들지 않는다고 해도 '강수미는 네 아빠와 그런 사이였어.'라는 말을 어떻게 할 수 있을까.

"수진아, 너, 이거 이야기하려고 만나자고 한 거야?"

"아니."

"그럼 무슨 이야기 하려고 보자고 한 건데?"

수진은 대답 대신 앞에 놓인 물컵을 두 손으로 움켜쥐었다. 뭔가 심각한 이야기가 나올 것 같은 예감에 리아는 저도 모르게 미간에 힘을 주었다.

"리아야."

잠시 뜸을 들인 수진은 리아를 빤히 쳐다보며 입을 열었다.

"나, 태호 좋아해. 사실 널 대학에서 만나기 전부터 태호를 좋아했어. 처음 본 순간부터……."

깜짝 놀라야 정상인데, 리아는 아주 담담히 수진의 말을 받아들였다. 어느 순간부터 '혹시 수진이 태호를?'이라는 생각을 무의식중에 하고 있었나 보다. 요즈음 수진이 보인 태도는 태호를 좋아하는 게 아니라면 쉽게 설명되지 않았다.

"네가 좋아하는 거, 태호는 아니?"

"아니, 전혀 모를 거야. 나에겐 관심조차 없으니까. 오늘 내가 한 말 태호에게 해도 좋아. 아마 깜짝 놀랄걸?"

입 밖으로 꺼내고 보니, 수진은 자신의 처지가 참으로 비참하게 여겨졌다. 잠시 침묵을 지키던 그녀는 입매를 비틀며 말을 이었다.

"미안하다는 말은 안 할 거야. 너도 나에게 솔직하지 못했으니까."

"그래, 수진아. 우리 서로 미안하다는 말은 하지 말자."

수진이 태호를 좋아한다고 털어놓는다는 것은 몹시도 확실한 절교 선언이었다. 아무리 마음이 태평양처럼 넓다고 해도 자신의 남편을 좋아한다는 여자를 어떻게 친구로 받아들일 수 있을까.

리아는 씁쓸한 표정으로 맞은편에 앉은 수진을 바라보았다. 그래도 꽤 오래된 우정이었는데, 이렇게 깨지고 마는구나.

"안 믿겠지만…… 리아야, 나 너도 꽤 좋아했어. 하지만 난 너 없인 살아도, 태호 없인 못 살아."

수진은 당당한 태도를 유지했지만 목소리는 여리게 떨리고 있었다. 태호를 좋아한다는 걸 밝히는 순간, 다시는 예전의 친구 사이로 돌아갈 수 없다는 걸 잘 알고 있었다. 그래서 일부러 리아에게 털어놓았다. 완전히 선을 긋고 남남이 되고 싶었으니까.

그런데 왜 이토록 기분이 가라앉는 걸까? 모르겠다. 지금도 리아를 보고 있자니, 화가 나서 참을 수 없었다. 그러나 화가 난 만큼, 가슴 한쪽이 떨어져 나간 듯 허전했다. 기가 막힌 건, 시간이 흐르면 흐를수록 리아와 즐거웠던 시간이 머릿속에 떠오른다는 거다. 눈치채지 못한 사이에 크고 작은 수많은 추억이 켜켜이 쌓여버린 탓이다. 그렇게 보면 정작 태호와는 추억이랄 것도 없는데…….

"수진아, 그 말은 우린 다시는 친구가 될 수 없다는 뜻이야."

"나도 알아."

그래, 알겠지. 누구보다도 잘 아니까 한 말이겠지. 마음은 아프지만 이젠 정리할 때가 된 것 같다.

"네가 불편하다면 되도록 유정이 만나지 않도록 노력할게. 너랑 유정이랑 먼저 친한 사이였고, 난 나중에 낀 거니까."

그 말에 수진은 화난 것처럼 인상을 찌푸렸다.

"너 지금 나 동정하니? 태호는 네가 가져가니까, 난 유정이나 가져라?"

"수진아, 내 말은 그런 뜻이 아니잖아."

안다. 그런 뜻이 아니라는 거. 두 사람이 이렇게 되면 유정은 가운데서 난처하게 될 것이고, 그래서 리아가 알아서 먼저 물러나는 거다. 그걸 모르는 게 아닌데…… 그냥 모든 게 싫었다. 지금 처한 상황에 진저리가 났다.

"흑."

결국 수진의 입에서 흐느낌이 터져 나왔다. 수진은 두 손으로 얼굴을 감싸며 펑펑 눈물을 흘렸다. 리아는 옆으로 다가가 수진을 달래줄 수도 없었고, 그렇다고 매몰차게 자리를 박차고 일어날 수도 없었다. 그녀가 해줄 수 있는 건, 수진이 흐느낌을 그칠 때까지 앞에 앉아 있어 주는 것밖에 없었다. 그렇게 수진과의 우정은 씁쓸한 끝을 맺었다.

수진과 헤어지고 집에 돌아오니 텅 빈 실내가 리아를 기다리고 있었다. 오늘따라 태호와 민수, 두 사람 모두 퇴근이 늦나 보다. 이럴 땐 혼자 있고 싶지 않은데…….

답답한 마음에 리아는 테라스로 나가 난간에 몸을 기대며 서서히 어두워지는 하늘로 고개를 젖혔다. 별이 뜨기엔 아직 이르고, 노을이 졌다고 하기엔 어두운 하늘이 눈에 가득 들어왔다. 단순한 기분 탓일까? 모호한 하늘이 오늘 그녀가 처한 상황처럼 느껴졌다.

그때, 뒤에서 인기척이 느껴졌다. 고개를 돌리자 막 집에 돌아온 태호가 의아한 얼굴로 그녀를 바라보고 있었다. 리아는 환하게 웃으며 이리로 오라는 듯 고개를 기울였다.

"왜 여기 나와 있어?"

옆으로 다가온 태호는 난간에 비스듬히 기댄 채, 그녀를 향해 몸을 틀었다.

"그냥 좀 답답해서……."

"답답해서?"

"응."

오늘 수진을 만나서 어떤 이야기를 들었는지 말한다면 왜 답답해하는지 이해할 것이다. 하지만 태호에게 말해야 할지 말아야 할지 결정을 내릴 수 없었다. 혼자 골똘히 생각하느라 리아는 미간에 깊은 주름이 새겨졌다는 사실을 알아차리지 못했다. 누가 봐도 근심 어린 표정인데……. 그런 그녀를 가만히 지켜보던 태호는 조용히 몸을 일으켜 뒤에서부터 그녀를 끌어안았다.

"리아야."

잠긴 듯 낮은 목소리가 리아의 귓가에 파고들었다.

"벌써 잊었어? 앞으론 뭐든지 나와 상의하기로 했잖아."

당연히 잊어버린 건 아니다. 그저 수진에 관한 이야기니까 더욱더 조심스럽게 된다. 어깨를 들썩이며 흐느끼던 수진의 모습이 아직 머릿속에 남아서인지, 리아는 마음이 무거웠다.

"잊어버린 게 아니라……."

"그런데 왜?"

아무래도 태호에게 말해줘야 할 것 같다. 모든 일의 중심엔 태호가 있으니까. 그도 수진의 마음을 알아야 한다고 본다. 수진 역시 태호에게 말하라고 했고…….

"태호야."

나지막하게 이름을 부르며 리아는 태호를 향해 뒤돌아섰다. 깊고도 짙은 눈빛이 오롯이 그녀를 향하고 있었다. 리아는 손을 들어 살며시 그의 뺨을 감쌌다.

"나, 네가 생각하는 그런 사람이 아니야. 나 보기보다 속도 좁고, 짜증도 잘 내고, 화도 잘 내."

난데없이 그게 무슨 소리냐는 듯, 그가 미간을 좁혔다.

"그러니까 난 내 남자 좋다는 여자, 그게 아무리 친한 친구였다고 해도 받아들일 수 없어."

리아는 잠시 말을 멈추고 숨을 한번 크게 들이마셨다.

그녀가 고백하는 것도 아닌데 왜 이리 떨리는지 모르겠다. 태호가 어떤 반응을 나타낼지 예상할 수 없기 때문일까? 사실 그가 어떤 반응을 나타낸다고 해도 기분이 좋을 리는 없었다. 불쾌한 반응을 나타낸다면 수진이 안 됐다고 느껴질 테고, 은근히 좋아하는 반응을 나타낸다면 그녀도 모르게 수진을 질투하게 될 테니까.

리아가 말을 잇지 못하고 머뭇거리자, 태호는 뺨을 감싼 그녀의 손에 입을 맞추었다.

"누군데 그래?"

"……."

"나도 아는 사람이야?"

리아는 대답 대신 천천히 고개를 끄덕였다. 순간 태호의 눈빛이 급격히 어두워졌다. 뭔가 짚이는 거라도 있는 걸까?

"혹시 한수진?"

"알고 있었어?"

"아니."

태호는 무뚝뚝한 목소리로 짧게 대답했다. 그의 입가에 보일 듯 말 듯 씁쓸한 미소가 떠올랐다.

"하지만 지금 네 표정을 보니까, 혹시 수진이가 아닐까, 그런 생각이 들었어. 수진이밖엔 그럴 만한 사람이 없으니까. 유정이는 아닐 테고, 채영 씨나 다른 직원들도 아닐 테고. 물론 강수미도 아니고."

한수진이 날 좋아한다고?

사실 매우 놀랄 일은 아니었다. 언젠가부터 수진의 행동이 약간 부자연스럽게 느껴지기 시작했다. '왜 저러지?'라는 의문이 들긴 했지만, 수진이 자신을 이성으로 좋아해서라고 생각하진 않았다. 아니, 그렇게까지 생각할 필요도 없었다. 아예 관심조차 없는 사람이니 좋아하든지 말든지…… 그런 비슷한 느낌이다. 강태호에게 한수진이란 주리아의 친구이며 한정안 사장의 딸, 그 이상도 그 이하도 아니었으니까. 솔직히 수진을 어떻게 처음 만났는지조차 제대로 기억해낼 수 없었다.

"리아, 넌 어떻게 알게 된 거야?"

"오늘 수진이 만났어."

"그 말은 수진이가 제 입으로 날 좋아한다고 했다는 거야?"

리아는 아무 말 없이 짧게 고개를 끄덕거렸다.

"너랑 절교할 생각인가 보군. 그래?"

"응. 그런 거 같아."

리아의 눈에 물기가 어리자, 태호는 수진의 경솔한 행동에 울컥 화가 치밀었다.

그런 이야기라면 당사자인 나에게 했어야지, 왜 리아에게 한 거야!

리아를 괴롭히려고 한 게 분명했다. 만약 그에게 고백했다면, 다시는 그런 생각 하지도 못하게 매정하게 잘라버렸을 것이다. 물론 그 이후에 리아처럼 마음에 담아두지도 않았을 터였다.

"……태호야."

잠시 침묵을 지키던 그녀가 천천히 입을 열었다.

"나, 이젠 예전처럼 수진일 볼 수 없을 것 같아. 나, 그렇게 마음이 넓은 사람은 아니거든."

수진을 미워하는 것은 아니지만, 아직도 그녀를 친구로서 좋아하지만, 그래도 안 되는 것은 안 되는 거다. 리아는 더 이상 수진을 아무렇지 않게 볼 수 없었다. 그래서 더 속상하고, 그래서 더 마음이 아프다.

"하아, 항상 사랑보단 우정이 먼저라고 했는데……. 후, 결국 이렇게 되네."

리아는 자조적인 혼잣말을 중얼거렸다.

리아의 물기 어린 눈에서 어느새 눈물이 그렁그렁 맺히기 시작했다. 아깐 수진 때문에 마음대로 울지도 못했다. 그녀도 수진만큼이나 울고 싶었지만, 차마 수진의 앞에서 눈물을 보일 순 없었기에. 그렇다고 태호의 앞에서 울음을 터뜨릴 수도 없었다. 어디까지나 이건 그녀와 수진의 일이니까, 괜히 태호의 마음을 불편하게 하고 싶진 않다.

아무래도 분위기를 바꿔야겠지?

그래서 리아는 일부러 더 과장되게 목소리 톤을 올렸다.

"수진이가 널 좋아한다는 말을 듣는 순간 질투 나서 미치는 줄 알았어. 태호야, 나, 질투의 여신인가 봐."

"뭐?"

그 말에 태호는 믿을 수 없다는 듯 미간을 찌푸렸다. 리아가 스스로 질투 났다고 인정하는 것도 믿기 어려운데, 질투의 여신이라니……. 그런데 말을 그렇게 하면서도 그녀의 표정은 화르르 질투심에 휩싸인 사람의 형태가 아니었다. 그보단 슬픔으로 가득 찬, 상처 받은 사람의 표정이다.

바보야, 숨기긴 왜 숨겨? 나한텐 그대로 아픈 티 내도 되는데…….

속으로 투덜거리던 태호는 천천히 리아에게로 고개를 숙였다.

"주리아, 그러면 날 차지하기 위해서 싸울 수 있어?"

당장에라도 입술이 맞닿을 것처럼 두 사람의 얼굴이 가까워졌다.

"상대가 용이라도? '잠자는 숲속의 미녀' 속 왕자처럼?"

"당연하지. 남자만 칼 들고 용이랑 싸우라는 법 있어? 여자도 용이랑 싸울 수 있다고."

듣기만 해도 짜릿하다. 은빛 갑옷을 입은 빛나는 주리아가 칼을 들고 불을 내뿜는 용과 대결을 벌인다니…….

"어디까지 질투해줄 수 있는데……?"

"무한대로 질투해줄게."

"훗."

그가 짧게 웃음을 내뱉자, 닿을 듯 말 듯 가까워진 입술 위로 그의 숨결이 내려앉았다. 그리고 숨결만큼이나 따뜻한 목소리가 뒤를 이었다.

"그 대답."

태호는 한 손으로 리아의 뒤통수를 감싸며 고개를 기울였다.

"아주 마음에 들어."

두 입술이 깊숙하게 맞물리고, 달짝지근한 숨결이 어루만지듯 부드럽게 안쪽으로 파고들었다. 조심스러우면서도 가슴에 불을 지를 만큼 열정적인 키스였다.

느릿하게 퍼져나가는 달콤한 자극에 온몸이 흐물흐물 녹아내리는 것 같았다. 위로하려고 시작한 키스였지만, 열기에 휩싸여 어느새 본래의 뜻을 퇴색해버렸다.

집중적으로 입술을 공략하던 숨결이 자리를 벗어나자, 리아는 감고 있던 눈을 떴다. 흐릿한 시야로 저 너머에서 반짝거리는 정원의 불빛이 흘러들었다. 동시에 바깥의 공기가 벌어진 셔츠 안으로 차갑게 스며들었다. 그제야 리아는 이곳이 침실이 아닌 테라스라는 사실을 깨달았다.

"태호야, 여긴……."

당황한 리아는 급히 손을 뻗어 태호를 밀어내려고 했지만, 그는 꿈쩍도 하지 않았다. 오히려 그녀를 안은 팔에 더욱더 힘이 들어갈 뿐이었다. 그녀가 계속해서 버둥거리자, 그가 달래듯 속삭였다.

"괜찮아. 민수, 오늘 연구원들이랑 회식하느라 늦는다고 했어."

지금 그게 아니잖아! 아무리 그래도 테라스에서…….

리아가 다시금 몸을 비틀자, 할 수 없다는 듯 태호가 하얀 목덜미에서 고개를 들어 그녀를 올려다보았다.

"왜? 싫어?"

아찔하게 잘생긴 얼굴로 저렇게 빤히 쳐다보면 할 말을 잃고 만다. 그뿐인가? 열기로 흐려진 눈빛과 흐트러진 호흡. 그런 모습이 색정적이면서도 어딘지 모르게 보호 본능을 불러일으켰다.

리아에게서 대답이 돌아오지 않자, 그는 셔츠 단추를 하나씩 풀기 시작했다. 그리고 탁해진 목소리로 말했다.

"싫으면 말해."

싫으면 말하라고? 리아는 곤혹스러운 얼굴로 아랫입술을 깨물었다.

저런 얼굴로 물어보는데 어떻게 싫다고 할 수 있을까! 하아, 역시 난 태호에게 약한가 봐.

사실을 인정해서일까? 새삼 마음이 가벼워졌다.

그래, 여기가 테라스이든 침실이든 무슨 상관이람. 그래봤자 신혼집에서 일어나는 일인데……. 바깥, 공공장소만 아니면 된 거지.

그렇게 결론을 내리고 나니, 억눌렀던 짐이 사라진 듯 온몸이 가벼워졌다. 이번엔 리아가 더욱더 적극적으로 양팔을 벌려 그를 꼭 끌어안았다.

"여보, 벌써 이 주일이 되어가는데, 인제 그만 민수 용서해주면 안 될까? 내가 민수에게 전화해……."

탁—.

주 회장이 말을 끝내기도 전에 민 여사는 인상을 찡그리며 젓가락을 내려놓았다.

"당신, 또 해외 출장 갈 거 아니죠?"

"으응? 아니, 아니지."

민 여사가 매서운 눈으로 노려보자, 주 회장은 급히 입을 다물었다.

사실 그는 지금 민수를 챙겨줄 때가 아니었다. 그에게 불똥이 튀지 않은 것을 다행으로 여겨야 한다.

"그래도 요새 편하게 잠은 들어요."

묵묵히 식사를 계속하는 주 회장을 바라보던 민 여사가 조용히 말을 꺼냈다.

"리아가 원하는 상대와 결혼한 거라고 하니까……."

그러더니 갑자기 화가 치밀어 올랐는지, 민 여사는 옆에 앉은 주 회장의 팔을 세게 꼬집었다.

"윽."

주 회장이 얼굴을 찡그리며 짧게 비명을 질렀다. 그러나 지은 죄가 있기에 뭐라고 항의할 수 없었다.

"생각해보니까, 당신은 처음부터 발 뻗고 잘 잤다는 소리잖아. 내가 리아 걱정하느라 끙끙대며 잠 못 자는 동안, 당신은 옆에서 코까지 골면서 잘 자더라."

"흠, 흠. 나도 고민이 많았어. '당신에게 어떻게 이야기해야 하나?' 하고……."

"고민은 무슨 고민!"

주 회장의 변명은 민 여사가 버럭 소리를 지르는 바람에 끊기고 말았다. 그녀는 싸늘한 눈으로 남편을 노려보며 빠르게 퍼부었다.

"어떻게 이야긴 하긴 뭘 어떻게 이야기해요! 그냥 말하면 되지. 그게 뭐 고민할 거냐고! 아니, 내가 어디 가서 말실수할 사람이야? 당신 날 그렇게 본 거야?"

벌써 몇 번이나 한 소리지만, 민 여사는 할 때마다 처음 꺼내는 것처럼 흥분했다. 배신감이 너무 커서 그런가 보다. 그래도 할 말은 해야 한다. 주 회장은 민 여사의 손을 조심스럽게 감싸며 차분한 목소리로 말했다.

"여보, 당신은 좋아하는 거 못 감추잖아. 만약에 태호가 리아를 진심으로 좋아해서 결혼하는 거라고 내가 말했다고 가정해봐. 당신 그거 숨길 수 있었겠어? 태호 보면 '우리 사위', '우리 사위' 하면서 좋아했을 거 아냐. 안 그래?"

"그거야……."

민 여사는 슬쩍 시선을 돌리며 말꼬리를 흐렸다. 딱히 반박할 순 없었다. 그게 그녀의 성격이니까. 좋은 건 숨기지 못하고 티를 팍팍 내는 성격. 민 여사가 수긍하는 것처럼 보이자, 주 회장은 재빨리 말을 이었다.

"그러니까 너무 서운해하지 마. 덕분에 억지로 연기 안 해도 되고 좋았잖아."

아주 틀린 말은 아니다. 억지로 연기하는 것만큼 불편한 것도 없었다. 민 여사는 알았다는 듯 고개를 끄덕이고는 젓가락을 집어 들었다. 이에 주 회장은 서둘러 아까 끝내지 못한 말을 꺼냈다.

"여보, 내가 민수에게 전화해볼까?"

그러자 민 여사의 표정이 다시금 불쾌하다는 듯 일그러졌다.

"됐어요. 한 달이라고 했으면 한 달이야. '여아일언중천금' 몰라요?"

"아, 그래."

아내가 그렇다고 하면 그런 거지. 그게 가정의 평화를 위해서 좋은 거다.

미안하다, 민수야.

주 회장은 민 여사의 눈치를 보며 슬그머니 휴대폰을 내려놓았다.

리아는 보면서도 자신의 눈을 믿을 수 없었다. 물론 전화를 받고 내려간 거지만, 그래도 '설마?'라는 생각이 먼저였다. 본인이 직접 온 게 아니라 대신 비서를 보내셨겠지. 그런데 로비에 내려가보니, 정말로 강 회장이 수행원을 거느리고 리아를 기다리고 있었다.

강대호 회장이 누구인가? 그녀의 시아버지이기 전에 주원식품의 경쟁사 KJ푸드를 계열사로 지닌 KJ그룹의 총수가 아니던가! 그런 강 회장이 직접 리아를 보러 회사까지 찾아왔다니.

연락을 받았는지 주 회장도 급히 로비로 내려왔다. 주 회장 역시 리아만큼이나 당황한 모습이었다.

"아버님?"

리아는 조심스럽게 강 회장에게 다가갔다.

"새아가. 연락 없이 와서 미안하구나."

리아를 바라보며 강 회장이 인자한 미소를 떠올렸다. 강 회장과 얼굴을 마주하는 것은 저번 일요일 본가를 찾은 후, 오늘이 처음이다.

"하지만 지금 아니면 안 될 것 같아서 이렇게 찾아왔다. 마침 퇴근 시간도 다 되었고 해서 말이다."

무슨 급한 일이기에 지금이 아니면 안 된다고 하시는 걸까? 혹시 안 좋은 일은 아니겠지?

"그러셨군요. 전 괜찮아요, 아버님."

강 회장 말대로 조금 있으면 퇴근 시간이고, 다행히 중요한 업무는 끝난 후였다. 그러나 강 회장이 무슨 이유로 찾아왔는지 전혀 알 길이 없는 리아는 애써 긴장한 표정을 감추었다.

그때 거리를 두고 두 사람을 지켜보던 주 회장이 앞으로 나섰다.

"강 회장님."

강 회장과 주 회장이 얼굴을 가까이 마주하는 것은 리아와 태호의 결혼식 이후 처음이었다. 사돈을 맺었다곤 하지만, 그렇다고 양가 사이가 회복된 것은 아니기에 서로 만남을 회피한 결과였다.

"어인 일로 이곳까지 찾아주셨습니까?"

"아, 주 회장님도 마침 자리에 계셨군요."

주 회장이 어색한 미소를 머금자, 강 회장 역시 억지로 입꼬리를 끌어올렸다. 그러나 누가 봐도 서로를 마주하는 주 회장과 강 회장은 부자연스러운 모습이었다. 잔뜩 털을 곤두세운 채 서로를 경계하는 개와 고양이 모습이랄까?

"혹시 괜찮으시다면 주 회장님도 잠깐 시간 좀 내어줄 수 있겠습니까?"

"물론입니다. 올라가시죠."

주 회장이 먼저 앞장을 서자, 강 회장과 그의 수행원들이 뒤를 따랐다. 리아는 한 걸음 물러난 자세에서 슬그머니 휴대폰을 꺼내 태호에게 문자를 보냈다.

> 아버님, 지금 우리 회사에 계셔. 왜 오셨는지 알아?

리아가 급히 문자를 보냈을 때, 마침 태호는 막 회의를 끝내고 회의실에서 나오던 참이었다. 아무 생각이 없이 휴대폰을 들여다본 태호의 표정이 믿을 수 없다는 듯 일그러졌다. 그는 뒤따라오던 남 비서에게로 고개를 돌렸다.

"남 비서, 오늘 아버지 주원식품 가셨다는데. 거기에 관해 들은 말 없어?"

강 회장에게 중요한 일이 있을 때마다, 곧바로 강 회장의 비서가 남 비서에게 연락하도록 지시해 놓은 상태였다.

"네?"

남 비서가 놀란 표정을 짓는 동시에 그의 휴대폰이 울렸다. 발신자를 확인한 남 비서는 당황한 표정으로 전화를 받고, 곧 태호에게 휴대폰을 건넸다.

"받아보십시오."

강 회장의 비서에게 걸려온 전화였다.

[지금 회장님, 주원식품에 계십니다. 회사로 돌아가던 중 갑자기 차를 돌리라고 하셔서 이리로 오게 되었습니다.]

그는 소리를 죽인 상태로 짤막하게 상황을 설명했다.

[저는 지금 회장실 밖에서 대기 중입니다. 안에는 회장님과 주 회장님, 주 팀장님. 이렇게 세 분이 계십니다.]

"회장님, 왜 주원식품에 가셨는지 아십니까?"

[저도 무슨 일로 이곳에 오셨는지 모릅니다. 무작정 가자고만 하셔서…….]

"알겠습니다. 특별한 일 있으면 바로 연락해주세요."

[네.]

전화를 끊은 태호는 미간을 찌푸리며 남 비서에게로 시선을 돌렸다. 이게 도대체 무슨 일인지 모르겠다. 사전 계획을 중요히 여기는 강 회장은 웬만해선 일정을 바꾸지 않는 편이고, 또한 즉흥적인 결정을 탐탁지 않게 여겼다. 그런 강 회장이 예정에도 없는 방문을 강행했다는 게 뭔가 심상치 않은 분위기였다.

"아무래도 가봐야겠어."

말을 마친 태호는 빠르게 엘리베이터로 걸어갔다.

비서가 찻잔을 내려놓고 회장실을 물러나자, 강 회장이 먼저 말문을 열었다.

"회장님이란 호칭 쓰지 말고, 우리끼리 있으니 사돈으로 부르겠습니다. ……사돈."

강 회장이 자신을 '사돈'이라고 부르자, 뭔가 어색한 듯 주 회장의 표정이 미묘하게 변했다. 얼마 전까지만 해도 서로 불쾌한 눈으로 차갑게 노려보기 바빴던 두 사람이다. 아무리 사돈을 맺었다고 한들, 오랫동안 묵었던 감정이 하루아침에 사라지는 건 아니니까.

"우선 갑자기 찾아와서 죄송합니다. 하지만 오늘이 아니면 또 언제가 될지 몰라서 실례를 무릅쓰고 왔습니다. 제가 오늘 사돈을 찾아뵌 이유는……."

"저, 잠시만."

강 회장이 용건을 꺼내려는 순간, 주 회장이 급히 말을 막았다.

"그러지 말고 예전처럼 '영철아'라고 부르시죠, 형님. 말도 놓으시고요. 영 어색해서 말입니다."

"흠, 흠."

그 말에 강 회장도 동의한다는 듯 헛기침을 내뱉었다. 회사가 둘로 쪼개지고 나서, 강 회장과 주 회장이 사적으로 만날 일이 거의 없었다. 그동안은 공적인 자리에서 만남이 이뤄졌기에 서로 존대하고 회장님이란 호칭을 사용한다고 해도 이상할 필요가 없었다. 하지만 지금은 다르다. 리아가 옆에 있다곤 하지만, 계속 존대하자니 뭔가 불편했다.

"그렇다면 예전처럼…… 흠, 흠."

강 회장은 다시금 헛기침을 내뱉으며 목이 타는 듯 찻잔을 입으로 가져갔다.

그런 두 사람을 지켜보는 리아의 목도 바짝바짝 타들어갔다.

호칭이 회장님이면 어떻고, 사돈이면 어떻습니까? 존대를 하든 말을 놓든 어서 본론으로 들어가시라고요!

차를 한 모금 들이켠 강 회장은 느릿하게 찻잔을 내려놓았다.

자, 어서 말씀하세요!

리아는 맞은편에 앉은 강 회장을 조심스럽게 바라보며 두 손을 꽉 움켜쥐었다. 강 회장은 짧게 한숨을 내쉬는가 싶더니 갑자기 주 회장 쪽으로 몸을 기울였다. 그리고 무슨 일이 벌어지는지 알아차리기도 전에, 강 회장이 주 회장의 두 손을 꽉 움켜쥐었다.

"영철아! 내가 다 잘못했다. 이 못난 형을 용서해라."

"형님?"

강 회장의 난데없는 행동에 주 회장은 무슨 말을 해야 할지 모르는 당황스러운 모습이었다. 리아 역시 주 회장만큼 당황한 얼굴로 눈을 깜박거렸다.

이게 갑자기 무슨 일이래? 아버님이 왜 우리 아빠에게 용서를 구하시지?

강 회장의 절절한 사과는 계속해서 이어졌다.

"내가 다른 누구도 아닌, 네 말을 들었어야 했어. 그랬다면 우리가 이렇게 멀어지지 않았을 거다. 회사도 그대로였을 테고……."

아마도 ㈜정직이 둘로 쪼개지던 때의 상황을 뜻하는 것 같았다. 리아가 알기론 그 당시 두 사람 모두 의견을 굽히지 않았고, 서로의 말에 전혀 귀 기울이지 않았다.

결국엔 서로에 대한 믿음과 신뢰가 깨지면서 두 사람의 관계는 회복 불가능한 상태가 되어버리고 말았다.

"고집불통이었던 날 용서해라."

과거를 회상하는지, 강 회장의 눈가가 촉촉이 젖어들었다. 그에 못지 않게 주 회장의 눈 역시 벌겋게 물들어갔다.

"용서는 무슨 용서를 합니까? 저 역시 형님을 믿지 못했는걸요. 그 때 제가 형님을 믿었더라면 그런 오해는 생기지 않았을 겁니다. 제 잘 못도 큽니다."

두 사람 모두, 지금에 와서 상대의 잘잘못을 따지기보다는 끈끈했던 우애를 쉽게 깨버렸던 것을 후회하는 분위기였다.

"미안하다. 이제야 널 찾아와서……."

"아닙니다, 언젠가 형님이 찾아오실 거라고 예상은 하고 있었습니다."

"……사실은 용기가 없어서 차일피일 미루고 있었다. 그런데 갑자기 오늘 아니면 안 될 것 같다는 생각이 들었어."

"잘 오셨습니다."

물기 어린 눈으로 바라보던 두 사람은 동시에 서로를 와락 끌어안고 눈물을 흘렸다.

"영철아."

"형님."

"정말 미안하다."

"아닙니다. 제가 더 미안합니다."

리아는 갑작스럽게 변해버린 두 사람의 분위기에 쉽게 적응할 수 없었다. 오히려 언성을 높이며 언쟁을 했더라면 이보단 덜 당황스러웠을 것이다.

아니, 두 분 다 왜 느닷없이…….

어디에 시선을 두어야 할지 알 수 없는 리아는 가만히 찻잔으로 시선을 떨구었다. 잠자코 두 사람의 감정이 가라앉기를 기다려야 할 것 같았다. 그동안 리아는 슬그머니 휴대폰을 꺼내 문자를 확인해보았다. 분명 문자를 확인했는데 태호에게선 아무런 대답이 없었다.

읽씹인가?

휴대폰을 들여다보는 리아의 미간이 좁아졌다.

퇴근을 얼마 남겨두지 않고, 변 팀장이 민훈의 자리로 다가왔다.

"정민훈 씨, 지금 사장실로 올라가봐요."

"네?"

근무한 첫날, 민훈은 사장실로 올라오라는 한 사장의 말을 무시하고 가지 않았다. 그리고 나서 아무 말 없어서 잊은 듯했는데, 그게 아닌가 보다. 그렇다고 해도 아예 대놓고 변 팀장을 통해서 부르다니! 이건 엄연히 도발이다. 지금 한 사장의 상황으로 봐선 몸을 사리면 사렸지, 대범하게 일을 벌이면 안 될 텐데.

민훈은 도무지 한 사장의 꿍꿍이속을 알 수 없었다.

"사장님이 절 왜 보자고 하시는지 아십니까?"

"그걸 내가 알겠습니까? 뭐, 경쟁사에서 왔으니까, 사장님이 직접 면담하고 싶으신가 보죠. 사장님 면담 끝나면 바로 퇴근해도 됩니다."

변 팀장은 퉁명스럽게 대답하고는 곧 자리를 떠났다.

신속히 퇴근 준비를 마친 민훈은 사장실로 올라갔다.

사장실에 들어서자, 한 사장이 컴퓨터를 끄며 자리에서 일어났다.

"어, 왔나? 거기 앉지."

민훈은 한 사장이 가리킨 소파에 앉는 대신 미간을 찌푸렸다.

"사내에선 웬만하면 아는 척 안 하셔야 하는 거 아닙니까?"

"왜? 겁이라도 먹었나? 우선 앉아봐."

한 사장이 소파에 앉으며 말했다. 민훈은 불만스러운 얼굴로 한 사장을 힐끗 노려본 후, 묵묵히 소파에 자리를 잡았다.

"강 이사가 단독으로 일 처리하긴 했지만, 자네, 주원식품에서 파견 사원으로 온 거 아닌가? 내가 그래도 KJ푸드 사장인데 모른 척 가만히 있을 순 없지."

사실 한 사장은 직위만 사장일 뿐이지, 실제 업무와는 거리가 멀었다. 대부분 강태호 이사에게 모든 것을 맡기고 한 사장은 뒤편에서 편히 지내는 쪽이었다.

"강 이사가 자네를 여기로 부른 목적이 뭐야? 조금 있으면 KJ푸드를 주리아 손에 넘겨 줄 테니까, 미리 준비 운동하고 있어라, 이건가?"

"네?"

"하, 자네 몰랐나?"

손목시계로 시간을 확인하며 한 사장은 말을 이었다.

"지금 강 회장님이 친히 주원식품을 방문하고 계시다더군. 뭐 하러 그곳에 갔는지, 쉽게 짐작은 돼. 강 이사와 주 팀장 2세에게 KJ푸드를 물려줄 거라고 하더니, 그보다 시기를 더 앞당길 생각이신가 봐."

"그게 무슨 말입니까?"

민훈이 굳은 표정으로 묻자, 한 사장은 픽 입매를 비틀었다.

"주원식품과 KJ푸드, 두 회사 다시 예전처럼 합친다는 소리야. 서로 사돈을 맺더니 덩달아 옛정이 살아났는지…… 하여간 지금 상황이 그래."

떠보는 것처럼 민훈의 눈을 빤히 들여다보며 그가 말을 이었다. 언젠가부터 한 사장은 민훈을 믿지 못하고 의심하게 되었다. 물론 처음부터 그를 완전히 믿은 것은 아니었다.

실제로 그의 부모에게 해를 가한 인물이 주 회장이 아닌 한 사장이란 걸 알게 되는 즉시 민훈은 강력한 적이 되어버릴 테니까. 한 사장에게 민훈은 당장은 쓸모 있으나, 언제라도 버릴 준비가 된 카드였다.

"그러면 주원식품이 KJ푸드에 흡수되는 형태입니까? 아니면……?"

"그거야 아직은 알 수 없지. 하지만 합병이 된다면 아마도 직원 반 이상이 잘려 나가겠지. 사장인 나부터 잘리려나?"

주원식품과 KJ푸드가 다시 예전처럼 한 회사가 될 거라는 계획에 관해선 민훈은 전혀 아는 바가 없었다. 솔직히 복수가 끝나면 회사를 떠날 터이니, 그가 상관할 바는 아니었다.

민훈은 왜 한 사장이 자신을 사장실로 불러서 직접 이런 이야기를 하는지 감이 잡히지 않았다. 그래서인지 어떻게 표정 관리를 해야 할지 확신이 서지 않았다. 그저 한 사장의 이야기에 귀를 기울이는 척 묵묵히 입을 다물었다.

그런 민훈을 바라보는 한 사장의 눈빛이 어둡게 반짝거렸다.

한참 후에야, 강 회장과 주 회장은 서로를 끌어안았던 팔을 풀었다. 리아는 조심스레 찻잔에서 시선을 들고 자리로 돌아간 두 사람을 바라보았다. 강 회장과 주 회장은 격양된 감정이 진정되지 않은 듯 희미하게 어깨를 들썩였다. 리아와 시선이 마주치자, 강 회장은 멋쩍은 미소를 지어 보였다.

"리아야, 미안하다. 우리가 이렇게 미리 화해했더라면, 네가 마음고생을 하지 않았을 텐데……."

"아닙니다, 아버님."

그때 노크와 동시에 벌컥 문이 열리고 태호가 급히 안으로 들어섰다.

"도대체 두 분 뭐 하시는 겁니까?"

태호는 낮은 목소리로 물었지만, 분위기는 제법 살벌했다. 강 회장과 주 회장을 바라보는 태호의 눈빛이 날카롭게 번쩍거렸다.

안 봐도 훤하군. 그새를 못 참고 언쟁을 벌이신 게 분명해.

그것을 증명이라도 하듯 강 회장과 주 회장, 두 사람 모두 벌게진 얼굴로 어깨를 들썩거리고 있었다. 한 사장의 계략으로 ㈜정직이 갈라졌다는 것을 알게 되었으면서도 두 사람의 태도엔 변화가 없는 것 같았다. 오랜 세월 동안 파인 감정의 골은 쉽게 메워질 수 없는 건가? 안타까운 눈으로 두 사람을 바라본 태호는 어쩔 줄 모른 채, 앉아 있는 리아에게 빠르게 다가갔다.

"리아야, 괜찮아?"

태호는 리아의 어깨를 양손으로 끌어안듯 붙잡아 자리에서 일으켰다. 그런 태호를 강 회장은 한심하다는 눈으로 바라보았다.

녀석, 파랗게 질려서 헐레벌떡 달려오긴. 누가 제 아내를 잡아먹기라도 하나?

순간 심술이 돋은 강 회장은 태호의 오해를 풀 생각을 뒤로 미룬 채, 주 회장에게 고개를 돌렸다.

"이제 곧 퇴근인데 하던 이야기 마저 해야지. 영철아, 오랜만에 한잔할까?"

"그거 좋은 생각입니다, 형님."

영철아? 형님?

태호는 낯선 호칭을 사용하는 강 회장과 주 회장을 믿을 수 없다는 눈으로 바라보았다. 듣고 보니 강 회장은 편히 말을 놓았고, 주 회장은 예전에 그랬듯 강 회장을 형님으로 대접했다. 서로를 깍듯이 '회장님'이라 부르며 이글거리는 눈으로 노려보던 분위기와는 180도 달랐다.

두 분, 싸웠다고 생각했는데 그게 아니었나?

태호는 의아한 눈으로 강 회장을 바라보았다. 하지만 강 회장은 태호를 무시한 채, 리아에게 시선을 돌렸다.

"새아가도 함께 가자꾸나. 내 맛있는 거 사주마. 아, 아닌가? 자리가 불편하려나?"

"아니에요, 아버님. 불편하다니요. 저, 완전 좋아요."

리아는 밝게 웃으며 강 회장의 초대를 받아들였다. 드디어 두 사람이 오랜 오해를 풀고 서로 화해하는 자리인데 그런 중요한 자리에 빠질 순 없었다. 오늘 같은 날이라면, 정말 마음 편하게 술을 마실 수 있을 것 같다. 시아버지와 동석해도 말이다. 그러자 이번엔 태호의 의아한 눈빛이 리아에게로 향했다.

"가보면 알아."

리아는 대답 대신 활짝 웃으며 태호의 팔에 팔짱을 끼었다.

인파로 가득 찬 술집 구석 자리에서 유정은 난감한 표정으로 수진을 바라보았다. 벌써 몇 병째인지 모르겠다. 수진은 저녁도 굶은 채, 빈속인데도 계속해서 잔을 비웠다. 안주도 먹지 않고 술만 마셨다간 숙취로 엄청 고생할 게 뻔한데……. 유정은 그런 수진이 걱정되었다.

"얘가 미쳤나?"

수진이 다시금 잔에 가득 술을 따르자, 결국 유정은 그녀의 손에서 술잔을 가로챘다.

"수진아, 속상한 건 알겠는데, 이젠 그만 마셔, 응?"

"됐어, 차유정, 너도 다 필요 없어. 꺼져버려."

수진은 취한 어눌한 발음으로 투덜거리며 유정의 손에서 자신의 잔을 빼앗았다. 그리고 유정이 말릴 새도 없이 단숨에 잔을 비웠다.

"야, 한수진. 너 정말 이럴 거야?"

"내가 뭘? 너도 재수 없으니까 가라. 제발 가라고!"

수진은 말리는 유정의 손을 뿌리치며 이번엔 술을 병째 들고 벌컥벌컥 들이켰다. 그리고 잠시 후, 어깨를 들썩거리며 눈물을 쏟아냈다.

"흑, 나 모르겠어, 정말 모르겠다고."

벌써 술주정이 시작되었나 보다. 유정은 곤란한 표정으로 아랫입술을 깨물었다. 예전 같으면 리아를 불러내서 도와달라고 했겠지만, 이젠 그럴 수 없었다. 바보 같은 수진이 제 입으로 태호를 좋아한다고 리아에게 털어놓았단다. 다시는 리아를 안 볼 작정으로 그런 게 분명했다.

아, 진짜 어떡하지?

수진은 유정이 곤란해하든 말든, 하소연하듯 계속해서 말을 이었다.

"유정아, 나, 리아도 태호도 다 꼴 보기 싫거든. 그래서 다 안 볼 생각으로 말해버린 거야. ……그런데…… 혹…… 그런데…….."

그런데 그날 이후로 수진의 머릿속에는 태호보다는 리아와 어울렸던 장면이 더 자주 떠올랐다. 같이 클럽에서 놀고, 함께 신년 해돋이를 보고, 맛집을 돌아다니고, 쇼핑을 하는 등등. 몰랐는데 지나고 보니 꽤 많은 추억이 있었다. 물론 그렇다고 태호를 좋아하는 마음이 깨끗이 정리된 건 아니었다. 아직도 그 누구보다 태호를 사랑한다. 그런데 이상하게도 머릿속엔 태호의 모습이 제대로 떠오르지 않았다. 떠올릴 만한 추억이 없어서일까?

"사람 마음이 무 자르듯 싹둑 자를 수 있는 건가 봐. 자꾸만…… 생각나. 흐흑."

슬프게 흐느끼던 수진은 잠시 후, 고개를 들고 게슴츠레한 눈으로 유정을 노려보았다.

"……차유정, 사실은 네가 제일 나빠."

"내가 뭘? 난 또 왜 끼어들여?"

수진이 손가락으로 자신을 가리키자, 유정은 기분 나쁘다는 듯 눈살을 찌푸렸다. 고래 싸움에 등 터지는 새우 취급은 정말로 사양이다.

"너, 나랑 리아 모두 태호 좋아한다는 거 눈치를 챘으면서 가만히 입

다물고 있었잖아."

"그럼 내가 중간에서 어떻게 해야 했어?"

"……그……건…… 음, 그러니까 그……건……."

수진이 제대로 말을 잇지 못하자, 유정은 차갑게 쏘아붙였다.

"수진아, 애들같이 어리광 부리는 거 그만해. 좋아하는 것에는 책임이 따르는 거야. 애들이 장난감 갖고 싶다고 떼쓰는 게 아니라고. 너, 오랫동안 태호를 좋아했지만, 태호가 어떤 사람인 줄 알아?"

"……어떤 사람?"

글쎄, 강태호는 어떤 사람일까?

"난 네가 태호에 관해 잘 모른다고 생각해. 네가 좋아한 건 태호가 아니라, 네 상상 속의 태호일 수도 있어. 솔직히 태호랑 단둘이 이야기 해본 적도 별로 없잖아. 아니야?"

유정의 말은 뼈를 때리는 진실이었다. 그래서 더 야속하다. 수진은 짜증 난다는 얼굴로 유정을 흘겨보았다.

"흑, 나쁜 계집애. ……하여간 네가 제일 나빠."

"그래, 내가 나쁘다고 치고. 하지만 너도 이젠 좀 깨달아야지. 소중한 친구 하나 잃은 거로 비싼 레슨비 냈다고 치면 되잖아."

소중한 친구라면 리아를 말하는 거겠지?

"하아."

수진은 허탈한 듯 길게 한숨을 내쉬며 눈물을 글썽거렸다.

흑, 난 다시는 리아와 예전처럼 돌아갈 수 없어.

그러자 가슴이 찢어지는 듯한 고통이 밀려왔다.

친구와의 우정, 그거 별거 아니라고 생각했는데, 태호를 차지할 수만 있다면 그 아무것도 상관없다고 했는데 이토록 고통스러울 줄이야!

토할 것처럼 속이 메슥거리고 눈앞이 빙글빙글 돌아가는 것만 같았다. 수진은 입을 틀어막으며 하염없이 눈물을 흘렸다. 그러던 수진의 고개가 어느 순간, 아래로 툭 꺾였다. 동시에 무너지듯 옆으로 몸이 기울어졌다. 깜짝 놀란 유정이 재빨리 쓰러지는 수진을 끌어안았다.

"앗, 한수진. 야, 정신 차려!"

수진은 가누지 못한 몸을 유정에게 기대며 느리게 눈을 깜박거렸다.

"……응?"

"수진아, 정신 차리라니까!"

정신 차리라고? 유정의 그 말은 술 깨라는 소리일까? 아니면 환상에서 깨어나라는 소리일까?

정확히는 알 수 없었다.

수진은 흐릿해지는 눈앞을 멍하니 바라보았다.

어쩌면 둘 다일지도 모르겠다고, 속으로 작게 중얼거리며…….

주원식품 본사를 나온 강 회장과 주 회장은 KJ호텔로 자리를 옮겼다.

"회장님, 미리 연락을 주시지 그러셨습니까?"

예정에 없던 그룹 총수의 방문이라, 연락을 받은 총지배인이 당황한 얼굴로 달려왔다. 가끔 강 회장은 가족과 함께 호텔을 찾곤 했는데, 그때마다 적어도 하루 전에는 미리 연락해두었다. 이것저것 준비할 사항이 있었기 때문이다.

"가볍게 한잔하려고 왔으니까, 너무 신경 쓰지 말게. 어디 조용한 자리 없겠나?"

"잠시만 기다려주시면 자리를 바로 마련하겠습니다."

총지배인은 급히 소연회장을 준비한 후, 강 회장 일행을 안내했다. 테이블에 앉고 얼마 지나지 않아 호텔 직원이 카트를 끌고 와, 술과 음식을 날랐다.

차 안에서 리아에게 자초지종을 들은 태호는 아까보다는 긴장을 푼 얼굴이었다. 그러나 완전히 긴장을 늦춘 것은 아니었다. 강 회장이 또 언제 어떤 말로 폭탄을 터트릴지 모르니까. 그는 벌써 두 번이나 2세 타령을 하면서 리아를 곤란하게 한 전적이 있었다.

"새아가, 한 잔 받거라."

"네, 아버님."

리아는 생글생글 웃으며 강 회장이 따라주는 술을 받았다. 태호와 반대로 그녀는 전혀 긴장하지 않은 얼굴로 술자리를 즐겼다.

이제야 시아버지의 사랑을 듬뿍 받는 며느리가 되었다는 듯 환한 표정으로 강 회장이 따라주는 술잔을 홀짝홀짝 빠르게 비웠다. 그런 그녀를 말려야 할지, 그대로 놔둬야 할지 태호는 결정을 내릴 수 없었다.

리아는 워낙 술이 센 편이니까 주는 대로 마신다고 술에 취하진 않을 것이다. 하지만 강 회장 역시 술이 센 편이었고, 함께 주거니 받거니 하다 보면 주량보다 더 마실 가능성이 컸다.

만약에 취하게 된다고 해도 사실 크게 나쁠 건 없었다. 저번처럼 애교스러운 모습을 보여줄 테니까. 그렇다면 대환영이다. 드디어 공사가 끝나, 민수는 엊그제부터 별채를 사용했다. 그 말은 즉, 집 안 어디에서도 뜨겁게 불타오를 수 있다는 뜻이다. 현관 앞에서도, 거실 소파에서도, 식당에서도, 드레스 룸과 욕실에서도 전혀 걸릴 게 없었다.

그렇다고 아내를 술에 취하게 놔두는 것이 과연 남편으로 해야 할 도리일까? 솔직히 너무한 건 아닐까? 그런 불순한 남편은 되고 싶진 않은데…….

깊게 고민하던 태호는 결국 리아의 손에서 잔을 낚아챘다. 뜨거운 욕망보다는 아내의 건강이 우선이었다.

"리아, 이미 많이 마셨습니다. 제가 대신 마실게요. 아버지."

"뭐?"

태호에게 방해받은 강 회장은 흥이 깨졌다는 듯 미간을 찌푸렸다.

"녀석, 자기가 뭐 흑기사라도 되는 줄 아나 보군."

강 회장의 농담에 태호는 미간을 찌푸렸다.

흑기사라니, 어디서 애들 장난 같은 비유를 하십니까!

"아버지, 저는 리아의 남편입니다."

그렇다. 이제는 남자친구가 아닌 남편이었다.

"그래, 누가 너보고 남편 아니라더냐?"

강 회장은 기가 막힌다는 표정으로 리아에게 따라주려던 술을 주 회장의 잔에 따랐다.

"영철아, 난 우리 태호가 이렇게까지 팔불출이 될 줄은 정말 몰랐다."

"팔불출이라뇨, 형님. 보기 좋은걸요."

"그래? 네 눈엔 보기 좋아?"

"형님도 그러셨잖아요. 기억 안 나세요? 형수님 앞으로 온 술잔, 형님이 다 마시셨잖습니까."

"하하하, 내가 그랬었나?"

강 회장과 주 회장은 다시 예전으로 돌아간 듯, 크게 웃음을 터뜨렸다. 이어서 화제를 과거의 사건으로 옮겨가며 이야기꽃을 피웠다. 두 사람의 관심이 다른 곳으로 쏠리자, 태호는 재빨리 리아의 개인 접시에 음식을 올려주었다.

"리아야, 어서 먹어. 잘 먹지도 못하고 계속 마시기만 했잖아."

"아닌데, 나 많이 먹었는데……."

괜히 하는 소리가 아니다. 밝은 분위기에 휩쓸려서인지 식욕이 돌아, 평소보다 더 많이 먹은 듯했다. 그러다 보니 자연스럽게 술잔에도 자주 손이 갔다.

처음 강 회장과 함께 저녁을 먹을 땐 불편해서 제대로 먹지 못했던 것과 비교하면 하늘과 땅 차이였다. 확실한 시기는 모르겠지만, 어느 순간부터 리아는 강 회장이 가족처럼 편하게 느껴지기 시작했다.

정 여사도 그렇고, 소정과 태문도 그렇고, 말썽꾸러기 태희마저도 어느새 그녀 마음속에 가족으로 자리 잡게 되었나 보다.

"취하진 않았어?"

"에이, 겨우 이거 마시고?"

리아는 활짝 웃으며 고개를 저었지만, 태호는 의심의 눈길을 보냈다. 그런데 왜 아까부터 해죽해죽 웃는 거야?

물론 양가의 화해 분위기에 기분이 좋아져서 웃는 거라면 다행이다. 하지만 방심할 순 없었다. 술자리가 끝날 때까지, 태호는 계속해서 리아의 상태를 살폈다.

드디어 길고 긴 술자리가 끝이 났다. 강 회장과 주 회장은 조만간 다시 만나 한잔하자며 입을 모으고 헤어졌다. 긴장이 풀려서일까? 운전 기사가 모는 차로 집에 돌아온 태호는 현관에 발을 들여놓는 순간, 몸이 굳어버렸다. 동시에 눈앞 풍경이 크게 위아래로 출렁거렸다. 태호는 저도 모르게 쓰러지듯 리아에게 몸을 기울였다.

"앗, 태호야?"

깜짝 놀란 리아가 엉거주춤한 자세로 태호를 끌어안았다. 순간 차를 타고 올 땐 몰랐던 술 냄새가 코끝에 확 풍겼다. 그러고 보니 오늘 태호는 리아 대신 술잔을 받아 본인 주량보다 많이 마시게 되었다. 그래서인가? 리아에게 몸을 기대는 태호의 몸에 힘이 빠져 있는 것 같았다. 리아는 걱정스러운 얼굴로 태호의 허리에 팔을 둘렀다.

아무리 평소 주량보다 많이 마셨다고 해도, 취할 만큼 많이 마신 건 아닐 텐데…….

"태호야, 괜찮아? 취한 거 아니지?"

하지만 그에게선 아무런 대답도 돌아오지 않았다. 리아는 고개를 들어 힐끗 태호의 얼굴을 훔쳐보았다. 그는 두 눈을 감은 상태로 입을 반쯤 벌리고 있었다.

"하아."

그가 가슴을 살며시 들썩일 때마다, 벌어진 입 안으로 공기가 빨려 들어가고, 따뜻하게 데워진 공기가 숨결이 되어 밖으로 흘러나왔다. 담담하게 표현한다면 그저 평범히 숨을 쉬는 모습이다. 그 이상도 그 이하도 아닐지 모른다. 어차피 인간을 숨을 쉬어야 살 수 있으니, 숨 쉬는 모습이 뭐 그리 특별하냐고 할 수도 있었다.

하지만 술에 취한 태호의 모습은 달랐다. 살짝 흐트러진 모습으로 입을 벌리고, 길게 숨을 후우 내뱉는데……. 아! 은근히 야해 보이는 게 아니라, 무지막지하게 야해 보였다.

리아는 황홀한 눈으로 잘생긴 남편의 얼굴을 빤히 쳐다보았다. '잠자는 숲속의 미녀'를 보게 된 왕자가 그때 어떤 기분인지 알 것만 같았다. 누가 뭐라고 알려주지 않아도, 자동으로 입술을 훔치게 되고 말 것이다. 그러다 리아는 곧 정신을 차리고 재빨리 시선을 돌렸다.

작작 해라, 주리아! 매일 보는 얼굴이잖아. 그새 또 반한 건 아니지?

리아는 마음을 가다듬고 허리에 두른 팔에 힘을 주었다. 하지만 태호를 부축한 채 침실까지 가는 건 무리였다. 우선 거실 소파에 태호를 앉게 했다. 태호는 리아가 이끄는 대로 자리에 앉으며 피곤한 듯 소파 등받이에 몸을 기댔다. 두 눈은 아직도 감긴 상태였다.

정말 취했나?

리아는 손을 들어 태호의 얼굴을 조심스레 어루만졌다.

"정말 취한 거야?"

그제야 꼭 감긴 두 눈이 천천히 떠지고, 흐려진 눈빛이 모습을 드러냈다. 서너 번 눈을 깜박거리던 태호는 다시금 눈을 감으며 작게 중얼거렸다.

"……아니, 취한 건 아니고……."

말 그대로 취한 건 아니었다. 하지만 평소보다 반응이 느려지고, 팔다리가 물먹은 솜뭉치처럼 무겁게 느껴졌다. 아무래도 마지막에 세 번 연속으로 마신 위스키 샷이 문제가 된 것 같았다.

강 회장은 흑기사를 자처하는 태호를 골려줄 심산이었는지, 제법 도수가 높은 26년산 싱글몰트 위스키를 연달아 따라주었다.

"아버지도 참. ……하아."

작게 투덜거린 태호는 길게 숨을 내쉬었다. 어지럽긴 했지만, 속이 메슥거리거나 정신을 흐릿할 정도로 취한 상태는 아니었다. 집에 도착해서 긴장이 풀린 탓에, 잠시 술기운이 올랐을 뿐이다.

촉―.

소파에 앉아 잠시 숨을 돌리면 괜찮아질 거라고 말하려는데, 말캉거리고 촉촉한 감촉이 입술에 느껴졌다. 눈을 뜨자, 입술을 훔친 상대의 얼굴이 시야에 가득 찼다.

"앗, 미안."

태호와 시선이 마주치자, 리아는 당황한 표정을 지으며 뒤로 물러섰다. 한숨을 내쉬는 태호의 입술이 너무나 자극적이어서, 리아는 저도 모르게 입술을 겹치고 말았다. 자석에 끌리듯 그냥 몸이 나가버린 거다. 자제력이 나쁜 편도 아니면서, 이상하게도 강태호 앞에선 그녀의 자제력은 연기가 되어 사라져버리곤 했다. 지금이 바로 그랬다. 지금도 리아는 입으로는 말은 미안하다고 하면서, 손으로는 넥타이를 풀어 헤치고, 바쁘게 와이셔츠 단추를 풀었다.

"태호야, 답답하지? 내가 편하게 해줄게."

솔직한 속마음은 '태호야, 너 살짝 취한 모습 너무너무 자극적이어서 참을 수가 없어.'였다.

그래, 태호야. 나, 너 지금 덮치고 있는 거야.

단추를 모두 푼 리아는 바지 안에서 셔츠 자락을 끄집어냈다.

뭐지?

태호는 소파에 기댄 채로 가만히 그녀의 행동을 지켜보았다. 리아는 자신이 취했다고 생각해서 편해지도록 옷을 벗겨주고 있는 것 같았다.

그런데 그걸 왜 거실에서? 침실에 가서 해도 되는데. 혹시 내가 취했다고 생각하고 본성을 드러내는 건가?

셔츠를 벗겨낸 리아는 이번엔 벨트로 손을 가져갔다. 그러다 갑자기 고개를 들어 그를 바라보았다.

순간 두 사람의 시선이 마주쳤다. 1초보다 더 짧은 찰나였지만, 리아는 태호의 눈빛에서 나른함이 사라졌다는 것을 단번에 알아챘다. 재미있다는 듯 눈동자가 반짝거렸기 때문이다.

앗! 상황을 파악한 리아는 어색하게 입꼬리를 올려 미소를 지었다.

"술 깼어?"

술 깼냐니. 아예 처음부터 취한 게 아니었는데…….

태호는 급히 뒤로 몸을 빼려는 리아의 허리에 팔을 둘렀다. 동시에 몸을 비틀어 리아를 소파에 눕히며 그 위로 올라탔다.

"가긴 어딜 가려고."

순식간에 두 사람의 전세가 역전되었다.

"여기까지 했으면 끝을 맺고 가야지."

"처음부터 취하지 않았으면서 취한 척 연기한 거야?"

리아는 괘씸하다는 얼굴로 태호를 흘겨보았다.

"난 취한 적 없다고 말했을 텐데……."

태호는 놀리듯 느릿하게 대답하며 리아의 목덜미에 고개를 숙였다.

말만 그렇게 하면 뭐 해? 그가 보인 태도는 정반대였다. 힘없이 두 눈을 감은 채로, 한숨을 쉬듯 길게 숨을 내쉬는 모습은 누가 봐도 영락없이 취한 모습이었다. 그런 그는 가만히 보고만 있기엔 너무나 유혹적이었다. 그리고 그는 그녀의 남자였다.

내 남자 입술, 내가 좀 훔치겠다는데!

"이건 다 네 잘못이라고. 누가 그렇게 야한 입술 가지래?"

"뭐?"

태호는 뻔뻔스럽게 나오는 리아가 귀엽다는 듯 손가락으로 그녀의 뺨을 톡톡 두드렸다.

"모두 내 잘못인 것 같은데, 어떻게 하면 사과를 받아줄래?"

태호의 말에 리아는 미간을 찌푸렸다.

"다 알면서 뭘?"

"글쎄? 난 모르겠는데."

말은 그렇게 하면서도 태호는 이미 부풀 대로 부푼 그곳을 리아의 가장 은밀한 부분에 천천히 문질렀다. 단단한 허벅지 사이로 꼼짝 못하게 리아를 가두고, 단번에 그녀의 니트를 벗겨내며 또다시 물었다.

"원하는 걸 말하라니까."

말로 대답하는 대신 리아는 그대로 상체를 일으켜 입술을 겹쳤다. 살며시 틈이 벌어지자, 부드럽게 치아를 훑으며 깊숙이 혀끝을 밀어 넣었다. 예상치 못한 리아의 선공에 그의 입에서 짤막한 웃음이 터져 나왔다. 웃음은 곧이어 흥분 섞인 신음으로 변했다.

"좋아. 그런 사과라면 어려울 것 없지."

밝은 조명 아래 드러난 하얀 살결에 입술을 내리며 그가 가라앉은 목소리로 속삭였다.

촉촉한 감촉과 더불어 뜨거운 숨결. 저릿저릿한 감각을 온몸으로 퍼뜨리며 느릿하면서도 깊숙이 서로에게로 파고들었다.

Chapter 22

'혹시?'라는 게, 이거였어?

"태희야, 너 벌써 돌아온 거야?"

서현은 어리둥절한 얼굴로 테이블은 맞은편에 자리를 잡았다. 태희는 말없이 고개를 끄덕이며 레모네이드를 쭉 들이켰다.

"난데없이 일본에 가자고 해서 적어도 며칠은 있다가 올 줄 알았는데, 아침에 가서 저녁에 돌아온 거야?"

이번에도 태희는 말하는 대신 고개를 까닥거렸다. 서현은 통 이해할 수 없다는 얼굴로 태희를 바라보았다.

"너, 혹시 우동 먹으러 일본 갔던 건 아니지?"

일본에 도착해서 점심으로 우동을 먹고 온 것은 사실이다. 하지만 우동 한 그릇 먹자고 일본에 다녀온 것은 절대로 아니었다. 아무리 재벌 3세라고 해도, 그렇게까지 헤프게 돈을 쓰진 않았다.

"서현아, 나 이제야 철 좀 들었나 봐."

"어? 너 왜 갑자기 엉뚱한 소리야?"

"엉뚱한 소리가 아니라…… 하여간 그럴 일이 있었어."

태희는 설명하기 귀찮다는 듯 얼굴로 레모네이드를 쭉 빨아들였다. 오늘 태희는 KJ그룹 퇴사 후, 일본에서 개인 사업체를 차린 정 대표를 만나고 오는 길이다. 정 대표는 태호가 해외 지사 근무 시절, 미국 지사에서 지사장을 지낸 사람이다. 어릴 때부터 알고 지내서 태희는 정 대표를 '아저씨'라고 부르며 따랐다. 일본에 들른 김에 함께 식사해도 전혀 어색하지 않은 사이였다.

태희가 일본에 정 대표를 만나러 간 것은 그에게서 중요히 확인할 게 있어서였다. 그날, 태호를 끌어안고 울음을 터뜨린 날. '오빠, 죽을 병 걸린 건 아니지?'라고 물었던 태희는 태호에게 무슨 황당한 소리냐는 핀잔을 들었다. 그렇지만 아무 소득 없이 끝난 건 아니었다. 엉엉 우는 그녀를 달래려다, 태호가 그만 말실수를 하고 말았다.

― 죽을병이라니? 평생 병원에 입원한 적이라곤 두 번밖에 없었어.

그는 분명 '두 번'이라고 말했다. 하지만 태희가 아는 한 태호는 저번 사고로 일주일 동안 입원한 게 전부였다. 같이 살면서 태호가 입원한 걸 모를 리는 없고. 셜록 홈스까진 안 되어도, 명탐정 코난만큼은 추리할 수 있다고 믿는 태희는 태호가 해외 지사에서 근무하는 동안 무슨 일이 있었다는 결론을 내리게 되었다. 그걸 확인시켜줄 이는 당시 지사장이었던 정 대표였다.

"강 이사는 잘 지내지?"

함께 식사하는 도중 자연스럽게 태호의 안부가 나왔다.

"뭐, 그렇죠."

태희는 어두운 얼굴로 한숨을 내쉬었다.

"오빠, 저번에 사고당한 소식 들으셨죠? 혹시라도 뇌를 다쳤을까 봐, 이것저것 검사하느라 일주일 동안 입원해 있었어요."

"그래?"

정 대표의 얼굴도 어두워졌다. 사고 소식에 표정을 굳히는 것 같진 않았다.

흠, 뭔가 있는데? 사실이든 아니든 우선 던지고 보자.

태희는 도박하는 심정으로 툭 미끼를 던졌다.

"오빠가 미국에서 근무할 때, 그때도 사고로 입원했었잖아요."

그 말에 정 대표는 의외라는 듯 미간을 찌푸렸다.

"태희, 너도 알고 있었어?"

됐다. 미끼를 물었어!

태희는 속으로 환호성을 내질렀다. 아무도 보는 사람이 없지만, 주위를 둘러보는 척하고는 정 대표 쪽으로 상체를 기울였다. 그리곤 속삭이듯 중얼거렸다.

"저밖에 몰라요. 오빠가 그때 병원에……."

일부러 길게 말꼬리를 흐렸다. 정 대표가 다음 말을 이어주었으면 하는 바람으로…….

"흠, 그렇구나. 괜찮을 거라고 생각했는데, 역시 후유증이 있는 모양이군."

다행히 정 대표가 그녀의 말을 받아 뒤를 이었다.

"……그래. 한 달 가까이 코마 상태였으니까."

뭐라고? 코마?

태희는 티 내지 않으려 어금니를 꽉 다물었다. 그녀가 모두 알고 있다고 오해한 정 대표는 태호가 미국에서 당한 교통사고에 관해 말하기 시작했다.

"꽤 큰 사고였지만, 처음엔 가벼운 뇌출혈 정도라고만 여겼어. 강 이사는 회장님 외에는 절대로 아무에게도 알리지 말라고 신신당부했지. 그러다 다음 날, 갑자기 의식을 잃고 코마에 빠진 거야. 급히 장기 휴가 간 걸로 처리하긴 했지만, 얼마나 조마조마했는지."

정 대표의 말이 계속될수록 태희의 눈은 점점 더 커다래졌다.

어머, 어머! 한 달 가까이 코마 상태일 정도로 심각했는데 정말 아빠 말곤 아무도 몰랐다는 거야?

태희는 태호의 사고 소식에 한 번 놀랐고, 입이 엄청 무거운 강 회장에 두 번 놀랐다.

어쩌면 그런 걸 나한테까지 숨긴 거야!

그제야 태희는 그때 리아와 태호가 나눈 내용이 이해가 갔다.

— 널 여기 혼자 두고 내가 편안히 죽을 수 있다고 생각해?

그러니까 지금이 아니라, 예전에 죽을 뻔했던 사건을 말한 거다. 태희는 그 당시 왜 그토록 태호가 사고 소식을 숨기려 했는지 이해할 수 있었다. 모든 건 리아 때문이었다. 혹시라도 그의 사고 소식을 듣게 된다면, 헤어진 사이였다고 해도 가슴 아파할 테니까. 어쩌면 찾아오지 못하기에 더욱더 괴로울지도 모른다.

"후."

상념에서 깨어난 태희는 길게 한숨을 내쉬었다. 지금은 괜찮다고 하지만, 그래도 걱정되는 건 어쩔 수 없었다. 한 달 가까이 코마였다는데 가족으로서 어찌 아무렇지 않을 수 있을까. 잘 몰랐는데 작은오빠를 엄청나게 좋아하고 있었나 보다. 태희는 불끈 솟아오르는 형제애를 느끼며 마지막 남은 레모네이드를 쭉 빨아들였다.

리아는 갑자기 만나자는 민훈의 연락을 받고, 회사 앞 커피숍으로 향했다. 커피숍 구석에 앉아 있는 민훈을 발견한 리아는 곧장 앞으로 걸어갔다.

"선배."

그녀가 자신을 부르자, 휴대폰을 보던 민훈이 고개를 들었다.

"왜 여기서 만나자고 했어? 그냥 사무실로 들어오지."

"아직은 얼굴 보기가 그래서⋯⋯."

민훈은 쓰게 웃으며 살며시 시선을 피했다. 팀원 모두는 그가 산업 스파이였다는 사실을 모르지만, 그 자신이 양심에 찔려서 팀원들을 대할 면목이 없었다.

리아가 자리에 앉자, 민훈은 곧바로 본론을 꺼냈다.

"아무래도 긴장해야 할 것 같아. 한 사장이 지금 뭔가를 준비하는 것 같아."

"뭔가를 준비하다니?"

"강 이사를 치려는 계획 같아."

"뭐?"

놀란 리아의 입술이 천천히 벌어졌다. 태호가 현재 한 사장의 비리를 파헤치는 중이라는 사실은 그녀도 잘 알고 있었다. 하지만 역으로 한 사장이 태호를 공격할 거라곤 상상도 하지 못했다.

아무리 그래도 태호는 그룹 총수의 아들인데, 설마?

그러나 '설마가 사람 잡는다'라는 말이 괜히 나오진 않았을 것이다.

"강 이사에게 직접 보고해도 되지만, 회사엔 보는 눈이 많아서 너한테 왔어."

살벌한 내용이 계속해서 민훈의 입에서 흘러나오자, 리아는 한껏 긴장한 눈으로 민훈을 바라보았다.

그 정도로 주위를 살피며 조심해야 한다고? 그만큼 서로를 믿지 못

하고 경계와 의심을 해야 한다는 거야?

한 편의 첩보 영화를 접하는 것 같아, 리아는 저도 모르게 꿀꺽 마른침을 삼켰다.

"괜찮아. 내가 널 만나는 건 아무도 의심하지 않을 거야. 난 네 부하 직원이고 KJ푸드에 파견 나간 거니까. 하여간 강 이사에게 조심하라고 전해줘."

"……선배."

"이렇게만 전해줘도 바로 알아들을 거야."

민훈이 말한 그대로였다. 퇴근 후, 태호에게 오늘 있었던 일을 말하자 그는 곧바로 상황을 파악했다.

"알았어. 하지만 정 대리도 무슨 계획인지는 정확히 모른다는 거지?"

"응."

리아는 어두운 얼굴로 고개를 끄덕거렸다.

정확히 어떤 계획인지도 모르면서 그저 조심만 하라니. 명확하지 않은 경고가 은근히 더 무서운 거 모르나?

"태호야, 이제 어떻게 해야 해? 무슨 대책이라도 있어?"

리아가 초조한 기색을 감추지 못하자, 태호는 부드럽게 웃으며 그녀의 어깨를 감쌌다. 그의 손이 닿는 순간, 리아의 눈꼬리가 아래로 축 처졌다. 걱정돼서 미치겠다는 듯 그녀의 눈빛이 마구 흔들렸다.

언젠가는 일어날 일이라는 걸 알면서도 막상 리아의 굳은 표정을 보게 되니, 태호는 마음이 무거웠다. 되도록 리아가 이 일과 관련되지 않았으면 좋겠는데…….

하지만 얽히고설킨 인연의 고리 때문에 이제는 본인의 의지와는 상관없이 상황이 돌아갈 것이다. 그래도 태호는 조금이라도 그녀의 걱정을 덜고 싶었다. 조금이라도 리아가 사건에서 멀어지길 원했다. 그녀만큼은 좋은 소리만 듣고, 좋은 것만 보게 되면 얼마나 좋을까.

"리아야, 난 괜찮으니까 걱정하지 않아도 돼."

리아의 눈을 들여다보며 태호가 입을 열었다.

"이미 예상하던 일이거든. 한 사장의 뒤를 밟은 지 좀 오래됐어. 그러니까 바보가 아니라면 이제 슬슬 낌새챘을 때가 됐어."

그 말에 리아의 두 눈이 커다래졌다.

"너, 그러면 일부러?"

"응. 일부러 티 좀 나게 했어."

그러니까 이게 모두 계획이라는 거지? 그렇다면 다행이다.

그제야 긴장으로 굳었던 리아의 표정이 스르르 풀어졌다. 혹시라도 태호에게 안 좋은 일이 생기는 건 아닐까, 민훈과 헤어지고 집으로 오면서 리아는 별의별 생각으로 머리가 아팠었다.

"난 그것도 모르고 걱정했잖아, 하아."

리아는 안도의 숨을 내쉬며 가슴을 쓸어내렸다. 사실 머리만 아팠나? 속도 울렁거렸다. 그 탓에 입맛이 뚝 떨어져, 저녁 식사 시간인데도 배고프지도 않았다. 정말 오랜만에 겪는 일이다. 식사 때인데 배가 고프지 않다니…….

"이리 와."

태호는 그녀를 안심시키려는 듯 가만히 끌어안았다. 그리고 차분한 목소리로 상황을 설명했다.

"한 사장이라면 이럴 경우, 몸을 사리고 조심하기보단 역으로 한 방 치고 나올 가능성이 커. 최대의 방어는 공격이란 말도 있잖아. 예전에도 비슷한 일이 있었고."

가공 육류에서 불법 성분이 검출되면서 ㈜정직을 크게 흔들리게 했던 사건은 회사 몰래 원자재 대금을 빼돌리던 한 사장이 발각 위기에 몰리자, 비리를 덮기 위해서 꾸민 일이었다.

"한 사장은 언제나 자신이 코너에 몰릴 때 누군가를 제물로 삼아."

태호는 자신이 제물로 선택되었다는 사실에 속으로 쾌재를 불렀다. 혹시라도 공격의 화살이 리아를 향하게 될까 봐 걱정하던 참이었기 때문이다. 자신이 희생되는 것이 리아가 희생되는 것보다 훨씬 더 안전하고 마음이 놓일 것이다.

"과거엔 정민훈 대리의 부모님이 희생양이 되었고, 한 사장 본인 역시 일부러 죄를 뒤집어쓰는 척하며 감옥에 갔지. 하지만 덕분에 한 사장은 의심에서 벗어났고, 동시에 아버지에게 더욱더 굳건한 신임을 얻게 됐어."

그러나 그 일로 한 사장의 아내는 병을 얻어 일찍 세상을 뜨게 되었고, 당시 초등학교 저학년생이었던 어린 수진은 엄마를 잃게 되었다.

─ 말도 마. 그때 우리 집 완전 초상집 분위기였대. 우리 엄마, 그때 맘고생 하다가 병 얻어서 일찍 돌아가신 거고.

수진은 언제나 그렇게 말했었다. 하지만 만약에 한 사장의 아내가 남편의 죄를 알게 돼, 그 일로 양심의 가책을 느끼다 병을 앓게 된 거라면? 점점 더 알게 되면 알게 될수록 리아는 한정안 사장이 위험하게 느껴졌다. 겉으론 온화한 인상을 지니고 있으면서 뒤에선 그런 일을 벌이고 있다는 게 믿어지지 않았다.

"태호야, 조심해. 한 사장, 아주 무서운 사람 같아."

"알아. 하지만 언젠가는 일어나야 할 일이야. 한 사장이 먼저 움직여야, 우리 측의 공격에도 명분이 서게 되거든."

"명분?"

리아는 쉽게 이해가 가지 않는다는 듯 미간을 찌푸렸다.

"응. 아무리 그래도 한 사장은 회사 창립 때부터 함께 한 개국 공신이야. 그를 제거하기 위해선 명분이 필요해."

그렇다. 어찌 되었든 한 사장은 강 회장의 오른팔이란 소리를 들으며 오늘날의 KJ그룹이 있게끔 물심양면 힘쓰며 회사에 충성을 다한 인물이다. 그게 '100%' 사실은 아니라고 해도, 적어도 주주들은 그렇게 믿고 있었다.

그런 한 사장을 회사에서 몰아낸다면 주주는 물론이고 다른 창립 멤버들 역시 불안해할지도 모른다. 그러니까 태호가 한 사장을 제거하는 데엔 타당한 이유가 필요했다.

그제야 리아는 태호가 그리고 있는 큰 그림이 머릿속에 들어왔다.

그래서 일부러 도발한 거구나!

"괜히 한 사장을 먼저 공격했다간, 자칫 잘못하면 '토사구팽'이란 소리 듣게 된다는 거지?"

"맞아. 웬만하면 창립 멤버는 건드리지 않는다는 게 회사의 암묵적인 규칙이거든. 하지만 한 사장이 먼저 공격하면 난 막아야 하겠지."

"무슨 말인지 알았어."

리아는 빠르게 고개를 끄덕였다. 차근차근한 설명 덕분에 어느새 어깨를 무겁게 내리눌렀던 걱정이 사라졌다. 어디 그뿐인가? '역시 내 남

258

자야!'라는 생각에 저절로 어깨가 으쓱하고 뿌듯한 기분이 들었다.

아우, 똘똘이. 얼굴만 잘생긴 게 아니라, 완전 뇌섹남이잖아! 누가 천재 아니랄까 봐!

리아는 잘했다고 칭찬하며 그의 엉덩이를 팡팡 두드려주고 싶었다.

어머, 그런데…… 벌써 그러고 있었다.

리아는 자신의 손이 태호의 엉덩이를 더듬거리고 있다는 사실을 깨닫고 흠칫 몸을 굳혔다. 머리가 생각하는 동시에 몸이 민첩하게 행동에 옮겼나 보다. 아니다. 솔직히 요새는 머리가 생각하기도 전에 몸이 먼저 일을 치르곤 한다. 자석에 쇠붙이가 착 붙어버리듯 그에게 그녀의 몸이 착 붙어버린다고나 할까?

태호는 확신이 가지 않는다는 눈으로 리아를 내려다보았다.

지금 뭐 하는 거지? 얼핏 보면 잘했다고 엉덩이를 토닥거리는 것 같은데……. 하지만 그렇다고 내가 그럴 취급을 당할 나이는 아니잖아?

그가 돌연 눈을 가늘게 떴다. 순간 그녀의 얼굴에 '아차' 하는 표정이 스쳤다. 하지만 곧 아무렇지 않다는 듯 씩 입꼬리를 올렸다. 그리고 그녀의 손이 다시금 그의 엉덩이를 토닥토닥 두드렸다.

"오구오구, 잘했어요."

"뭐? 주리아, 너……."

그녀가 자신을 애 취급하는데도 화가 나기는커녕 웃음이 튀어나왔다. 칭찬받았다고 생각하니 의외로 기분도 좋았다. 어찌 됐든 칭찬은 칭찬이니까.

태호는 뒤로 손을 뻗어 자신의 엉덩이를 두드리는 손을 그러쥐었다. 그리고 살며시 위치를 이동했다.

"칭찬해주려면 제대로 해."

나직한 목소리가 유혹하듯 귓가에 흘러들었다. 무슨 소리냐는 듯 리아는 미간을 찌푸렸다. 하지만 사실은 그게 무슨 뜻인지 너무나 잘 알았다. 그녀가 청순한 10대 소녀도 아니고, 지금은 더더욱 활활 불타 오르는 신혼 기간인데 만약에 모른다고 하면 오히려 그게 더 문제가 있는 거다.

하지만 그렇다고 지금? 조금 전까지 매우 심각한 대화 중이었는데?

어째서일까? 처음엔 진지하게 시작되지만, 어찌어찌하다 보면 항상 끈적끈적하고 야한 분위기로 흘러가게 된다. 마치 중독이라도 된 것처럼…….

정상인 거겠지? 우리만 이러는 건 아니겠지?

리아는 세상의 모든 신혼이 그들과 비슷하다고 믿고 싶었다.

그때 그녀의 손을 움켜쥔 손이 미끄러지듯 앞으로 향했다. 깜짝 놀 란 리아가 고개를 들자, 정염에 휩싸인 두 눈과 시선이 마주쳤다. 순간 화르르 그녀의 몸도 열기에 휩쓸렸다.

……그래. 그들만 이러는 거라고 해도 리아는 '뭐 어떠랴?' 싶었다. 중독됐다고 하지, 뭐. 그리고 이런 남편이라면 해독제는 사양이다.

"알았어, 제대로 해줄게."

리아는 유혹하듯 속삭이며 단단한 몸을 감싸듯 어루만졌다. 이어서 누가 먼저랄 것도 없이 두 사람의 입술이 깊숙이 맞물렸다.

서재 문에 노크하려던 수진은 움찔하며 동작을 멈췄다.

"……그래, 수고했어. 이제 얼추 준비는 다 된 것 같군."

서재 안쪽에서 흘러나오는 한 사장의 말투가 평소와 다르게 느껴졌다. 이상한 기분에 수진은 문에 귀를 대고 소리를 엿들었다.

"기회를 보다가 한 번에 터뜨리면 되겠군. ……응. 시기는 한 달 장기 휴가를 받았던 그때로 하고."

상대가 누구인지는 모르겠지만, 뭔가 꺼림칙한 대화 내용처럼 들렸다.

아빠?

수진은 저도 모르게 인상을 찡그리며 조금 더 바짝 문으로 귀를 대었다.

"……됐어. 수고했어. 그 정도면 단번에 후계자 자리에서 끌어내진 못한다 해도 치명타는 될 거야."

후계자라고?

그녀의 직감은 지금 한 사장이 노리는 인물은 다른 누구도 아닌 강태호라고 말하고 있었다.

도대체 무슨 일이지?

수진은 혼란스러운 마음에 입술을 깨물었다.

한 사장이 태호와 그녀의 일을 알게 된 걸까? 하지만 그럴 리가 없는데? 그녀는 아무 말도 하지 않았고, 태호 역시 한 사장을 찾아가 말했을 리는 없었다. 그런데 왜?

아무리 곰곰이 생각해도 수진은 한 사장이 태호에게 적대 감정을 가질 이유를 찾아낼 수 없었다.

"알았어. 또 보고해."

통화가 끝나자, 수진은 노크를 생략하고 벌컥 문을 열었다.

"수진아, 언제 집에 왔니?"

한 사장은 평소와 다름없는 표정으로 그녀를 맞이했다. 하지만 수진은 그럴 수 없었다. 그녀는 인상을 찌푸리며 한 사장에게 다가갔다.

"아빠, 방금 그 통화 뭐야? 그거 태호 말하는 거 아냐?"

수진은 따지듯이 물었지만, 한 사장은 웃음 띤 얼굴로 고개를 흔들었다.

"태호라니…… 하하하. 무슨 말이냐, 수진아? 내가 태호를 어떻게 건드려? 아빠, 회사에서 그렇게 힘세지 않아."

"그러면 후계자 자리에서 끌어내리겠다는 말은 뭐야?"

"세상에 회사를 물려받는 사람이 태호만 있는 것도 아니잖아. 다른 사람이야, 다른 사람."

"정말이지?"

"그럼, 아빠가 왜 너에게 거짓말을 해."

태호만 아니라면 한 사장이 무슨 짓을 하든, 수진은 상관하지 않았다. 그제야 흥분을 가라앉힌 수진은 힘없이 쓰러지듯 의자에 주저앉았다.

"하여간 아빠, 무슨 일이 있어도 태호는 건드리면 안 돼."

"알았어."

한 사장은 미소를 유지하며 짧게 고개를 끄덕였다.

"그건 그렇고 수진아, 우리 나가서 저녁 먹을까? 뭐 먹고 싶은 거 없어?"

"……아무거나. 아빠 먹고 싶은 거로 해."

"그럴까, 그럼?"

수진은 레스토랑 예약을 위해 컴퓨터를 켜는 한 사장을 가만히 바라보았다. 한 사장은 아니라고 부정했지만, 자꾸만 마음에 걸렸다.

─ 응. 시기는 한 달 장기 휴가를 받았던 그때로 하고.

한 달간의 장기 휴가라······.

그게 무엇을 뜻하는지 알 것만 같아서, 수진은 머릿속이 복잡했다.

"지금 주원식품에서 기획 중인 들깨 요리를 우리와 함께 개발하는 건 어떨까?"

주원식품 연구소를 방문한 태호는 정식으로 리아와 민수에게 양사의 협업을 제안했다.

"그렇게 되면 정 대리의 파견 근무가 좀 더 자연스럽게 보일 테고, 양사에도 도움이 될 테니까."

"······."

쉽게 동의할 거란 예상과 달리 리아와 민수는 대답을 미룬 채, 곤란한 표정을 지었다.

"왜? 내키지 않아?"

뭔가 이상한 점을 느낀 태호는 눈을 가늘게 모았다.

"그게 아니라."

리아는 잠시 민수와 시선을 교환하더니, 조심스럽게 입을 열었다.

"사실은······."

오래전부터 태호에게 이야기하려고 했었다. 하지만 그동안 너무나 많은 일이 생기는 바람에 말할 기회를 놓치고 말았다.

"아직 하 여사님과 계약하지 않았어."

"뭐?"

태호는 전혀 예상하지 못했다는 듯 미간을 찌푸렸다. 리아가 얼마나 공들인 기획인지 잘 알고 있으므로.

주 회장에게 하 여사 영입 임무를 맡은 그녀는 지난 반년 동안 틈틈이 하 여사를 찾아 지리산으로 차를 몰았었다. 한 사장의 농간으로 KJ 푸드가 갑자기 비슷한 사업에 뛰어들지만 않았어도, 주원식품은 순조롭게 하명은 여사의 도움으로 들깨 요리 제품을 시장에 내놓았을 것이다.

그날 태호가 지리산에 나타난 이유는 리아가 오해한 것과는 달리, 사태를 수습하기 위해서였다. 하지만 그는 리아에게 사실을 털어놓을 순 없었다. 만약 그랬다고 해도 리아는 그의 말에 귀를 기울이지 않았을 것이다. 지난 3년 동안 KJ푸드는 주원식품이 시도한 제품을 잇달아 출시하는 등, 사사건건 방해했으니까. 태호가 신속히 손을 쓴 덕분에 KJ푸드는 들깨 요리 기획을 포기하고 스테이크 세트 출시로 눈을 돌릴 수 있었다.

"그럼 그때 지리산에 찾아갔던 이후로 아무런 진전이 없었던 거야?"

"응."

리아는 안타까운 표정으로 고개를 끄덕거렸다.

ㅡ 니들 싸우는 꼴 보기 싫어서라도 이번 사업은 없던 일로 해야겠다.

그날 두 사람이 언쟁하는 걸 지켜보던 하 여사는 지긋지긋하다는 듯 손을 내저었었다. 그래도 하 여사는 먼 길을 마다하지 않고 두 사람의 결혼식에 참석해 행복을 빌어주었었다. 그래서 태호는 당연히 하 여사가 주원식품의 제안을 받아들였을 것으로 생각했다. 그런데 아니라고?

"우리가 결혼한 건 결혼한 거고, 사업은 또 사업이니까. 한 여사님은 기성 제품화되었을 때, 정성 들여 만든 음식이라는 고유의 이미지를 잃어버릴까 걱정하시는 것 같았어."

하명은 여사가 원하는 것은 적어도 기획에 참여할 담당자들이 들깨를 수확해서 어떻게 씻고 볶는지, 어떤 방법으로 요리해야 들깨의 고소함을 최대한 살릴 수 있는지 등등, 서류로만 접하지 말고 몸으로 직접 체험하길 원했다. 얼마나 진심으로 요리를 대하는지 세세히 지켜봐야겠다고 말했다. 하지만 하 여사는 한동안 건강이 나빠져 병원 신세를 졌고, 리아 역시 여러 가지 일로 바쁜 나머지 일정이 차일피일 늦어졌다.

"여사님은 적어도 2박 3일 머물면서 조리 과정도 지켜보고 하나하나 시식해보는 것을 원하서. 그리고 나서 계약하시겠다고……."

머리가 아닌 마음으로 받아들여야 진지하게 제품을 기획할 수 있다는 게 이유였다. 리아도 하 여사의 의견에 전적으로 동의했다.

"내가 먼저 하 여사님께 연락해볼게. 만약에 시간 된다고 하시면 당장 내일이라도 내려가야지. 민수야, 넌 어때?"

"나도 시간 괜찮아. 이번 주에 급한 일은 없어."

리아의 물음에 민수가 빠르게 대답했다. 리아는 태블릿을 꺼내 마케팅 부서의 일정을 확인해보았다.

"우리 마케팅팀도 이번 주엔 가능할 거야. 작업 중이던 프로젝트 막 끝냈고, 다음 주는 돼야 새 프로젝트 시작하거든. 모든 팀원이 갈 순 없겠지만 나를 포함해서 두 명은 갈 수 있어. 아, 우선 정 대리부터 함께 가면 되겠네."

문제는 KJ푸드 쪽이었다. 리아는 태블릿에서 태호에게로 시선을 돌렸다.

"정민훈 대리가 동행하는 거라면, 우리 쪽에선 마케팅 3팀 변 팀장이 합류할 수 있을 거야."

"너는 시간이 돼?"

"남 비서에게 확인해볼게."

빠듯한 태호의 일정에서 갑자기 시간을 내기란 쉽지 않았다. 하지만 남 비서는 능숙한 솜씨를 발휘해 3일간의 시간을 빼냈다.

태호가 돌아가고 난 후, 리아는 팀원들에게 지리산 출장에 관해 설명했다.

"팀장님! 저요, 저요! 저 정말 가고 싶어요."

급작스러운 출장이니까 강제성은 전혀 없고, 각자의 의견에 맡기겠다고 말하는데, 리아의 말이 채 끝나기도 전에 채영이 번쩍 손을 들었다.

"저, 지리산 한 번도 못 가봤어요. 지리산 책도 읽어보고 드라마도 봤는데, 산에만 못 가봤어요. 그리고 저 들깨탕 완전 좋아해요. 이번 들깨 요리 기획 PPT 작성도 제가 했다고요. 그러니까 팀장님, 저 꼭 데려가주세요."

채영이 적극적으로 지원하자, 다른 팀원들은 순순히 그녀에게 자리를 양보했다.

"그래요, 팀장님. 이번엔 채영 씨에게 기회를 주죠."

"저도 김 대리님 생각과 같습니다."

팀원 대부분이 자신을 밀자, 채영은 상기된 표정으로 벌떡 일어나 모두를 향해 고개를 숙였다.

"감사합니다. 정말 감사합니다. 제가 지리산 정기를 한 몸에 받아 열심히 해보겠습니다."

그렇게 해서 지리산으로의 2박 3일 출장 일정이 빠르게 잡혔다.

자, 떠나자! 지리산으로.

"리아야, 좀 쉬었다 갈까?"

고속 도로 휴게소 사인이 보이자, 태호는 옆 좌석으로 시선을 돌렸다. 차멀미라도 하는지 아까부터 리아의 안색이 좋지 않았다. 하지만 리아는 고개를 내저었다.

"아니. 이번에 말고 다음에 쉬고 가자."

그런 그녀를 태호는 걱정스러운 얼굴로 바라보았다.

"리아야, 괜찮겠어? 너, 안색이 안 좋아."

"……아, 그래?"

리아는 조수석 상단에 있는 거울을 내리며 얼굴을 비춰보았다. 힐끗 얼굴을 바라본 그녀는 대수롭지 않다는 듯 어깨를 으쓱거렸다.

"어제 들떠서 잠을 설쳤거든. 그래서 그런가 봐."

"잠을 설쳤어?"

"응. 조금."

잠을 설친 이유 중엔 물론 다른 것도 있었다. 하지만 거의 매일이다 시피 행해지는 일이라서, 이젠 몸이 어느 정도 적응한 상태였다. 어젯 밤엔 그냥 기분이 들떠서 제대로 자지 못한 게 맞을 것이다.

"너무 피곤해도 잠 안 와. 그러니까 너무 무리하지 마."

태호의 말에 리아는 픽 웃음을 터뜨렸다.

사실 무리한다고 걱정해야 하는 쪽은 그녀가 아니라 그였다. 에너지 소모는 그녀보다 그가 훨씬 더 많이 할 테니까. 특히 어젯밤은 앞으로 출장 2일 동안은 철저히 금욕 생활을 해야 한다는 이유로 조금 더 길고 조금 더 격렬히 부부 관계를 맺었다. 지리산 출장까지 가서 신혼의 열기를 불태울 수는 없는 일이니까 말이다. 21세기를 사는 문화인답게 자제력이 필요한 장소에서는 자제하는 게 옳다고 믿는다. 매우 참기 힘든 유혹일지라도……

지리산 새울 식당에 도착한 건 정오가 지나서였다. 리아와 태호가 제일 먼저 도착했고, 뒤를 따라서 민수와 채영이, 그다음으로 민훈과 변 팀장이 도착했다.

"어서들 오시게나."

"먼 길 오느라 수고 많으셨습니다."

하 여사와 그녀의 딸이 반갑게 웃으며 그들을 반겼다.

"침대가 없어서 잠자리가 불편할지 모르겠지만, 이틀만 참게나."

하 여사는 식당 옆에 있는 널찍한 한옥으로 그들을 안내했다.

각자의 방에 짐을 푼 팀원들은 잠시 휴식을 가진 뒤, 세울 식당으로 모였다.

3일 동안 식당 문을 닫은 하 여사는 미리 준비한 앞치마와 주방 모자를 모두에게 나눠주었다. 요리하는 과정을 지켜만 보는 것이라도 위생을 철저히 지켜야 한다는 이유에서였다.

하 여사는 전통적인 요리 방법을 보여준다며, 직접 아궁이에 불에 불을 때 커다란 솥에서 들깨를 볶았다. 간단한 작업은 한 명씩 직접 해볼 수 있는 기회를 주기도 했다.

긴 시간의 참관이 끝나고 하 여사는 버섯 들깨탕과 들깨 칼국수 등등 각종 음식을 상에 올렸다. 모두는 시식을 위해 커다란 식탁에 둘러 앉았다.

"와, 진짜 고소해요. 저, 이렇게 고소한 들깨탕은 태어나서 처음이에요."

채영이 호들갑을 떨며 음식을 칭찬하자, 하 여사는 내심 뿌듯한 미소를 지었다. 그녀는 그릇에 들깻가루로 버무린 고사리나물을 듬뿍 담아 채영의 앞에 놓아주었다.

"많이 드시게나."

모두 맛있게 식사했지만, 어째서인지 리아는 선뜻 젓가락이 가지 않았다.

왜 이러지? 나, 들깨탕 엄청 좋아하는데? 그새 내 입맛이 변했을 리는 없고. 음식 맛이 변했나?

몸이 허약해져 병원 신세를 졌던 하 여사는 미각이 예전만 못하다고 한탄한 적이 했었다. 그렇다면 맛이 변한 것일 수도 있겠다. 솔직히 말하자면 냄새가 역겨워 도저히 먹을 수가 없었다. 들깨를 씻고 볶을 때 뭐가 잘못되기라도 한 걸까? 아까 들깨를 볶을 때부터 냄새가 거슬리긴 했었다.

하지만 그녀를 제외하곤 대부분 맛있게 먹는 것 같았다. 리아는 젓가락을 내려놓으며 슬그머니 태호의 눈치를 살폈다. 그는 사소한 맛 차이도 바로 알아차리는 편이니까, 뭔가 티를 낼 것이다. 그런데 놀랍게도 태호의 표정엔 아무런 변화가 없었다. 그는 묵묵히 수저를 입으로 가져갔다.

"……잠시만."

급격히 혼란스러워진 리아는 조용히 자리에서 일어나 식당을 빠져

나갔다. 그리고 식당 건물 뒤에 마련된 정원으로 향했다.

"하아."

두 팔을 벌리며 신선한 산 공기를 들이마시자, 그제야 가슴이 뻥 뚫리는 것처럼 몸이 가벼워졌다. 갑갑한 실내에만 있어서 그랬나 보다. 아니면 아까 아궁이 옆에서 연기를 너무 마셨나? 어쩌면 피곤해서 음식 맛을 제대로 못 보는지도 모르겠다.

리아는 깊게 생각하지 않기로 했다.

다시 들어가서 맛을 보면 되겠지.

"……응? 이건?"

식당으로 들어가려 급히 등을 돌리려는데, 탐스럽게 주렁주렁 달린 붉은 열매가 리아의 시선을 끌었다.

한참이 지나도 리아가 들어오지 않자, 태호는 슬그머니 자리에서 일어나 식당을 빠져나갔다. 서울에서 출발할 때부터 리아의 안색이 좋지 않았기에 그는 한시도 리아에게서 눈을 뗄 수 없었다. 그런데 식사 도중에 사라졌으니 걱정되는 게 당연했다.

밖으로 나가자, 정원 구석에 서 있는 리아의 뒷모습이 한눈에 들어왔다. 고개를 숙이고 있는 모습이 영 불안해 보였다. 어디 아픈 거 아닌가?

"리아야?"

자신을 부르는 소리에 리아는 고개를 들고 뒤를 돌아보았다. 태호는 빠르게 리아에게 다가갔다.

"거기서 뭐 해?"

"어?"

무언가를 먹고 있는 듯 그녀는 중얼거리듯 입을 오물거렸다. 그의 시선이 자연스럽게 그녀의 손으로 향했다. 리아의 손에는 빨간 석류가 쥐여 있었다. 그런데 그녀 손에 쥐어진 석류는 껍질은 새빨갛지만, 석류 알은 짙은 핏빛이 아닌 분홍빛이 도는 투명한 색이었다. 완전히 익지 않은 석류였다.

아니, 아직 제대로 익지도 않은걸…….

태호는 저도 모르게 인상을 찌푸리고 말았다. 덜 익은 석류가 얼마나 신맛이 강한지 너무나 잘 알고 있기 때문이다. 어릴 적 강 회장을 따라 이곳에 놀러 왔다, 덜 익은 석류 알을 먹어보고 혼쭐난 기억이 있었다. 그런데 리아는 눈 하나 깜빡하지 않고 덜 익은 석류를 맛있게 오물거리며 먹고 있었다.

"나 아까 아궁이 뗄 때, 연기 많이 마셨나 봐. 속이 울렁거려서…….
그런데 석류를 먹으니까 좀 나아지네."

"속이 울렁거린다고 이렇게 신 걸 먹어?"

"셔? 난 별로 모르겠는데? 먹어볼래?"

리아는 석류 알 몇 개를 뜯어 태호의 손에 놓아주었다.

"하나도 안 셔. 정말이야. 먹어봐."

속는 셈 치고 석류 알을 입에 집어넣은 태호는 잠시 후, 기침을 터뜨렸다.

"쿡. 쿨럭."

입 안에서 석류 알을 터뜨리는 순간, 말로 표현할 수 없는 강한 신맛이 혀를 자극했다.

욱, 서도 정말 시다!

이건 인간이 먹을 수 있는 신맛이 아니었다. 하지만 리아는 왜 그러냐는 표정으로 기침하는 그를 멀뚱멀뚱 쳐다보았다.

아삭—.

그러더니 다시금 석류를 크게 한입 베어 물었다.

그녀의 입 안에서 석류 알이 팡팡 터질 때마다 태호는 마치 자신의 입 안에서 신맛이 퍼져나가는 것처럼 소름이 돋았다. 정말 이상했다. 평소 리아가 신맛을 좋아하는 것도 아니었다.

레몬 케이크와 망고 케이크를 고르라고 하면 그녀는 두 번 생각하지 않고 바로 망고 케이크를 고를 정도로 신맛보단 단맛을 좋아했다. 그랬던 그녀가 잘 익지도 않은 석류를 맛있게 먹고 있다?

그때 어떤 가능성이 그의 머릿속을 번개처럼 스치고 지나쳤다.

"리아야, 너 혹시?"

그녀를 바라보는 태호의 눈빛이 가늘게 떨리기 시작했다.

"혹시 뭐?"

태호는 대답해주는 대신 입을 굳게 다물었다. 섣불리 말을 꺼내기보단 한 번 더 생각을 정리할 필요가 있었다.

지금 상태를 보면 임신했을 가능성이 크긴 한데. 하지만 어째서?

그동안 두 사람은 철저히 피임하면서 부부 관계를 맺었다. 달콤하고 뜨거운 신혼 생활을 오래 유지하고 싶었고, 둘 다 회사 일로 눈코 뜰 새 없이 바쁘기도 했다. 그런 그들에게 2세 계획이란 아주 거리가 먼 이야기였다.

리아는 태호가 지금 무슨 생각을 하는지 전혀 눈치채지 못하는 것 같았다. 입 안에서 석류 알을 톡톡 터트리며 호기심 어린 얼굴로 태호의 대답을 기다렸다.

어떻게 이야기를 꺼내야 할까? 어쩌면 임신이 아닐 수도 있다. 그런데 괜히 말을 꺼냈다가…….

그때 식당 쪽에서 익숙한 목소리가 들렸다.

"어머, 팀장님! 진짜 아이 가지신 거예요?"

깜짝 놀란 리아와 태호가 소리 난 쪽으로 고개를 돌리자, 채영이 재빨리 두 사람에게로 달려왔다. 그녀는 리아가 말을 꺼내기도 전에 속사포처럼 말을 늘어놨다.

"어쩐지, 요새 팀장님 좀 이상하다 했어요. 안 그러시던 분이 계속 점심도 남기시고, 시럽을 잔뜩 넣던 분이 시럽도 안 넣고 레모네이드를 드시고. 아까도 그래서 깨 볶는 냄새에 인상을 찡그리고 계셨던 거죠?"

"어?"

채영의 말 한마디 한마디가 망치가 되어 리아의 머리를 세게 내리쳤다.

내가 아기를 가졌다고?

리아는 저도 모르게 양손으로 아랫배를 감쌌다.

내 배 속에 아이가 있다는 거야?

도저히 상상되지 않았다.

……음. 그러고 보니, 평소보다 생리가 늦어지고 있긴 했다. 하지만 리아는 크게 신경 쓰지 않았다.

남녀 관계를 하면 물리적 스트레스로 인해 호르몬의 변화가 생기고, 그 이유로 생리가 늦어진다고도 하니까. 게다가 임신이 쉽게 되는 건 줄 아나? 관계를 했다고 바로 임신한다면 이미 세상엔 발 디딜 틈도 없이 꽉 차버렸을 것이다. 또한 얼마나 꼼꼼히 피임했는지 모른다. 아무리 홍분해도 절대로 피임 과정을 건너뛰지 않고, 매우 철저하게…….

뜨겁게 지나간 밤을 곰곰이 돌이켜보던 리아의 표정이 순간 곤혹스럽게 일그러졌다.

아! '100%' 완벽했던 건 아니다.

첫날, 그러니까 태호와 처음으로 끝까지 간 날은 제외해야 한다. 그날은 미처 준비하지 못해서, 좀 더 신경 써서 관계하는 것으로 피임을 대처했었다. 하지만 그땐 배란기도 아니어서 크게 걱정할 것 없이 안전할 거라고 믿었었다. 다음 날 바로 약국에 가서 충분하게 피임 도구를 준비했으니, 그 첫날만 빼면…….

잠깐만, 뭐야? 그렇다면 첫 번째 관계하자마자 아기가 들어선 거야?

리아는 커다래진 눈으로 태호를 바라보았다.

사실 그날 밤, 대단하긴 대단했었다. 까무러치기 직전까지 몰아붙였다가, 그녀가 탈진할 기미를 보이면 슬그머니 물러났다가, 다시 정신을 차리면 세차게 돌진했었다.

영원히 멈추지 않았으면 좋겠다는 생각이 들 정도로 짜릿하고 뜨거운 밤이었다.

당연하다. 서로 얼마나 원했는데! 헤어져 있는 동안 얼마나 그리워했던가! 파고들고 또 파고들어도, 더 깊게 파고들 수 있을 것 같았다. 온몸으로 퍼져나가는 아릿한 감각에 두 사람은 손끝이 하얗게 물들 정도로 서로의 손을 움켜잡아야만 했다.

그때 리아는 눈물을 흘리며, 만약 사랑이 잉태되는 순간이 있다면 바로 지금일 거라고 중얼거렸었다.

"팀장님, 괜찮으세요?"

리아가 아무 말 없이 가만히 서 있기만 하자, 채영이 걱정된 얼굴로 물었다. 그제야 회상에서 깨어난 리아는 천천히 태호에게 시선을 돌렸다.

"아까 '혹시?'라는 게, 이거를 말하는 거였어?"

그가 묵묵히 고개를 끄덕였다.

툭―.

리아의 손에서 석류가 떨어졌다.

아, 누가 봐도 눈치챌 정도였구나.

리아는 발밑에 떨어진 빨간 석류를 말없이 내려다보았다. 잠시 과부하가 걸린 컴퓨터가 된 것처럼 머릿속이 텅 비어버렸다.

어떡하지?

너무 기뻐서 날아갈 것만 같은데, 한편으론 쇳덩어리를 달아놓은 듯 다리가 무거웠다. 미칠 듯이 좋으면서도 처음 겪는 상황에 두려움이 앞섰고, 무척 행복하면서도 새로 생긴 책임감에 조심스러웠다.

"아직 확실한 건 아니니까……."

"팀장님, 제가 지금 당장 약국에 가서 임신 테스트기 사올게요. 잠깐만 기다리세요."

리아의 말이 끝나기도 전에 채영은 제 일인 것처럼 흥분하며 차를 세워둔 곳으로 뛰어갔다. 리아는 멀어지는 채영의 뒷모습을 보며 혼잣말처럼 중얼거렸다.

"그런데 나, 진짜 임신한 거면 어떡하지?"

옆에서 지켜보던 태호의 얼굴에 어두운 그림자가 내렸다. 아직 리아는 아기를 가지고 싶지 않은 게 분명했다. 갑자기 그녀에게 큰 짐을 지워준 것 같아 마음이 착잡했다. 태호는 어깨에 팔을 둘러 조심스럽게 리아를 끌어안았다.

"미안해, 리아야."

"미안하긴 뭐가 미안해?"

"피임했다고 해도 완벽한 건 아니니까. 내가 조금 더 조심했어야 했는데……."

그 말에 리아는 한 발 뒤로 물러서며 고개를 들어 그를 올려다보았다. 그가 더 말을 꺼내기 전에 오해를 풀 필요가 있었다.

"그게 아니라 나 임신한 것도 모르고 그동안 밤도 새고, 커피도 엄청 마시고 그랬잖아. 아, 맞다. 나 술도 마셨단 말이야. 어떡하지? 우리 '호호' 잘못되기라도 했으면 어떡해?"

"뭐?"

아이를 가져서 당황하는 줄 알았는데 그게 아니었어? 호호? 그새 혼자서 태명까지 지어놓았던 거야?

"하, 리아야. 넌 정말."

태호는 팔을 뻗어 리아의 여린 몸을 제게로 확 끌어당겼다. 그리고 사랑스러운 아내를 꼭 끌어안은 채 나직이 웃음을 터뜨렸다.

식당을 빠져나온 민수는 주위를 둘러보며 인적 드문 곳을 찾았다. 드디어 적당한 곳을 찾은 그는 휴대폰을 꺼내 전화를 걸기 시작했다. 무슨 일인가 하고 채영을 따라 나왔던 민수는 방금 놀랄 말을 듣고 말았다.

뭐? 리아가 임신을 했다고?

삼촌이 된다는 사실에 기쁘기도 했지만, 갑자기 오게 된 절호의 기회에 가슴이 뛰었다. 민 여사의 마음을 돌리고 바로 집에 돌아갈 수 있을지도 모를 기회니까!

신호음이 몇 번 울리고 전화가 연결되었다.

"엄마."

분명 전화를 받은 게 맞는데 건너편에선 아무 소리도 들리지 않았다. 아직 민 여사는 그와 대화하고 싶은 생각이 없는 듯했다. 그래도 실망하지 말자. 모른 척하지 않고 전화를 받아준 게 어디냐.

"아무래도 엄마에게 제일 먼저 알려줘야 할 것 같아서 전화했어."

이번에도 침묵이 이어졌다. 그러나 민수는 기죽지 않고 크게 숨을 들이마시며 천천히 말을 이었다.

"리아가 임신한 거 같아."

[뭐?]

그제야 한 옥타브 올라간 민 여사의 목소리가 울려 퍼졌다.

"아직 확실한 건 아니야. 지금 약국에 임신 테스트기 사러 갔거든."

[얘, 그 얘길 왜 지금에야 하는 거야?]

"엄마, 지금 바로 알려주는 거야. 이거 완전 따끈따끈한 소식이라고."

[알았어. 지금 갈게. 어디야, 집이야?]

음……. 여긴 지금 집이 아닌데…….

민수는 곧장 대답하지 못하고 잠시 뜸을 들였다.

[뭐야, 왜 대답이 없어?]

민수가 말이 없자, 민 여사는 답답하다는 듯 대답을 재촉했다. 할 수 없이 민수는 지금 그들이 있는 장소를 밝혔다.

"우리 지금 지리산에 있어."

[뭐어? 지리산?]

다시금 높은 민 여사의 목소리가 휴대폰 건너편에서 카랑카랑 울려 퍼졌다.

역시나 두 줄이었다!

"아!"

리아는 믿을 수 없다는 얼굴로 임신 테스트기를 바라보았다. 너무나 벅찬 기분에 말이 제대로 나오지 않을 지경이었다. 하지만 아직은 '100%' 확실한 건 아니니까, 병원에 가서 진단을 받는 게 좋을 것이다.

"오늘은 늦었고, 내일은 우선 병원부터 가보게."

채영에게 소식을 듣고 방으로 찾아온 하 여사가 리아에게 조언했다. 하지만 리아는 빠르게 고개를 내저었다.

"아니에요, 여사님. 나중에 서울 올라가서, 그때 가면 돼요."

그녀가 빠져버리면 일정에 차질을 빚기 때문이었다.

"뭐 하러 그래? 쇠뿔도 단김에 빼라는 말 몰라?"

"하지만 내일 일정도 있고, 제가 빠지게 되면……."

"어차피 속이 울렁거려서 냄새도 못 맡을 텐데 뭘 그러나?"

리아의 말을 중간에 끊으며 하 여사가 말했다.

"괜찮아, 자네는 지금까지 자주 와서 많이 배웠잖은가. 자네 없어도 괜찮으니 아무 걱정하지 말게."

개인적인 일로 회사 업무에 방해가 되게 하고 싶진 않았지만, 하 여사는 단호했다.

할 수 없이 리아는 하 여사의 말대로 내일 오전 일정에서 빠지는 것으로 조정했다. 물론 태호도 그녀와 함께 일정에서 빠졌다. 민수는 자신이 책임지고 이끌 테니까, 걱정하지 말고 편히 다녀오라고 리아를 안심시켰다.

그리고 몇 시간 후.

"……아니, 여기엔 무슨 일로?"

전혀 예상하지 못한 방문객이 지리산 새울 식당을 찾아왔다.

"엄마?"

별생각 없이 창밖을 내다보던 리아는 자신의 눈을 의심했다. 고급 세단이 식당 앞에 멈춰 서더니, 그 안에서 민 여사가 내리는 게 아닌가? 민 여사를 본 리아는 깜짝 놀란 얼굴로 식당 밖으로 걸어 나갔다.

"엄마가 여긴 웬일이야?"

"웬일이긴 뭐가 웬일이야? 너 보려고 왔지."

한 달 동안은 연락도 하지 말라더니 왜 갑자기? 아니, 그보다 여기 있는 건 어떻게 알았을까?

"엄마, 내가 지리산에 온 건 어떻게 알고?"

"지금 그게 중요한 게 아니잖니. 너, 아기 가졌다며?"

툭 던져진 질문에 리아의 두 눈이 커다래졌다.

와, 발 없는 말이 천 리를 간다지만, 뭐가 이렇게 빨라?

이곳에 도청 장치가 있을 리는 없고, 그렇다고 그새 태호가 연락했을 리도 없을 텐데. 태호의 성격상 병원에서 확실한 진단을 받을 때까진 어디에다가도 알리지 않았을 것이다. 그렇다면?

범인이 누구인지 감이 온 리아는 뒤로 고개를 돌렸다. 순간 따라 밖으로 나오던 민수와 시선이 마주쳤다. 그는 자신의 죄를 자백하듯 재빨리 시선을 피했다.

아휴, 주민수! 비밀 연애 숨겨주다 쫓겨났다고, 이젠 뭐든 즉각 보고하기로 한 거야?

자신이 직접 말하려고 했는데 민수에게 선수를 빼앗겨버린 리아는 원망스러운 눈으로 민수를 흘겨보았다.

"리아야, 사부인도 아시니?"

"응, 뭘?"

민 여사의 물음에 리아는 찡그렸던 표정을 풀며 다시 앞으로 고개를 돌렸다.

"사부인도 아시냐고. 너 임신한 거."

"아니, 내일 산부인과 가서 확실히 진단받은 다음에 알리려고 아직 말씀드리지 않았어."

"그래?"

자신이 먼저 알았다는 사실에 민 여사의 얼굴이 환하게 밝아졌다. 그녀는 기특하다는 듯 리아를 껴안으며 등을 토닥거렸다.

"잘했다. 이런 건 누구보다도 친정 엄마가 먼저 알아야지."

어째, 민 여사는 리아의 임신 사실을 정 여사보다 자신이 먼저 알게 됐다는 사실에 더 기뻐하는 것 같았다. 이런 일에 또 경쟁의식이 작동한 건 아니겠지? 그저 기분 탓이라고 믿고 싶다.

그때 뒤에서 하 여사의 목소리가 들렸다.

"아니, 자네가 연락도 없이 여기는 어쩐 일인가?"

"어머, 여사님, 그동안 안녕하셨어요?"

하 여사를 본 민 여사는 반갑게 웃으며 마치 집안 어른을 대하는 것처럼 두 손을 모으며 깍듯이 허리를 굽혔다.

"그럼그럼. 자네 덕분에 아주 잘 지냈네."

그런 민 여사를 하 여사는 따뜻하게 끌어안아주는 것으로 화답했다.

"때마침 잘 왔어. 우리 막 저녁 먹으려던 참이었거든. 어서 들어오시게나."

하 여사는 민 여사의 팔을 잡고 식당 안으로 이끌었다. 민수는 재빨리 그 뒤를 따랐다. 하지만 얼마 못 가, 리아에게 팔을 붙잡혔다.

"어떻게 된 거야? 네가 엄마에게 말했어?"

"어, 이번엔 무조건 엄마가 먼저 알아야 할 것 같아서."

"이 기회로 집에 일찍 돌아가고 싶어선 아니고?"

리아가 정곡을 찌르자, 민수는 얼른 시선을 피하며 마른기침을 내뱉었다.

"하아, 나도 모르겠다."

리아는 한숨을 내쉬며 뉘엿뉘엿 저물어가는 해를 바라보았다. 곧 칠흑 같은 어둠이 내릴 것이다. 산속의 밤은 일찍 찾아오기 때문이다. 밤길을 혼자 운전해서 산에서 내려가는 건 위험할 테니, 아무래도 민 여사는 이곳에서 하룻밤을 보내야 할 것 같다.

"내가 엄마랑 잘 테니까, 민수, 넌 태호랑 자. 방 모자라잖아."

"그래."

하지만 다행히도 그럴 필요가 없어졌다. 저녁 식사 후, 하 여사는 자신과 방을 쓰면 된다면서 민 여사를 안채로 들였다. 민 여사는 내일 산부인과에 함께 가자고 말하고는 하 여사를 따라나섰다.

첫날 일과가 끝나고 밤 10시가 넘자, 모두는 방으로 돌아갔다. 아침 일찍 일어나 피곤한 상태였지만, 리아는 도통 잠을 잘 수가 없었다.

"왜? 잠 안 와?"

그녀가 이리저리 몸을 뒤척이자, 태호는 팔을 뻗어 그녀를 품으로 끌어당겼다.

"응."

그의 가슴에 얼굴을 묻으며 리아는 작게 고개를 끄덕거렸다.

배 속에 생명이 있다는 생각에 너무 가슴이 두근거려 도무지 잠을 잘 수가 없었다. 언젠가 아이를 갖게 될 거라고 막연히 생각은 하고 있었다. 그러나 이렇게 막상 앞에 닥치고 보니, 예상한 것과는 느낌이 조금 달랐다.

뭐랄까? 더욱더 마음이 벅찬 동시에 은근히 불안하달까?

동시에 아이에 대한 궁금증이 물밀듯이 밀려왔다.

딸일까? 아들일까? 누굴 닮았을까?

얼마 전에만 해도 태호를 쏙 닮은 아들이 있으면 좋겠다고 상상했었는데, 그녀를 쏙 빼닮은 딸이 있어도 좋을 거라는 생각이 들었다.

딸 바보가 된 태호를 옆에서 바라보는 것도 쏠쏠한 재미일 테니까.

상상하는 것만으로 입가에 행복한 미소가 번졌다.

"그런데 왜 태명을 '호호'라고 지었어?"

"아, 그거? 아가씨가 그러는데 너는 '호랑이 구미호'고 난 '불여우 구미호'래. 그래서 별명 끝 자를 써서 '호호'라면 어떨까 생각해봤거든."

"뭐?"

리아의 설명에 태호는 인상을 찌푸렸다.

물론 자신의 별명이 호랑이 구미호란 건 잘 알고 있다. 하지만 어떻게 리아가 불여우라는 거지? 천사처럼 착한 리아가 사람 간을 파먹는 구미호라고?

"태희, 이 녀석……."

"그러지 마. 따지고 보면 맞는 말이잖아."

혹시라도 태희에게 불똥이 떨어질까, 리아는 재빨리 사태를 수습했다. 처음엔 그녀도 대놓고 불여우라고 말하는 태희가 곱게 보이지 않았던 건 사실이다. 하지만 토끼라고 하지 않은 게 어딘가! 약하고 도움이 필요한 토끼보다는 얄미운 구미호가 훨씬 나은 표현으로 다가왔다.

"호랑이, 토끼 커플보다는 호랑이, 구미호 커플이 낫지. 그러니까 아가씨에게 뭐라고 하지 마. 알았지?"

본인이 좋다는데 뭐라고 할 수는 없고.

"그래, 알았어."

태호는 고개를 끄덕이며 리아를 안은 팔에 조금 더 힘을 주었다.

그 역시 오늘 밤은 쉽게 잠들지 못할 것 같다. 그녀의 배 속에 새로운 생명이 있다는 생각에 태호의 심장 박동도 천천히 빨라지고 있었다. 리아와 태호는 서로의 따뜻한 체온을 느끼며 살며시 두 눈을 감았다.

지리산의 밤은 그렇게 깊어가고 있었다.

Chapter 23

모두 알고 있어

다음 날 아침 일찍 산부인과를 찾은 리아는 예상했던 대로 임신이라는 진단을 받았다. 의사는 임신 5주에 들어섰다고 말하며 간단한 설명을 곁들였다.

"이제부터 몸이 무거워진다든지, 쉽게 피곤해진다든지 하는 등의 증상이 나타날 겁니다. 될 수 있는 한 체력적으로 힘든 일은 피하세요."

의사는 서울에 올라가면 다시 병원을 찾아 자세히 진단받을 것을 권했다. 병원을 나서자, 그때까지 잠자코 듣기만 하던 민 여사가 활짝 웃으며 리아의 손을 잡았다.

"어휴, 다행이다. 난 또 쌍둥이가 들어선 줄 알고 조마조마했거든."

"쌍둥이가 어때서?"

솔직히 리아는 배 안에 있는 아이가 쌍둥이였으면 하고 바라기도 했다. 그녀와 민수처럼 사이좋게 아들 딸로 나오면 얼마나 좋을까 하고. 하지만 민 여사는 리아와 180도 의견이 달랐다.

"내가 너랑 민수, 둘 가지면서 얼마나 고생한 줄 아니? 하, 그때만 생각하면 지금도 아찔해. 그러니까 너는 나처럼 한꺼번에 낳아서 고생하지 말고, 하나씩 하나씩 천천히 낳아. 알았어?"

말을 마친 민 여사는 이번에는 태호에게로 고개를 돌렸다.

"강 서방, 어떻게 할 건가? 이대로 리아를 데리고 서울로 올라갈 건가?"

"엄마는? 올라가긴 어딜 올라가?"

리아는 화들짝 놀라며 민 여사의 팔을 잡아당겼다.

"나 지금 출장 온 거야. 놀러 온 게 아니라……."

"알았어. 그러면 무리하지 말고 일 끝나는 대로 바로 서울 올라가."

"응, 알았으니까 엄마 먼저 빨리 올라가서."

겨우겨우 민 여사를 달래 서울로 보낸 리아는 안도의 숨을 내쉬며 차에 올라탔다. 예정에 없던 병원 방문 때문에 오전 시간을 통째로 날렸지만, 오후 일정만큼은 차질을 빚고 싶지 않았다. 그러나 얼마 후, 리아는 차가 전혀 다른 방향으로 가고 있다는 사실을 깨달았다.

"태호야, 지금 어디로 가는 거야? 아까 좌회전했어야지."

"어머님 말씀대로 해."

도로에 시선을 고정한 채로 태호가 짧게 말했다.

"뭐?"

"아까 하 여사님도 그러셨어. 입덧하는데 냄새 맡으면서 고생하지 말고 병원 갔다 바로 서울로 올라가라고."

"뭐야? 하루아침에 환자 취급하는 거야?"

말은 그렇게 했지만, 몸이 무거우니 평소보다 피곤한 것도 사실이었다. 고집 피워 남았다가 입덧한다며 민폐를 끼치는 것도 그렇긴 하고. 어제도 냄새에 민감해져서 들깨 볶는 냄새에 저도 모르게 눈살을 찌푸렸으니까. 식품 회사에 근무하면서 당분간 음식 냄새를 피해야 할지도 모른다니…….

'얻는 게 있으면 잃는 것도 있다'는 말이 실감 나게 느껴졌다. 리아는 침묵으로 동의의 뜻을 나타내며 창밖으로 시선을 돌렸다. 창밖의 풍경이 빠른 속도로 휙휙 지나갔다.

탕—.

현관문 닫히는 소리가 크게 울리고, 적막이 내려앉았다.

잠시 후, 문을 열고 밖을 살핀 수진은 슬그머니 방을 빠져나왔다. 거실 창밖으로 한 사장의 차가 차고를 빠져나가는 것을 확인한 후, 재빨리 서재 안으로 들어갔다. 곧장 책상으로 걸어간 수진은 펜 컵에 꽂힌 필기도구 중에서 은색 펜을 꺼내어 방으로 돌아갔다.

그녀 손에 쥐어진 은색 펜은 정교하게 제작된 도청 장치였다.

얼마 전, 한 사장이 통화하는 것을 우연히 듣게 된 후로 수진은 도저히 잠을 잘 수가 없었다. 한 사장은 절대로 아니라고 부정했지만, 어째서인지 그 말을 믿을 수가 없었다. 만약에 한 사장이 태호를 해치려 한다면 가만히 지켜만 볼 순 없었다. 은색 펜을 컴퓨터에 연결한 수진은 날짜와 시간을 확인하며 오디오 파일을 재생했다.

잠시 후, 한 사장의 목소리가 흘러나왔다. 통화하는 상대의 목소리는 들을 수 없었지만, 한 사장의 대화만 들어도 쉽게 유추할 수 있는 내용이었다. 대부분은 그리 중요한 내용이 아니었다. 하지만 방금 한 사장이 집을 나서기 전에 한 통화의 내용이 수진의 관심을 끌었다.

[방금 지리산에 가 있는 변 팀장에게 들었는데, 주리아 팀장이 임신했다는군.]

뭐? 리아가 임신을 했다고?

순간 망치로 머리를 맞은 것 같은 충격이 수진을 강타했다.

[결혼한 지 얼마나 됐다고 벌써 아이를⋯⋯. 회장님이 2세에게 회사를 물려준다 하니까 도저히 기다릴 수 없었나?]

비아냥거리는 듯한 한 사장의 목소리를 계속해서 이어졌다.

[강 이사 건은 잠시 보류해봐. 태호보다는 리아를 먼저 쳐야겠어. 그러고 나서 강 이사를 공격해야 더 효과적이겠지.]

역시 거짓말이었어.

태호를 절대로 건드리지 않을 거라고 하고선 한 사장은 차곡차곡 계획을 세우고 있었다.

아빠가 어떻게⋯⋯.

왜 그녀 주변이 거짓말하는 사람들로 가득 찼는지 모르겠다. 수진은 배신감에 아랫입술을 깨물며 오디오 재생을 멈추려 마우스를 움켜쥐었다. 그때 전혀 예상하지 못한 말이 흘러나왔다.

[답답하군. 방법을 내가 꼭 말로 일일이 설명해야 하나? 임신 초기엔 유산이 아주 쉽게 되는 거 몰라?]

지금 이게 무슨 소리야?

수진은 마우스를 클릭해, 방금 들은 부분을 재빨리 되풀이했다. 하지만 되풀이하고 또 되풀이해도 내용은 변함없었다.

"⋯⋯아빠?"

수진은 믿을 수 없다는 표정을 지으며 손으로 입을 틀어막았다.

"방금 뭐라고 했지?"

태호를 바라보는 정 여사의 목소리가 가늘게 떨렸다. 갑자기 연락도 없이 찾아왔을 때부터 뭔가 중요한 할 말이 있다는 걸 눈치채긴 했었다. 하지만 이런 소식일 것이라곤 전혀 예상하지 못했다.

리아가 아이를 가졌다니! 너무 기쁘면 할 말을 잃는다고 하던가?

정 여사는 멍하니 아들 내외를 바라보았다. 그녀와 달리, 강 회장은 호탕한 웃음을 터뜨렸다.

"하하하, 축하한다, 축하해."

강 회장의 큰 웃음소리에 정 여사는 그제야 정신을 차린 듯 손으로 이마를 짚었다. 그리고 걱정스러운 눈으로 리아를 바라보았다.

"리아야, 괜찮겠니? 아직 신혼인데, 제대로 신혼 생활을 즐기지도 못하고……."

남자인 강 회장은 여자에서 어머니가 된다는 사실이 무엇을 의미하는지 알지 못할 것이다. 그는 시아버지로서 손주를 갖게 되었다는 것이 그저 기쁘겠지만, 정 여사는 시어머니이기 전에 같은 여자로서 리아가 걱정되었다.

양가의 오래된 대립으로 제대로 연애도 해보지 못한 두 사람이니까, 아이는 조금 늦게 갖는 한이 있더라도 실컷 둘만의 자유로운 시간을 보냈으면 하는 바람이 있었다. 그러나 다행히도 리아는 아이를 가졌다는 사실에 더 행복해하는 것 같았다. 정 여사를 바라보며 활짝 웃어 보였다.

"그럼요, 어머니. 당연히 괜찮죠."

"그래, 낳기만 해라. 키우는 건 전혀 걱정하지 말고. 내가 다 알아서 해줄 테니까."

말만이라도 얼마나 고마운지 모르겠다. 진심으로 그녀를 걱정해주는 것 같은 정 여사의 눈빛에 왠지 모르게 코끝이 찡해졌다. 얼마 전까지만 해도 적진 한가운데 끌려온 것 같은 싸늘한 느낌이었는데, 언젠가부터는 친정에 온 것처럼 따뜻하고 편안하게 느껴졌다.

"감사합니다. 어머니."

"아니다. 내가 더 고맙지. 정말 고맙다."

그때 옆에서 지켜보던 소정이 조심스럽게 끼어들었다.

"축하해, 동서."

"감사합니다, 형님."

소정보다 먼저 아이를 가지게 돼 미안한 생각이 들었다. 후계 자리를 놓고 민감할 텐데, 결혼한 지 얼마 되지 않은 리아가 먼저 아이를 가지게 되었으니까 더더욱. 그러나 소정과 태문은 전혀 어두운 표정 없이 진심으로 축하해주었다.

가족 중에서 시큰둥한 반응을 보인 사람은 태희뿐이었다. 태희는 그들과 떨어져 선 채, 뾰로통한 얼굴로 아랫입술을 내밀었다.

나 이제 대학생인데, 벌써 조카가 생긴다고? 헐, 그럼 나보고 고모라고 부를 거 아냐?

상상만 해도 기분이 이상하고 소름이 돋는 것만 같아, 태희는 손바닥으로 양팔을 빠르게 문질렀다.

"소식 들었습니다. 축하합니다, 이사님."

주말이 끝나고 회사로 출근한 태호를 남 비서가 반갑게 맞이했다.

"소식이라니?"

"사모님, 임신하셨다면서요."

그 말에 태호는 미간을 찌푸리며 우뚝 자리에 멈춰 섰다. 주말을 낀 2박 3일 출장이었기 때문에, 회사 사람 아무도 그가 먼저 서울에 올라온 것을 알지 못했다. 그리고 지리산 출장으로 주말을 사용한 변 팀장과 민훈은 월요일과 화요일을 쉬고, 수요일이 되어야 출근한다.

그런데 어떻게 남 비서의 귀에까지 임신 소식이 흘러 들어간 걸까?

"누가 그래?"

"아, 아닙니까?"

순간 남 비서는 당황한 듯 눈을 가늘게 모았다. 하지만 그에게는 상사의 질문에 대답할 의무가 있었다.

"사내 익명 게시판에 글이 올라와서요. 이사님 가정에 좋은 소식이 있다고. 아니었습니까?"

"후우."

태호는 대답 대신 짧게 한숨을 내쉬었다. 축하받을 일은 맞지만, 이렇게 빨리 사내에 소문이 퍼졌다는 사실이 마음에 걸렸다. 누군가 그를 감시하는 것만 같아서…….

"리아가 임신한 건 맞아. 이번 지리산에 출장 갔다가 알게 됐어. 그런데 성후, 너도 아직 모르는 사실이 어떻게 익명 게시판에 먼저 오른 거지? 변 팀장이 그런 짓을 할 사람은 아닌데……."

"그건 그렇죠."

"누가 소문을 냈는지 알아봐."

"네, 알겠습니다."

집무실로 들어선 태호는 자리에 앉자마자, 사내 익명 게시판으로 들어갔다. 맨 처음 글은 그가 리아와 서울로 올라가는 중에 올라와 있었다. 그렇다면 그때 그 사실을 사내에서 아는 사람은 변 팀장밖에 없을 텐데…….

변 팀장에게 전화를 걸려던 태호는 곧 마음을 바꾸고 대신 민훈에게 전화를 걸었다.

[여보세요?]

잠시 후, 전화가 연결되고 민훈의 목소리가 흘러나왔다.

"강 이사가 내 방까지 웬일인가?"

말은 그렇게 하면서도 한 사장은 태호가 자신을 찾아오리라는 걸 예상한 눈치였다. 태호는 가볍게 고개를 숙여 인사하고 바로 소파에 자리를 잡았다.

"이번 건은 사장님께 직접 보고해야 할 것 같아 왔습니다. 아무리 실무에서 멀어지셨다고 해도, 주원식품과의 협력에 관해선 자세히 아셔야 할 것 같아서요."

"어, 그래. 이야기는 들었어. 하명은 여사님의 들깨 요리 기획, 주원식품에서 함께 가자고 했던가?"

대화 내용은 회사 업무에 관한 것이었지만, 서로를 바라보는 두 사람의 눈빛은 전혀 다른 감정을 담고 있었다. 상대를 경계하는 동시에, 표정을 살피며 은근히 속을 떠보는.

보고가 끝나갈 때쯤, 한 사장의 입에서 기다렸던 말이 흘러나왔다.

"그나저나 축하하네. 조금 있으면 아빠가 된다고?"

"네. 그런데 그 소식은 어디서 들으셨습니까?"

이미 한 사장이 변 팀장에게 전화했다는 사실을 민훈에게 들어 알고 있었지만, 태호는 모르는 척 질문을 던졌다. 도대체 무슨 꿍꿍이인지 알고 싶었다.

"들깨 요리 기획으로 지리산에 출장 갔다고 하기에, 어떻게 잘 진행되고 있는지 궁금해서 변 팀장에게 전화했었거든. 그랬더니 그러더군."

"그러셨군요."

예상한 대로, 익명 게시판에 글을 올린 것은 한 사장 측에서 꾸민 일이 틀림없었다. 아직 이유는 모르겠지만, 한 사장이 꾸미는 일에는 신경이 곤두설 수밖에 없었다. 그가 어떤 형태로 선제공격을 펼칠지 아직은 확실한 정보가 없으니까.

"그럼 전 이만 가보겠습니다."

보고를 마친 태호가 소파에서 몸을 일으키자, 한 사장도 따라서 자리에서 일어났다.

"자네 아내 회사 일로 계속 바쁠 텐데, 무리하지 않게 옆에서 잘 지켜봐. 특히 임신 초기에 많이 조심해야 해. 쉽게 유산될 수도 있는 시기이니까."

책상으로 돌아가며 한 사장이 지나가는 투로 말했다.

"걱정해주셔서 감사합니다."

'유산'이라는 단어 자체에 저절로 눈살이 찌푸려졌지만, 태호는 아무렇지 않은 듯 가볍게 넘겼다. 그러나 한마디 정도는 해야 할 것 같았다. 문으로 향하던 태호는 다시 뒤를 돌아 한 사장을 바라보았다.

"하지만 그럴 일은 없을 겁니다."

"그럼, 당연하지. 그런 일은 없어야지."

한 사장은 인자한 미소를 떠올렸지만, 어딘지 모르게 음산한 기운이 감돌았다. 태호는 말없이 한 사장을 바라보다 그대로 방을 나섰다.

"아닐지도 모르잖아. ……확실한 것도 아니고."

수진은 혼잣말을 중얼거리며 초조한 얼굴로 손톱을 깨물었다. 손톱을 깨물지 않는 다른 손에는 휴대폰이 쥐어져 있었다.

"하아, 짜증 나, 정말."

어느 정도 마음이 가라앉나 했는데 돌연 리아의 임신 소식이 다시금 그녀를 거칠게 뒤흔들었다.

아이라니, 아이라니! 두 사람의 아이라니!

상상하는 것만으로 미쳐버릴 것만 같았다.

리아와 태호가 진심으로 사랑한다는 사실을 깨달았을 때 느꼈던 질투보다 더한 감정이 그녀를 에워쌌다. 질투보단 분노였고, 질투보다는 슬픔이었다. 그리고 절망이었다.

이제 더는 흘릴 눈물이 남아 있지 않다고 생각했는데…….

수진은 뺨을 타고 흘러내리는 눈물을 손등으로 닦아냈다. 자연스럽게 손에 쥔 휴대폰으로 시선이 옮겨갔다. 화면에는 리아의 이름과 전화번호가 떠 있었다. 1시간 전부터 수진은 리아에게 전화를 걸까, 말까 망설이는 중이었다. 며칠 전, 한 사장이 한 말이 자꾸만 가슴에 걸려 가만히 있을 수가 없었다. 도저히 이대로 넘어가면 안 될 것 같은 예감이 들었다.

물론 아직도 리아가 미운 건 사실이다. 질투도 나고, 될 수만 있다면 그녀의 행복을 산산이 깨부수고 싶었다. 하지만 아무리 그래도 리아가 다치는 모습은 보고 싶지 않았다.

어떻게 해야 하지?

수진은 신경질적으로 손톱을 깨물며 휴대폰을 노려보았다.

수요일, 회사로 출근한 채영은 곧장 팀장실로 향했다.

"팀장님, 아직 아무도 모르죠? 이야기 안 하셨죠?"

"응, 아직."

"저, 말하고 싶어서 얼마나 입이 간질거렸는데요. 그래도 팀장님 먼저 알리는 게 맞는 거라서 참았어요."

"그래, 고마워. 채영 씨."

리아가 밝히지 않는다고 해도, 점점 입덧이 심해져 모두 눈치챌 것이다. 어쩌면 한시라도 빨리 임신 사실을 밝히는 게 앞으로의 계획에도 차질을 빚지 않고 일정 조정도 수월할 것이다.

"와! 팀장님!"

역시나 팀원들 모두, 자신 일처럼 기뻐해주었다. 그리고 리아가 뭐라고 말을 꺼내기도 전에 일정 조율에 들어갔다. 맨 첫 번째는 코엑스에서 열리는 국제 식품 박람회 일정이었다.

"팀장님은 곧장 집으로 가세요. 정리하는 건 저희가 회사에 들어가서 할게요."

리아와 함께 국제 식품 박람회를 위해 코엑스에서 방문한 채영과 김 대리는 볼일이 끝나자마자 리아의 등을 떠밀었다.

"괜찮아. 나도 같이 회사로 가."

"아니에요, 팀장님. 오늘 온종일 냄새 맡느라 힘드셨잖아요. 그만 들어가서 쉬세요."

채영의 말이 맞긴 했다. 하루가 지나면 지날수록 냄새에 민감해져서, 이젠 밥 짓는 냄새에도 인상을 찡그리게 된다. 하지만 그렇다고 아무것도 하지 않고 누워만 있을 순 없었다.

의사는 움직이지 않고 가만히 있는 것도 몸에 좋지 않다며, 무리하지 않는 선에서 평소와 다름없이 행동하라고 조언했다.

"그러면 차가 있는 곳까지만이라도 같이 가."

"대신 팀장님, 서류는 우리가 들 테니까, 팀장님은 아무것도 드시면 안 돼요."

"알았어, 채영 씨."

따리리릭―. 따리리릭―.

그때 가방에 넣어둔 휴대폰이 울리기 시작했다. 리아는 걸음을 멈추고 가방에서 휴대폰을 꺼냈다. 폰을 들여다보느라 나란히 걷던 채영과 김 대리와의 사이가 점점 멀어져갔다.

"⋯⋯응?"

화면으로 발신자를 확인한 리아는 잠시 제 눈을 의심했다. 수진에게서 걸려온 전화였다. 수진이 먼저 연락하리라곤 전혀 생각하지 못한 리아는 표정을 굳혔다.

혹시 유정이에게 소식을 들었나?

리아는 어젯밤 유정이에게 전화를 걸어, 임신 소식을 전했다. 수진을 위해서 되도록 유정과의 만남을 피하긴 하겠지만, 그렇다고 기쁜 소식까지 숨기고 싶진 않았다. 소식을 들은 유정은 진심으로 축하해주었고, 두 사람은 잠시 대화를 나눈 후 전화를 끊었다. 하지만 그새 유정이가 수진에게 알렸을 것 같진 않았다.

그렇다면 무슨 일로?

리아는 선뜻 통화 버튼을 누르지 못한 채, 화면에 뜬 수진의 이름을 뚫어지게 바라보았다.

전화는 한 번 끊겼다 다시 울리기 시작했다.

띠리리릭ㅡ. 띠리리릭ㅡ.

수진이 무슨 이유로 연락했는지는 전화를 받기 전까진 알지 못하겠지?

마음을 굳힌 리아는 크게 숨을 내쉬었다. 혼자 궁금해하는 것보단 안 좋은 소리라도 듣는 게, 마음 편할 것이다.

"주리아 씨?"

막 통화 버튼을 누르려는데, 누군가 그녀를 불렀다. 소리가 난 쪽으로 고개를 돌리는 찰나, 어떤 억센 손길이 그녀의 등을 강하게 떠밀었다. '어? 무슨 일이지?' 하며 머리가 생각하는 동시에 몸이 크게 휘청거렸다. 순간 리아는 바로 앞에 지하 주차장으로 향하는 계단이 놓여 있다는 사실을 떠올렸다.

안 돼!

뿌연 허공이 시야를 가득 채우며 그녀를 둘러싼 세상이 어지럽게 돌아가기 시작했다.

쾅ㅡ.

바닥에 몸이 부딪치자, 몽둥이로 두들겨 맞는 것처럼 강한 충격이 온몸에 느껴졌다. 리아는 양손으로 아랫배를 감싸며 조금이라도 충격을 분산시키려 빠르게 몸을 굴렸다. 반사적으로 행동할 수 있는 것은 어릴 때 배운 태권도 낙법 기술이 그녀도 모르게 저절로 몸에 밴 덕분이었다. 그렇다고 고통이 사라지는 것은 아니었다.

"아."

리아는 고통의 신음을 흘리며 몸을 웅크렸다. 갑자기 들려온 둔탁한 소리에 채영과 김 대리가 아무 생각 없이 뒤를 돌아보았다.

"아앗!"

"어머, 팀장님!"

바닥에 쓰러져 있는 리아를 발견한 두 사람은 동시에 비명을 질렀다. 이어서 손에 들고 있던 서류 파일을 허공에 내던지고 헐레벌떡 리아에게로 달려왔다.

"이게 어떻게 된 거예요?"

리아는 아랫배를 감싼 자세로 천천히 고개를 들었다.

"……아, 채영 씨."

"팀장님, 괜찮으세요?"

불행 중 다행이라면 리아가 굴러떨어진 계단은 5단만 설치된 낮은 계단이라, 크게 다칠 높이는 아니었다. 뼈가 부러지거나 금이 생기기보다는, 온몸에 타박상이 드는 정도의 부상으로 그칠 가능성이 컸다. 그래도 임신 초기인 리아는 안심할 수 없었다. 조그만 충격에도 유산 위험성이 크니까.

리아는 숨을 들이마시고는 천천히 몸을 일으키려 했다. 그러자 채영과 김 대리가 재빨리 양쪽에서 리아의 팔을 잡으며 그녀를 부축했다. 그러나 몸을 반쯤 일으키기도 전에 리아는 비명을 지르며 주저앉았다.

"아앗, 잠깐만."

깜짝 놀란 채영과 김 대리는 리아를 따라 바닥에 주저앉았다.

"팀장님, 왜 그러세요? 혹시 발목 접질린 거 아니에요?"

"그게 아니라…… 음."

리아는 제대로 말을 잊지 못하고 앞으로 몸을 숙였다. 도저히 배가 땅겨서 허리를 펼 수가 없었다.

"일어나실 수 없을 것 같아요? 구급차 부를까요?"

발목이 아픈 거라면 어떻게든 참을 수 있겠는데, 허리를 펼 수 없을 만큼 심한 통증이 아랫배에 느껴졌다. 리아는 창백한 얼굴로 이를 악물며 작게 속삭이듯 말했다.

"……응. 나, 아무래도 병원 가봐야 할 것 같아."

제발, 아무 일 없기를…….

리아는 두 눈을 감은 채, 빌고 또 빌었다.

"이게 도대체 어떻게 된 겁니까?"

채영에게 연락을 받은 태호는 통화를 끊자마자, 곧장 병원으로 달려왔다. 하지만 병실 안에 리아의 모습은 보이지 않았고, 채영 혼자만이 자리를 지키고 있었다.

"리아는 어디에 있습니까?"

"팀장님은 지금 검사받는 중이세요."

"검사요?"

"팀장님이 갑자기 하혈을 하셔서……."

"하혈이요?"

순간 태호의 얼굴이 충격으로 굳어졌다. 그는 리아가 병원에 있다는 말을 듣자마자, 그대로 전화를 끊고 달려오는 길이다. 너무 당황한 탓에 왜 리아가 병원에 왔는지 이유를 듣지도 못했다.

"갑자기 하혈한 겁니까? 일하던 도중에?"

"아뇨. 그게 아니라……."

채영은 태호의 오해를 바로잡기 위해 차근차근 무슨 일이 났는지 설명했다.

"국제 박람회를 위해 코엑스를 방문하고 나서, 저랑 팀장님, 김 대리님이랑 모두 지하 주차장으로 가는 길이었어요. 그때 팀장님께 전화가 걸려 와서 팀장님이 뒤로 빠지셨거든요. 저희는 곧 통화 끝날 줄 알고 계속 걸었고요. 그러다 갑자기 무슨 소리가 들려서 돌아보니까……."

채영은 태호의 눈치를 보며 조심스럽게 말을 이었다.

"팀장님이 쓰러져 계셨어요. 계단에서 굴러떨어지신 것 같았어요."

'계단에서 굴러떨어졌다.'는 소리에 태호는 인상을 찌푸렸다. 그래서 하혈했다는 말인가?

"우리가 달려가서 부축하니까, 팀장님은 아랫배가 아파서 도저히 일어날 수 없다고 하시더라고요. 그래서 우선 구급차를 불렀어요."

채영의 설명은 계속해서 이어졌다. 응급실에 도착한 후, 김 대리는 회사로 들어갔고 채영은 병원에 남아 리아의 곁을 지켰다. 처음엔 별이상 없었는데, 리아가 하혈을 시작하면서 상태가 심각하게 변해버렸단다. 긴급 호출을 받은 산부인과 교수가 달려와 지금은 검사 중이라고 했다.

"검사는 얼마나 걸립니까?"

"글쎄요. 저도 잘……. 아, 그리고 이건 팀장님 휴대폰이에요."

채영은 말꼬리를 흐리며 리아의 휴대폰을 내밀었다. 태호는 휴대폰을 건네받고, 발신자 명단을 훑어보았다.

화면에 뜬 낯익은 이름에 그의 표정이 일그러졌다.

"……한수진?"

리아의 마지막 통화 상대는 수진이었다. 순간 불길한 예감이 들었다. 다시는 안 볼 사람처럼 굴더니 왜 전화한 걸까?

수진이 리아의 등을 떠민 것도 아닌데, 태호는 화면에 뜬 수진의 이름이 눈에 거슬렸다. 만약에 리아가 통화 도중 계단에서 떨어진 것이라면, 수진은 뭔가를 알고 있을지도 모른다.

그때 휴대폰이 울리기 시작했다.

발신자는 수진이었다. 썩 내키진 않았지만, 태호는 통화 버튼을 눌렀다. 무슨 말을 해서 난데없이 리아가 쓰러졌는지 이유를 알아야겠다.

[리아야? 너, 지금 어디야?]

휴대폰 너머로 수진의 다급한 목소리가 흘러나왔다.

"무슨 일이야?"

[태호?]

리아 대신 태호의 목소리가 들리자, 수진은 긴장한 듯 숨을 들이마셨다.

[왜 네가 전화를 받아? 리아는 어디 가고?]

"내가 물은 것부터 대답해. 무슨 일로 전화했어?"

잠시 침묵이 흐르고 수진이 떨리는 목소리로 말을 꺼냈다.

[그건 네가 상관할 바가 아니잖아. 리아나 바꿔줘.]

"리아는 지금 통화할 상태가 아니야."

그대로 전화를 끊으려던 태호는 생각을 바꿔 수진에게 질문을 던졌다. 그녀가 진실을 말해줄지 아닐지는 알 수 없었지만, 시도는 해봐야 할 것 같았다.

"너, 오늘 리아와 통화했었어? 도대체 무슨 말을 했기에 리아가 통화 중에 계단을 구른 거지?"

[뭐?]

비명을 지르듯 수진의 목소리가 커졌다.

[리아가 계단을 구르다니? 지금 무슨 말을 하는 거야?]

목소리가 심하게 떨리는 것으로 보아, 수진이 거짓말을 하는 것 같진 않았다.

"지금 여기 병원이야. 리아가 구르기 직전에 네가 리아에게 전화를 걸었던데……"

[걸긴 걸었지만, 통화는 하지 못했어. 리아가 받지 않아서…….]

"그래, 알았어. 그만 끊자."

태호가 전화를 끊자, 옆에서 통화를 듣던 채영이 조심스럽게 말을 꺼냈다.

"저희도 확실한 건 몰라요. 전화를 받으려다 발을 헛디디신 건지, 아니면 어지러워서 쓰러지진 건지. 오늘 온종일 냄새 때문에 괴로워하셨거든요."

그때 문이 열리며 검사를 마친 리아가 휠체어에 탄 채로 병실로 돌아왔다. 그녀는 병실에 선 태호를 보고 놀란 표정을 지었다.

"태호야?"

"리아야, 괜찮아?"

"미안. 내가 또 걱정하게 했네."

이럴 줄 알았으면 검사하러 가면서 태호에게는 연락할 필요 없다고 말해둘 걸 그랬다. 괜한 걱정을 끼친 것 같아 리아는 마음이 무거웠다.

리아가 침대에 눕고 나서 얼마 후, 문이 열리며 의사가 검사 결과를 들고 들어왔다.

"하혈은 있었지만, 다행스럽게도 아이는 무사합니다. 환자분이 넘어지면서 배를 잘 보호해주셨어요. 하지만 그래도 아직은 위험한 시기이니까, 조금 더 지켜봐야 할 것 같습니다."

의사의 설명에 리아와 태호는 안도의 숨을 내쉬었다. 의사는 계속해서 모니터할 필요가 있다며 며칠간 입원을 권유했다.

"네. 알겠습니다. 입원하도록 하죠."

의사의 말이 끝나자마자, 태호는 곧바로 대답했다. 그리고 동의를 구하는 듯 리아에게로 시선을 돌렸다.

"그래, 네 말대로 할게."

만약 그녀의 건강만을 위한 거라면 괜찮다고 하면서 자리를 박차고 일어났겠지만, 이건 아기의 생명이 걸린 일이었다. 리아는 자신이 아닌 아이를 위해 태호의 뜻에 따랐다.

채영이 돌아가고 둘만 병실에 남게 돼서야, 태호는 어떻게 된 일인지 물었다. 하지만 리아에게서도 확실한 대답은 얻지 못했다.

"정확히는 나도 몰라. 누군가 지나가면서 등을 밀친 것 같기도 하고, 아니면 내가 발을 헛디딘 것 같기도 하고. 하여간 그래서 중심 잃고 휘청거리다가 계단에서 떨어졌어. 난 그래도 아랫배에 충격 가지 않게 한다고 몸을 굴리면서 떨어졌는데……."

"옆에 누가 지나갔는지 기억 안 나?"

리아는 빠르게 고개를 내저었다. 이동 인구가 많은 코엑스에서 누가 옆을 지나쳤는지 일일이 기억할 순 없었다. 그리고 몸을 굴리느라 주위에 누가 있는지 살펴볼 겨를도 없었다.

몇몇 사람은 그녀가 계단에서 떨어지자 놀란 듯 바라보긴 했지만, 선뜻 다가오진 않았다. 그리고 그전에 채영과 김 대리가 비명을 지르며 그녀에게 달려왔다. 태호는 꼬치꼬치 묻는 대신, 팔을 뻗어 조심스럽게 리아를 안아주었다.

"그래도 그만하길 다행이야. 이젠 다 괜찮으니까 마음 놓아."

"응. 다 괜찮을 거야."

리아는 작게 속삭이며 그의 어깨에 살포시 얼굴을 기대었다.

"아니, 이게 무슨 날벼락이래?"

얼마 지나지 않아, 사고 소식을 들은 민 여사가 놀란 얼굴로 달려왔다. 충격으로 부들부들 떠는 민 여사를 겨우 달래서 돌려보내자, 이번엔 정 여사와 태희가 병실을 찾았다.

"리아야, 괜찮니?"

"새언니!"

정 여사는 아이가 무사해서 다행이라면서 안정을 취하라고 위로했지만, 자초지종을 들은 태희는 얼굴을 붉히며 목청을 높였다.

"아니, 도대체 어떤 미친 새끼래? 오빠, 어떤 놈인지 꼭 잡아내. CCTV 돌려보면 될 거 아냐."

하지만 애석하게도 태희의 바람이 이루어질 가능성은 희박했다.

벌써 남 비서를 보내 CCTV를 살펴보게 했지만, 무슨 이유에서인지 사고 난 곳의 CCTV가 오류로 작동되지 않았단다.

"뭐? 대한민국에서, 그것도 코엑스 한복판에서 CCTV가 작용하지 않았다는 게 말이 돼?”

설명을 들은 태희는 기가 막힌다는 듯 미간을 찌푸렸다.

어떤 놈인지 내가 꼭 잡아내고야 만다.

태희는 미래의 조카가 생명의 위협을 당했다는 사실에 피가 거꾸로 솟는 것만 같았다. 물론 며칠 전만 해도 벌써 조카가 생긴다는 사실에, 고모라고 불릴 거란 사실에 소름이 돋긴 했었다. 그렇다고 자신 아닌 제삼자가 미래의 조카를 건드릴 수 있다는 건 아니었다. 아직은 사과씨만 한 아주 작은 크기일지는 모르겠지만, 그래도 엄연히 그녀의 첫 조카였다.

어떤 @$&% 새끼가 감히 내 조카를 건드려!

태희는 속으로 강도 높은 욕설을 퍼부으며 가방 안에서 휴대폰을 꺼냈다.

[지금 병원에 입원했답니다.]

“그래? 잘했어.”

한 사장은 흐린 미소를 떠올리며 창밖으로 시선을 돌렸다. 유산까지 되었다면 좋았겠지만, 그렇지 않다 해도 상관없었다. 가장 중요한 것은 태호가 정신을 차릴 수 없게 만드는 거니까. 이 정도면 충분할 것이다. 한창 정신없을 때 폭탄을 터뜨려야 상대에게 큰 타격이 줄 테니까.

“생명이라는 게 생각보단 아주 질기거든. 그 정도에서 끝내는 걸로 하고. 제대로 된 건 오늘 밤에 터뜨리지.”

[알겠습니다. 시기는 그때 말씀하신 대로 할까요?]

"그래. 미국 지사에 있을 때 한 달간 공백이 있었으니까, 그때로 정하면 반박하기 쉽진 않을 거야."

[알겠습니다.]

그때 갑자기 노크와 함께 문이 열리며 수진이 서재 안으로 들어섰다. 한 사장은 급히 전화를 끊고 수진을 향해 뒤를 돌았다.

"아빠, ……묻고 싶은 게 있어."

수진은 떨리는 목소리로 천천히 말을 꺼냈다.

"인제 그만 집에 가."

"무슨 소리야. 널 두고 가긴 어딜 가."

태호는 오늘 밤 그녀의 옆을 지킬 작정인 것 같았다. 하지만 리아는 그를 피곤하게 하고 싶지 않았다. 크게 이상이 있어서 입원한 건 아니니까.

"호호 때문에 입원하겠다고 한 거지, 난 멀쩡해. 어디 부러진 곳도 없고, 여기저기 타박상만 입었을 뿐이라고."

그 말에 태호는 살며시 미간을 찌푸렸다.

타박상만 입었을 뿐이라니!

하얀 피부를 빨갛고 퍼렇게 물들인 멍을 볼 때마다, 태호는 화가 치밀어 참을 수가 없었다.

그때 태호의 휴대폰이 울렸다. 남 비서에게 온 전화였다.

"응."

[이사님, 잠시 밖으로 나오시겠습니까? 저 지금 복도에 있습니다.]

그냥 들어오면 될 텐데 무슨 일이지? 태호가 병실 밖으로 나가자, 남 비서가 굳은 표정으로 태블릿을 내밀었다.

"드디어 한 사장 쪽에서 터뜨렸습니다."

"……이건?"

태블릿을 들여다보는 태호의 표정이 딱딱하게 굳어졌다.

"첫 번째 글이 익명 게시판에 올라온 것은 오늘 새벽이었다고 합니다. 하지만 크게 주의를 끌진 않았습니다."

태호가 태블릿 화면에 뜬 내용을 훑어 내리는 동안, 남 비서가 간략하게 설명에 들어갔다.

익명 게시판에 오른 글은 평범한 속풀이쯤으로 '누구는 고생하며 근무하는데, 누구는 부모덕으로 한 달간 휴가를 가더라.'라는 내용이었다. '억울하면 출세해야지', '요샌 부모 잘 만나는 것도 능력이라며?' 등등 위로성 댓글이 몇 개 달렸을 뿐이다. 그런데 아침이 되면서 댓글 양상이 달라졌다.

그게 누군지 짐작이 가네.

연줄 없는 사람 서러워서 직장 생활하겠나?

나도 알 것 같아. 우리 회사에서 그렇게까지 할 수 있는 인물은 한 명밖에 없잖아.

댓글을 읽어 내려가는 태호의 미간에 주름이 생겼다.

"그게 지금 나라는 거야?"

남 비서는 빠르게 고개를 끄덕였다.

"네, 총수 아들에게 주는 혜택이라는 댓글도 달렸습니다."

수백 개의 댓글이 달리며 열기를 띠기 시작하자, 곧 또 다른 글이 익명 게시판에 올라왔다.

글은 몇 년 전, 누군가가 회사 자금 횡령 및 배임 등의 비리가 의심돼 극비리에 조사가 들어간 적이 있었다는 이야기로 시작했다.

물론 지극히 뇌피셜이지만 비리 발생 시기가 한 달간 휴가 기간과 맞물린다면서 혹시 그때 저지른 게 아닐까, 하는 질문을 던졌다. 그 글은 논란에 불을 지핀 격이 되었다. 이후로 수백 개가 넘는 댓글이 달리면서 재벌 총수 일가 비리에 관한 글들이 계속해서 익명 게시판에 올라왔다.

정확하게 상대를 밝히진 않았지만, 누가 봐도 태호를 저격하는 움직임이었다.

"한 사장 측이 시작한 게 분명합니다."

태호는 씁쓸한 표정을 지으며 남 비서에게 태블릿을 넘겼다. 한 사장이 곧 움직일 것이라고 예상하긴 했지만, 왜 하필 지금인지 모르겠다.

"우선 자리부터 옮기지."

리아의 상태가 걱정된 태호는 혹시라도 소리가 병실에 새어들지 않을까, 남 비서의 팔을 잡고 VVIP 병동 밖으로 걸어 나갔다.

"회사 분위기는 어때?"

VVIP 병동에서 멀찍이 떨어지고 나서야, 태호는 남 비서에게 질문을 던졌다.

"익명 게시판이라서 처음엔 크게 신경 쓰지 않았습니다만, 계속해서 글이 올라오니까 아무래도 본사에서 특수 감사팀을 움직이지 않을까?
하는 말이 나오고 있습니다."

"그래?"

그건 태호가 바라던 바였다. 자신이 아닌 다른 계기로 감사팀이 움
직이게 된다면 그 누구도 태호가 한 사장을 몰아냈다고 원망하지 않
을 테니까.

특수 감사팀이 움직이면, 그보다는 한 사장이 더 불리할 터였다. 한
사장을 한 번에 보낼 수 있는 증거를 이미 충분히 확보했으니까. 하지
만 문제는 다른 데 있다.

"후."

태호는 손바닥으로 이마를 짚으며 크게 한숨을 내쉬었다.

"아버지, 어떻게 하실 거예요? 아무래도 특수 감사팀이 나설 것 같은
데……."

서재로 들어온 태문이 강 회장을 향해 물었다.

"우리가 먼저 손을 써야 하는 거 아닙니까?"

"손을 쓰긴 뭘 손을 써. 이미 예상했던 거 아니냐?"

강 회장은 별거 아니라는 얼굴로 태문을 힐끗 쳐다보더니 담담히 차
를 들이켰다.

"그래도 한 사장이 이렇게까지 태호를 직접적으로 공격할 거라곤 예
상하지 못한 거 아닙니까?"

"흠."

강 회장은 헛기침으로 대답을 대신했다. 사실 짐짓 아무렇지 않은 척했지만, 속으론 매우 씁쓸했으니까. 강 회장이 씁쓸해하는 정도라면 태문은 적잖이 충격을 받은 상태였다. 미국 지사 근무 중, 태호가 한 달 넘게 휴가를 받았다는 사실을 몰랐기에 더욱 그랬다.

"아버지, 게시판에 오른 글 읽어보셨어요? 태호가 계속해서 무단결근하다가 일이 커지려 하자 지사장님이 급히 장기 휴가로 처리했답니다. 그게 사실입니까?"

"며칠 무단결근한 건 맞다. 장기 휴가 처리한 것도 맞고."

지사장이 소식을 듣고 병원에 달려간 것은 교통사고가 일어나고 다음 날이 되고서였다. 그 탓에 태호는 회사에 이틀 무단결근한 것으로 처리되었다. 지사장이 뒤늦게 휴가로 돌리긴 했지만, 태호의 교통사고 사실을 전혀 모르는 직원들이 보기엔 총수 자제가 갖는 혜택으로 보일 수도 있었다.

"아버지, 그런데 왜 제게는 아무 말씀 안 하셨어요?"

교통사고 사실을 알지 못하는 태문은 이해할 수 없다는 표정을 지었다. 항상 완벽한 태호가 저지를 실수로는 보이지 않았기 때문이다.

"얘기하자면 길다."

그 말을 끝으로 강 회장은 입을 다문 채 연신 차만 들이켰다. 그가 이런 식으로 나올 땐, 원하는 대답을 들을 가능성은 제로에 가깝다. 태문은 같은 질문으로 힘을 빼는 대신 다른 쪽으로 말머리를 돌렸다.

"한 달 동안 뭘 했는지 모르겠지만, 우선은 태호의 해명이 필요합니다. 자칫 잘못하면 여론이 더 나빠질 수도 있어요."

하지만 강 회장은 태문의 말에 귀를 기울이지 않는 것 같았다. 굳은 표정으로 잠시 침묵을 지키던 그는 들고 있던 찻잔을 내려놓으며 자리에서 일어섰다.

"그나저나 새아가는 어떠냐?"

"네?"

난데없는 질문에 태문은 무슨 소리냐는 듯 미간을 찌푸렸다.

"지금 가뜩이나 유산 위험으로 입원 중인데, 이번 일을 리아가 알게 돼봐라. 스트레스받을 거 아니냐. 그러다 혹시라도 애가 잘못되기라도 한다면……."

후, 상상하는 것조차 끔찍하다.

강 회장은 인상을 찌푸리며 고개를 내저었다.

한 사장, 일부러 안 좋은 시기에 일을 터뜨린 건가? 아니면 우연의 일치인가?

만약 강 회장이 한 사장을 처리하려 한다면 당장에라도 특수 감사팀을 보내버리면 그만이다. 그러나 그렇게 되면 그룹 내 반발을 불러일으키게 된다. 그렇기에 속이 바짝바짝 타들었지만, 경솔하게 대처할 순 없었다.

"우선은 지켜보자. 한 사장이 어떻게 나올지 아직은 알 수 없으니까."

띠링—.

그때 태문의 휴대폰에서 문자 알림 신호가 울렸다. 재빨리 문자를 확인한 태문은 씁쓸한 얼굴로 강 회장을 바라보았다.

"곧 긴급 이사회를 소집할 예정이랍니다."

"……흠."

강 회장이 곤혹스러운 표정을 짓자, 태문은 다시 한번 물었다.

"아버지, 저에게 숨기시는 게 뭡니까?"

"알겠습니다."

막 통화를 끝낸 남 비서는 아까보다 더 굳어진 얼굴로 태호를 바라보았다.

"내일모레 긴급 이사회가 소집될 예정이랍니다. 특수 감사팀은 이미 움직이기 시작했고요. 우리도 준비해야 할 것 같습니다. 아무리 우리 손에 확실한 증거가 있다고 해도 한 사장이 물귀신 작전으로 들어가면 우리도 진흙탕에서 쉽게 빠져나오긴 못할 겁니다."

익명 게시판에서 거론되는 횡령, 배임, 갑질 등은 대부분 한 사장이 저지른 비리였다. 그걸 태호가 저지른 것으로 교묘하게 바꾸어놓았다. 실제 일어났던 비리이니, 훨씬 더 구체적이고 사실적으로 다가왔다.

"아직까진 밖으로 새어 나가지 않았지만, 시간문제입니다. 곧 밖에서도 이 일에 관해서 알게 되겠습니다."

"긴급 이사회가 열리게 된다면 그렇게 되겠지."

마치 다른 사람 일처럼, 태호는 덤덤하게 사태를 받아들였다.

"이메일 조작이야 쉬운 거고, 문제는 그게 조작이라는 걸 밝히는 게 쉽지 않습니다. 이사님 지시대로 전문가를 준비해두었지만, 그래도 알아내는 데 일주일은 걸립니다."

"일주일이면 충분해."

그동안 이러쿵저러쿵 꽤 지저분한 소리를 듣게 되긴 하겠지만, 이미 각오한 일이기에 부담은 없었다.

"이번엔 그쪽에서도 제대로 머리를 쓴 것 같군. 난 지저분하게 연예인 스캔들 일으키면서 공격할 줄 알았는데……."

"지금 한가하게 농담하실 때가 아닙니다. 생각보다 심각하다고요."

글쎄, 심각하다고 할 수 있을까? 지금 한 사장은 아주 큰 실수를 저질렀다. 본인은 전혀 모르는 모양이지만…….

"미국 지사에 계실 때, 한 달 동안 도대체 어딜 가셨던 겁니까?"

"……내가 꼭 사생활까지 밝혀야 하나?"

태호가 코마에 빠졌었다는 것은 남 비서도 알지 못하는 사실이었다. 강 회장을 제외하곤 가족도 모른다.

당시엔 혹시라도 리아가 알게 될까, 철저히 교통사고를 숨기려 했었다. 아무리 헤어졌다고 해도 사고 소식을 듣고 얼마나 놀랄까 하는 걱정 때문이었다. 그러던 중 갑자기 상태가 악화되어 태호는 코마 상태에 빠졌고, 지사장에게 연락을 받은 강 회장이 멕시코 출장 중, 급히 미국으로 건너왔다. 태호의 뜻을 존중한 강 회장은 가족 누구에게도 교통사고를 알리지 않았다.

"그럼 무단결근한 것도 맞고, 한 달 동안 휴가받은 게 맞습니까?"

"응."

"휴가라고 해도 입사일 기준으로 계산하면 2주 이상은 안 되는 거 아닙니까? 따지면 그것도 혜택이라고 할 수 있습니다. 병가라면 몰라도……."

남 비서는 도저히 이해할 수 없다는 표정을 지었다. 그가 아는 태호는 절대로 그런 무책임한 일을 저지를 사람이 아니었다. 실연의 아픔으로 잠시 이성을 잃었다면 몰라도. 리아와 헤어지고 얼마 지나지 않아, 태호가 미국 지사로 떠났다고 들었다. 그래서일까?

"난 이만 리아에게 가봐야겠어. 남 비서도 이제 집에 가봐."

"이대로 그냥 퇴근하라고요? 대책 안 세우실 겁니까?"

"그건 내일 생각하고."

태호는 남 비서의 어깨를 툭 치고는 그대로 등을 돌려 VVIP 병동으로 걸어갔다. 한 달 동안의 일을 밝히기는 쉽다. 병원에서의 기록을 보여주면 그만이니까. 하지만 아직은 아니다. 교통사고로 인한 코마 사실을 알리는 순간, 이야기는 곧바로 밖으로 새어 나갈 것이고, 리아의 귀에도 들어갈 것이다. 아직은 그녀가 사실을 알게 되는 것을 원치 않았다. 리아의 상태가 안정되기 전까지, 태호는 절대로 털어놓지 않을 생각이었다.

다음 날, 아침.

"아빠 출근한다."

한 사장은 잠긴 수진의 방문 앞에서 나직한 목소리로 말했다. 어젯밤 수진의 질문에 답을 하지 못한 그는 그 이후로 딸의 얼굴을 볼 수 없었다.

"수진아, 정말 아빠 얼굴 안 볼 거야?"

이렇게 나오면 대부분은 못 이기는 척 수진이 문을 열고 나왔지만, 오늘은 아무런 반응이 없었다. 한 사장은 침묵을 지키는 딸을 향해 긴 한숨을 내쉬었다.

"아빠를 이해해다오. 다 회사를 위해서 하는 일이야. 사적인 감정은 없어."

끝까지 문이 열리지 않자, 한 사장은 할 수 없다는 듯 고개를 내저으며 아래층으로 내려갔다.

잠시 후, 한 사장이 집을 나서는 소리가 들렸다. 두 손으로 얼굴을 감싼 채 침대에 앉아 있던 수진은 그제야 얼굴을 들었다. 창가로 다가가 밖을 내다보니, 막 차고를 빠져나가는 한 사장의 차가 보였다.

수진은 멀어지는 차의 뒷모습을 노려보며 아랫입술을 깨물었다.

— 아빠를 이해해다오. 다 회사를 위해서 하는 일이야.

회사를 위하긴 뭘 회사를 위해? 새빨간 거짓말인 거 다 안다.

지금까지 가만히 있었지만, 수진은 한 사장이 저지른 모든 비리를 알고 있었다. 그저 그녀의 일이 아니니까, 신경 쓰지 않고 있었을 뿐이다. 그리고 따지고 보면 한 사장이 저지른 비리는 모두 그녀를 위해서 한 일이기도 했다. 자식을 향한 삐뚤어진 사랑이 악행으로 번질 때까지 수진은 보고도 못 본 척, 들어도 못 들은 척 방관했다. 지금은 상황이 다르다. 그녀는 한 사장을 말려야 한다. 하지만 차마 그럴 수 없었다. 수진은 유리창에 이마를 대며 떨리는 목소리로 중얼거렸다.

"……아빠, 미안해."

삐뚤어진 사랑을 하는 사람은 한 사장만이 아니었다.

긴급 이사회가 소집되기 전날 밤, 태호는 퇴근하고 곧바로 병원을 찾았다. 병실에 들르기 전에 먼저 담당의를 만났다. 담당의는 리아의 상태를 조금 더 지켜봐야겠다고 했다. 유산의 위기는 넘겼지만, 아주 완전하게 위험을 벗어난 것은 아니라면서…….

"태호야."

그가 병실에 들어서자, 리아는 환하게 웃으며 손을 내밀었다.

"내일 긴급 이사회 열린다며?"

태호는 리아가 내민 손을 잡으며 부드럽게 미소를 지었다.

"응."

"이사회, 잘하고 와."

리아는 무슨 이유로 긴급 이사회가 열리는지 알고 있는 것 같았다. 한 사장이 먼저 공격할 거라고 귀띔해준 것도 그녀이니, 상황이 어떻게 돌아가는지 훤히 알고 있을 것이다.

"그래, 알았어."

"태호야, 내 걱정은 하지 마."

무슨 뜻이냐고 물으려는데, 그녀가 먼저 말을 꺼냈다.

"나, 모두 알고 있어."

"……알다니, 뭘?"

태호를 바라보는 리아의 눈빛과 표정엔 아무런 흔들림이 없었다. 하지만 오히려 그런 차분함이 그를 불안하게 했다.

뭘 안다는 걸까? 익명 게시판에 글이 올라왔다는 것을 안다는 건가? 그래서 긴급 이사회가 소집되었다는 것도? 만약 이사회에서 제대로 해명하지 못하면 주주 총회가 열릴지도 모른다는 사실도 알고 있는 걸까?

그녀라면 그럴지도 모른다. 아무리 막아놓았다고 해도, 알고자 하면 뭐든 알아낼 수 있을 테니까.

리아는 잠시 침묵을 지키며 그의 눈을 빤히 들여다보았다. 그러다 다시금 입가에 부드러운 미소를 떠올렸다.

"교통사고 후, 네가 코마에 빠졌던 거 알고 있어. 그러니까 내 걱정 하지 말고, 내일 이사회에서 다 밝혀."

"리아야?"

태호는 믿을 수 없다는 눈으로 그녀를 바라보았다.

같은 날, 몇 시간 전.

"뭐? 작은오빠가 횡령? 배임?"

깜짝 놀랄 소식에 태희는 마시던 커피 잔을 거칠게 내려놓았다.

"그래, 그러니까 오늘은 커피만 마시고 가라."

오늘 태희는 오랜만에 태문의 사무실을 찾아와 맛있는 걸 사달라며 졸랐다. 그런데 그녀의 부탁이라면 뭐든지 들어주던 태문이 무슨 일인지 단칼에 잘라버렸다.

지금 한가히 노닥거릴 시간이 없다는데 가만히 있을 수 있나!

그래서 징징거리며 달라붙었더니, 기가 막힌 사실이 튀어나왔다.

"말이 되는 소리를 해? 다른 사람이라면 몰라도 작은오빠가? 작은오빠가 회사 자금 횡령을 했다고? 그걸 믿는 사람들이 있어?"

"세상은 넓고 바보들은 많으니까."

"아니, 도대체 언제? 작은오빠가 언제 그랬다는 거야?"

"태호가 미국 지사에서 근무하는 동안 한 달 넘게 휴가를 얻었었나 봐. 그때 그 일로 말이 나오더니……."

"어?"

미국 지사? 한 달 넘게 휴가? 아니, 이건 또 무슨 상황이야?

전혀 예상하지 못한 단어가 튀어나오자, 태희의 눈이 동그랗게 변했다. 하지만 태문은 자신의 이야기에 집중한 나머지, 태희의 표정이 바뀌었다는 것을 눈치채지 못했다.

"제일 먼저 나온 불평은 총수 자제가 누리는 혜택에 관한 거였어. 그랬다가 점점 횡령 이야기가 댓글로 올라오더니……."

태문은 간략하게 지금 무슨 일이 일어나고 있는지 설명했다. 집에선 정 여사와 소정이 들을까 봐 입을 다물었지만, 이곳은 그의 사무실이다. 그러니 못 할 말이 없었다. 어차피 내일 긴급 이사회가 열리고 나면 정 여사도 자연스럽게 알게 될 것이다.

"난 도무지 이해가 안 가. 태호, 그 녀석, 일 중독자처럼 휴가도 안 가고 미친 듯 일에 매달리는 녀석이잖아. 그런데 미국에서 무슨 짓을 한 거야?"

"……아."

무슨 짓을 했는지 잘 알고 있었지만, 태희는 아무 말도 할 수 없었다. 코마 사실에 관해 알고 있는 사람은 강 회장과 당시 지사장이었던 정 대표뿐이니까. 그녀도 알고 있다는 사실을 태호가 알게 된다면, 무사하지 못할 게 뻔했다. 하지만 너무 입이 근질근질해서 가만히 다물고만 있을 순 없었다. 태희는 태문의 눈치를 보며 슬그머니 말을 꺼냈다.

"……아마도 너무 피곤해서 계속 잠을 잔 건 아니었을까? 그렇잖아. 잠을 자다 보면 계속 자고 싶고, 깨어나기 싫고, 또 그러다 보면 회사도 가기 싫어지는 거고."

"강태희, 태호가 너 같은 줄 알아?"

사실을 말한 건데, 태문은 알아듣지 못했다.

하여간 큰오빠, 눈치라곤 손톱만큼도 없다니까!

"난 내일 긴급 이사회 대처하려면 바쁘니까, 어서 가라."

"뭘 대처해? 작은오빠가 한 짓도 아닌데⋯⋯."

"후, 나도 너처럼 단순했으면 좋겠다."

태문은 인제 그만 가보라는 듯 손을 내저었다.

흥. 별거 아닌 걸로.

태희는 속으로 투덜거리며 핸드백을 들고 소파에서 일어났다.

긴급 이사회에서 한 달 동안 무슨 일이 있었는지 밝히기만 하면 되는데, 뭐가 저리 심각한지 모르겠다.

까딱 잘못하면 누명 쓸 판인데, 작은오빠가 가만히 있으려고. 그때야 새언니가 걱정할까 봐 숨겼다고 해도 이미 시간도 지났고.

잠깐!

"히익!"

순간 머릿속에 떠오른 생각에 태희는 우뚝 걸음을 멈춰버렸다. 사실 처음부터 태호가 사고 사실을 숨긴 데엔 리아가 알게 될까 봐 숨긴 이유가 제일 컸다. 그다음이 가족이었고. 그런데 지금 리아는 유산 위기로 병원에 입원 중이었다. 그렇다면 작은오빠는 과연 사실을 털어놓으려고 할까? 괜히 새언니 충격받을까 봐, 바보처럼 입 꾹 다무는 거 아냐?

"큰오빠, 나 이만 가볼게. 생각해보니까 내가 더 바빠!"

사태의 심각성을 깨달은 태희는 후다닥 밖으로 달려 나갔다. 그녀야말로 지금 여기서 노닥거리고 있을 시간이 없었다.

다시 현재로 돌아와서⋯⋯.

"리아야, 언제 알게 됐어? 누가 말해준 거지?"

태호의 질문에 리아는 빙그레 웃으며 고개를 흔들었다.

"잘 아는 사람이 왜 이러실까? 정보원만큼은 무슨 일이 있어도 보호해야 하는 거 몰라?"

그녀가 순순히 말해줄 것이라곤 생각하지 않았다. 하지만 태호는 도대체 어떤 망할 놈이 리아에게 사실을 말했는지 찾아내서 얼굴에 한 방을 날리고 싶었다. 사실을 아는 사람은 강 회장과 정 대표뿐인데 강 회장이 말했을 리는 없고, 그렇다고 일본에 있는 정 대표도 아닐 텐데…….

태호는 조심스럽게 리아의 표정을 살폈다. 혹시라도 스트레스를 받아서 아기가 위험하게 되는 건 아닐까 걱정스러웠다. 리아는 그런 그의 마음을 아는 듯 환하게 미소 지었다. 아무 문제없는 것처럼 말이다.

"태호야, 내일 이사회 준비하려면 바쁘잖아. 오늘은 여기 있지 말고 집에 들어가. 네가 옆에 있으면 내가 불안해서 잠을 못 잘 것 같아. 부탁이야, 응?"

처음엔 거절했지만, 리아가 계속해서 부탁하자 결국 태호는 자리에서 일어났다. 그는 내일 이사회가 끝나는 대로 오겠다고 말하며 병실을 나섰다.

태호가 병실을 나서고 얼마 지나지 않아 노트 소리와 함께 문이 열렸다.

"오빠 갔죠?"

태희는 불안한 얼굴로 주위를 두리번거리며 병실로 들어섰다. 태호가 올 때까지 병실에 있던 그녀는 잠시 태호의 눈을 피해, 휴게실에 내려가 있었다.

"오빠가 뭐래요? 누구한테 들었냐고 막 물어봤죠, 그렇죠?"

리아가 보호해야 한다고 말한 정보원은 다름 아닌 태희였다.

"걱정하지 말아요. 내가 딱 잘라 말했으니까."

태희가 옆으로 다가오자, 리아는 안심하라는 듯 그녀의 손을 붙잡았다. 가끔은 속 터지게 하거나 얄밉게 행동하는 시누이였지만, 그래도 항상 큰 도움을 주는 태희였다. 오늘은 특히 더 그랬다.

"정말 고마워요, 아가씨. 내게 다 말해줘서 얼마나 큰 도움이 됐는지 몰라요."

도움이 됐다는 말에 태희의 입꼬리가 올라갔다.

"생각해봤는데, 새언니가 이런 일로 충격받고 유산하거나 그럴 것 같진 않았거든요."

"정말요?"

"네! 새언니, 정신력 하난 정말 강하잖아요."

흠, 솔직히 털어놓자면 티는 내지 않았지만 하늘이 무너지는 것 같은 충격을 받은 게 사실이다. 심장이 철렁 내려앉긴 했지만, 기절할 정도는 아니었다.

나중에라도 태호가 그녀를 위해 코마 사실을 숨기다 궁지에 몰릴 뻔했다는 걸 알게 된다면, 그 충격이 더 컸을 것이다. 어디 충격뿐일까? 자신 때문에 그리됐다면서 자책감에 빠질 게 분명했다.

"하여간 새언니, 아무것도 걱정하지 말아요. 사고 탓에 작은오빠는 더 자주 건강 검진을 받아야 한대요. 어쩌면 그래서 남들보다 더 건강하게 오래 살지도 모른다고요."

태희 딴에는 리아를 위로한답시고 쉴 새 없이 종알거렸다. 하지만 머릿속이 복잡한 리아의 귀에는 하나도 들어오지 않았다. 걱정한다고 문제가 해결되는 것은 아니지만, 그렇다고 도저히 마음 편히 결과를 기다릴 수 없었다.

내일 긴급 이사회를 무사히 넘겨야 할 텐데…….

리아는 천천히 심호흡해 애써 초조한 마음을 진정시켰다.

Chapter 24

어디까지 가게 될지 몰라

"바쁘실 텐데 모두 참석해주셔서 감사합니다."

회의실에 자신을 포함한 상임 이사와 비상임 이사가 모이자, 한 사장이 먼저 마이크를 켜고 말을 꺼냈다.

"사안이 사안인 만큼, 오늘 이렇게 긴급히 모이게 되었습니다."

어떤 일로 모였는지 아는 터라, 참석한 이들 모두 불안한 표정이었다. 익명 게시판에는 태호가 저지른 비리에 관한 글이 도배하다시피 올라갔고, 몇몇 글은 강수미와의 스캔들을 거론했다. 나중에는 태호에게 숨겨진 자식이 있고, 지금 미국에 거주한다는 글까지 올라왔다. 한 사장이 먼저 시작한 일이었지만, 일이 생겼다 하면 우르르 몰려가서 돌을 던지는 군중 심리도 작용했다.

"강 이사, 어떻게 된 일인지 이 자리에서 해명해줄 수 있겠습니까?"

"그러죠."

한 사장의 질문에 태호는 가볍게 고개를 끄덕이고는 자리에서 일어나 스크린 앞으로 다가갔다.

"우선 제 해명을 하기 전에 말씀드리고 싶은 게 하나 있습니다. 궁금해서 알아봤거든요. '도대체 누가 그런 글을 올렸을까?' 하고."

그 말에 즉각 항의가 들어왔다.

"익명 게시판은 말 그대로 익명입니다. 그게 누구인지 알아내는 건 사칙 위반이라고요."

"물론입니다."

태호는 표정 하나 바꾸지 않은 채, 담담하게 대답했다.

"그렇다면 강 이사는 지금 사칙을 위반했다는 사실을 당당하게 인정하는 겁니까?"

한 사장 측인 박 이사가 날카로운 목소리로 지적했다. 태호는 이번에도 표정의 변화 없이 박 이사의 얼굴을 뚫어지게 바라보았다.

"아닙니다. 그 글이 우리 직원이 올린 글이 아니라면 그건 다른 이야기니까요."

그 말에 회의실이 술렁거리기 시작했다.

"뭐?"

"이건 또 무슨 소리야?"

"우리 직원이 아니라니?"

술렁거림이 잠잠해질 때까지 기다린 태호는 다시 발언을 이어갔다.

"장기 휴직으로 정지 상태인 아이디를 누군가가 해킹해서 익명 게시판에 글을 올렸더군요."

"그게 무슨 말입니까? 해킹이라니. 그걸 어떻게 알아낸 겁니까?"

"해당 글을 올린 아이디의 직원은 지금 기업 연수차, 호주에 가 있습니다. 1년 넘게 사용하지 않아 아이디는 임시 정지된 상태였고."

다시금 회의실 안이 술렁거리기 시작했다. 천천히 주위를 둘러본 태호는 한 사장에게로 시선을 돌렸다. 그리고 마치 한 사장을 지목하는 것처럼 말을 이어갔다.

"아이피 주소를 우회하긴 했지만, 완벽한 건 아닙니다. 가상 아이피를 이용한 접속으로 아이피 주소가 남지 않는다고 해도, MAC 주소는 남으니까요. 사이버 수사대에 수사를 요청했으니, 곧 누가 했는지 밝혀지겠죠."

태호를 마주 보는 한 사장의 눈가가 살며시 움찔거렸다. 그는 태호의 말을 믿지 않았다. 단순한 협박일 뿐이라 넘겼다. 절대로 꼬리가 잡히지 않을 거란 확인을 받고 고용한 해킹 전문가였으니까.

하지만 조금 불안한 것도 사실이었다. 한 사장은 마른기침을 내뱉으며 회의실 내를 둘러보았다. 모두 서로 눈치를 보느라, 이리저리 시선이 빠르게 움직이고 있었다.

"그건 그렇다 치고, 이 일에 관해 어떻게 해명할 겁니까?"

박 이사가 다시금 날카롭게 질문을 던졌다.

익명 게시판에는 회사에 출근하지 않은 한 달 동안 태호가 회사 자금을 빼돌렸다는 폭로가 있었고, 그 증거로 그가 보냈다는 이메일과 전화 통화 기록을 제시했다.

"제가 한 달 동안 왜 휴가를 사용했는지, 그리고 어디에 있었는지, 그것부터 증명하면 되는 거죠?"

"왜? 아프리카에 사파리 여행이라도 갔었다고 할 참인가요?"

어디선가 비아냥거리는 소리가 들리고 이에 동조하는 듯한 웃음소리가 들렸다.

"강 이사, 요새는 아프리카 오지에 가도 휴대폰이 팡팡 터집니다."

"그렇죠."

태호는 스크린 리모컨을 누르며 모두를 향해 돌아섰다.

"제가 만약 깨어 있었다면 말입니다."

그와 동시에 영어로 된 서류가 스크린 가득 채워졌다. 모두는 '저게 뭐야?' 하는 눈으로 스크린에 뜬 서류를 바라보았다.

"제 병원 기록입니다. 전 그때 교통사고로 한 달 가까이 코마 상태였습니다."

순간 회의실 안이 쥐 죽은 듯 조용해졌다.

오랜 침묵이 흐른 후, 누군가 터뜨린 마른기침이 신호가 되어 낮은 웅성거림이 퍼져나갔다. 몇몇은 은밀한 시선을 교환하며 살며시 고개를 내저었다.

"코마라니 이게 무슨 소립니까?"

"박 이사, 알고 있었어요?"

"아니, 어떻게 이런 일이……."

태호는 조용해지길 기다렸다, 다시금 발언을 이어나갔다.

"혹시 주가에 영향을 미치지 않을까 걱정하실 필요는 없습니다. 이미 몇 년이나 지난 일이고, 지금 제 건강 상태는 아주 양호하니까요. 코마 사실이 밖으로 알려진다 해도 그룹 이미지에 큰 타격을 입지는 않을 겁니다."

한 사장은 겉으론 평온한 얼굴을 유지했다. 하지만 속에선 부글부글 화가 끓어올라 숨도 쉬기 힘들 정도였다. 아무리 생각해도 어디서부터 일이 틀어졌는지 모르겠다.

강태호에 관한 거라면 하나도 빠짐없이 모두 보고받았다고 여겼는데, 도대체 어디서 허점이 생긴 거지?

"누군지는 모르겠지만……."

천천히 회의실을 둘러보던 태호의 시선이 한 사장에게서 멈추었다. 그리고 한 사장에게 시선을 고정한 채, 보일 듯 말 듯 희미한 미소를 입가에 떠올렸다. 마치 그 누군가가 한 사장이라는 듯이.

"제 능력을 너무 과대평가한 것 같습니다. 제가 아무리 천재적인 두뇌를 가졌다고 해도, 코마 상태에서 일을 꾸밀 순 없거든요."

한 사장은 아까와 마찬가지로 무표정을 유지했지만, 눈가에 일어나는 미세한 경련마저 막을 순 없었다.

"제가 누군가에겐 눈엣가시 같은 존재였을 수도 있습니다. 앞에서 대놓고 뭐라고 할 수도 없을 테니, 뒤에서 그런 글을 올렸겠죠. 이해는 합니다만 그래도 비겁하다는 느낌을 떨칠 수 없군요. 의혹이 있었다면 앞에서 직접 물어봐주었다면 좋았을 텐데. 안 그렇습니까, 한 사장님?"

한 사장에게 던진 태호의 물음은 누가 보아도 도발이었다. 순간 팽팽한 긴장이 공기를 짓누르고, 모두는 숨을 죽인 채로 한 사장의 대답을 기다렸다. 말없이 태호를 바라보던 한 사장의 입가에도 희미한 미소가 떠올랐다.

"내 생각엔 확실한 답이 된 것 같군요. 더 이상, 긴급 이사회를 계속할 이유가 없으니 이만해서 마칩시다."

말은 마친 한 사장은 가볍게 고개를 끄덕이며 몸을 일으켰다.

최대한 무표정으로 회의실을 나선 한 사장이었지만, 사무실로 돌아오자 지금까지 내리눌렀던 분노가 폭발하기 시작했다. 쾅, 소리가 날 정도로 세게 문을 닫은 그는 한 손으로 넥타이를 풀어 헤치고 창가로 걸어갔다.

한 사장 뒤를 따라온 표 과장은 사태가 심각하다는 걸 눈치채고, 재

빠르게 비서를 내보냈다. 밖에 아무도 없는 것을 확인한 표 과장이 사장실에 들어서자 한 사장은 화난 듯 언성을 높였다.

"일을 어떻게 처리한 거야?"

"죄송합니다."

"도대체가!"

목에 핏대가 보일 정도로 소리를 지르던, 한 사장은 힘겹게 화를 억누르며 표 과장에게 가까이 오라는 손짓을 보냈다. 표 과장이 옆으로 다가오자 한 사장은 이를 악물며 으르렁거리듯 낮게 속삭였다.

"한 달 넘게 코마 상태였다는데, 어떻게 그걸 모를 수가 있어! 어?"

"정말입니다. 아무도 몰랐습니다. 강태문 전무님조차도 전혀 알지 못했다고 합니다."

"뭐? 태문이도 몰랐다고?"

한 사장은 믿을 수 없다는 듯 눈살을 찌푸리자, 표 과장은 빠르게 말을 덧붙였다.

"네. 강 전무님뿐 아니라, 정 여사님도 전혀 모르고 계셨답니다."

어떻게 그럴 수가 있지? 자식이 코마로 사경을 헤맸는데 어머니인 정 여사는 그 사실을 모르고 있었다니……. 어쩌면 아직은 희망이 남았는지도 모르겠다.

한 사장은 혹시라도 누가 들을까, 표 과장에게 귓속말로 지시를 내렸다.

"그렇다면 분명 병원 기록을 조작한 걸 거야. 그걸 밝혀내라고. 그것만 밝혀내면 완전 궁지로 몰 수 있을 테니까."

"알겠습니다. 미국 병원에 연락해보겠습니다. 저, 그런데…… 본인 이외에 병원 기록을 열람하는 건 불법이라서. 그게……."

표 과장은 곤혹스러운 표정을 지으며 뒷말을 흐렸다. 그러자 한 사장은 사나운 표정을 지으며 눈살을 찌푸렸다.

"자네, 지금까지 합법적인 일만 했나? 어?"

"아, 아닙니다. 죄송합니다. 지금 바로 미국에 연락해보겠습니다."

표 과장은 황급히 고개를 숙이고는 그대로 사무실을 빠져나갔다. 한심하다는 듯 표 과장을 노려보던 한 사장은 한 손으로 이마를 짚으며 창밖으로 시선을 돌렸다. 유리창 너머로 보이는 풍경이 오늘따라 뿌옇고 혼탁하게 느껴졌다.

"후우."

한 사장은 길게 한숨을 내쉬며 유리창에 이마를 대었다.

포기는 절대로 이르다. 쉽진 않겠지만, 아직은 희망이 있으니까. 패배를 인정하는 것은 모든 것이 끝난 이후다.

"두고 보라고, 강태호."

바깥 풍경을 바라보는 한 사장의 눈빛이 사납게 번쩍거렸다.

"어떻게 됐어?"

태호가 병실로 들어서자 리아는 초조한 얼굴로 질문을 던졌다. 물론 태호가 어련히 알아서 대처했을 거라고 믿지만, 걱정되는 것은 어쩔 수 없었다.

"모두 잘 해결됐어."

"정말?"

그의 말만으로는 안심이 되지 않았다. 그녀가 걱정할까 봐 진실을 말해주지 않는 것일 수도 있으니까. 자신이 걱정할까 봐 코마 사실을 숨겼다는 사실을 알게 된 이후부터 리아는 태호의 표정을 유심히 살피게 되었다.

리아가 자신을 뚫어지게 바라보자, 태호는 부드럽게 미소를 지으며 그녀의 이마에 입을 맞추었다.

"긴급 이사회, 잘 끝냈고. 덕분에 상황은 우리에게 유리하게 180도 바뀌었어. 본사에서 파견된 특수 감사팀은 이제 나뿐만이 아니라, 중역진 모두의 비리를 조사할 거야."

그토록 원했던 비리 조사의 명분이 생겼다. 특수 감사팀은 공평하게 중역진 모두를 조사할 것이고, 때를 기다렸던 남 비서는 한 사장의 비리를 슬쩍 감사팀에게 흘릴 계획이었다. 한번 그렇게 비리가 세상에 모습을 드러내게 되면, 자연스럽게 다른 비리 폭로도 여기저기서 터져 나오기 시작할 것이다. 만약 이번 감사에 불만이 있다고 해도 그룹 창립 멤버와 중역진은 아무 말도 할 수 없을 것이다. 조사의 시작은 한 사장이 아닌 태호였으니까.

"미안하다. 너 가뜩이나 힘든데 이런 일로 스트레스받게 해서……."

태호는 리아를 품으로 끌어당기며 그녀의 등을 가만히 쓸어내렸다. 모든 일은 계획한 대로 진행되는 중이었지만, 마음이 무겁기만 했다.

이런 심각한 이야기가 아니라, 앞으로 다가올 두 사람의 2세에 관한 이야기만 나누고 싶었는데…….

"좋은 것만 보고, 좋은 것만 들어야 태교에 좋다는데, 이런 심각하고 우중충한 이야기만 하게 돼서 유감이야."

"아니, 난 생생한 조기 교육이라고 생각해."

"응?"

리아의 엉뚱한 말에 태호를 팔을 느슨히 풀며 그녀를 내려다보았다.

생생한 조기 교육이라니?

"세상은 아름답지만은 않아. 난 우리 호호, 딸이든 아들이든 아주 강하게 키울 거야. 호랑이가 새끼를 절벽에서 굴리듯 천하무적으로 키울 거라고. 그러니까 이런 것쯤 아무렇지 않게 감당해야 해."

"뭐?"

그 말에 태호는 기가 막힌다는 얼굴로 리아를 바라보았다.

지금 아이를 스파르타식으로 키우겠다는 건가? 다른 사람이라면 몰라도 리아가 한 말이라면 진짜 그럴 가능성이 컸다.

태호가 자못 심각한 표정을 짓자, 리아는 눈꼬리를 휘며 팔을 벌려 그를 끌어안았다.

"걱정하지 마. 우리 호호, 이미 아주 강한 아이니까. 계단에서 굴렀는데도 멀쩡하잖아. 내 말은 더 강하게 키우겠다는 뜻이야."

그녀의 말을 듣고 있자니 딸이든 아들이든 상관없이, 어서 빨리 호호가 보고 싶다는 생각이 들었다.

"그래, 리아야."

태호는 리아의 어깨에 팔을 두르며 속삭이듯 낮게 중얼거렸다.

"우리 호호, 아주 강하게 키우자."

한 사장이 먼저 시작한 싸움이었지만, 이미 기세는 태호에게 넘어간 것 같았다. 전혀 예상하지 못한 비리 폭로가 여기저기서 터져 나왔다. 대놓고 말은 하진 않았지만, KJ푸드 직원 모두 한 사장의 몰락이 멀지 않았다고 내다보았다.

"아직 아무 연락도 없어? 미국에도 정보원이 있을 것 아닌가, 어?"

평소보다 일찍 퇴근한 한 사장은 몇 시간째 전화기를 붙들고 언성을 높였다. 하지만 원하던 정보를 얻어낼 순 없었다.

"명심해, 내가 무너지면 자네도 무너지는 거야. 알았어?"

마지막으로 표 과장과 통화를 끝낸 한 사장은 그대로 휴대폰을 벽을 향해 집어 던졌다.

"멍청한 새끼들!"

팍―.

둔탁한 파열음과 함께 휴대폰이 박살이 났다. 그때 서재 문이 열리며 수진이 안으로 들어왔다. 그녀는 바닥에 흩어진 휴대폰을 내려다보며 미간을 찌푸렸다.

수진에게 흥분한 모습을 들킨 한 사장은 당황한 얼굴로 소파에서 몸을 일으켰다.

"수진아, 언제 집에 왔어?"

한 번도 딸인 수진에게 이런 모습을 보인 적 없었던 한 사장이다. 아내가 죽고 나서, 그는 단 한 번도 수진에게 매를 들거나 언성을 높이지 않았다. 수진에게 한 사장은 언제나 자상하고 정이 많은 아버지였다.

조각난 휴대폰을 바라보던 수진은 천천히 한 사장에게로 시선을 돌렸다. 자신을 바라보는 수진의 눈이 붉게 물들어가면 갈수록 한 사장은 겁이 났다.

"……수진아."

수진이 걱정된 한 사장은 그녀를 향해 천천히 다가갔다. 하지만 수진은 뒤로 물러나며 그의 시선을 외면해버렸다.

"아빠, 인제 그만해. 해봤자 헛수고일 뿐이야."

"헛수고라니, 그게 무슨 말이야?"

"병원 기록 알아보지 말라고. 태호, 한 달 넘게 코마 상태였던 거 맞으니까."

"뭐?"

한 사장은 수진의 입에서 나온 말이 이해되지 않았다.

아무도 모르는 일을 어떻게 그녀가 알고 있을까? 가족인 정 여사조차 모르던 일이라는데…….

"잊었어, 아빠? 나, 태호 미국 지사에 있을 때, 그곳으로 어학연수 갔잖아."

"그러면 수진아……."

망연자실한 얼굴로 한 사장이 물었다.

"태호가 병원에 입원한 거, 네 눈으로 봤니?"

"응. 내 눈으로 똑똑히 봤어."

수진은 원망 어린 눈빛으로 한 사장을 노려보았다. 태희가 미처 알아내지 못하고 지나친 게 하나 있었다. 강 회장과 정 대표 말고도 수진 역시 태호의 코마 상태를 알고 있었다는 것.

정 대표에게 사고 소식을 들은 수진이 사람을 고용해 태호의 정보를 알아냈었다. 그리고 그가 코마 상태로 중환자실에 있다는 사실을 알게 되었다. 가족 외엔 면회가 금지였지만, 출입이 완벽하게 통제되는 것은 아니었다. 병실에 들어갈 순 없어도 복도에서 유리창 너머로 그를 바라볼 순 있었다. 수진은 매일매일 병원을 방문하며, 중환자실 앞에서 태호를 지켜보았었다.

만약 수진이 한 사장에게 태호가 코마에 빠졌다는 사실을 귀띔했다면 한 사장은 계획을 수정했을 것이다. 그러나 수진은 그렇게 하지 않았다. 그럴 수 없었다.

"아빠, 나보고 분명히 그랬지. 태호는 절대로 건드리지 않겠다고. 그런데 왜 내게 거짓말했어?"

한 사장을 바라보는 수진의 눈에서 눈물이 흘러내리기 시작했다.

"수진아?"

느닷없는 수진의 방문에 리아는 놀란 얼굴로 침대에서 몸을 일으켰다. 태호는 남 비서와 중요한 통화가 있다며 잠시 병실을 나간 사이였다.

안 보는 사이, 수진은 더욱더 눈에 띄게 수척해져 있었다. 그런 그녀를 바라보는 리아는 마음이 편치 않았다. 악연으로 엉기게 됐지만, 그래도 한때 절친한 친구였으니까.

침대 앞까지 다가온 수진은 아무 말 없이 리아를 바라보기만 했다. 뭔가 할 말이 있는데, 쉽게 꺼낼 수 없는 듯했다.

혹시 한 사장 일을 도와달라고 부탁을 하려고 온 걸까?

리아는 착잡한 얼굴로 수진을 바라보았다.

"……리아야."

이윽고 굳게 닫힌 수진의 입이 열렸다.

"……나, 너에게 긴히 할 말이 있어서 왔어. 사실은……."

수진의 말은 갑자기 들려온 싸늘한 목소리에 끊어지고 말았다.

"지금 여기서 뭐 하는 거야?"

뒤로 고개를 돌리자, 언제 돌아왔는지 태호가 눈살을 찌푸린 채 문 앞에 서 있었다. 갑작스러운 태호의 등장에 수진은 당황한 듯 보였다. 눈길을 어디에 둘지 모르고 이리저리 시선을 피하던 그녀는 결국 고개를 숙였다.

수진은 벌써 한 사장의 몰락을 피부로 느끼는 걸까? 항상 당당하기만 하던 수진에게서는 보기 힘든 행동이었다. 그러나 그런 행동이 동정심을 불러일으키거나, 적대감을 누그러지게 하진 못했다. 태호는 차가운 표정으로 문 쪽을 가리켰다.

"또 무슨 막말을 하려고 왔는진 모르겠지만, 당장 나가. 리아는 네 어리광을 받아줄 상태가 아니야."

매정하게 들릴지 모르겠지만, 태호의 말은 사실이었다. 최근 수진은 리아에게 상처 주는 말만 내뱉었고, 리아에게 한 행동은 철없는 아이의 어리광이나 다름없었다. 억지로 병실에서 끌어낸다고 해도 할 말이 없을 정도로. 하지만 리아는 수진을 내쫓고 싶진 않았다.

"태호야, 그러지 말고 무슨 말인지 들어는 보자. 응?"

다시는 얼굴도 보지 말자던 수진이 여기까지 오려면 큰 용기가 필요했을 것이다. 도대체 어떤 말을 하려는지 알고 싶었다. 한 사장을 도와달라거나 한 번만 봐달라는 부탁이라면, 듣고 나서 결정해도 된다.

태호는 탐탁지 않다는 듯 미간을 찌푸렸지만, 다행히 끝까지 반대하지는 않았다. 안 좋은 말이 나올 것 같으면 어차피 도중에 막아버릴 테니까.

"좋아. 할 말이란 게 뭐야?"

태호는 수진이 이곳에 있는 상황 자체가 우스꽝스럽다고 생각했다. 한 사장이 뒤에서 어떤 일을 벌이고 있었는지 수진은 정말로 모르는

걸까? 아니면 알면서도 모르는 척 뻔뻔스럽게 나오는 걸까? 사실 몰라
도 그만, 알아도 그만이긴 하다. 수진의 머릿속에 뭐가 들었는지 알 바
아니었다. 태호는 한시라도 빨리 리아의 눈앞에서 수진을 치워버리고
싶었다.

"……그게."

수진은 쉽게 말을 꺼내지 못하고 아랫입술을 깨물었다. 리아와 단둘
이 있을 때조차 쉽게 꺼낼 수 없던 말이었는데, 이젠 태호마저 옆에 있
으니 몇 배는 더 어려웠다.

"내가 하고 싶은 말은……."

혼잣말처럼 웅얼거리던 수진은 고개를 들어 조심스럽게 리아를 바
라보았다. 싸늘한 눈으로 노려볼 줄 알았는데, 오히려 리아는 걱정스럽
다는 얼굴로 그녀를 마주하고 있었다.

돌이켜보면 언제나 그랬다. 절친한 친구 사이라도 어쩌다 보면 의견
충돌도 있고 크고 작은 다툼도 있기 마련인데, 먼저 화를 풀고 손을 내
미는 쪽은 대부분 리아였다. 말다툼하고 기분 나쁘게 헤어져도, 다음
날이면 리아는 언제 그랬냐는 듯 활짝 웃으며 다가왔다. 그랬던 친구
인데, 난 너에게…….

"……흑, 리아야."

울컥 눈물이 쏟아졌다. 왜 이제야 깨달았을까. 사랑만큼이나 우정
도 소중하다는 걸, 왜 이리 늦게 깨닫게 되었을까.

"미안해, 리아야. ……정말 미안해."

수진은 고개를 떨구며 참았던 눈물을 터뜨렸다. 자신 때문에 이 모
든 사달이 일어난 것 같아서 리아를 제대로 쳐다볼 수 없었다. 태호를
마음에 두지 않았더라면, 과한 욕심을 부리지 않았더라면 한 사장이

이렇게까지 나오진 않았을지도 모른다는 생각에 더욱 괴로웠다.

"……수진아."

눈물을 흘리는 수진의 모습에 리아는 저도 모르게 침대에서 몸을 일으켰다. 하지만 바닥에 발이 닿기 전에 태호에 의해 저지되었다. 태호는 단호하게 고개를 저으며 리아를 다시 침대에 앉게 했다. 그리고 그녀의 어깨에 팔을 두르며 자신에게 몸을 기대게 했다.

지금 리아에겐 안정을 취하는 것이 제일 중요하다. 괜히 격한 감정에 휘말렸다가 스트레스라도 받게 된다면 리아에게도 아이에게도 좋을 게 없었다. 그런 리아의 앞에서 눈물을 보이다니……. 자신의 감정밖에 모르는 수진이 태호는 매우 못마땅했다.

"계속 그렇게 울기만 할 거면, 오늘은 그냥 가는 게 좋겠어."

태호가 단호하게 나오자, 그제야 수진은 울음을 그치고 다시 말문을 열었다.

"미안, 울려고 온 건 아닌데……."

수진은 마음을 진정하려는 듯 길게 숨을 들이마셨다. 오늘 그녀가 리아를 찾아온 이유는 한 사장이 뒤에서 무슨 일을 꾸미는지 경고하기 위해서다. 자신과 상관없는 일이라며 방관만 하기엔 한 사장의 광기는 극에 치닫고 있었다.

"……리아야, 사실은…… 아빠가…… 우리 아빠가……."

몇 번이나 뭔가를 말하려던 수진은 결국 말을 끝내지 못하고 안타까운 표정으로 아랫입술을 깨물었다. 도저히 입이 떨어지지 않았다.

수진은 차마 자신의 입으로 한 사장이 리아가 유산하게끔 일을 꾸몄다는 걸 말할 순 없었다. 아무리 그래도 한 사장은 그녀의 아버지니까. 하지만 가만히 있다가 또다시 리아에게 무슨 일이 일어난다면 평생 죄책감에 짓눌리게 될 것이다.

한 사장이 어떤 일을 벌였는지 구체적으로 말하진 않더라도, 스스로 알아낼 수 있도록 정보를 흘리면 될까?

잠시 침묵을 지키던 수진은 태호에게로 시선을 돌렸다. 걱정스러운 얼굴로 자신을 바라보는 리아와 마주하며 입을 뗄 자신이 없었다. 그보단 오히려 싸늘한 표정의 태호가 편했다.

"아빠가 지금까지 비리를 저질렀다는 거 잘 알아. 회사 상황이 어떻게 돌아가는지도 알고 있고."

"한 사장님 일 때문에 온 거라면 잘못 왔어. 그건 이미 내 손을 떠났어."

"알아, 그리고 이번 감사, 쉽게 넘어가지 않을 거란 것도 알아."

특수 감사팀은 지금까지 감춰졌던 한 사장의 비리를 속속들이 들추어냈다. 아무리 특수 감사팀 능력이 뛰어나다고 해도 며칠 만에 밝혀낼 수 있는 내용은 아니었다. 꽤 오랜 시간 빈틈없이 준비하지 않고서는 불가능했다. 남 비서가 감사팀에게 슬쩍 정보를 흘렸다는 사실을 모르는 수진에겐 놀라운 일이었다. 하지만 지금은 그게 중요한 게 아니다.

"내가 여기 온 이유는 아빠가 저지른 비리 때문이 아니야."

특수 감사팀에서 한 사장의 비리를 샅샅이 밝혀낸다고 해도 결과는 정해져 있었다. 지방 한직으로 좌천하거나, 권고사직, 심하면 징계 해고를 당하는 선에서 마무리될 것이다.

불행히도 그런 식의 징계로는 한 사장의 폭주를 막을 수 없었다. 그렇다고 KJ푸드가 한 사장을 상대로 소송할 가능성은 작았다. 대놓고 회사의 치부를 외부에 알리는 셈이니까. 그러기엔 위험 부담이 컸다.

자칫 잘못하면 KJ그룹 주가가 아래로 곤두박질할 수 있으니까.

"아빠가 회사 일 말고도 안 좋은 일에 연관된 것 같아. 하지만 감사팀에선 회사 일밖엔 알아내지 못할 거야."

"안 좋은 일이라는 게 뭐야. 구체적으로 말해봐."

"나도 정확하게는 몰라. 어쩌다가 아빠가 통화하는 내용을 들었는데……."

수진은 말을 멈추고 잠시 머뭇거렸다. 그러다 다시 말을 이었다.

"미안해. 나도 여기까지 밖에 말 못 하겠어. 나머진 네가 알아내야 해."

"어떤 내용인지 자세히 설명해주지도 않고 나보고 알아내라고?"

혹시 관심을 딴 곳으로 돌리려는 걸까?

태호는 미덥잖다는 듯 미간을 찌푸렸다. 그러자 수진은 간절한 얼굴로 두 손을 모았다.

"아빠에게선 아무것도 알아내지 못할 거야. 아빤 지시만 내리고, 직접적인 일은 오른팔인 표 과장이 도맡아서 하니까. 그 사람을 설득해봐. 사실만 말해주면 정상 참작하겠다고, 크게 문제 삼지 않겠다고 하면 아마 모두 털어놓을 거야."

그제야 태호는 수진이 뭘 말하려는지 감이 잡히는 것 같았다. 리아를 바라보는 수진의 눈빛엔 복잡한 감정이 담겨 있었다. 뭔가 양심에 가책을 느끼는 것 같은 느낌이랄까? 어쩌면 그가 생각하는 것보다 더 큰 무엇이 뒤에 존재할지도 모르겠다.

"좋아, 알아보지. 그런데 왜 우리에게 알려주는 거지?"

그 말에 수진의 얼굴이 어두워졌다.

"더 망가지기 전에 누군가가 아빠를 막아야 하니까. 안 그러면 어디까지 가게 될지 몰라. 나, 아빠가 무서워지려고 해."

한 사장이 리아를 유산하게 시도했다는 사실을 알게 된 순간, 수진은 더는 가만히 있을 수 없었다. 물론 아직도 리아가 밉고, 또 밉다. 하지만 그건 어디까지나 질투가 섞인 부러움의 표출일 뿐이었다. 그녀가 다치기를 바란 적은 한 번도 없었다.

"수진아."

리아는 천천히 침대에서 몸을 일으켰다. 이번에도 태호는 저지하려 했지만, 그녀는 단호한 얼굴로 고개를 저었다. 할 수 없다는 듯 태호가 한발 물러서자 리아는 바닥에 발을 딛고 수진에게 다가갔다.

수진을 예전처럼 절친한 친구라고 생각하진 않는다. 그러기엔 두 사람 사이에 너무나 큰 틈이 생겨버렸다. 그렇다고 수진을 원망하고 싶진 않았다. 분명 그녀도 힘든 시기를 지내고 있을 테니까.

"이리 와."

리아는 팔을 벌려 수진을 꼭 안아주었다. 수진은 처음엔 조금 당황한 듯싶었지만, 곧 그대로 그녀의 품에 몸을 맡겼다.

"……리아야."

"수진아, 너무 아파하지 마."

진심이었다. 이젠 예전 같은 절친한 친구는 아니지만, 그래도 수진이 조금이나마 덜 아파했으면 좋겠다.

리아는 달래듯 수진의 등을 부드럽게 다독거렸다.

"제길."

사직서를 봉투에 집어넣는 표 과장의 손이 덜덜 떨렸다. 평생 직장까진 아니더라도 막내가 대학에 들어갈 때까진 어떻게 해서라도 붙어 있으려고 했는데, 이게 웬 날벼락이란 말인가.

한 사장이 내민 손을 덥석 잡았을 때만 해도 금 동아줄인 줄 알았는데 알고 보니 썩어 문드러진 동아줄이었다. 잘못하다간 징계 해고로 끝나는 게 아니라, 콩밥을 먹게 생겼으니까.

횡령, 배임, 갑질 등등은 그래도 나은 편이다. 한 사장이 말도 안 되는 지시를 내릴 때마다 문득 모두 때려치우고 싶다는 충동이 들었지만, 그래도 참을 만했다.

하지만 리아를 유산하게 만들라는 명령에는 혀를 내둘렀다. 반협박으로 어쩔 수 없이 저지른 일이지만, 양심에 걸리는 건 어쩔 수 없었다.

아무리 전문가를 고용했어도 재수 없으면 들통나게 될 것이다. 미수에 그쳤으니 어쩌면 집행 유예로 끝날지도 모르겠지만, 상대는 KJ그룹이었다. 대노한 강 회장이 어떻게 나올지는 아무도 모른다. 그러니까아직 들키지 않았을 때, 꼬리를 자르고 튀어야 한다. 사직서가 수리되는 즉시 필리핀으로 향할 계획이었다. 그곳에서 잠잠해질 때까지 숨어 있을 생각이었다.

사직서를 챙겨 들고 막 자리에서 일어서려는데, 누군가 그의 책상으로 다가왔다.

"표 과장님."

남 비서였다. 그를 보는 순간, 표 과장의 얼굴이 하얗게 질려버렸다.

"이사님께서 잠시 이야기를 나누셨으면 하는데요."

"강태호 이사님께서요?"

전화로 불러도 될 텐데, 남 비서를 직접 보내다니. 불길한 예감이 표 과장의 얼굴을 굳게 만들었다.

혹, 벌써 알아버렸나?

표 과장의 등에서 식은땀이 흘러내렸다.

"절 따라오십시오."

이사실로 향하는 동안 표 과장은 연신 이마에 흐르는 땀을 손수건으로 닦아냈다. 집무실 문이 열리고, 소파에 앉아서 그를 기다리는 태호가 눈에 들어왔다.

오늘따라 그 모습이 저승사자처럼 소름 돋게 느껴지는 건 어째서일까?

표 과장은 저도 모르게 꿀꺽 마른침을 삼켰다.

"새언니, 퇴원하고 나서 바로 출근하는 건 아니죠?"

오늘은 리아가 병원에서 퇴원하는 날이다. 태희는 회사에 출근한 태호를 대신해서 퇴원하는 리아를 도왔다.

"바로는 아니지만, 그래도 곧 출근해야죠. 입원하느라 벌써 일주일이나 업무에 공백이 생겼는데……."

주치의는 퇴원해도 당분간은 집에서 안정을 취하라고 권유했다. 주치의에게 당분간이란 기간은 한 달이었지만, 리아는 그 당분간이란 기간을 일주일이라고 해석했다.

"한 달도 아니고 일주일인데……. 새언니나 작은오빠나 둘 다 일벌레야."

태희는 이해되지 않는다는 얼굴로 고개를 내저었다.

세상에서 그녀가 싫어하는 벌레는 두 종류다. 공붓벌레와 일벌레. 무당벌레, 애벌레, 배추벌레 등등은 나름 귀엽기도 하지만, 공붓벌레와 일벌레는 귀여운 것과는 거리가 멀었다.

"일하는 게 뭐가 그렇게 좋아요? 작은오빠나 새언니나 왜 출근 못 해서 안달인지 모르겠어요."

"아가씬 그러면 뭐가 좋아요?"

구두를 신으려 상체를 앞으로 기울이며 리아가 물었다.

"음, 내가 좋아하는 건요. ……작은오빠?"

"네?"

태호라니! 절대로 그럴 리가 없는데?

태희의 엉뚱한 대답에 리아는 재빨리 고개를 들었다. 그리고 시야에 들어온 사람을 보고 나자, 왜 태희가 그런 말을 했는지 이해되었다.

"태호야?"

문 앞에는 회사에 있어야 할 태호가 굳은 표정으로 서 있었다.

무슨 일이지? 왠지 불안한 마음에 리아는 태호에게 손을 내밀었다.

그는 뚜벅뚜벅 다가와 리아가 내민 손을 두 손으로 감쌌다. 그리고 뒤를 돌아보지 않은 채 태희에게 말했다.

"태희야, 이제부턴 내가 할 테니까 넌 그만 가도 돼."

"어? 나 오늘 시간 많아. 새언니 퇴원하는 거 도와주려고……."

"가라."

태희의 말을 도중에 자르며 그가 명령조로 말했다.

"응. 갈게. 가지, 뭐."

분위기가 심상치 않다는 것을 감지한 태희는 재빨리 핸드백을 들고 부랴부랴 병실을 빠져나갔다. 태희가 완전히 병실을 나서자, 태호는 길게 한숨을 쉬며 리아의 어깨를 두 손으로 감쌌다.

"이제부터 내가 하는 말 잘 들어. 충격은 받지 말고."

"무슨 일인데 그래?"

그녀를 바라보는 태호의 표정이 너무나 어두웠다. 아니, 어둡기보다는 끓어오르는 화를 꾹꾹 내리누르고 있는 느낌이었다.

뭔가 일이 잘 안 풀렸나? 리아는 걱정스러운 마음에 가만히 숨을 숙였다.

"수진이 그랬지. 한 사장, 안 좋은 일에 연관된 것 같다고."

리아가 고개를 끄덕이자, 태호는 다시금 길게 한숨을 쉬며 인상을 찌푸렸다.

"그냥 안 좋은 일이 아니라 아주 끔찍한 일이었어. 마음 같아선 욕을 하고 싶은데 '호호'가 들을지도 모르니까 억지로 참는 중이야."

"끔찍하다니?"

"너, 계단에서 떨어진 거. 한 사장이 사주한 일이었어."

"뭐? 아니, 왜?"

전혀 예상하지 못한 대답에 리아의 두 눈이 커다래졌다.

"널 유산시키려고 했다더군. 그러면 내가 크게 충격을 받을 테니까. 그래서 내가 정신이 없을 때, 그때 날 칠 계획이었어."

"······!"

기가 막히면 말문이 막힌다더니!

리아는 아무 말도 하지 못하고 크게 입을 벌렸다.

아니, 왜? 아니, 그렇게까지 할 필요가 있나?

"수진이가 찾아온 이유가 그거였어. 이번에는 다행히 미수로 그쳤지만, 다음번엔 아닐지도 모르니까."

그녀는 수진이 했던 말을 떠올렸다.

— 더 망가지기 전에 누군가가 아빠를 막아야 하니까. 안 그러면 어
　디까지 가게 될지 몰라. 나, 아빠가 무서워지려고 해.

리아는 수진의 마음이 너무나 이해가 되었다. 누구라도 그런 사실을
알게 된다면, 그리고 그런 끔찍한 일을 도모한 사람이 가족이란 걸 알
게 된다면 큰 충격에 빠질 것이다.

"표 과장이란 사람이 그래?"

"응."

사실을 말하면 지방 공장으로 자리를 옮기는 것으로 징계를 끝내겠
다고 하자, 표 과장은 하나도 빠짐없이 털어놓았다. 이런 날이 올 줄 알
고 준비했는지, 한 사장에게 지시를 받은 날짜부터 시작해서 세세한
내용까지 전부 문서화되어 있었다. 그뿐만이 아니었다. 법적으로 크게
문제 될 지시 사항은 몰래 녹음까지 해두었다. 표 과장이 넘긴 USB 드
라이브에는 리아를 유산시키라고 지시한 녹음도 포함되어 있었다.

"그럼 이제 어떻게 할 거야?"

"우선은 감사팀에서 조사를 끝내고, 한 사장의 거취를 결정할 거야.
지금까지 드러난 비리만 해도 당장 해고한다고 해도 문제 삼을 사람은
없을 거야."

"그걸로 끝이야?"

한 사장이 ㈜정직 시절부터 지금까지 횡령한 공금을 합치면 50억이
넘었다. 만약 횡령 혐의로 법정으로 간다면 횡령액이 50억이 넘기 때
문에 무기 또는 5년 이상의 징역이 가능했다. 그러나 그것은 회사에서
한 사장을 횡령 혐의로 기소하느냐가 관건이었다. 이사회에선 그룹 이

미지 훼손과 주가 하락의 위험을 들먹이며 반대할 게 뻔했다. 50억이란 금액은 그룹 차원에선 아무것도 아닌 금액이었으니까.

"보통의 경우라면 그걸로 끝일 수도 있겠지만……"

태호는 재킷 주머니에서 USB 드라이브를 꺼내 리아의 손바닥에 올려주었다.

"여기에 한 사장의 통화 내용이 녹음되어 있어. 우선 이걸 아버지에게 들려드릴 계획이야. 그리고 이사회에도 가져갈 거야."

이런 내용을 듣고도 주가가 어쩌고, 그룹 이미지가 어쩌고 하면서 그냥 덮고 가자는 말은 나오지 않을 것이다.

"검찰에서 기소하게 되면 적어도 한 사장은 10년 이상 형을 살게 되겠지."

리아는 손바닥에 놓인 USB 드라이브를 내려다보았다. 이 안에 통화 내용이 고스란히 녹음되어 있다고 하니, 기분이 묘했다.

통화 내용을 엿듣게 된 수진은 어떤 기분이었을까?

"……만약에 우리에게 수진이가 찾아오지 않았다면."

"그랬다면 징계 해고로 끝났겠지. 그리고 너에게 또다시 안 좋은 일이 생길 수도 있었고."

"응."

다시 태호에게 USB 드라이브를 돌려준 리아는 두 손으로 아랫배를 감쌌다. 모르겠다. 말도 안 되는 일을 저지른 한 사장에게 화도 나면서, 동시에 수진이 안쓰러웠다.

그녀의 복잡한 마음을 눈치챘는지, 태호는 리아를 품으로 끌어당기며 그녀 머리에 입을 맞추었다.

"지금은 너와 아기에게만 집중해. 다른 건 걱정하지 말고, 마음 편하게 가져."

"알았어."

그가 맞다. 이기적일지 몰라도 지금은 그녀와 그녀의 아기가 우선이었다. 리아는 걱정을 머릿속에서 밀어내며 스르르 두 눈을 감았다.

"이게 정말이냐?"

녹음된 통화 내용을 들은 강 회장은 처음엔 도저히 믿을 수 없다는 반응이었다. 하지만 스피커에서 흘러나오는 목소리는 누가 뭐래도 한정안 사장이었고, 그는 카랑카랑한 목소리로 지시를 내리고 있었다.

[강 이사 건은 잠시 보류해봐. 태호보다는 리아를 먼저 쳐야겠어. 그리고 나서 강 이사를 공격해야 더 효과적이겠지.]

[답답하군. 방법을 내가 꼭 말로 일일이 설명해야 하나? 임신 초기엔 유산이 아주 쉽게 되는 거 몰라?]

녹음된 통화를 듣던 강 회장은 더는 참을 수 없다는 듯, 주먹으로 책상을 내리쳤다.

"내, 정안이 이 새끼를 그냥! 감히 내 며느리를, 내 손주를 건드려?"

한 사장의 농간으로 ㈜정직이 둘로 쪼개졌다는 것도 견디기 어려운데 이젠 한술 더 떠서 가족까지 건드리려고 했다니!

강 회장은 치솟는 화를 어쩌지 못한 채 연신 얼굴을 붉혔다.

"그러니까 아버지가 발언을 해주셔야 합니다. 그룹 이미지가 훼손되든, 주가가 하락하든 상관하지 않고 한정안 사장의 비리 책임을 법적으로 물을 거라고 말이죠."

"물론이다. 지금 그게 문제냐! 감히 내 가족을 건드렸는데!"

강 회장은 한 사장을 오른팔로 여기며 굳게 신뢰했다는 사실에 더욱 더 배신감을 느꼈다.

믿는 도끼에 발등이 찍힌다더니, 지금이 바로 딱 그 꼴이었다.

"그런데 이걸 녹음한 사람이 누구냐?"

"얼마 전까지 한 사장의 오른팔이었던 사람입니다. 누군지는 말씀 못 드려요. 정보를 주는 대신, 제가 책임지고 보호해준다고 했으니까요."

"한 사장의 오른팔이었다고?"

찡그리듯 태호를 바라보던 강 회장은 씁쓸한 얼굴로 혼잣말처럼 중얼거렸다. 한 사장은 얼마 전까진 강 회장의 오른팔이었다. 그랬던 그가 배신했고, 이젠 한 사장의 오른팔이 한 사장을 배신했다.

하, 이게 무슨 조화인지…….

강 회장은 허탈한 웃음을 내뱉었다.

강 회장이 결심을 내린 후, 모든 일은 순조롭게 진행되었다. 특수 감사팀의 보고가 끝난 즉시, 한 사장은 징계 해고 처리되었고, 곧바로 업무상 횡령죄 혐의로 형사 고소를 당했다.

하지만 리아가 계단에서 떨어진 사건을 뒤에서 지시했다는 의혹은 밝혀낼 수 없었다. 증거가 될 CCTV 영상을 확보하지 못해, 리아를 계단에서 밀어낸 범인을 찾을 수 없었기 때문이다. 표 과장은 전문가에게 의뢰만 했을 뿐, 어떻게 일이 진행되었는지는 알 수 없다고 했다. 그들이 진짜로 리아를 사고로 위장해 뒤에서 밀었는지, 아니면 정말 우연히 지나가던 행인이 리아를 밀었는지 밝혀낼 수 없었다.

녹음된 통화 내용 역시, 한 사장이 홧김에 한 말이라고 해버리면 그만이었다. 강 회장과 이사회의 마음을 돌릴 순 있어도, 법정에서 결정적인 증거는 될 수 없었다.

"걱정하지 마. 횡령죄만 인정돼도 충분히 징역을 살 거니까, 이젠 또 무슨 짓을 벌일 순 없을 거야."

"응. 그렇겠지."

태호의 말에 리아는 가만히 고개를 끄덕였다.

"그래도 회사에 출근은 좀 더 뒤로 미루는 건 어떨까?"

"왜? 벌써 일주일이나 쉬었는데."

리아는 출근 준비를 완벽하게 끝내고 아침을 먹는 중이었다. 하지만 입덧 탓에 평소에 그렇게 좋아하던 메이플 시럽을 바른 베이컨은 건드리지도 않고 토스트도 살구잼을 발라 몇 입 깨작거리고 말았다.

한 사장 일도 한 사장 일이었지만, 점점 심해지는 입덧 때문에 리아는 하루가 다르게 체중이 줄어가고 있었다. 그런데도 출근을 강행한다니…… 말리고 싶은 생각이 간절했지만, 리아가 원하기에 반대만 할 순 없었다.

"대신 조금이라도 몸 이상하면 참지 말고 바로 연락해."

"알았어."

리아가 회사에 출근하자, 채영이 제일 먼저 환한 얼굴로 달려왔다.

"팀장님!"

"미안, 그동안 내가 너무 오래 자리를 비웠지? 앞으론 그런 일 없을 거야."

출산하게 되면 적어도 세 달은 자리를 비우게 될 텐데, 그전까지는 되도록 자리를 지키고 싶었다. 지금 진행 중인 굵직굵직한 이벤트도 그렇고, 그녀의 손이 필요한 프로젝트가 한둘이 아니다.

"저, 그런데 팀장님."

회의에 들어가자, 박 주임이 KJ푸드와 진행 중인 들깨 요리 개발 기획에 관해 말을 꺼냈다.

"지금 KJ푸드 상황이 좀 복잡한 것 같던데……. 협력 개발에 차질이 있을 것 같은데요."

매스컴에선 이미 한 사장의 비리와 형사 고소, 후임으로 누가 KJ푸드 사장 자리에 오를지 예측하기에 바빴다. 하지만 아무도 강태호 이사가 KJ푸드 사장 자리에 오를 거라는 예상은 하지 않았다.

한 사장이 징계 해고당한 후, 태호는 KJ푸드보다는 KJ그룹으로 출근하는 일이 잦았고, 모두는 이제 곧 그가 본사로 자리를 옮길 거라고 입을 모았다. 정말 박 주임의 말대로 KJ푸드의 상황이 복잡한 건 사실이었다. 그렇지만 어렵게 성사한 들깨 요리 기획에 소홀할 순 없었다.

"왜요? KJ 쪽과 연락에 이상이라도 있나요?"

"그게요, 정 대리가 그것 때문에 KJ로 파견 근무 간 거 아닙니까. 정 대리를 통해서 쉽게 의견도 오고 갈 수 있고."

"네, 그렇죠. 그런데 왜요?"

리아의 질문에 박 주임과 팀원들은 곤란하다는 표정으로 시선을 교환했다. 리아는 뭔가 잘못되었다는 걸 깨닫고 옆에 앉은 채영에게로 고개를 돌렸다.

"무슨 일이야, 채영 씨?"

"저기요, 정 대리님이 얼마 전부터 연락도 없이 출근하지 않으신대요. 변 팀장님이 전화로 묻더라고요. 혹시 개인적으로 정 대리님과 연락되는 사람 있느냐고."

"그래?"

속으론 민훈이 걱정되었지만, 리아는 애써 무표정을 유지하며 고개를 끄덕였다.

민훈이 KJ푸드에 파견 근무를 나간 이유는 한 사장의 비리를 캐는 태호를 돕기 위해서였다. 한 사장이 움직일 것이라고 알려준 것도 민훈이었다. 그랬던 그가 연락도 없이 회사에 출근하지 않는다니…… 한 사장이 자리에서 물러났으니, 이젠 자신이 KJ에 있을 필요가 없다고 느꼈을까? 설마 이렇게 아무 말 없이 사라지려는 건 아니겠지?

리아는 걱정스러운 마음에 저도 모르게 미간을 찌푸렸다. 회의가 끝나는 대로 민훈에게 전화를 해봐야겠다. 통화가 연결될지 안 될지는 모르겠지만.

뚜ㅡ. 뚜ㅡ. 뚜ㅡ.

신호음은 계속 들렸지만, 전화는 받지 않았다. 리아는 초조한 마음에 아랫입술을 깨물었다.

잠시 후, 끝내 전화는 연결되지 않고 음성 사서함으로 넘어갔다. 그가 확인할지는 알 수 없었지만, 리아는 짧게 메시지를 남겼다.

"선배, 나야, 리아. 메시지 확인하면 바로 전화해줘."

띠리리릭―. 띠리리릭―.

전화를 끊고 휴대폰을 내려놓으려는데, 전화가 울리기 시작했다. 리아는 발신자를 확인할 새도 없이 재빨리 통화 버튼을 눌렀다.

"여보세요?"

치지직―.

거친 소음이 휴대폰 너머에서 흘러나왔다.

이게 무슨 소리지?

리아는 그제야 전화를 건 사람이 누군지 확인하려 휴대폰 화면을 들여다보았다. 발신자는 민훈이었다.

"선배?"

몇 번 더 치지직 거친 소음이 들린 후, 민훈의 낮은 목소리가 뒤를 따랐다.

[리아야, 방금 전화했었어?]

"어, 선배. 요새 출근하지 않는다면서?"

[아, 그게…… 갑자기 급한 일이 생겼어. 그래서…….]

"아무리 그래도 무단결근은 곤란하지."

민훈의 무책임한 태도에 리아의 말투가 저절로 뾰족해졌다.

"선배는 주원식품에서 파견 나간 거야. 그런데……."

[잠깐만. 누가 그래? 무단결근이라고?]

민훈이 의아한 목소리로 물었다.

[난 분명히 사정이 있어서 며칠 빠지겠다고 남 비서에게 이야기해두었는데…….]

"어?"

예상 밖의 대답에 리아는 미간을 찌푸렸다. 이상하네, 채영 씨 말로는 변 팀장이 전화해서 개인적으로 연락되냐고 물었다는데……. 그렇다면 제대로 전달이 안 될 걸까?

뭐, 그럴 수도 있겠다. 요새 회사 분위기가 워낙 뒤숭숭하다 보니 이리저리 문제가 많은가 보다라고 리아는 결론을 내렸다.

"알았어. 내가 변 팀장에게 그렇게 전할게. 그런데 무슨 급한 일이야? 혹시 부모님 상태가 안 좋아지신 거……."

[리아야, 미안한데 나 지금 가봐야 해. 나중에 설명할게.]

민훈은 리아의 말을 도중에 자르며 급히 전화를 끊었다. 리아는 어리둥절한 얼굴로 끊긴 휴대폰을 바라보았다. 급하긴 정말 급한 것 같았는데…… 뭐지?

리아와 전화를 끊은 민훈은 모자챙을 급히 내리며 편의점에서 나오는 30대 남자를 힐끔 훔쳐보았다. 편의점에서 나온 남자는 주위를 쑥 훑어보고는 빠른 걸음으로 앞으로 나아갔다.

민훈은 남자가 눈치채지 못하도록 멀찍이 떨어진 상태에서 그의 뒤를 따라갔다. 남자의 걸음이 빨라질수록 민훈의 걸음도 빨라졌다.

3일 동안 이곳에서 남자를 기다린 보람이 있었다. 민훈은 남자를 쫓아가며 리아가 사고를 당했던 날을 떠올렸다.

"헉, 헉, 헉."

리아가 계단에서 떨어지는 사고가 있던 날, 사고 소식을 들은 민훈은 한걸음에 병원으로 달려왔다. 하지만 가족이 아니기 때문에 면회를 신청할 수조차 없었다. 아예 VVIP 병동 안에도 들어갈 수 없었다. 그렇다고 이대로 돌아갈 순 없어 병동 앞을 서성거리는데 때마침 태희가 안에서부터 걸어 나왔다.

그녀가 태호의 동생이라는 것을 아는 민훈은 빠르게 태희에게 다가갔다. 그를 병동 안으로 들어가게 해줄 순 없어도 리아가 어떤 상태인지 알려줄 순 있을 테니까. 태희는 한 손에 휴대폰을 쥔 채 누군가와 통화 중이었다.

"……응. 새언니도 아기도 다 무사하대. 조금 더 지켜봐야 하지만 괜찮을 것 같대."

다행히도 리아는 크게 다치지 않고 괜찮을 것 같았다. 민훈이 놀란 가슴을 쓸어내리며 발길을 돌리려는데, 흥분한 태희의 목소리가 들렸다.

"그렇다니까! 어떤 놈이 계단에서 밀었는지 잡히기만 해봐. 완전 반쯤 죽여 버릴 거야. ……응? CCTV 영상도 없는데 어떻게 잡을 거냐고? 근처 가게에 있는 CCTV 영상 다 수집하지, 뭐. 그중 하나엔 사고 장면이 찍히지 않았을까?"

누가 리아를 계단에서 밀었다고? 순간 불길한 상상이 민훈의 머릿속에 떠올랐다. 지금까지 한 사장이 뒤에서 어떤 짓을 벌였는지, 누구보다 잘 알고 있기 때문이다.

그는 태희를 조용히 뒤따르며 통화 내용에 귀를 기울였다. 한껏 흥분한 태희는 주위에 누가 있는지 크게 신경 쓰지 않고 크게 말했다.

"그것도 안 되면…… 현상금을 걸고 현수막 내걸지, 뭐. 코엑스에 이동 인구가 얼마나 많은데 아무도 못 봤다는 게 말이 돼? ……현상금? 1억 정도면 되지 않을까?"

현상금 1억을 내걸겠다고?

현실성 없는 계획에 민훈은 미간을 찌푸렸다.

아무리 현상금이 많다고 해도, 존재하지 않던 목격자가 갑자기 생길 리는 없으니까. 오히려 수많은 가짜 목격자가 나타나며 수사에 혼선을 빚을 것이다. 그렇다면…….

민훈은 재빨리 태희를 막아섰다. 난데없이 누군가가 앞에 나타나자, 태희는 깜짝 놀라며 걸음을 멈추었다. 그리고 찌푸린 얼굴로 민훈을 올려다보았다.

"뭐예요?"

"그 1억, 현상금 말고 다른 곳에 써요. 그러면 내가 범인이 누군지 찾게 해주죠."

"네?"

태희는 황당하다는 눈으로 민훈을 바라보았다.

남의 통화 내용을 몰래 엿듣는 것도 기분 나쁜데, 아예 당당하게 앞에 대고 1억을 달라니. 미친 거야, 돌은 거야?

평소의 그녀라면 기가 막힌다는 듯 상대를 노려보고는 곧바로 자리를 피했을 것이다. 만약 위험한 상대라고 여겨진다면 어디선가 그녀를 지켜보고 있을 경호원에게 신호를 보내면 그만이다. 하지만 태희는 그럴 수 없었다. 황당한 제안을 하는 남자는 그녀가 이상형으로 여기는 외모를 가지고 있었기 때문이다.

와! 이런 남자가 정말 세상에 존재하고 있었다고!

앞에 선 남자는 작은오빠 태호와는 180도 다른 이미지였다. 따뜻하고 자상하고 동글동글하고. 한마디로 골든레트리버가 사람으로 환생한 것 같은, 그런 부드러운 느낌이랄까?

태희는 방금 그가 무슨 말을 했는지도 까먹은 채, 남자의 얼굴을 빤히 쳐다보았다.

미치겠다. 이 남자, 왜 이렇게 잘생긴 거야?

그녀의 가슴이 콩닥콩닥 뛰기 시작했다.

[정민훈 대리요?]

리아의 물음에 남 비서는 의아하다는 듯이 물었다.

[네, 갑자기 며칠 시간이 필요하다고 하더군요. 그래서 제가 이사님께 허락받아 마케팅팀에 전달했습니다. 정 대리는 주원식품에서 파견된 거라서 그런 일은 이사님께서 직접 관리하시거든요. 그런데 왜 물으십니까?]

역시나 민훈이 말한 대로의 대답이 돌아왔다.

"마케팅팀에 전달이 안 된 것 같아서요. 그쪽에선 정 대리가 무단결근한 거로 알고 있더라고요. 변 팀장이 우리 팀으로 전화해서 정 대리와 개인적으로 연락되는지 물었대요."

[그래요? 이상하군요. 알겠습니다. 제가 한번 알아보죠.]

"고마워요, 남 비서님."

[아닙니다. 아, 그리고 오늘 이사님 늦게 퇴근하실 것 같습니다. 아무래도 혼자 저녁 드셔야 할 것 같은데 괜찮으시겠습니까?]

"그럼요, 제 걱정은 하지 않아도 된다고 전해주세요."

남 비서와 전화를 끊은 리아는 안도의 숨을 내쉬었다. 민훈을 믿지 못한 것은 아니지만, 그래도 혹시나 하는 마음에 불안한 것도 사실이었다.

한번 흔들린 믿음은 계속해서 삐걱거리게 되는 걸까? 끝내 예전으로 돌아갈 순 없는 건가?

"후우."

복잡한 마음에 리아는 다시금 한숨을 내쉬며 회의 자료를 챙기며 자리에서 일어났다.

Chapter 25

손만 잡고 자기에는

"오늘 늦으실 거라서 말씀드렸습니다."

"그래?"

남 비서의 보고에 태호는 무뚝뚝하게 말하며 한 손으로 넥타이를 느슨하게 풀었다. 마음 같아선 지금 당장 리아에게 달려가고만 싶다. 하지만 앞에 놓인 업무가 그를 단단하게 책상에 묶어놓고 있었다.

요새 가뜩이나 입덧이 심해서 제대로 먹지도 못하는데, 그가 옆에 없으면 리아가 저녁을 굶는 것은 아닌지 마음이 놓이질 않았다.

"······꿩 대신 닭이라도 옆에 누군가 있는 게 낫겠지?"

"네? 무슨 말씀인지."

"아냐, 나 혼자 하는 말이야. 신경 쓰지 마."

말은 그렇게 하면서도 태호는 휴대폰을 들고 어딘가로 전화를 걸었다. 신호음이 울리고 전화가 연결되자, 그는 곧바로 본론을 꺼냈다.

"어디야? 집이야? ······너, 오늘 리아와 함께 저녁 먹어라. ······왜, 바빠? ······그러면 지금 가봐."

간단하게 용건만 말한 태호는 전화를 끊고 다시 일에 매달렸다. 저녁은 함께 먹을 수 없지만, 10시 이전엔 사랑하는 아내에게 돌아가야 하니까.

서류를 훑어 내리는 그의 눈빛이 날카롭게 반짝거렸다.

"아가씨?"

함께 저녁을 먹으러 왔다면서 현관 앞에 선 태희의 표정은 뭔가에 기분이 상했는지 뽀로통하게 심술이 난 얼굴이었다.

"무슨 일 있어요? 왜 그런 표정이에요?"

하지만 리아가 툭 던지듯 가볍게 묻자, 빠르게 표정을 바꿨다. 마치 두 개의 가면을 서둘러 바꿔 쓰는 것처럼.

"아뇨, 새언니 때문에 그런 게 아니고. 오늘 누구랑 통 연락이 안 돼서요. 전화도 안 받아, 문자도 씹어. 아휴, 왕짜증."

태희는 아주 심각한 얼굴로 투덜거리며 안으로 들어섰다. 그러곤 곧장 주방으로 향하더니 집에서 가져온 동치미를 식탁 위에 올려놓았다.

"엄마가 새언니 가져다주래요. 입덧 심할 때 동치미 국물이 최고라면서."

"어머!"

동치미가 담긴 유리병을 보는 순간, 리아의 얼굴이 환하게 밝아졌다. 울렁거리고 메슥거리는 느낌이 그저 동치미를 바라보는 것만으로도 단번에 사라졌다.

"고마워요, 아가씨. 속이 안 좋아서 어떻게 밥을 먹나 걱정하고 있었는데……."

"새언니, 입덧이 그렇게 심해요?"

리아는 말 대신 조용히 고개를 끄덕였다.

하, 말로 해서 뭐 하랴!

이제야 리아는 왜 민 여사가 쌍둥이를 가졌을까 봐 걱정했는지 이해가 갈 것 같았다.

하나도 이렇게 힘든데, 엄마는 둘을 임신하고 얼마나 힘들었을까!

임신을 해봐야 하늘처럼 넓은 어머니의 사랑을 이해할 수 있다고 하더니…… 요사이 리아는 심심치 않게 민 여사의 사랑을 절실히 깨닫는 중이다. 임신 중 급격한 호르몬 변화로 감정이 들쑥날쑥해서가 아니라, 진심으로 민 여사의 사랑을 깨달으며 하루에도 몇 번이나 눈물이 핑 돌곤 했다.

이렇게 열심히 키운 딸이 앙숙인 집안의 아들과 사랑에 빠져, 부모의 눈을 속이고 몰래 연애를 했다니! 그리고 아들이란 녀석은 모든 걸 알면서도 모른 척 딱 입을 닫고 있었다. 그런 사실을 알았을 때, 민 여사는 얼마나 억장이 무너졌을까! 자식 키워봤자 다 소용없다는 배신감이 들었을지도 모르겠다. 그러니 민 여사가 그렇게 불같이 화를 낼 만도 했다. 아마 그녀가 민 여사였으면 한 달이 아니라, 1년은 보지 말자고 했을 것이다.

"동치미 하나면 반찬 될 것 같아요."

리아는 동치미를 그릇에 담아 식탁에 내려놓았다.

"새언니, 동치미만 먹게요?"

"네. 어차피 입맛도 없고."

그 말에 태희는 팔을 걷어붙이고 자리에서 일어났다.

"그러지 말고 새언니, 우리 동치미 국수 해 먹어요. 그건 아마 먹을 수 있을 거예요."

"……음."

리아는 찬성하는 대신 곤란한 표정을 지었다. 이 말이 태호의 입에서 나온 거라면 바로 그러자고 했을 테지만, 상대는 태호가 아닌 태희였다. 그 말은 즉 리아 못지않게 태희도 요리와는 거리가 멀다는 뜻이다.

과연 동치미 국수를 해 먹을 수 있을까?

리아는 불길한 눈으로 태희를 지켜보았다.

역시 우려한 대로였다. 냄비 가득 찬물을 받은 태희는 불을 켜기도 전에 소면을 풍덩 냄비에 집어넣었다.

"아가씨, 소면 삶는 법 알아요?"

"엥? 소면 삶는 것도 법이 있어요? 그냥 찬물에 넣고, 가스 불 켜면 되는 거 아닌가? 난 라면도 그렇게 해서 먹는데……."

라면은 그렇게 끓여도 괜찮을지 몰라도 소면은 아니다.

이럴 줄 알았어!

리아는 몰래 한숨을 삼키며 찬장에서 다른 소면을 꺼냈다.

"면은 제가 삶을게요."

라면 하나 제대로 끓이지 못하는 나도 나지만, 얘는 나보다 더하구나.

"그러면 나는 달걀 삶을게요. 달걀은 찬물에 삶아도 되는 거죠?"

"아뇨, 그건 달걀 찜기에 삶으면 돼요."

태희는 정말 집안일을 하나도 해보지 못한 모양이다. 리아가 건네주는 달걀 찜기를 아주 신기하다는 듯이 바라보았다. TV에서 보면 재벌 딸은 유명한 요리 연구가에게 개인 수업도 받고 그런다는데, 태희는 그런 거와는 거리가 멀어 보였다. 아침 식사 자리에도 늦잠을 자느라 거의 나타나지 않곤 했으니까.

"저, 그런데⋯⋯."

가스 불 앞에서 물이 끓어오르길 기다리는 리아에게 태희가 조심스럽게 다가왔다. 옆으로 고개를 돌리자, 눈을 깜빡거리며 그녀를 빤히 바라보는 태희의 얼굴이 시야를 가득 채웠다.

기분 탓일까? 아니면 불 앞에 서 있어서 그런가? 태희의 뺨이 살짝 빨개진 것처럼 보였다.

"음, 새언니, 좀 물어볼 게 좀 있는데요."

"네? 뭘를요?"

왜 갑자기 몸을 배배 꼬고 그래?

태희를 바라보는 리아의 눈이 가늘어졌다.

도대체 얘가 뭘 물어보려고 이러는 거지?

"새언니, 정민훈 대리 어때요? 원래 주원식품 직원인데 지금은 KJ푸드에 파견 근무 나와 있다면서요?"

별안간 태희의 입에서 민훈의 이름이 튀어나오자, 리아는 놀란 표정을 지었다. 태희가 민훈을 안다는 사실도 놀라운데, 그가 파견 근무 중이라는 세세한 사항까지 알고 있다니⋯⋯. 이게 도대체 무슨 일이람?

"어떻다니요? 아니, 그보단 아가씨가 정 대리를 어떻게 알아요?"

심각한 리아와 달리 태희는 아무것도 아니라는 듯 어깨를 으쓱거렸다.

"새언니 사고 난 날, 그 사람이 병원으로 찾아왔더라고요. 가족이 아니라서 VVIP 병동에는 못 들어오고 할 수 없이 밖에서 서성거리다가 날 본 거예요. 내가 시누이라는 걸 알았는지, 다가와서 말을 걸더라고요."

"……아."

전혀 몰랐다. 선배가 병원에 찾아왔는지. 아까 통화할 때, 민훈은 병문안 왔었다는 사실을 전혀 언급하지 않았다. 조금 이상하긴 했었다. 그녀가 아는 민훈이라면 사고 이후 몸은 괜찮은지 그녀의 안부를 물어봤을 텐데 그러지 않았으니까. 이미 모든 것을 알고 있기 때문이었나?

혼자 생각에 잠긴 리아에게 태희가 슬그머니 질문을 던졌다.

"완전 하얗게 질린 얼굴로 찾아왔더라고요……. 민훈 씨랑 가까운 사이였나 봐요?"

태희의 입에서 나오는 호칭이 '정민훈 대리'에서 '민훈 씨'로 바뀌었지만, 사적인 질문 내용에 정신이 팔린 리아는 미처 알아차리지 못했다.

가까운 사이였냐고 묻는 건, 그녀와 민훈의 사이를 알고서 하는 소리일까?

리아는 대답 대신 빤히 태희의 얼굴을 바라보았다. 리아가 아무 말도 하지 않고 바라만 보자, 태희는 슬그머니 시선을 피하며 달걀 찜기를 만지작거렸다.

아이 씨, 누가 호랑이 색시 아니랄까 봐. 바라만 보는데도 소름이 돋네.

하지만 또 곰곰이 생각해보니, 자신이 한 말에 리아가 기분 나쁠 수도 있겠다는 생각이 들었다. 가까운 사이냐는 질문은 어떻게 해석하느냐에 따라 추궁하는 느낌이 들 수도 있을 테니까.

"아니, 가까운 사이라는 게 그런 뜻이 아니라……."

태희는 서둘러 말실수를 해명했다.

"좀 부러워서요. 그날 사고 난 날 함께 있었던 직원들도 그렇고, 사고 소식에 병원으로 달려온 직원도 그렇고, 부하 직원들이 새언니를 친가족처럼 챙기길래요."

"정민훈 대리는 학교 선배이기도 해요."

"어머, 그랬구나."

학교 선배라고 다 얼굴이 하얗게 질려 달려오는 것도 아닌데, 태희는 큰 해답을 얻었다는 얼굴로 크게 고개를 끄덕거렸다. 그래도 조금은 궁금증이 풀렸으니까. 직장 동료면서 학교 신배라고 하니, 보통보다는 가깝겠지. 그러니까 그런 충고를 한 거겠지.

— 그 1억, 현상금 말고 다른 곳에 써요. 그러면 내가 범인이 누군지
　　찾게 해주죠.

태희는 병원에서 민훈이 그녀에게 해준 말을 떠올렸다.

그날 민훈은 1억이란 큰돈을 허투루 사용하지 말라고 충고를 하는 동시에 보다 쉽게 범인을 잡을 방법을 제시했다. 귀가 솔깃하긴 했지만, 그보다는 민훈에게 반해버려서 다음 말은 잘 들어오지도 않았다. 솔직히 범인을 잡든지 말든지, 태희에게는 이미 딴 나라 이야기가 되어버렸다.

와, 왜 이렇게 멋진 거야!

민훈이 뭐라고 하든, 태희는 무조건 '네, 알았어요.', '네, 그럴게요.'만을 되풀이했다. 하여간 대충 그가 한 말을 정리해보면 본인이 알아서 처리한다고 했다.

번호를 따면서 범인의 윤곽이 잡히는 대로 연락하겠다고 했었지, 아마?

곧 그를 다시 볼 수 있다는 생각에 태희의 입꼬리가 저절로 말려 올

라갔다.

그날은 사고 소식 듣고 급하게 나오느라 머리도 메이크업도 제대로 하지 못한 상태였는데 다시 만날 땐 완벽하게 하고 나가야겠다. 정말 연락할까? 이대로 흐지부지 끝나는 건 어떡하지?

"민훈 씨, 약속 꼭 지키는 사람이죠?"

그 순간 불안한 마음에 그녀도 모르게 질문이 튀어나오고 말았다. 어리둥절해하는 리아와 시선이 마주치고서야 태희는 자신이 또다시 말실수했다는 걸 깨달았다.

"갑자기 그건 왜 물어봐요?"

"아니에요, 아니에요. 그냥……. 앗! 달걀 다 됐나 보다."

태희는 말꼬리를 흐리며 서둘러 달걀 찜기 뚜껑을 열었다.

아우, 나도 모르겠다. 우선은 연락을 기다리고, 연락이 오지 않으면 그때 고민해도 늦진 않겠지.

뚫어지게 바라보는 리아의 시선이 느껴졌지만, 태희는 모르는 척 외면하며 찬물에 달걀을 담갔다.

10시 전에 귀가하려던 태호의 계획은 한 통의 전화로 물 건너가고 말았다.

"지금 말입니까?"

[네, 지금 꼭 좀 뵀으면 합니다.]

민훈의 전화에 태호는 난처한 표정을 지으며 손목시계를 들여다보았다. 지금 민훈을 만나게 된다면 집에는 10시 이전이 아니라 자정은 넘어야 들어갈 수 있으니까. 하지만 민훈의 진지한 태도로 보아, 다음날로 미룰 수 있는 일 같진 않았다.

30분 후, 약속 장소에 나타난 민훈은 태호가 자리에 채 앉기도 전에 본론을 꺼냈다.

"리아를 계단에서 떠민 범인을 잡을 수 있을 것 같습니다. 아, 정정하죠. 잡는 게 아니라 자수시킬 수 있을 것 같습니다."

"그게 무슨 말입니까?"

"표 과장이 이번 일에 누구를 고용했는지 압니다. 저도 한 번 고용했던 사람이라서……."

민훈은 차근차근 설명에 들어갔다.

"부모님 관련 사건을 재조사하기 위해 고용했던 전문가가 표 과장이 의뢰한 사람과 동일 인물이라는 걸, 얼마 전에 알게 됐습니다."

하지만 말이 전문가이지, 영화나 드라마에 나오는 전문가처럼 아주 철두철미하지는 않다고 했다. 맡는 일 역시 흥신소에서 다룰 만한 고만고만한 수준의 일이었다.

"웬만하면 크게 문제 될 의뢰는 받지 않습니다. 꼬리가 잡히니까요. 보통은 뒷조사나 해킹, 사람 찾기 등의 일을 하고 가끔은 협박이나 폭력을 쓰긴 하는데, 심각한 상해를 입힐 정도까진 아닙니다."

이번 일도 리아를 계단에서 굴러떨어지게 했지만, 유산의 위험만 있을 뿐 크게 다칠 정도의 높이는 아니었다.

"자수시킨다는 건 무슨 말이죠?"

태호의 질문에 민훈은 살며시 미소를 떠올렸다.

"동생분이 사건 현장에 현상금을 걸고 현수막을 달겠다고 하더군요."

"동생?"

동생이란 말에 태호의 미간이 좁아졌다. 그에게 동생이라면 사고뭉치 막내 태희밖에 없었다. 왜 난데없이 태희가 튀어나오는지는 모르겠지만, 잠자코 민훈의 다음 말에 귀를 기울였다.

"현상금 1억을 걸고 목격자를 찾는 현수막을 달겠다고 해서, 제가 막았습니다."

"방금 1억이라고 했습니까?"

태호는 잠시 자신의 귀를 의심했다.

아니, 1억이 옆집 시고르자브종 이름인 줄 아니? 한 사장이 꾸민 짓이라는 걸 밝힐 수만 있다면 그깟 1억이 문제겠냐마는, 다짜고짜 목격자 찾는 일에 1억을 걸다니! 1억이란 돈에 눈이 먼 가짜 목격자들이 몰려올 게 뻔한데…….

아무리 철이 없다지만 기가 막힐 노릇이었다. 태호는 화가 치미는 것을 힘겹게 참으며 질문을 이어나갔다.

"그런데 그걸 정 대리는 어떻게 안 겁니까?"

"리아가 사고를 당한 날, 병원으로 달려갔었습니다. 그러다 이사님 동생분을 보게 됐고……."

민훈은 VVIP 병동 앞에서 통화 중인 태희를 보았다고 말했다. 처음엔 리아의 상태를 물어보려고 다가갔는데 어쩌다 보니 통화 내용을 듣게 되어, 도저히 그냥 지나칠 수 없어서 한마디 했다고 덧붙였다.

"그랬군요."

잠자코 민훈의 말에 귀를 기울이던 태호가 가만히 고개를 끄덕였다. 통화 상대는 아마도 서현일 것이다. 서현은 태희와 다르게 입이 무거운 편이니까 크게 걱정하진 않아도 된다. 문제는 천방지축 태희였다.

"대신 아이디어를 얻었습니다. 제가 범인을 만나서 자수하라고 설득하겠습니다. 지금 그에게 필요한 건, 돈이니까요."

"그 말은 지금 돈으로 자백시키겠다는 겁니까?"

"네. 지금 범인은 무엇보다 큰돈이 필요하니까요."

민훈은 범인의 개인 사정에 관해 알고 있다고 했다. 희귀병에 걸린 딸에게 들어가는 병원비가 만만치 않다고 했다.

"대신 병원비를 내주겠다고 하면, 제 말을 들을지도 모릅니다. 경찰에 자수해서 누가 의뢰를 맡겼는지 그것만 밝히면 되니까요."

"그게 한 사장이었다는 걸 말이죠."

"네."

표 과장이 중간에서 전문가를 고용했지만, 대금을 지급한 건 한 사장이었다. 표 과장은 훗날 일이 틀어질 것에 대비해, 한 사장의 계좌에서 돈이 빠져나간 것을 알아낼 수 있게 손을 써두었다.

"거짓 자백이 아니라는 것을 증명하기 위해 CCTV 영상도 확보해 놓았습니다. 다행히 범인 얼굴이 정면으로 찍혀 있더군요."

"CCTV 영상이요? 우리가 갔을 땐 마침 카메라가 고장 나서 영상이 없다고 했는데……."

"네. 맞습니다. 하지만 그 바로 전 구간 CCTV 영상과 다음 구간 CCTV 영상은 남아 있었죠."

도중에 다른 출구가 없으니까 전, 다음 구간 영상이라고 해도 충분히 증거로 사용될 수 있었다.

"지시를 내린 한 사장은 잘하면 2년까지도 징역이 나올 수 있겠군요."

태호의 말에 민훈은 빠르게 고개를 끄덕였다.

"네."

일반 상해지만, 계획적으로 저지른 범행이므로 가중 처벌을 받을 가능성이 컸다.

"만약에 집행 유예로 끝난다고 해도 다음번에는 가중 처벌을 받을 테니까, 좀 더 조심스러워지겠죠. 무슨 일이 있어도 끝까지 밝혀낼 거라는 경고도 될 테고."

한마디로 상대를 잘못 골랐다는 뜻이다. 쉽게 빠져나갈 수 있다고 예상한 것 자체가 오산이었다는 것을 한 사장에게 알릴 필요가 있었다.

"그래서 휴가를 얻었던 겁니까? 범인을 쫓느라?"

"네, 쉽게 연락할 수 있는 상대가 아니라서요. 따로 사무실이 있는 게 아니라, 은밀히 일을 의뢰받는 장소가 있습니다. 그곳에서 그가 나타나길 기다렸죠."

왜 그렇게까지 했냐고 물어볼 필요는 없었다. 태호가 묻기 전, 민훈이 먼저 궁금증을 해소해주었다.

"이게 제가 할 수 있는 사죄의 방법이었습니다. 리아에게나, 주원식품 동료들에게나……. 물론 지금까지 제가 했던 잘못에 비하면 아무것도 아니지만 말입니다."

태호를 바라보는 민훈의 입가에 쓸쓸한 미소가 떠올랐다.

민훈과 헤어지고 집에 돌아오니 어느새 시간은 자정을 넘기고 있었다. 현관문을 열고 안에 들어서자 불 꺼진 실내가 그를 기다렸다. 태호는 잠든 리아를 깨우지 않기 위해 다른 침실의 욕실을 이용해 샤워를 마치고, 옷을 갈아입었다.

조심스럽게 이불을 들추며 침대로 들어갔다, 하지만 작은 움직임에도 잠에서 깨어났는지 움찔, 리아의 어깨가 움직였다.

"……으응, 지금 왔어?"

그를 향해 뒤를 돌아보며 그녀가 물었다.

"미안. 나 때문에 깼네."

태호는 자신 쪽으로 몸을 굴리는 리아를 품에 가두며 그녀의 머리에 입을 맞추었다. 리아는 태호의 가슴팍에 얼굴을 묻으며 작게 한숨을 내쉬었다. 그가 귀가할 때까지 기다린다고 하고선 깜빡 잠이 든 모양이다.

"……지금 몇 시야?"

"12시 조금 넘었어."

"늦는다고 하더니, 정말 늦었네."

태호는 말 대신 커다란 손으로 그녀의 등을 쓸어내렸다.

"으음."

리아는 두 눈을 감은 채 천천히 어루만지는 손길을 느꼈다. 하지만 너무 조심스럽게 매만지다 보니, 어떨 땐 괴롭히는 건 아닐까 하고 느껴질 정도였다. 그러고 보니, 임신 사실을 안 이후로는 뜨거운 밤을 보내지 못하고 있었다. 뜻하지 않은 사고와 한 사장 일로 정신이 없었던 것은 사실이다. 그렇다고 하루가 멀다고 활활 불태우던 정열이 흔적도 없이 사라졌을 리는 없을 텐데…….

"……리아야."

어느새 파자마 안으로 들어온 손이 부드럽게 맨살을 건드리고, 따뜻한 숨결이 귓가에 닿았다.

"피곤하지 않아?"

속삭이는 듯한 나직한 목소리에 그녀의 심장이 두근거리기 시작했다. 귓가에 머물던 숨결이 미끄러지듯 뺨으로 내려와 단숨에 그녀의 입술을 삼켰다.

한참 후에야 입술을 놓아준 숨결은 낙인을 찍는 것처럼 느릿느릿 아래로 내려갔다. 이윽고 완만한 곡선 위로 뜨거운 열기가 퍼졌다.

아, 너무 좋아.

짜릿하고도 참을 수 없는 강한 자극에 리아는 저도 모르게 아랫입술을 깨물었다.

"피곤해?"

그가 고개를 들어 올리며 다시금 물었다. 리아는 그런 태호가 가끔은 얄밉다는 생각이 들었다. 말도 제대로 하지 못하게 밀어붙이면서도 그는 언제나 평온한 얼굴이었으니까. 그래서일까?

"뭐라는 거야?"

그녀의 입에서 뾰쪽한 대답이 흘러나왔다.

"지금까지 일하다 온 사람이, 집에서 푹 쉬고 있는 사람에게 피곤하냐고 묻는 거야?"

"입덧 심해서 식사도 제대로 못하잖아."

그건 사실이긴 하지만.

"아까 아가씨 왔었어. 어머니가 동치미 보내주셔서 동치미 국수 해 먹었어. 그래도 오늘은 반 그릇이나 먹었는걸."

"……그래?"

활짝 웃는 리아와 달리, 태호는 씁쓸한 표정을 지었다. 먹성 좋은 리

아가 두 그릇도 아니고 고작 반 그릇을 비웠다고 좋아하다니. 정말로
입덧이 심한 게 틀림없었다. 그러고 보니, 그녀의 얼굴이 꽤 핼쑥해져
있었다. 안쓰러운 마음에 태호는 한 손으로 그녀의 뺨을 감쌌다.

"입덧 끝나면 차차 입맛 돌아오면서 먹고 싶어지는 거, 많아질 거야.
그때 지금 살 빠진 거 다 회복하자."

그 말에 리아는 살며시 고개를 저었다. 글쎄, 과연 그런 날이 올까?
지금 같아선 영원히 오지 않을 것만 같다. 그렇게 좋아하던 라면도 냄
새조차 맡기 싫을 정도인데…….

"……음, 지금은 아무것도 먹고 싶은 거 없어."

"석류도?"

"흠, 신 게 먹고 싶기는 해."

예전엔 신 것이라고 하면 얼굴을 찌푸렸었는데, 입덧을 시작하고부
턴 레몬 사탕을 입에 물고 사는 지경이 돼버렸다. 하지만 그렇다고 신
음식만 먹을 순 없었다.

"그런데 빈속에 너무 신 거 먹는 것도 주치의가 속에 안 좋다고 했으
니까, 한번 참아보려고."

그런데도 참을 수 없는 게 있다. 그것은 바로 내 남자.

리아는 태호의 허리에 팔을 두르며 바짝 몸을 밀착시켰다. 온몸으로
퍼지는 따뜻한 체온이 눈물이 핑 돌 정도로 좋았다. 남자만 '숟가락
들 힘만 있어도'가 절대로 아니거든.

그녀의 속마음을 알아챘는지, 다시금 그의 손끝이 부드럽게 맨살을
쓸고 내려갔다. 능숙한 손놀림에 리아는 짜릿한 전율을 느끼며 그의
목에 팔을 두르고 입술을 겹쳤다. 입술과 입술 사이로 달콤한 체향이
섞이고, 끈적끈적하고도 야한 소리가 새어 나왔다. 사랑에 빠진 연인

에게서 들을 수 있는 아주 익숙한 소리.

얌전하게 손만 잡고 자기에는 너무나 뜨거운 신혼이었다. 호흡을 고르기 위해 잠시 떨어졌던 입술이 다시금 무섭게 서로를 파고들며 서로를 빨아들였다.

먼저 이성을 되찾은 것은 태호 쪽이었다.

"……리아야."

그는 흐트러진 호흡을 가다듬으며 리아의 눈을 들여다보았다.

"주치의가 아직은 조심해야 한다고 하지 않았어?"

"……응. 12주는 지나야 안전하다고 했어."

그렇다고 손만 잡고 잘 필요는 없었다. 주치의는 너무 격렬하거나 지나치게 흥분하지만 않으면 부부 관계를 해도 안전하다고 했다. 하지만 그게 어디 쉽나?

리아와 태호는 말없이 서로를 바라보았다. 한번 불이 붙으면 재가 남을 때까지 모두 불태워버리는 두 사람이 과연 부드럽고 얌전하게 관계를 할 수 있을까? 심하게 서로를 자극하지 않는 관계라는 게 존재하기는 하나? 지금도 키스 좀 했다고 이렇게 심장이 미친 듯이 두근거리는데…….

솔직히 관계 도중 정신을 차리고 조심스럽게 진행을 늦출 자신은 없었다. 그렇다면 그 말은……. 누가 먼저랄 것도 없이, 리아와 태호는 서로를 마주하며 가만히 고개를 끄덕였다.

앞으로 한 달은 더 기다려야 하네.

"이리 와."

리아의 얼굴에 실망감이 떠오르자, 태호는 피식 웃으며 그녀를 품으로 끌어당겼다. 그녀는 그의 가슴에 얼굴을 묻으며 낮게 한숨을 내쉬었다.

"후우."

거칠게 뛰던 심장이 정상을 찾아갔다.

얼마나 지났을까? 서서히 눈꺼풀이 무거워지기 시작했다.

고른 호흡을 느끼며 리아가 잠든 것을 확인한 태호는 그녀 머리에 살며시 입을 맞추었다.

다음 날 오후.

마케팅 팀장 회의를 마치고 사무실에 돌아온 리아에게 채영과 김 대리가 사색이 된 얼굴로 달려왔다.

"팀장님, 팀장님! 기사 보셨어요?"

"무슨 기사?"

"이것 좀 보세요. 이거 팀장님에 관한 기사가 맞는 것 같아요."

채영은 리아를 자신의 자리로 끌고 가 컴퓨터 화면을 가리켰다. 화면 속에는 방금 나온 속보가 떠 있었다. 기사는 누군가에게 돈을 받은 범인이 일부러 임산부를 계단에서 밀어 아래로 떨어지게 했다는 내용이었다. 자료 사진으로 코엑스에서 찍힌 CCTV 영상 화면이 올라가 있었다. 채영은 손가락으로 CCTV 영상에 나온 남자를 가리켰다.

"사진 보니까 기억났어요. 이 남자, 분명 우리 뒤에 걷고 있었어요."

김 대리도 흥분한 어조로 채영의 말에 동의했다.

"맞아요. 저도 기억나요. 뭔가 싸해서 눈여겨봤던 것 같아요."

리아는 둘의 말을 들으며 빠르게 기사를 훑어 내려갔다. 기사는 사

내 권력 싸움에 밀려난 중역이 다른 중역의 아내를 건드리려고 했다고
보도했다. 'H'라고 이니셜을 사용하긴 했지만, 그건 누가 보아도 한 사
장을 가리키는 말이었다.

"미친 새끼, 그럼 일부러 뒤에서 민 게 맞았네."

"아니, 그보단 이런 일을 시킨 놈이 더 나쁜 거 아니에요? 도대체
'H'가 누구야?"

"팀장님은 아시는 것 없어요?"

"글쎄……."

리아는 천천히 고개를 내저었다. 아직은 누구에게도 말할 시기가 아
니었다.

"나, 전화 좀 해야겠어."

리아는 재빨리 그녀의 사무실로 돌아가 태호에게 전화를 걸었다. 그
라면 이미 알고 있을 것이다. 신호음이 들리고 전화가 연결되자, 리아
는 바로 본론에 들어갔다.

"태호야, 어떻게 된 거야?"

[기사 봤구나.]

아주 담담한 목소리로 그가 대답했다.

역시, 태호는 알고 있었어.

"기사, 그거 다 사실이야?"

[응. 사실이야. 사실은 어제 그것 때문에 늦은 거야. 정민훈 대리가
급히 만나자고 해서.]

"선배가?"

[응. 그동안 정 대리가 범인을 쫓고 있었더군.]

태호는 어제 민훈과 있었던 일을 짧막하게 설명했다. 설명을 듣는

도중 리아는 도저히 믿기지 않는다는 듯이 "그게 정말이야?", "선배가 아는 사람이었어?"라고 중얼거렸다.

"그러면 이젠 어떻게 되는 거야? 한 사장님은⋯⋯."

[곧 구속될 거야. 아마 지금쯤 영장이 발부됐을지도 모르지.]

"그래."

바라던 바였지만, 막상 일어나고 보니 조금은 허탈한 기분이 들었다. 태호와 전화를 끊은 리아는 이번에는 민훈에게 전화를 걸었다.

신호음이 들리는 동안, 저도 모르게 긴장한 리아는 크게 숨을 들이마셨다. 잠시 후, 전화가 연결되었다.

[어, 리아야.]

민훈 역시 담담한 목소리였다. 그도 기사를 보고 연락한 것을 아는 느낌이었다.

"고마워, 선배."

[훗, 고맙긴 뭐가 고마워.]

휴대폰 너머로 민훈의 쓸쓸한 웃음소리가 들렸다.

"난 그런 줄도 모르고."

[아니, 그보단 내가 더 고마워. 내게 사죄할 기회를 줬으니까. 그렇다고 지금까지 내가 했던 잘못이 없어지는 건 아니겠지만.]

"선배, 그건⋯⋯."

[수진이도 아마 그런 마음으로 널 찾아갔을 거야.]

나중에서야 수진이 병실에 찾아왔었다는 사실을 태호에게 듣게 된 민훈은 그녀와 동병상련을 느꼈다.

"알아, 잘 알아."

그래서 마음이 아파. 이젠 정말 어떻게 되는 걸까?

리아는 속으로 중얼거리며 컴퓨터 화면에 뜬 기사로 눈길을 돌렸다.

쨍그랑—.

쾅—.

서재 안에는 여기저기 깨진 유리 파편과 부서진 컴퓨터가 널브러져 있었다.

"내가 표 과장 이 자식을!"

변호사의 발 빠른 대처로 구속 수사를 피했던 한 사장이었지만, 이번엔 쉽지 않았다. 변호사는 침통한 목소리로 진실을 알렸다.

[……이쯤 되면 내일이라도 당장 구속될 것 같습니다.]

변호사와 통화를 끝낸 한 사장은 분을 이기지 못하고 손에 잡히는 대로 집어 던졌다. 서재 안이 아수라장으로 변하는 데에는 채 10분도 걸리지 않았다.

"아빠, 그만해."

수진이 서재 안으로 들어오고서야 한 사장은 숨을 헐떡이며 의자에 주저앉았다. 넋을 놓은 듯 천장을 노려보는 그에게 수진이 가깝게 다가왔다.

"이제 그만 인정해. 모든 게 끝났다고."

"……인정하라고?"

천장에 머물던 시선이 수진에게로 향했다.

"수진아, 모든 건 다 널 위한 일이었어. 아빠 널 위해서 그랬다고."

"아니, 아니야!"

수진은 눈물이 쏟아지려 하자, 서둘러 옆으로 고개를 돌려버렸다. 한 사장이 잘못했다는 것은 잘 알지만, 그녀의 아버지였다. 차마 얼굴을 마주 보면서는 입이 떨어지지 않았다.

"아빠가 한 일은 나를 위한 일이 아니었어. 아빠가 정말로 날 위했다면 그렇게 했을 수 없어."

"수진아!"

"그래, 나, 리아에게 질투 나. 걔가 부럽고 화도 나고. 하지만 아빠, 이건 아니지. ……흑, ……어떻게, 아빠. ……아무리 그래도."

참고 참았던 눈물이 결국 터져버렸다. 수진은 울먹이며 힘겹게 말을 이어나갔다.

"어떻게…… 애를 유산시키려고 했어? 그건 살인이야."

말을 마친 수진이 그대로 서재를 뛰어나갔다.

리아에게는 평소보다 더 바쁜 하루였다. 회사 업무보다는 그녀에게 걸려온 안부 전화를 받느라 정신이 없었다. 대부분은 걱정 반, 근심 반인 통화 내용이었다. 더는 견딜 수 없던 리아는 휴대폰 전원을 끄기로 마음먹었다. 하지만 발신자에 유정의 이름이 뜨자, 저도 모르게 통화 버튼을 눌렀다.

"유정아."

[후우, 이게 도대체 무슨 일이라니?]

유정은 말을 잇지 못하고 길게 한숨만 내쉬었다. 그러다 전화를 끊기 전, 어렵게 입을 열었다.

[리아야, 내가 이런 말 하긴 너에게 미안하기 한데……. 수진이 이제 어떡하니?]

……그러니까.

리아는 혼잣말처럼 속으로 중얼거렸다.

이제 수진이는 어떻게 되는 걸까?

한 사장의 폭주를 막아달라고 찾아온 것은 그녀였지만, 그래도 자신의 아버지가 감방으로 가는 것을 마음 편하게 지켜만 볼 순 없을 것이다. 모든 일이 무사히 잘 해결되었다는 안도감도 있었지만, 다른 한편으론 마음이 무거운 것도 사실이었다.

유정과의 통화를 마지막으로 리아는 휴대폰 전원을 끄고, 퇴근 시간이 돼서야 다시 휴대폰을 켰다.

퇴근 후, 지하 주차장으로 향하는데 한 통의 전화가 걸려왔다. 어쩌면 그녀가 온종일 기다렸던 전화였는지도 모르겠다.

"수진아."

[……잠깐 볼 수 있을까?]

잠시 침묵이 흐른 후…… 수진의 착 가라앉은 목소리가 들렸다.

"그래, 수진아."

리아는 두 손으로 휴대폰을 움켜쥐며 빠르게 대답했다.

"어디서 볼까? 내가 너 있는 곳으로 갈 게. 편한 곳 말해."

수진과 만날 장소를 정한 리아는 빠르게 걸음을 옮겼다.

"뭐야, 이게?"

기사를 훑어 내리던 태희는 곤혹스럽다는 듯 미간을 찌푸렸다. 기사 내용을 보자면 범인도 잡았고, 모든 일이 계획한 대로 처리된 것 같은데……. 그런데 골든레트리버에게선 아무런 연락도 없었다. 약속대로라면 범인을 잡는 게 아니라, 누구인지 윤곽이 잡히면 바로 연락했어야 하는데 말이다.

뭐야, 이 남자! 그러면서 번호는 왜 따간 거야? 전화도 없고, 문자도 없고. 입 딱 씻고 토끼는 거야? 아니, 왜?

태희는 이해할 수 없다는 얼굴로 고개를 갸우뚱거렸다. 지금까지 그녀에게 번호를 얻어가고 나서 감감무소식이던 남자는 없었다. 귀찮을 정도로 연락을 해와서 번호를 바꾼 적은 있어도. 그런데 이 남자는 아주 중대한 일로 번호를 받아가고서도 침묵을 지키고 있었다.

아후, 이럴 줄 알았으면 골든레트리버 번호도 물어보는 건데…….

당연히 연락할 줄 알고 상대방 번호를 물어보지 않은 것을 후회했다. 그렇다고 크게 상심할 일은 아니었다. 뛰어봐야 부처님 손바닥이라고, 그래봤자 꼬박꼬박 KJ푸드로 출근해야 할 테고, 그게 아니라면 주원식품으로 가보면 된다. 정 안 되면 리아에게 민훈의 연락처를 물어볼 수도 있었다. 그러나 아직은 아니었다. 괜히 조바심 내면서 모양 빠지게 먼저 연락하고 그러면 안 되는 거다.

인내심을 가지고 가만히 기다리다 보면 언젠간 연락이 오겠지!

태희는 딱 하루만 더 기다려보기로 했다.

리아와 수진이 만난 곳은 수진의 집에서 그리 멀지 않은 술집을 겸

한 카페 레스토랑으로, 얼마 전까지만 해도 유정과 어울리며 밤늦게까지 수다를 떨던 추억의 장소였다.

먼저 약속 장소에 나타난 수진은 창가 쪽과 가까운, 항상 즐겨 찾던 자리에 앉아 있었다. 테이블로 다가온 리아가 맞은편에 자리를 잡자, 창가를 바라보던 수진이 그녀에게로 고개를 돌렸다.

"아무리 정신이 없어도 네 얼굴은 보고 가야 할 것 같아서 연락했어."

얼굴을 보고 간다니, 그게 무슨 뜻이지?

쉽게 이해하기 어려운 말에 리아는 가늘게 눈을 모았다. 하지만 무슨 뜻이냐고 물어보는 대신 수진이 먼저 말을 끝내길 기다렸다.

"아빠, 내일 아침 일찍 검찰로 자진 출두할 거야. 아무래도 영장을 받고 구속되는 것보다는 그게 모양새가 나을 테니까. 그리고……"

잠시 머뭇거리던 수진은 짧게 한숨을 내쉬고 계속해서 말을 이었다.

"어디까지 정상참작이 될지는 모르겠지만, 아마 모두 다 털어놓을 거야."

모두 다라면?

리아가 살며시 미간을 찌푸리자, 수진은 천천히 고개를 끄덕였다.

"응, 모두 다. 어차피 이미 다 밝혀져서 아빠의 자백이 그리 중요하진 않겠지만. 그래도 죄를 부정하진 않을 거야."

의외였다. 한 사장이 그리 쉽게 자신의 죄를 털어놓을 거라곤 생각하지 못했다. 수진은 리아의 속마음을 읽었는지, 쓴 미소를 떠올렸다.

"물론 아빠가 쉽게 그런 결정을 내린 건 아니야. 그렇다고 내가 아빠를 설득한 것도 아니고."

"그렇다면 한 사장님이 왜 심경의 변화를 일으키신 거지?"

"아빠가 내게 조건 하나를 걸었어."

"조건?"

"응."

자신이 얽힌 이야기였지만, 수진은 남의 이야기를 하듯 담담한 표정으로 말을 이었다.

"이번 일이 모두 끝날 때까지 나보고 호주 이모 집에 가 있으래. 다른 사람은 몰라도 나한테는 이런 모습 보이기 싫다고……."

순간 울컥, 감정이 격해졌는지 수진은 입술을 깨물며 말을 멈췄다.

"……그게 아빠가 나에게 내건 조건이었어. 내가 호주로 출국하면 바로 검찰로 가겠다고 했어. 그래서 나, 오늘 밤 비행기로 출국해."

갑작스러운 이별 통보에 리아는 저도 모르게 테이블 위에 놓인 수진의 손을 움켜잡았다.

"수진아."

보기 껄끄러운 사이가 되었지만, 그렇다고 이렇게 빨리 멀어지게 될 것이라곤 상상하지 못했었다. 수진은 자신의 손을 꼭 잡은 리아의 손을 바라보며 눈시울을 붉혔다. 그리고 조심스럽게 리아의 손 위에 자신의 손을 포개었다. 두 사람은 아무 말도 못한 채, 터져 나오려는 눈물을 삼켰다. 먼저 입을 연 쪽은 수진이었다. 그녀는 리아의 손을 쓰다듬으며 작은 소리로 울먹였다.

"미안해, 리아야. 예전 회사가 둘로 쪼개진 것도, 너희 집과 태호 집이 앙숙이 된 것도 다 우리 아빠 탓이었대. ……난 그건 몰랐어. 정말이야. 믿어줘."

"알아, 알아. 수진아."

어젯밤 한 사장은 고해성사를 하듯, 지금까지 자신이 저질렀던 모든 악행을 수진에게 털어놓았다. 어쩌면 이 일로 수진은 다시는 그를 안 보려 할지도 모르겠다. 하지만, 그래도 직접 이야기해주는 것이 나중에 다른 이를 통해서 듣는 것보단 나을 거라고 판단했다.

"아빠만 아니었다면 태호랑 너랑 서로 앙숙이 될 일도 없었고, 그랬다면 내가 태호를 좋아할 기회도 없었을 거야."

중학교 시절 수진은 태호를 처음 만났고, 만난 순간부터 그를 좋아했다. 하지만 이미 그때 리아가 태호의 옆에 있었다면 일찌감치 냉수 먹고 속 차리지 않았을까? 태호 곁에 아무도 없었기 때문에 쉽게 포기하지 못하고 혼자서 감정을 키웠던 거니까. 그런데 그게 모두 한 사장이 뒤에서 두 집안을 앙숙으로 만들었기 때문에 벌어진 일이었단다. 그러니까 한마디로 이 모든 비극의 발단은 그녀의 아빠가 저지른 악행에서 시작되었다는 거다.

생각했던 것보다 한 사장이 저지른 일이 몹시도 심각하자, 수진은 한동안 말을 잃고 멍하니 자리에 앉아 있어야만 했다. 다시 정신을 차렸을 땐, 그녀를 둘러싼 세상이 모두 무너져 내린 후였다. 믿을 수 없을 만큼 비참했다.

"내가 미안하다고 해서 아빠가 저지른 일이 없어지는 건 아니겠지만……. 미안해. 정말 미안해, 리아야."

"수진아."

리아는 수진의 손을 꽉 움켜잡으며 고개를 내저었다.

왜 네가 그 일까지 사과하는데?

"수진아, 이번 일 다 끝나면 그땐 돌아올 거지?"

그녀가 호주로 떠나고 나면, 어쩌면 영영 돌아올 것 같지 않은 불길한 예감이 들었다. 수진은 입가에 애매한 미소를 떠올렸다.

"······글쎄, 지금은 잘 모르겠어. 그냥 우선은 아빠가 원하는 대로 이곳을 떠나야겠다는 생각밖에 없어."

영원한 이별을 뜻하는 것 같은 뉘앙스에 리아의 눈에 눈물이 차올랐다. 한 사장이 벌인 일을 생각한다면 다시는 수진과 가깝게 지낼 수 없겠지만, 그래도 이렇게 멀어진다고 생각하니 가슴이 먹먹해졌다.

수진은 리아가 어떤 생각을 하고 있는지 잘 안다는 듯 살며시 고개를 흔들었다.

"리아야, 우리 다시는 예전으로 돌아갈 수 없어. 괜찮다고, 아니라고 해도 절대로 안 된다는 거, 너도 알고 나도 알아."

애석하게도 리아는 수진의 말에 반박할 수 없었다.

잔인하지만, 그게 눈앞에 놓인 사실이니까.

"그래도 수진아······."

수진이 잡힌 손을 빼내려 하자, 리아는 그럴 수 없게 다시금 힘을 주었다. 수진이 그런 리아를 의아한 얼굴로 바라보았다.

"유정이를 통해서 안부는 전하고 살자. 그것도 싫어?"

"······아, 아니."

그것마저 싫다고 할 순 없었다. 수진은 자신의 손을 꽉 잡은 리아의 손을 바라보며 힘없이 고개를 숙였다.

고마워, 리아야.

흘러내린 눈물이 손등 위로 툭 떨어졌다.

다음 날, 한 사장은 수진에게 약속한 대로 직접 검찰로 찾아갔다. 느닷없는 자진 출두에 놀란 것은 KJ그룹뿐만이 아니었다. 온 여론에서 한 사장의 기사를 떠들썩하게 다루었다.

"이사님, 오늘 아침 뉴스 보셨어요?"

오랜만에 KJ푸드로 출근한 태호에게 남 비서는 당황한 얼굴로 태블릿을 내밀었다.

"아니."

남 비서의 반응과는 반대로 태호는 무덤덤한 얼굴로 뉴스 화면을 바라보았다. 어젯밤 이미 리아에게서 수진의 이야기를 전해 들었기 때문이다.

"왜 한 사장이 갑자기 마음을 바꾼 걸까요?"

"글쎄, 그럴 만한 사정이 있었겠지."

태호는 수진 때문에 한 사장이 마음을 돌렸다고 알려주는 대신, 남 비서에게 중역 회의에 참고할 서류를 가져오라 지시했다.

리아와 수진이 사적으로 나눈 대화 내용을 아무렇지 않게 제삼자에게 말할 수는 없는 일이니까. 그녀가 한 사장을 자진 출두하게 설득한 것은 현명한 대처였다고 생각한다. 만약 수진이 호주로 떠나기 전 만날 기회가 있었다면, 고맙다고 인사했을 것이다.

이제까지 한 번이라도 수진에게 호감을 느낀 적은 없지만, 그녀가 한정안 사장의 딸이어서 그런 것은 아니었다. 또래 중에서 리아 이외에 좋은 감정을 가진 여자 자체가 없었다.

수진이 자신을 좋아한다는 사실을 알았더라도, 크게 달라질 건 없겠지만 그래도 혼자 마음을 키우기 전에 매정히 잘라냈을 것이다.

예정된 중역 회의를 마친 태호는 KJ그룹 본사에 가기 위해 로비로 내려섰다. 그곳에서 익숙한 얼굴을 발견하고 인상을 찌푸렸다.

쟤가 왜 여기 있어?

얼굴의 반 이상을 가리는 커다란 선글라스를 낀 태희가 누구를 찾는 듯 주위를 두리번거리고 있었다. 하지만 태희가 KJ푸드에서 찾을 만한 사람이 자신 말고 누가 있을까?

"여긴 무슨 일이야?"

그런데 그를 만나러 온 게 아니었나? 태호의 목소리에 태희는 화들짝 놀란 얼굴로 뒤를 돌아보았다.

"어머, 작은오빠! 오늘 KJ그룹으로 출근하는 거 아니었어?"

분명히 태희가 알기론 오늘 태호는 KJ푸드가 아닌 KJ그룹 본사로 출근해야 한다. 그래서 '토끼로서 호랑이 없는 굴에 왕 노릇이나 한번 해볼까.' 하고 온 거였는데…….

태호를 바라보는 태희의 얼굴이 곤혹스럽게 일그러졌다.

"네가 왜 내 일정을 꿰차고 있어?"

앗, 당황하다 보니까 말실수를 하고 말았다. 태희는 의심스러운 시선을 피하고자 재빨리 옆으로 다가서며 태호의 팔에 팔짱을 끼었다.

"아니, 그게 아니라…….. 갑자기 작은오빠를 보니까 반가워서 그런 거지."

"네가 날 보고 반가워했던 적이 있던가? 언제나 도망가기 급급한 거 아니었어?"

"……어?"

사실이 아니라고 해야 하는데, 반가워죽겠다고 뻔뻔스럽게 거짓말을 해야 하는데……. 심장이 쿵쾅쿵쾅 날뛰는 바람에 혀가 굳어버렸는지 아무 말도 나오지 않았다.

에잇, 망했다!

태희는 어떻게 하면 위기의 순간에서 벗어날 수 있을까 열심히 머리를 굴렸다.

오늘 태희는 민훈을 만나기 위해 무작정 이곳에 쳐들어왔다. 요즈음 태호는 KJ푸드가 아니라 KJ그룹으로 출근한다는 태문의 말만 믿고 팍 저질렀다. 그런데 왜 호랑이 작은오빠가 떡하니 나타나는 거냐고! 어디 토끼 굴이라도 있으면 확 숨어버리고 싶은 심정이다.

그때 남 비서의 목소리가 들렸다.

"이사님, 늦지 않으려면 지금 출발하셔야 합니다."

태희에게는 마치 구원의 목소리와도 같았다.

"작은오빠, 내 걱정하지 말고 어서 가봐."

태희는 태호의 팔에서 팔짱을 풀며 눈꼬리를 휘었다.

"난 그냥 지나다가 들렸어. 고 부장 아저씨가 신제품 나왔다고 해서, 그것 한번 맛보려고. 하하하."

그건 사실이다. 혹시 몰라서 제품개발팀 고 부장에게 전화를 넣어놓았다. 태호는 그녀의 말을 믿을 수 없다는 듯 힐끗 노려보았지만, 뭐라고 하진 않았다. 잠시 바라보다 로비 회전문을 향해 몸을 돌렸다.

후우, 다행이다.

하지만 가슴을 쓸어내리는 것은 잠시일 뿐, 뚜벅뚜벅 걸어가던 태호가 걸음을 멈추고 태희를 향해 뒤를 돌았다.

"참, 그런데…… 태희, 너."

태호의 날카로운 시선이 태희에게로 쏟아졌다.

히익! 또 뭐야?

동시에 태희는 제자리에 얼어붙어버렸다.

왜 그런 눈으로 쳐다보는 거야?

20년 넘게 보고 살던 눈빛이라 이제는 적응할 때도 됐건만, 볼 때마다 소름이 돋는다. 태희는 마른침을 꿀꺽 삼키며 다가오는 태호를 조심스럽게 바라보았다.

"저번에 고마웠다. 네가 리아에게 동치미 가져다주었다고 들었어. 덕분에 입덧도 덜해지고 입맛도 돌아왔어."

"어? ……어, 잘됐네."

아니, 고맙다는 말을 뭐 이리도 살벌하게 하는 거야?

순간 부아가 치밀어 올랐지만, 태희는 아무렇지 않은 듯 입을 꾹 다물었다. 괜히 가만히 있는 호랑이 꼬리를 건드리면 손해를 보는 건 자신이니까.

"오늘 저녁도 부탁한다."

"어?"

난데없는 부탁에 태희는 미간을 찌푸렸다. 꽃피는 청춘에 놀 일이 얼마나 많은데, 황금 같은 저녁을 새언니에게 할애하라는 거야! 맛집도 탐색해야 하고, 술도 마셔야 하고, 클럽도 가야 하고, 그리고 무엇보다 어쩌면 오늘은 골든레트리버랑 데이트할지도 모르는데…….

태희는 난처한 얼굴로 대답을 회피했다. 하지만 태호는 태희의 대답이 필요 없는 것 같았다. 할 말을 마친 태호는 그대로 남 비서와 함께 그녀에게서 등을 돌렸다.

아니, 내 대답은 듣지도 않고!

'안 돼! 나, 약속 있어!'라고 외치려던 태희는 태호가 뒤를 돌아보려고 하자, 화들짝 놀라며 재빨리 엘리베이터 쪽으로 도망갔다.

그래그래. 좋게 생각하자, 좋게 생각.

막 도착한 엘리베이터에 올라타며 태희는 애써 마음을 다잡았다. 오늘 골든레트리버를 만난다고 해도 곧바로 데이트할 순 없는 거니까.

그가 간절히 원한다고 해도 애타게 만들어야 공평한 거다. 그쪽도 연락 안 하고, 날 이렇게 찾아오게 했으니까. 함께 저녁을 하자고 해도 선약 있다고 하면서 쿨하게 걷어차야 하는 거라고.

생각을 정리한 태희는 마케팅 3팀이 있는 층 버튼을 꾹 눌렀다.

회전문을 나서던 태호는 문득 걸음을 멈추고 뒤를 돌아보았다. 엘리베이터 쪽으로 급하게 걸어가는 태희의 뒷모습이 눈에 들어왔다. 그런 그를 남 비서가 의아한 얼굴로 바라보았다.

"이사님, 무슨 문제라도 있습니까?"

"아니, 문제까지는 아닌데……."

뭔가 찝찝했다. 태희가 이곳을 찾는 이유는 언제나 자신이었다. 한 번도 다른 일 때문에 이곳을 찾은 일은 없었다. 갑작스럽게 찾아와서 맛있는 걸 사달라고 조른다거나, 심심하다고 놀아달라고 매달리는 태희를 귀찮다고 밀어내긴 했지만, 그래도 하나밖에 없는 막냇동생이기에 가끔은 못 이기는 척, 부탁을 들어주기도 했다.

하지만 오늘 태희는 자신은 전혀 안중에도 없다는 태도였다. 원래대로라면 다행이라며 안도의 숨을 내쉬어야 한다. 가뜩이나 바쁜 와중에 태희를 상대할 시간은 전혀 없으므로.

그런데 왜 이리도 기분이 찝찝하지?

폭풍이 몰려오기 전 바다가 고요한 것처럼, '저러다 뭔가 일을 저지르는 건 아닐까.' 하는 불안감이 밀려왔다.

"이사님, 지금 출발하지 않으면 늦습니다."

"그래, 알았어."

남 비서의 재촉으로 걸음을 옮기면서도 태호는 다시금 뒤를 돌아보았다. 그새 엘리베이터에 올라탔는지 태희의 모습은 이미 사라지고 없었다.

"선배?"

리아는 깜짝 놀란 얼굴로 사무실로 들어서는 민훈을 바라보았다.

"오늘 KJ푸드랑 미팅이 있었던가?"

"아니야. 미팅은 다음 주야."

리아가 캘린더로 일정을 확인하려 하자, 민훈은 고개를 저으며 그녀의 책상 앞으로 다가왔다. 그리고 의아한 얼굴로 바라보는 리아에게 하얀 봉투를 건넸다.

"이건?"

리아의 표정이 단번에 굳어졌다. 저번에도 보았던 봉투다. 봉투 위에 적힌 '사직서'란 글자가 그녀의 눈에 박히듯 들어왔다.

"……선배."

"저번엔 반려했지만, 이번엔 받아줬으면 좋겠어."

민훈은 사직서를 집어 드는 리아를 향해 담담하게 말했다.

"KJ푸드 파견 근무 중이지만, 내가 속한 곳은 주원식품이니까 여기에 먼저 사직서를 내는 게 맞아. 오늘 당장 그만두는 건 아니고, 2주동안 인수인계 확실하게 하고 떠날게."

그는 퇴직하기로 이미 마음을 정한 것 같았다.

하지만 어째서?

"왜? 이제 모든 게 잘 해결됐잖아."

"맞아. 다행히 모든 게 잘 해결됐지. 그래서 이젠 마음 편하게 떠날 수 있을 것 같아."

민훈은 정말로 편해 보였다. 리아를 바라보는 그의 입가에 환한 미소가 서려 있었다.

"선배의 도움이 없었다면 태호 혼자 많이 힘들었을 거야."

그의 도움이 없었다면 쉽게 한 사장을 법정에 세울 수 없었을 것이다. 민훈의 활약 덕분에 계획한 대로 모든 것이 순조롭게 진행되었다.

"그렇게 생각해준다니 고마워. 하지만 나는……."

그런데도 민훈은 아직 죄책감에 힘들어하고 있는 것 같았다.

"선배, 과거는 모두 잊어버리고 그냥 여기 남으면 안 될까? 선배가 이렇게 떠나버리면 나도 그렇고 팀원들도 그렇고, 너무 서운할 거야."

"후."

그 말에 민훈은 짧게 한숨을 내쉬었다. 사실은 그 역시 그런 생각을 전혀 하지 않았던 것은 아니었다.

끝이 좋으면 모두 좋은 게 아닌가? 잘 해결되었으니 모두 없던 일로 하고 계속 회사에 남으면 안 될까?

가족처럼 가깝게 지내던 팀을 떠난다고 생각하니, 마음 한쪽이 서늘하게 아린 것도 사실이다. 하지만 아무리 고민해보아도 결론은 처음과 같았다.

"나도 팀을 떠나기 서운해. 하지만 이게 맞아. 어찌 됐든 난 회사를 배신했고, 회장님이 용서해주셨다고 해도 내가 한 일은 내가 너무 잘 알아. 그래서 더는 여기에 있을 수 없어. 날 이해해줄 수 있지?"

이렇게까지 나오는데 어떻게 선배를 잡을 수 있을까? 리아는 착잡한 얼굴로 천천히 고개를 끄덕였다.

"고맙다. 이해해줘서."

"그러면 이제 어떻게 할 거야?"

"인수인계 끝나면 우선은 부모님이 계신 요양원으로 내려가려고. 그 동안 못한 아들 노릇을 해야지. 효자까지는 아니더라도 할 일은 해야 하니까."

"그래, 선배."

지금까지 힘든 일을 겪은 민훈이기에 부모님의 곁에서 잠시 머리를 식히는 것도 좋을 거란 생각이 들었다. 그제야 민훈을 바라보는 리아의 입가에도 부드러운 미소가 떠올랐다. 어쩌면 민훈을 잡는 것은 그녀만의 욕심일지도 모르겠다. 어디에 있더라도 마음이 편한 게 제일이겠지. 모두가 제자리를 찾아가고 있는 느낌이다.

Chapter 26

은근이 아니라
엄청 야하네!

제자리에 없잖아!

태희는 텅 빈 민훈의 자리를 보며 눈살을 찌푸렸다. 어려운 발걸음
까지 해줬는데 골든레트리버를 볼 수 없다니 은근히 화가 나기 시작했
다.

태희가 멍하니 빈자리를 바라보고만 있자, 민훈의 자리를 알려줬던
변 팀장이 난처한 얼굴로 다가왔다.

"이상하네요. 제가 회의 들어가기 전만 해도 자리에 있었는데……."

사무실 안으로 들어가지 못하고 복도에 서성이는 태희를 발견하고
먼저 다가온 쪽은 변 팀장이었다. 회의를 끝내고 엘리베이터에서 내리
던 변 팀장은 강태호 이사의 동생인 태희를 한눈에 알아봤다. 대뜸 정
민훈 대리를 찾는 태희가 조금 이상하긴 했지만, 크게 신경 쓰진 않았
다. 그런데 문제는 자리에 있어야 할 당사자가 자리에 없다는 거다.

"잠시 담배 피우러 나간 건 아닐까요?"

태희의 물음에 변 팀장은 빠르게 고개를 저었다.

"아뇨, 제가 알기론 정 대리는 담배 피우지 않습니다."

그 말에 태희는 놀란 듯 눈을 동그랗게 떴다.

오, 비흡연자야? 완전 내 스타일이네!

강 회장이나 태문, 태호 모두 담배를 피우지 않기 때문에 태희 역시 자연스럽게 담배와는 거리가 멀었다. 몸에 좋고 나쁘고를 떠나서 매캐한 냄새도 싫었고, 씁쓸한 맛도 싫었다.

게다가 담배는 그녀의 첫 키스 경험을 망치게 한 주범이기도 했다. 첫 남자 친구와 딴에는 분위기 잡고 입술을 부딪쳤지만, 역한 담배 냄새 때문에 그대로 밀쳐내고 말았다.

그 이후로는 되도록 담배를 안 피우는 상대를 만나려고 노력했는데……. 골든이도 비흡연자라니, 이건 운명이야.

그때 옆을 지나던 사원 한 명이 변 팀장에게 말했다.

"팀장님, 정 대리 찾으세요? 정 대리, 아까 주원식품에 간다고 하고 나갔습니다."

"그래? 아, 맞다. 오늘 거기 간다고 했었지."

주원식품에 갔다는 말에 태희의 얼굴이 일그러졌다.

아니! 가는 날이 장날이라고 왜 하필 오늘 그곳에 가냔 말이야. 애써 여기까지 찾아왔는데.

"그게 언제죠?"

"글쎄요, 한 30분쯤 됐나?"

태희는 급히 손목시계를 들여다보았다.

지금 당장 달려가면 만날 수 있을까?

"고마워요. 내가 그쪽으로 가볼게요."

빠르게 인사를 한 태희는 거의 뛰듯이 사무실을 빠져나갔다. 마음이 급했다.

이러다 또 길이 어긋나는 건 아니겠지?

지하 주차장으로 달려가는 그녀의 심장이 쿵쾅쿵쾅 뛰기 시작했다.

"후우."

리아는 민훈이 남기고 간 사직서를 내려다보며 작게 한숨을 내쉬었다. 수진이도 그렇고, 선배도 그렇고. 갑작스러운 이별은 언제나 마음을 아프게 한다.

똑똑―.

그때 노크 소리와 함께 채영이 사무실 안으로 들어왔다.

"팀장님, 방금 정 대리님 사직서 내고 가신 거 맞죠."

"응."

리아가 짧게 고개를 끄덕이자, 채영도 어두운 얼굴로 고개를 끄덕였다.

"……대리님, 저번에 팀원끼리 술 마실 때 그런 말 하긴 했었어요. 더 늦기 전에 부모님 옆에서 간호하고 싶다고."

"그랬어? 난 몰랐네."

민훈에 관해 많이 알고 있다고 생각했는데, 지금 보니 같은 팀원인 채영보다 모르고 있었다. 그녀에게 털어놓기엔 부담이 됐던 걸까? 조금 더 일찍 민훈의 사정에 관해 알았더라면 좋았을 것을. 그랬다면 그의 죄책감을 조금이나마 덜어줬을 텐데.

"아, 맞다. 팀장님, 이거요."

혼자 생각에 잠긴 리아의 앞으로 채영이 택배 상자를 내려놓았다.

"팀장님 앞으로 온 거예요. 외국에서 온 것 같은데……."

택배 상자에 붙은 송장 스티커를 본 리아의 얼굴이 순간 당황한 듯 일그러졌다.

아니, 이게 왜 이리로 왔지?

받는 곳을 집으로 적었어야 했는데, 실수로 회사 주소를 적었었나 보다. 리아는 어색하게 웃으며 황급히 택배 상자를 책상 밑으로 집어넣었다.

"고마워, 채영 씨."

"크기에 비해서 가볍던데……. 뭐예요, 팀장님?"

"어? 어……. 옷이야. 옷. 집으로 보내야 했는데 내가 깜빡하고 회사로 했나 봐."

"아."

다행히도 채영은 꼬치꼬치 물어보지 않고 자리로 돌아갔다. 채영이 나가자, 리아는 조심스럽게 일어나 사무실 문을 잠갔다. 혹시라도 누가 들어오면 큰일 나니까.

요즘 너무나 많은 일이 일어나, 주문한 사실을 깜빡 잊고 말았다. 개개인의 몸 치수에 맞게 특별 제작하는 제품이기 때문에 오래 걸린다는 것은 알고 있었지만, 예상했던 것보다 더 오래 걸린 이유도 있었다.

다시 책상으로 돌아온 리아는 아래에 두었던 상자를 들어 소파로 가져갔다. 커피 테이블 위에 상자를 올려둔 리아는 조심스럽게 상자를 개봉했다. 상자 안에는 겹겹이 에어캡에 싸인 또 다른 상자가 들어 있었다. 얼마나 틈틈이 에어캡으로 말았는지 풀어도 풀어도 끝이 없었다.

"깨지는 것도 아닌데, 포장 한번 꼼꼼하게도 했네."

한참 후에야 에어캡이 모두 풀어져 빨간 비단으로 만들어진 상자가 모습을 드러냈다.

상자를 바라보는 리아의 눈이 생기 있게 반짝거리기 시작했다.

"와아."

천천히 상자가 열리고 리아의 입에서 탄성이 흘러나왔다.

상상한 것 이상이네! 대박!

"저기요! 잠깐만요!"

주원식품 건물 지하 주차장으로 향하던 태희는 밖으로 걸어 나오는 민훈을 발견했다. 하지만 차를 돌리기에는 너무 늦은 상황이었다. 민폐라는 걸 잘 알지만, 태희는 그대로 도로 한가운데 차를 세웠다. 당연히 교통법규보다는 사랑이 먼저니까. 남들은 아니라고 할지 몰라도 적어도 그녀에게는 그랬다.

"여기요, 여기! 정민훈 씨!"

태희는 창밖으로 몸을 내밀고 목청껏 민훈을 향해 외쳤다. 그러나 크게 소리 지른다고 질렀지만, 그에게까지 전달되지 않은 모양이다. 민훈은 무표정으로 주위를 훑어보고는 빠르게 걸음을 옮겼다.

앗, 그냥 가버리면 안 되는데…….

다급해진 태희는 차 문을 열고 뛰어내리듯 밖으로 나왔다.

빵빵―. 빵빵―.

여기저기서 클랙슨을 울려댔지만, 태희는 전혀 아랑곳하지 않고 민훈에게 달려갔다.

"민훈 씨!"

태희가 와락 팔을 잡아당기고서야, 민훈은 걸음을 멈추고 옆을 바라보았다. 처음엔 그녀를 못 알아본 것처럼 인상을 찌푸렸다. 그러다 서서히 굳은 표정을 풀었다.

"강태희 씨?"

내 이름 석 자를 확실하게 기억하고 있네!

민훈이 자신의 이름을 부르자, 태희는 날아갈 듯 기뻤다.

"여긴 어쩐 일입니까?"

민훈은 자신을 향해 싱글벙글 웃는 태희를 의아하다는 눈으로 바라보았다. 하지만 그녀가 말을 꺼내기도 전에, 다시금 요란하게 클랙슨이 울렸다.

빵빵ㅡ. 빵빵ㅡ.

"지금 그게 중요한 게 아니에요."

태희는 민훈의 팔에 손을 밀어 넣어 단단하게 깍지를 끼며 자신 쪽으로 끌어당겼다. 그렇다. 지금은 그게 중요한 게 아니었다.

"뭐야, 미쳤어?"

"이봐요, 차 빼요! 길 한가운데서 뭐 하자는 거야?"

여기저기서 거친 고함이 들렸다. 사람들이 차에서 내려 삿대질을 하기 전에 빨리 이곳을 벗어나야 한다. 태희는 납치하다시피 민훈을 자신의 차로 끌고 가, 안으로 밀어 넣고 급히 차를 출발시켰다.

민훈은 기가 막힌다는 표정을 지었지만 반항하지는 않았다. 대충 어떤 상태인지 눈치챘기 때문이다.

무턱대고 도로 한가운데 차를 세우다니.

사실 다짜고짜 1억을 현상금으로 걸겠다고 할 때부터 알아보긴 했다. 그녀가 아주 엉뚱하다는 사실을.

민훈은 저도 모르게 피식 쓴웃음을 내뱉었다. 주원식품 건물에서 멀리 떨어지고 나서야, 태희는 긴장을 풀고 민훈을 힐끗 쳐다보았다.

"어떻게 된 거예요? 왜 연락 안 했어요?"

"연락이라뇨? 무슨 말입니까?"

"범인이 누구인지 윤곽이 잡히면 바로 연락하기로 했잖아요!"

"아, ……그거요."

그제야 민훈은 무슨 말인지 알겠다는 듯 고개를 끄덕였다. 사실을 말하자면, 민훈은 그때 자신이 태희에게 무슨 말을 했는지 기억이 나지 않았다. 그저 그녀를 달래기 위해 아무 말이나 했던 것 같다.

괜히 1억이란 현상금을 걸고 목격자를 찾는 현수막을 걸거나 하면 골치 아프게 되니까. 그런데 그녀는 진지하게 연락을 기다리고 있었나 보다. 보기와는 다르게 나름 순진한 건가?

"연락하고 말고도 없이, 범인이 바로 자백하는 바람에 그냥 그렇게 끝나고 말았습니다."

그 말도 사실이긴 하다. 범인은 딸의 병원비를 책임져주겠다는 제의에 바로 마음을 돌렸다. 태희에게 연락하기로 한 것을 기억했다고 해도 연락할 겨를이 없을 만큼, 모든 일이 빠르게 진행되었다.

"그러면 다 끝내고라도 연락했어야죠. 내가 뉴스를 통해서 알아야겠어요?"

태희가 뽀로통한 얼굴로 투덜거리자, 민훈은 곧바로 사과했다.

"연락을 기다렸다면 미안합니다. 난 모든 게 잘 해결돼서, 그럴 필요가 없다고 생각했거든요."

담담한 표정 하며, 높낮이가 일정한 목소리 하며.

민훈의 태도는 완벽했다. 태희에게는 사적인 관심이 '1%'도 없는 것처럼 느껴졌다.

어머, 이 남자. 완전 밀당의 고수네!

그렇지만 태희는 눈 하나 깜빡하지 않았다.

어떻게 나한테 아무런 관심을 주지 않을 수 있지? 그건 불가능하다고. 얼굴이면 얼굴, 몸매면 몸매, 게다가 돈도 엄청나게 많은데……. 이런 완벽한 여자를 세상에 어떤 남자가 아무렇지 않게 대할 수 있을까! 모르긴 몰라도 지금쯤 속으로 엄청나게 두근거리고 있을 게 분명해!

관심이 없었다면 애초에 먼저 다가오지도 않았을 거라고 태희는 믿었다.

"다시 회사로 들어가봐야 해요? KJ푸드로 가는 거죠?"

민훈은 가만히 고개를 끄덕였다. 리아가 사직서를 받아주었으니, 이젠 KJ푸드에 자신의 사직을 알릴 차례였다. 태호에게는 리아가 말해줄 것이고, 그는 변 팀장과 다른 팀원들에게 설명하면 된다. 그를 대신해 파견될 팀원을 정하고, 변 팀장과 함께 인수인계도 들어가야 한다.

"몇 시에 퇴근해요?"

KJ푸드 쪽으로 차를 돌리며 태희가 물었다. 예정대로라면 오늘 그녀는 리아와 함께 저녁을 먹어야 한다. 그리고 오늘은 첫날이니까, 그가 함께 저녁을 먹자고 해도 그녀 쪽에서 먼저 튕길 생각이었다. 그러나 민훈을 다시 보는 순간 마음이 바뀌었다. 괜히 다음을 기약했다가 조바심에 심장이 터지기라도 하면 큰일이니까.

"그건 왜 물어보죠?"

"내가 퇴근 시간에 그리로 갈게요. 저녁 먹으면서 하나도 빠짐없이 모두 설명해줘요. 어떻게 그렇게 빨리 범인을 찾았는지 알고 싶으니까."

누가 그 오빠에 그 동생 아니랄까 봐, 태희는 혼자 결정을 내리고 통보하듯 그에게 말했다.

모든 걸 설명하라고?

태희에게까지 모든 것을 설명할 생각은 없었다. 설명하다 보면 자신이 무슨 짓을 저질렀는지도 털어놓아야 하니까. 하지만 그렇다고 거절할 만한 변명거리가 딱히 떠오르지도 않았다. 게다가 태희 성격에 오늘은 안 된다고 하면 내일은 어떠냐, 그다음 날은 어떠냐 하고 절대 포기하지 않을 것이다. 민훈은 대답을 하는 대신, 창밖으로 시선을 돌려버렸다. 태희 역시 애초에 그의 대답을 기다린 게 아닌 듯 힘차게 가속 페달을 밟았다.

서울을 떠날 날이 얼마 남지 않아서일까?

창밖으로 휙휙 지나가는 풍경의 잔상이 오늘따라 길게 민훈의 눈에 남았다.

"수고 많았어요. 모두 내일 봐요."

오늘 리아는 퇴근 시간 정시에 사무실을 나섰다. 그녀의 가슴에는 빨간 상자가 소중하게 안겨 있었다. 회사를 나선 리아는 곧장 집으로 향했다. 태호를 보기 위해선 아니었다. 재계 모임에 참석하느라 그는 밤이 늦어서야 집에 올 수 있기 때문이다. 리아가 급히 집으로 향하는 이유는 오늘 받은 것을 조금이라도 빨리 입어보고 싶어 견딜 수가 없어서였다.

얼마나 애타게 기다렸는데!

자꾸만 배송이 늦어지는 탓에, 받아보기로 한 날부터 이미 한 달이나 지난 후였다. 원래대로라면 이걸 입고 불타는 첫날 밤을 보내야 했는데…….

집에 도착하자마자 침실로 달려간 리아는 빨간 상자를 열고, 안에 든 속옷을 침대 위에 펼쳐놓았다. 단순하면서도 화려하고, 야하면서도 단아한 속옷들이 수줍은 듯 그녀를 올려다보고 있었다.

마침 오늘은 태호도 늦게 들어오니까, 편한 마음으로 착용해보면 되 겠네.

"어느 것부터 입어볼까?"

리아는 환하게 웃으며 검은 레이스로 만들어진 속옷을 집어 들었다. 하지만 얼마 지나지 않아, 생글거리던 리아의 입가에서 웃음이 사라졌 다.

"말도 안 돼!"

리아는 배신당한 얼굴로 거울에 비친 자신을 노려보았다. 몸에 딱 맞추어 제작한 속옷이었건만, 여기저기 살이 밖으로 삐져나와 있었다.

특히 가슴 쪽이 심했다. 보일 듯 말 듯 완만하게 곡선을 이뤄야 하는 부분에서 살이 튀어나오다니. 치수가 작은 속옷에 억지로 몸을 끼워 넣은 느낌이었다.

리아는 눈살을 찌푸리며 앞뒤로 몸을 거울에 비춰보았다. 솔직히 가 슴뿐만 아니라 허리도 굵어진 것 같고 아랫배도 은근히 나와 있었다.

평소엔 옷을 헐렁하게 입는 편이라 잘 알아차리지 못했는데 몸에 딱 맞게 제작한 속옷을 입고 보니 눈에 확연히 드러났다.

그새 몸에 살이 붙은 거야? 입덧으로 제대로 먹지도 못했는데?

리아는 황당하다는 눈으로 거울을 바라보았다.

그러나 잠시 후, 짧게 웃음을 내뱉었다.

"후."

그 말인즉슨, '호호'가 그만큼 자랐다는 거니까 리아는 부드럽게 웃으며 두 손으로 아랫배를 감싸 안았다.

우리 호호. 기특하네. 밖에서 무슨 일이 일어나도 전혀 신경 쓰지 않고 아주 열심히 무럭무럭 자라고 있구나. 그래, 속옷 하나쯤 안 맞게 된 게 뭐 그리 큰일이라고.

거울 속 자신의 모습을 빤히 바라보던 리아는 침대의 위에 놓인 다른 속옷들로 시선을 돌렸다.

어차피 당분간은 입을 일도 없을 텐데, 더 늦기 전에 지금 다 입어볼까? 혼자 벌이는 란제리 쇼라! 그리 나쁘진 않을 것 같다.

침대로 다가간 리아는 속이 훤히 들여다보이는 핑크빛 속옷을 집어 들었다.

"뭐? 모임이 취소됐다고?"

회의를 끝내고 나오는 태호에게 남 비서가 다가와 변경된 일정을 알렸다.

"네, 모임을 주최한 최 회장님께서 오늘 갑자기 입원하시는 바람에 다음 주로 연기됐다고 합니다."

"그래? 알았어."

"오늘은 정시에 퇴근하시겠습니까?"

"응. 그래야지."

집무실로 돌아온 태호는 바로 퇴근 준비에 들어갔다. 리아와 함께 저녁을 먹을 수 있다고 생각하니, 저절로 미소가 떠올랐다.

얼마 전부터 리아는 예전처럼 입맛이 돌아왔다. 이젠 슬슬 이것저것 먹고 싶은 것도 생기면서, 그릇을 싹싹 비웠다. 그래서인지 입덧이 나아진 것도 있고, 모든 일이 수월하게 풀려서 마음의 짐을 덜어놓은 것도 있었다.

한 사장이 구속된 것은 잘된 일이지만, 혹여라도 리아가 수진에게 미안한 감정을 품게 되면 어떡하나, 그것 때문에 마음 아파하면 어떡하나 걱정했었다.

다행히도 수진은 호주로 떠나기 전, 리아를 만나 쌓였던 감정을 풀었다. 그래서일까? 그녀의 얼굴빛이 예전처럼 다시 밝아 보였다. 이 모든 것이 리아를 위해서였는데, 만약 이 일로 그녀가 슬퍼하게 된다면 아무 소용이 없는 거니까.

집무실을 나온 태호는 엘리베이터에 오르며 오늘 태희에게 리아와 함께 저녁을 먹어달라고 부탁한 사실을 떠올렸다. 이럴 줄 알았으면, 그런 부탁을 할 필요는 없었는데.

지금이라도 취소할까?

엘리베이터가 로비에 도착하자 태호는 내리며 휴대폰을 꺼내 태희에게 전화를 걸었다. 오늘 리아에게 갈 필요 없다고 말하면 태희는 떨 듯이 기뻐할 게 뻔했다.

따리리릭ㅡ. 따리리릭ㅡ.

신호음이 들리는 순간, 뒤쪽에서 휴대폰 소리가 들리기 시작했다. 아무 생각 없이 소리가 난 쪽으로 돌아본 태호의 눈에 찡그린 얼굴로 휴대폰을 꺼내는 태희의 모습이 들어왔다. 그녀는 발신자가 태호인 것을 확인하고는 그대로 전화를 끊어버렸다. 그러더니 급히 엘리베이터 안으로 사라졌다. 태호는 순간 자신의 눈을 의심했다. 리아에게 가고 있어야 할 태희가 이곳에 있는 것도 이상했고, 자신의 전화를 보란 듯이 씹는 태도도 평소와는 달랐다. 간이 배 밖으로 나오지 않고서야 할 수 없는 행동이었다.

아니, 그것보다 왜 쟤가 여기에 있는 거야?

태호는 태희가 올라탄 엘리베이터 앞으로 걸어가, 위로 올라가는 층 버튼의 불빛을 따라갔다.

빠르게 위로 올라가던 불빛은 23층에서 멈추었다.

23층은 마케팅 부서가 있는 층인데, 왜 저길?

아까 태희는 어렸을 때부터 알고 지내는 제품개발팀 고 부장을 만나러 오는 길이라고 했었다. 만약에 다시 그를 보러 들렀다면 23층이 아닌, 12층에서 내려야 했다.

도대체 누굴 만나러 온 거지? 한시라도 빨리 집에 가고 싶었지만, 태희가 무슨 일을 저지르는지는 알아야겠다.

엘리베이터가 다시 로비에 도착하자, 태호는 재빨리 안으로 들어섰다.

23층에서 내린 태호는 빠르게 주위를 훑으며 걸음을 내디뎠다. 복도에는 저마다 퇴근길에 서두르는 마케팅 부서 직원들로 북적거렸다. 태호를 알아본 직원들이 놀란 얼굴로 고개를 숙이려 하자, 그는 손을 내저으며 인사를 물렸다. 지금은 한가하게 직원들의 인사를 받을 때가 아니었다.

다행스럽게도 몇 걸음 걷지 않고 복도 끝에 서 있는 태희를 발견할 수 있었다. 그녀는 누군가와 대화 중인 것 같았는데, 상대는 등을 돌린 자세라서 얼굴을 볼 수는 없었다. 그래도 태희의 표정은 멀리서도 아주 잘 보였다. 가족이니만큼 그녀가 어떤 표정을 짓고 있는지 쉽게 예상할 수도 있었다.

뭐지, 저 표정은?

어느 순간 태희가 반달 모양으로 눈꼬리를 휘며 환하게 웃자, 태호는 눈살을 찌푸렸다.

모르는 사람이 본다면 그저 미소를 짓고 있는 것이라고 여길 테지만, 태희를 가까이서 지켜본 태호는 저 미소가 얼마나 위험한 것인지 단번에 알아차릴 수 있었다. 그것은 간절히 원하는 것을 가지려 상대방을 홀릴 때 쓰는 미소였다.

저 미소에 강 회장과 정 여사가 번번이 넘어갔고, 태문과 소정은 시도 때도 없이 넘어갔다. 가끔 보면 리아도 저 미소에 마음이 흔들리는 것 같았다.

역시, 이상하게 뭔가 찝찝한 이유가 있었어. 누가 태희의 희생양인지는 모르겠지만 일이 커지기 전에 막아야 한다.

태호는 거의 뛸 듯이 빠른 걸음으로 태희에게 다가갔다. 불행 중 다행이라면 복도 끝 모퉁이여서 그들에게 관심을 주는 직원들은 없었다.

"강태희, 너 지금 여기서 뭐 하는 거야?"

태호의 목소리에 태희와 대화 중이던 이가 뒤를 돌아다보았다.

"정 대리?"

상대를 확인한 태호는 믿기지 않는다는 얼굴로 자리에 멈춰 섰다. 태호를 발견한 민훈은 곤란한 표정으로 태호와 태희를 번갈아 보더니 살짝 옆으로 비켜섰다.

"작은오빠?"

전혀 예상하지 못한 태호의 등장에 태희는 쏟아져 나올 것처럼 눈을 커다랗게 떴다. 그것은 뒤에서 몰래 나쁜 짓을 하다 들켰을 때 나오던 반응과 일치했다.

이제야 무슨 일인지 알 것 같다. 태호는 싸늘한 눈으로 태희를 노려보았다. 그녀는 분명 주체 못 하는 호기심으로 민훈에게 어떻게 된 일이냐고 꼬치꼬치 캐물으러 온 게 뻔했다. 1억을 현상금으로 내걸겠다는 태희를 민훈이 설득해 현수막이 걸리는 사달은 막았지만, 그렇다고 태희의 호기심이 충족되진 않았을 터였다.

"말 안 해도 돼. 네가 왜 여기 있는지 알겠으니까, 이만 가자."

태호는 어린아이를 달래듯 부드럽게 속삭이며 태희의 어깨를 감싸 안았다. 얼핏 보기엔 아주 다정해 보이는 모습이었다. 하지만 태희를 바라보는 눈빛은 위협적으로 엄했다.

겁먹은 태희가 슬그머니 시선을 피하자, 태호는 난처한 표정으로 민훈을 바라보았다. 짧은 사이지만 태희에게 꽤 시달렸는지, 민훈의 얼굴이 매우 피곤해 보였다.

"정 대리, 귀찮게 해서 죄송합니다. 태희는 제가 데려가죠."

"아, 네. 이사님."

그 말에 민훈의 얼굴에 안도의 빛이 떠올랐다. 다짜고짜 함께 저녁을 먹자는 태희의 제안을 어떻게 거절할까 고민하던 참이었다. 저녁을 먹는 것까진 괜찮아도, 이번 일에 관해 자세하게 묻기 시작한다면 어떤 대답해야 할지 확신이 서지 않았다. 거짓말을 하긴 싫었고, 그렇다고 부모 세대부터 이어진 악연에 대해 털어놓을 수도 없었다. 이쯤 해서 태호가 태희를 데리고 가준다면 그보다 좋은 일이 어디 있을까.

"그러면 저는 이만 가보겠습니다."

민훈은 태호와 태희에게 고개를 숙이고 그대로 등을 돌렸다.

"민훈 씨, 저기 잠깐만요!"

민훈이 자리를 뜨려고 하자, 태희는 당황한 듯 태호의 손에서 벗어나려 몸을 비틀었다.

"오빠, 이것 좀 잠깐 놔봐! 나 민훈 씨에게 할 말 있단 말이야."

"할 말은 무슨 할 말? 너, 왜 자꾸만 사람을 불편하게 해?"

태호는 그녀를 놓아줄 생각이 없는 듯했다. 그녀의 어깨를 감싼 팔에 더욱더 힘이 들어갔다. 민훈은 그런 태희를 도와주기는커녕 빠른 걸음으로 눈앞에서 사라지고 있었다.

안 돼! 안 된다고!

사랑에 눈이 멀면 아무것도 보이지 않는 법이다. 또한 부풀어 오른 간 역시 배 밖으로 삐져나오기 마련이다. 자신을 잡고 있는 사람이 호랑이 오빠라고 한들, 지금 이 순간만큼은 전혀 중요하지 않았다. 태희에게는 눈앞에서 골든레트리버가 멀어지고 있다는 사실만이 중요했다.

"놔! 이거 못 놔!"

어디서 그런 힘이 솟아났을까? 태희는 태호의 손을 단번에 뿌리쳐버렸다. 그리고 재빨리 민훈에게 달려가 그의 등 뒤로 몸을 숨겼다. 그러더니 이대로 두면 혼자 가버릴 거라고 생각해서일까? 갑자기 두 팔로 민훈의 허리를 와락 끌어안았다.

"……!"

그 모습에 태호가 당황한 듯 제자리에 굳어버렸다. 민훈 역시 갑작스러운 태희의 행동에 깜짝 놀라고 말았다. 그는 잠시 얼떨떨한 얼굴로 뒤를 돌아, 자신의 허리를 끌어안고 있는 태희를 내려다보았다. 그녀가 왜 이렇게까지 나오는지 이해가 가지 않았다.

태희는 놀란 듯 바라보는 민훈에게 걱정하지 말라는 뜻으로 윙크를 날렸다. 그러곤 태호를 향해 혀를 날름 내밀었다.

"남 사생활은 상관하지 말고, 작은오빠 가정이나 챙기시지. 집에 가야 하지 않아? 새언니 기다리잖아."

말을 마친 태희는 민훈의 손을 잡고 잽싸게 자리를 벗어났다. 민훈은 난처한 얼굴로 태호와 태희를 번갈아 바라보았지만, 그녀의 손을 뿌리치진 않았다.

아니, 도대체! 쟤 미친 거야?

태호는 제자리에 얼어붙은 채 멀어져가는 태희와 민훈의 뒷모습을 바라보았다. 궁지에 몰린 쥐가 고양이를 문다는 소리는 들어봤어도, 정신 나간 토끼가 호랑이에게 덤벼들었다는 말은 못 들었는데…… 지금 태희가 한 짓은 딱 그 수준이었다. 설마, 도플갱어는 아니겠지?

태호는 방금 자신이 본 사람이 정말 여동생 태희가 맞는지 슬그머니 의심이 가기 시작했다.

민훈이 태희의 뒤를 거부하지 않고 따라온 이유는 괜히 문제를 키우기 싫기 때문이다. 태호의 손을 당돌하게 뿌리치고 자신에게 달려온 것을 보면, 절대로 순순히 놓아주지 않을 것 같았다. 그럴 거라면 그냥 오늘 부딪치는 게 나을 것이다. 그런 이유로 민훈은 태희가 예약한 고급 레스토랑 별실로 들어갈 때까지 아무 말 하지 않고 입을 다물었다.

후후, 그럼 그렇지.

태희는 그런 민훈의 태도를 자신에게 마음이 있어서 그런다고 넘겨짚었다.

이 남자, 여자 보는 눈은 있네. 솔직히 나 같은 여자가 다가오는데 정신 제대로 박힌 남자라면 거부할 리가 없지.

물론 나중에 어찌 태호를 대해야 할지 겁나지 않는 것은 아니었다. 지금까지 살면서 한 번도 작은오빠 말을 거역한 적이 없었는데, 오늘 그녀는 젖 먹던 힘까지 보태어 태호의 손을 힘껏 뿌리쳤다. 하지만 아무리 공포에 온몸이 얼어붙은 것처럼 싸늘하다고 해도, 활활 불타오르는 뜨거운 사랑의 힘을 이길 순 없었다. 태희는 맞은편에 앉은 민훈을 바라보며 생글생글 웃었다. 웃으려고 노력하는 것이 아니라, 그저 바라만 봐도 입꼬리가 올라갔다. 역시 사랑은 사람을 웃게 만든다니까!

"그래서 뭘 듣고 싶은 겁니까? 어떻게 범인을 알아냈는지 자세한 설명이 필요합니까?"

먼저 입을 연 쪽은 민훈이었다. 대충 태희가 만족할 만한 이야기만 던져주고 최대한 빨리 일어날 계획이었다. 그런데 태희의 반응이 이상했다. 그녀는 계속해서 생글생글 웃으며 고개를 흔들었다.

"아뇨, 나한테 설명해줄 필요는 없어요. 민훈 씨가 어련히 알아서 범인을 알아냈을까. 그죠?"

무슨 뜻이지?

민훈의 예상과는 다르게 대화가 흘러갔다.

"범인 찾았고, 그걸 뒤에서 지시한 한 사장은 구속됐고. 모든 게 해피 엔딩이잖아요. 그런데 뭐, 과정이 그리 중요하겠어요?"

"그러면 왜 함께 저녁을 먹자고 한 겁니까? 나에게서 꼭 들어야 할 말이라도 있습니까?"

그의 질문이 마음에 들었는지 태희는 활짝 웃으며 빠르게 고개를 끄덕거렸다. 정확히 무슨 말을 듣고 싶은 것인지는 모르겠지만, 왠지 모를 이상한 느낌에 민훈은 저도 모르게 미간에 주름을 모았다.

[두 사람은 지금 '밀레'에 있습니다. 오늘 오후에 예약한 것을 보니까, 어제까지만 해도 만날 계획은 없었던 것 같습니다.]

태호는 굳은 표정으로 태희의 담당 경호원에게 상황을 보고받았다. 그녀도 경호원이 멀리서 자신을 지켜보고 있다는 것을 알고 있을 것이다. 그런데도 그런 당돌한 일을 벌이다니. 그 나이에 사춘기가 온 것도 아닐 테고…….

"알았어. 잘 지켜보고 이상한 점 있으면 바로 연락해줘."

[네, 알겠습니다.]

경호원과 전화를 끊은 태호는 짧게 한숨을 내쉬며 창밖으로 시선을 돌렸다. 난데없는 태희의 반기에 어이가 없는 데다가, 별안간 사고뭉치를 맡게 된 민훈에게 미안한 마음이 들었다. 하지만 크게 걱정은 하지 않아도 될 것이다. 민훈이 잘 알아서 처리할 것으로 믿는다.

태호는 창밖으로부터 손목시계로 시선을 옮겼다. 정시에 퇴근하려고 했는데 태희 탓에 그만 30분이나 늦고 말았다.

빨리 집에나 가자.

리아를 보는 순간, 골치 아픈 두통이 연기처럼 사라질 테니까.

"와아!"

마지막 속옷을 입어본 리아의 입이 크게 벌어졌다. 특별 제작한 속옷 중에서 지금 입은 속옷이 제일 야한 디자인이었다. 게다가 몸에 꽉 끼니까, 더욱더 야하게 느껴졌다. 다른 속옷은 이 옷에 비하면 조선 시대 양갓집 규수가 입던 속곳처럼 보일 정도였다.

은근이 아니라 엄청 야하네! 가릴 곳은 완벽하게 다 가렸는데, 어째서 다 벗은 모습보다 훨씬 더 야하게 느껴질까? 이래서 노출은 절제의 미가 필요하다고 하는 걸까?

바라보는 것만으로도 괜히 얼굴이 화끈거리자, 리아는 황급히 두 손으로 뺨을 감쌌다. 이건 몸 사이즈가 정상으로 돌아올 때까지 절대로 입어선 안 되겠다. 조금 부끄럽기는 하지만, 그래도 자신의 뛰어난 안목에 흐뭇했다.

언제가 될지는 모르겠지만 태호가 이 모습을 보고 한껏 흥분할 걸 생각하니, 웃음이 흘러나왔다. 슬쩍 밀어냈다가 다시금 잡아당겼다 하며, 완전 그의 혼을 빼놓을 생각이었다.

조금만 기다려, 태호야.

그때 전화벨이 울렸다. 리아는 속옷을 입은 채로 재빨리 전화를 받았다.

"유정아?"

[어, 리아야.]

휴대폰 너머에서 유정의 목소리가 흘러나왔다.

[혹시 네가 궁금해하지 않을까 싶어 전화했어. 나, 방금 수진이랑 통화했거든. 호주, 잘 도착했대. 지금은 이모님 댁에서 쉬고 있나 봐.]

"그래? 정말 다행이다."

묻고 싶어도 꾹 참고 있었는데, 눈치 빠른 유정이 먼저 전화를 걸어주었다. 유정은 간단하게 수진의 이야기를 해주고 화제를 돌렸다.

[넌 요즘 몸은 좀 어때? 이젠 입덧도 덜해지고, 유산 위험에서 벗어났지?]

그 말에 리아는 벽에 걸린 캘린더로 시선을 돌렸다.

"어머, 그러네! 다음 주면 13주야. 12주를 넘기면 안정적이라고 했거든."

[그래, 조금만 참으면 되겠네.]

유정과 전화를 끊은 리아는 보일 듯 말 듯 튀어나온 아랫배를 손바닥으로 쓸어내렸다.

우리 호호, 이젠 제대로 자리 잡은 거지?

그때 거실에서 인기척이 느껴졌다. 재빨리 가운을 입은 리아는 황급히 침실을 나와 거실로 향했다. 거실에는 오늘 늦을 거라던 태호가 서 있었다.

"오늘 재계 모임 참석해서 늦는다고 하지 않았어?"

"어, 갑자기 취소돼서……."

리아가 의아한 얼굴로 다가오자, 태호는 쓸쓸히 웃으며 팔을 뻗어 그녀를 잡아당겼다.

"무슨 일 있어? 왜 그래?"

"……아무 일도 없어. 그냥."

태호는 물음에 답하는 대신 그녀를 품에 꼭 끌어안았다.

"잠시만, 이렇게 안고 있자."

말은 그렇게 하지만 뭔가 일이 있는 게 분명했다. 이젠 목소리만 들어도 상대가 어떤지 훤히 아니까.

리아는 태호의 얼굴을 보기 위해, 몸을 비틀며 뒤로 물러섰다. 그런데 그러는 바람에 꼭 여민 가운 끈이 스르르 풀리고 말았다. 의도하지 않았지만, 가운 속에 숨겨졌던 야한 속옷이 그대로 드러나고 말았다.

"헉!"

리아는 당황한 얼굴로 급히 숨을 들여 마셨다. 재빨리 가운을 여몄지만 이미 적나라하게 보인 이후였다.

이런 망할! 하필 왜 제일 야한 거 입고 있을 때 가운이 벌어져서는. 아, 미치겠네.

너무 민망한 나머지 얼굴이 화끈거렸다.

어떡하지? 그렇다고 쥐구멍으로 숨을 수도 없는 일이고.

몇 초도 안 되는 시간이지만, 리아는 '침실로 도망칠까? 욕실이 더 가까우려나? 아니면 테라스로 튀어?' 등등 여러 가지 해결책을 머릿속으로 그려보았다. 하지만 어떻게 생각해도 우스꽝스럽게 보일 뿐 실행 가능성은 매우 낮았다.

에잇, 할 수 없어!

결국 리아는 고개를 푹 숙이며 태호를 와락 끌어안았다. 이럴 땐 남편의 널찍한 품으로 숨는 게 최고니까. 그보다 더 좋은 게 어디 있으려고. 조금 전만 해도 태호를 뿌리쳤던 리아가 지금은 생명 줄을 잡은 것처럼, 그를 꽉 끌어안았다.

무슨 일인지 영문을 모르는 태호만 어리둥절할 따름이었다. 그가 시선을 돌리기도 전 리아가 재빨리 가운을 여며서 태호는 가운 안 사정을 알지 못했다. 그런데 억지로 벗어난 그녀가 갑자기 쓰러지듯 다시금 품으로 안겼다.

혹시 현기증이라도 났나?

태호는 걱정스러운 마음에 리아의 등을 살며시 쓸어내렸다. 그리고 그녀의 귓가에 부드럽게 속삭였다.

"리아야, 괜찮아? 왜 그래?"

나직이 귓가로 스며드는 목소리에 리아의 얼굴이 빨갛게 타올랐다.

괜찮냐니! 얼마나 내가 이상하게 보였으면 왜 그러냐고 묻는 거야?

하지만 태호의 입장에서는 그럴 수도 있겠다는 생각이 든다. 임신 초기엔 조심해야 한다며 손잡는 것조차 꺼리던 그녀가 갑자기 헉 소리 나게 야한 속옷을 입고 나타났으니, '얘가 금욕하느라 힘들어서 회까닥 돌기라도 했나?'라며 걱정할 만도 하겠다.

리아는 아랫입술을 내밀며 태호를 향해 살며시 고개를 젖혔다. 의아해하는 태호의 시선과 곧바로 마주쳤다.

"이게 그러니까……."

뭐라고 설명하지? 솔직하게 다 말해버릴까? 유혹하려고 주문한 속옷인데 너무 늦게 도착했다고, 그래도 한번 입어는 봐야 할 것 같아서 혼자 란제리 쇼를 하던 중이었다고? 임신으로 체중이 늘어서 끼는 거지 원래는 이런 디자인이 아니었다고?

하, 어떻게 대답하더라도 모두 구차한 변명처럼 느껴졌다. 할 말을 찾지 못한 탓에 리아의 침묵이 길어지자 태호의 표정은 점점 더 어두워졌다. 안 되겠다. 우선은 무슨 말이라도 해야 한다.

"태호야!"

양손으로 태호의 팔을 움켜쥐며 리아가 심각한 얼굴로 말했다.

"우리, 다음 주까지만 참자."

"뭐?"

"아직은 임신 초기라서 조심해야 하잖아. 그래도 다음 주면 안정기에 들어가니까 그땐 안전할 거야."

그제야 굳었던 태호의 표정이 서서히 풀렸다. 태희 때문에 언짢은 마음을 달래려 끌어안았던 건데, 리아는 다른 쪽으로 오해한 모양이다. 그래서 당혹스럽게 반응한 건가?

솔직히 털어놓자면 지금이라도 당장 침실로 달려가고 싶었다. 임신을 확인한 이후로는 서로 손끝 하나 건드리지 못하고 있었으니까. 활활 불타오르던 불길을 갑자기 잡으려니, 제대로 될 리가 없었다.

그가 뜨거워진 몸을 얼마나 자주 식히는지 리아는 결코 모를 것이다. 하루에도 몇 번이나 샤워 부스 안에서 쏟아지는 차가운 물줄기 아래 서 있곤 했다. 하지만 어쩌겠는가? 리아와 배 속의 아기를 위해서라면 참아야 한다. 다음 주까지가 아니라, 출산할 때까지라고 해도 그 자신에게는 선택권이 없었다.

"후, 물론이야. 참을 수 있어."

태호는 피식 웃으며 리아의 이마에 키스했다.

아, 다행이다.

그가 순순히 의견을 따라주자, 리아는 속으로 안도의 한숨을 내쉬었다. 그리고 빠르게 화제를 돌렸다.

"저녁은 먹었어?"

"아니, 아직."

"나도 아직이야. 같이 저녁 먹자."

"그래, 그럼. 나 우선 샤워부터 할게."

태호는 그녀 입술에 짧게 입을 맞추고는 그대로 욕실로 걸어갔다. 리아는 아무 말 없이 멀어지는 태호의 뒷모습을 가만히 바라보았다.

이성적으로 나와주어서 고맙기는 한데……. 이상하게 뭔가 은근히 기분 나쁘네?

리아는 가운을 살짝 열고 안을 힐끔 들여다보았다.

생각보다 반응이 왜 이렇지? 뭐야, 내 눈에만 야해 보이나? ……음. 그런 모양이다. 더 센 걸로 구해야 하나?

리아의 미간이 서서히 좁아졌다.

"태희야, 도대체 무슨 일이야?"

태희가 전화기를 붙들고 오열하자 그녀가 걱정된 서현은 빛의 속도로 달려왔다. 레스토랑에 도착하니, 매니저는 어두운 표정으로 서현을 VVIP 전용 별실로 안내했다.

태희는 음식으로 가득 찬 테이블을 앞에 두고 마치 초상이라도 난 것처럼, 엉엉 목 놓아 울고 있었다. 매니저는 혹시라도 필요한 일이 있으면 벨을 눌러달라고 주문하며 조용히 문을 닫았다.

"……서혀니! 흐흑, 서……혀나. ……꾸욱."

엉망진창 상태로 우는 와중에도 친구가 온 걸 느꼈는지, 태희는 서현을 향해 몸을 돌렸다. 서현은 재빨리 태희를 끌어안고 그녀의 등을 토닥거렸다.

"그래그래. 나 여기 있어."

도대체 무슨 일인지 모르겠다. 서현은 지금까지 태희가 이렇게까지 대성통곡하는 모습을 본 적이 없었다.

호랑이 오빠 태호에게 눈물 쏙 빠지게 혼날 때도 이런 모습까진 아니었다. 사실 태호는 겉으로만 엄할 뿐, 누구보다 누이동생인 태희를 아꼈다. 츤데레 오빠라고나 할까?

하여간 서현에게 지금 태희의 모습은 너무나 생소했다.

"······서······여나······. 나····· 나········ 고드니····· 흑흑······ 에게 차였어."

"뭐?"

우느라 발음이 뭉개진 탓에 서현은 태희가 무슨 말을 하고 있는지 알아들을 수 없었다. 몇 번이나 되풀이해도 서현이 알아듣지 못하자, 태희는 억지로 울음을 참고 버티더니·······.

"나, 차였다고! 골든이에게 차였어!"

크게 소리치듯 말을 쏟아냈다.

"골든이라면······? 아, 네 이상형이라던 그 남자? 새언니의 선배라 던?"

"그래, 그래! 내 남자!"

서현이 알아듣자, 태희는 크게 고개를 끄덕였다.

"아니, 왜?"

서현은 이해가 가지 않는다는 표정으로 고개를 갸웃거렸다.

"널 잡는다면 이건 호박이 넝쿨째가 아니라, 완전 다이아몬드 광산 이 굴러들어온 건데······."

그러자 힘겹게 참았던 눈물이 다시금 태희의 눈에서 쏟아졌다.

"흑, 흑. 그······게 내가······ 내가······."

태희는 꺽꺽대는 소리로 띄엄띄엄 말을 이으며 대답했다.

"······내가 너무 어려서 안 된대. 우리 띠동갑······이라고. ······그러 면 안 되는 거래. 완전히 자기가 죽일 놈 되는 거래."

"어?"

서현은 황당하다는 듯 입을 벌렸다.

사랑에 있어서 나이가 무슨 상관이라고?

하지만 태희는 서현과는 다르게 생각하는 모양이다. 눈물을 펑펑 흘리면서도 황홀하다는 눈빛으로 말했다.

"……날 찬 이유가 넘 멋있지 않니? 흑, 그게 모두 날 위해서 그런 거잖아. 잘생긴 줄로만 알았는데, 흑흑, 이 남자! 완전…… 인성도 짱이야."

"뭐?"

이번에도 서현은 황당하다는 듯 크게 입을 벌렸다.

지금까지의 설명은 태희가 느낀 감정이었고, 사실은 조금 달랐다.

"저는 강태희 씨에게 아무런 관심도 없습니다."

민훈은 자신에게 관심을 보이는 태희에게 단도직입적으로 말했다. 하지만 폭탄 발언에도 태희는 전혀 충격받지 않은 얼굴로 생글거렸다. 그녀의 두 눈에 호기심이 가득했다.

"왜요? 내가 재벌녀라서요? 하지만 돈 많은 게 흠은 아니잖아요. 아니죠, 요즘 세상엔 흠이 아니라 개이득이죠."

"제가 재벌녀라서 싫다고 했습니까? 그런 말 한 기억 없는데요."

"그럼 왜요?"

태희는 민훈이 밀당 중이라고 넘겨짚었다. 그런데 너무 밀어내기만 하는 거 아닌가? 이쯤 되면 당길 때도 됐는데…….

"강태희 씨, 내가 알기론 강 이사님의 열 살 아래라고 들었습니다."

"네, 맞아요. 나이 차이가 좀 나요."

"저는 그런 강 이사님보다 두 살 더 많습니다."

어? 갑자기 왜 이야기가 덧셈으로 뛰지? '10+2=12'인데, 그게 왜?

"나는 띠동갑인 상대와는 연애하지 않습니다."

"네?"

무슨 소리냐는 듯 눈을 동그랗게 뜨는 태희에게 민훈은 단호하게 말했다.

"아직 철이 덜 든 어린애는 관심 없다는 뜻입니다."

일부러 상처 받으라는 듯 심한 표현이었다. 하지만 이미 두 눈에 콩깍지가 씌어버린 태희에게는 그런 표현마저 박력 있게 느껴질 뿐이었다.

와, '어른 섹시'란 바로 이런 거구나!

그러나 그건 오로지 태희의 생각일 뿐. 민훈은 음식이 나오지도 않은 상태에서 양해를 구하고 자리에서 일어났다.

"앞으론 사적인 일로는 보지 않았으면 좋겠습니다."

그 말과 함께 민훈은 그대로 별실을 빠져나갔다. 일말의 여지도 없이 '100%' 차여서일까?

민훈이 사라지자 거대한 댐이 터진 듯 눈물이 쏟아졌다. 차여서 눈물이 나는 건지, 골든이 너무 멋있어서 눈물이 나는 건지는 모르겠지만……

"흐흑흑…… 흑흑."

서현을 꽉 끌어안은 채 태희는 펑펑 눈물을 흘렸다.

그날 태희는 처음으로 너무나 젊은 자신의 나이가 원망스러웠다.

"오늘 태희가 회사로 정 대리를 찾아왔었어."

저녁 식탁에서 태호는 오늘 있었던 일을 리아에게 털어놓았다.

"아가씨가? 민훈 선배를 왜?"

"정 대리가 어떻게 범인을 찾아냈는지 물어보려고 온 것 같아."

"아, 맞다. 아가씨가 민훈 선배 우연히 만났었지."

따지고 보면, 태희가 내건 억 소리 나는 현상금 아이디어로 일이 쉽게 풀렸다. 그 덕분에 민훈이 범인의 마음을 수월하게 돌릴 수 있었다.

그러나 태희가 사고뭉치라는 것에는 변함이 없었다. 민훈이 제때 그녀를 말렸으니까 망정이지, 안 그랬다면 수많은 거짓 목격 진술로 머리가 아팠을 것이다.

"정 대리가 잘 알아서 말했겠지만, 여기저기 쑤시고 다녀서 골치야. 태희에게 한마디 해야겠어."

"그러지 마. 이번엔 아가씨도 그럴 만하지."

태호와는 반대로 리아는 태희의 돌발적인 행동을 담담하게 받아들였다.

"아가씨, 그것뿐만 아니라 다른 일에도 많은 도움이 됐어."

"태희가? 무슨 도움이 됐는데……?"

태호의 질문에 리아는 잠시 뜸을 들였다. 태희가 그녀에게 해준 말을 태호에게 해도 될지 말지 확신이 서지 않았기 때문이다. 하지만 곧 마음을 정했다. 태호는 항상 태희를 어린애 취급하는데, 생각보다 그녀가 꽤 어른스럽다는 걸 알려줄 필요가 있었다. 그리고 얼마나 작은 오빠를 좋아하고 있는지도 말이다.

"내가 너 코마 상태였던 거, 어떻게 알았을 것 같아?"

"뭐?"

전혀 예상하지 못한 질문에 태호는 미간을 찌푸렸다. 누가 리아에게 이야기했는지 궁금했다. 교통사고라면 몰라도, 코마 상태까지 갔다는 사실을 아는 사람은 거의 없었으므로. 그건 남 비서조차 모르는 일이었으니까. 순간 말도 안 되는 예감이 뇌리를 스쳤다.

"……태희에게 들은 소리야?"

"응."

리아는 고개를 끄덕이며, 태희가 어떻게 그 사실을 알아냈는지까지 이야기해주었다. 일본까지 날아가서 정 대표를 만나고 온 이야기. 혹시라도 태호에게 무슨 일이 있는 건 아닐까 무척 걱정했었다는 이야기까지.

"그러니까 아가씨에게 잘해. 고맙다고 하고. 이번 일, 아가씨 아니었으면 복잡하게 꼬였을 수도 있어."

"……그래?"

태호는 아무렇지 않은 척, 싱긋 웃으며 숟가락으로 국을 떠 올렸다. 하지만 속에선 부글부글 부아가 끓어올랐다. 혹시라도 리아가 충격을 받을까 봐, 궁지에 몰리면서까지 입을 다물고 있었는데.

다행히 아무 일도 일어나지 않았으니까 망정이지, 만약에 그것 때문에 충격을 받아 리아나 아기가 잘못되기라도 했었다면…….

윽!

상상하는 것만으로도 가슴이 타들어가는 듯 괴로웠다.

강태희, 어디 두고 보자.

태호의 눈빛이 날카롭게 반짝였다.

수진이 약속한 대로 호주로 떠났기 때문일까?

검찰에 자진 출두한 이후, 한 사장은 순순히 자신의 모든 혐의를 인정했다. 재판으로 형이 확정되려면 시간이 걸리겠지만, 한 사장은 50억 이상을 횡령했으므로 최소 4년 이상의 형벌이 내려진다. 그 말은 집행유예 선고가 내려질 수 없다는 뜻이며, 형량이 가중되면 최고 8년 형이 나올 수도 있었다. 어떤 결과가 나오든 한 사장은 항소할 뜻이 없음을 내비쳤다.

강 회장은 주 회장과 함께 한 사장을 면회하고 왔다. 세 사람이 무슨 이야기를 주고받았는지, 면회를 마치고 돌아온 강 회장은 평소보다 어두운 표정이었다.

"그때 우리가 조금만이라도 서로에게 속을 터놓았다면 이런 일이 생기지 않았을 텐데 말이다."

회장실로 찾아온 태호에게 강 회장은 그렇게 운을 뗐다.

"주 회장과 나에게 야속한 점이 많았다더구나. 아무리 열심히 일해도, 자신은 단지 회사의 부속품일 뿐이라는 생각에 괴로웠나 봐. 그러다 우연한 기회에 공금에 손을 댔고, 그걸 들키지 않자 점점 더 과감하게 빠져든 모양이다."

좋은 일이든 나쁜 일이든 한번 속도가 붙기 시작하면 도중에 멈추기란 쉽지 않다. 아마도 한 사장의 비리는 그렇게 눈덩이처럼 커졌을 것이다.

"그런다고 한 사장이 저지른 죄가 없어지는 건 아니겠지만, 횡령을 눈치채지 못한 나에게도 책임은 있겠지. 어떻게 보면 무능한 상사였다는 거니까. 그러니 태호야, 명심해라. 상사로서 부하의 잘못을 알아차리는 것도 매우 중요한 일이다."

강 회장의 말에 동의한다는 듯 태호는 고개를 끄덕였다. 강 회장은 표 내지 않으려 노력했지만, 지금 속이 말이 아닐 것이다. 아무리 치료를 위해서라 할지라도 썩은 살을 도려내는 건 매우 고통스러운 일이니까. 이번 한 사장의 일은 강 회장에겐 생살을 도려내는 것 같은 아픔이었을 것이다. 결과는 이렇지만, 그렇다고 함께한 시간이 없어지는 건 아니니까.

회장실을 나오자, 남 비서가 기다렸다는 듯 태호에게 다가왔다.

"이사님, 들으셨습니까? 정민훈 대리, 사직서 냈답니다. 그래서 지금 변 팀장과 인수인계를 논의 중이라고 합니다."

"응. 리아에게 들었어."

원래는 이번에도 민훈을 찾아가 이곳에 남으라고 설득하려던 참이었다. 하지만 곧 생각을 바꾸었다. 리아가 붙잡았는데도 불구하고 결정을 번복하지 않은 것을 보면 이미 마음을 굳힌 게 분명하다.

"아, 그리고 말입니다. 그때 정민훈 대리와 태……."

태호는 남 비서의 보고를 들으며 무심코 유리창으로 시선을 돌렸다. 오전 내내 흐렸던 하늘이 짙은 구름을 흩어버리며 파란 모습을 드러내고 있었다. 그 풍경이 마치 아픔을 뒤로하고, 서서히 제자리를 찾아가는 지금의 모습처럼 느껴졌다.

Chapter 29

늦어서 미안해

"팀장님, 점심 뭐 드실래요?"

리아가 입덧으로 고생한다는 것을 알아서인지, 채영과 김 대리가 조심스럽게 물어왔다. 리아는 컴퓨터 모니터에서 고개를 들며 두 사람을 향해 환하게 웃어 보였다. 두 사람은 못 들었겠지만, 리아의 배꼽시계가 점심이란 단어에 꼬르륵거리며 즉각 반응을 보였다.

"나, 다 괜찮아. 돈가스도 먹을 수 있고, 짜장면도 먹을 수 있어."

"와, 정말요?"

정말이다. 이젠 한동안 피했던 막창, 곱창, 오소리감투도 아무렇지 않게 씹어 먹을 수 있을 것 같았다.

"이젠 입덧 괜찮으신 거예요?"

"응, 이번 주말부터 정말 많이 좋아졌어."

말끔히 사라진 것은 아니었지만 얼마 전에 비하면, '90%쯤 식욕이 돌아왔다. 어떨 땐 참을 수 없을 정도로 입맛이 돌면서 식탐이 나기도 했다. 아무래도 임신 중기에 접어들면서 몸이 많이 안정된 모양이다. 또한 호호가 무럭무럭 크기 위해 더 많은 영양분이 필요한가 보다.

"다행이에요, 팀장님. 평소에 잘 드시던 분이 입덧으로 통 못 드시니까 제가 막 안타까웠어요."

"그래, 정말 안타까웠어."

세상은 넓고 먹을 게 얼마나 많은데……. 그걸 다 먹어보기에는 삼시 세끼로는 부족할 정도다! 그리고 무엇보다 리아에겐 식품회사 마케팅 부서에 근무하면서 맛 테스트를 할 수 없다는 사실이 고역이었다.

"미안해, 그동안 나 때문에 고생 많았지. 이젠 하 여사님 들께 요리다 맛볼 수 있을 것 같아."

어디 들깨 요리뿐인가!

입덧이 사라지니까, 집 나갔던 입맛이 무섭게 돌아온 걸까? 평소엔 별로 즐기지 않았던 음식마저도 끌렸다.

어쩌면 이리도 극과 극일까?

그날 리아는 지금까지 입덧으로 맛 테스트를 미루어두었던 신제품 모두를 가볍게 해치웠다.

퇴근 후, 집으로 향하는 리아의 머릿속에 갑자기 뭉게구름처럼 먹고 싶은 음식이 떠올랐다. 하지만 쉽게 구할 수 없는 음식이라 설레설레 고개를 흔들었다. 며칠 전만 해도 음식 냄새에 속이 울렁거리고, 레몬 사탕을 입에 달고 살았었는데……. 어쩌면 입덧이 나아졌다고 이것저것 먹고 싶은 음식이 많아진 건지 모르겠다. 사람이 이리도 쉽게 변해도 되는 건가?

그녀가 집에 돌아오고 얼마 지나지 않아 태호도 귀가했다. 요새 그는 되도록 정시에 퇴근하려 노력 중이다. 아주 급한 일이 아니라면 근무 시간 이후엔 다음 날로 미뤘다. 태호에게는 그 어떤 일보다 리아의 곁을 지키는 일이 중요했다. 아내 사랑은 남편이니까.

"리아야, 뭐 먹고 싶은 거 없어?"

집에 들어서자마자, 태호가 리아에게 건넨 말이었다. 주말부터 리아의 입맛이 완전히 돌아왔기에 태호는 그녀가 원하는 음식을 먹게 하고 싶었다.

"먹고 싶은 게 있긴 있는데……."

이상하게도 대답하는 그녀의 얼굴이 밝지 못했다. 어제께만 해도 리아는 찹쌀로 안을 채운 장작 구이 통닭과 청어알이 먹고 싶다며 눈을 빛냈었다. 요즘 한창 뜨고 있는 맛집이라서 포장하는 데도 1시간 이상 기다려야 했다. 하지만 태호는 아무런 불평 없이 직접 맛집에 찾아가 리아가 먹고 싶어 하는 음식을 사왔었다.

임신한 아내가 먹고 싶다는데, 당연한 거다. 낮이든 밤이든 리아가 원한다면 비행기를 타고 가서라도 구해올 생각이었다.

"말만 해. 다 사다 줄게."

하지만 리아는 풀 죽은 얼굴로 고개를 내저었다.

"말은 고마운데, 사다 줄 수 없어. 여기엔 없거든."

"뭔데 그래?"

"신혼여행에서 먹었던 칠리 베르데랑 타말레. 그게 먹고 싶어."

"……아."

태호의 얼굴이 곤혹스럽게 변했다. 그녀가 말하는 칠리 베르데는 녹색 고추 소스에 익힌 돼지고기 요리이고, 타말레는 옥수숫가루 반죽에 고기와 채소를 넣고 옥수수 껍질로 감싸 찐 요리였다.

로스 카보스로 떠난 신혼여행에서 리아는 그 음식을 꽤 맛있게 먹었던 걸로 기억한다. 하지만 애석하게도 아직 한국에 있는 멕시코 레스토랑에선 찾기 어려운 요리였다.

"괜찮아, 신경 쓰지 마. 한국에선 먹기 어렵잖아."

"내가 만들어줄까?"

"옥수수 껍질이야 그렇다 치고, 토마티요를 통조림 말고 생으로 구할 수 있어?"

토마티요는 토마토처럼 생긴 꽈리 속의 과실로, 칠리 베르데에 들어가는 주재료다. 하지만 구하기가 수월치 않았다. 국내에선 통조림으로는 구할 수 있으나, 농산물로 취급하는 곳이 드물었다.

"괜찮아, 괜찮아. 오늘 그거 꼭 안 먹어도 돼."

태호의 얼굴에 실망의 빛이 떠오르자, 리아는 빠르게 두 손을 내저었다. 구하기 쉬운 걸 먹고 싶다고 할걸, 괜히 이야기 꺼내서 괜히 태호를 우울하게 만들었네.

"오빠, 나중에 호호 나오면 우리 다 함께 로스 카보스 가자."

리아는 사태를 수습하기 위해 태호의 팔에 팔짱을 끼며 눈매를 휘었다. 한동안 사용하지 않은 마법의 호칭, '오빠'까지 써가며…….

사실 날카롭게 신경전만 벌이다 끝내버린 신혼여행이 아쉬워서 마음에 걸리던 참이기도 했다. 지금 돌이켜보면 정말 로맨틱한 분위기였는데……. 마치 파라다이스에 온 것만 같은 아름다운 곳이었다. 다시 그곳에 가게 된다면 파란 하늘과 바다 사이에서 빨갛게 활활 타오를 자신 있었다.

"로스 카보스?"

노력이 통했는지, 굳었던 태호의 표정이 한결 부드러워졌다.

"응, 오빠. 우리 다시 신혼여행 가자."

"그래."

어디 신혼여행뿐인가? 마음 같아선 그녀와 결혼식도 다시 올리고 싶었다. 긴장과 초조가 아닌, 편안함과 따스함으로 기억되는 결혼식의 추억을 만들어주고 싶었다.

난 너를 위해서 뭐든 해주고 싶어.

리아를 따라 웃으며, 태호가 고개를 끄덕였다.

실연의 아픔은 딱 일주일이면 충분하다. 식음을 전폐하고 앓아누웠던 태희는 일주일이 지나고 언제 그랬냐는 듯 자리를 털고 일어났다.

"내가 남자 하나 때문에 빛나는 청춘을 아픔으로 보낼 순 없거든."

태희의 말에 서현은 격하게 동의했다.

[그래, 잘 생각했어, 태희야. 고작 남자 하나 때문에 이러는 건 너무 손해야.]

그것도 그거고, 실연당했다면서 끼니를 건너뛰는데도 정 여사는 태희가 다이어트를 하는 중이라고 생각했다. 강 회장과 태문, 소정도 마찬가지였다. 아무리 남자에게 차였다고 설명해도 아무도 그녀를 믿지 않았다. 이유는 자존심상, 진짜로 실연을 당했다면 창피해서 아무에게도 말하지 않을 거라는 거였다. 그래서 태희가 내린 결론은 그저 자신만 손해라는 거다.

빠르게 사랑이 왔던 것처럼 열병도 순식간에 연기처럼 사라졌다. 그리고 사랑에서 벗어나자, 슬슬 현실이 눈에 들어오기 시작했다.

이상하네, 왜 아무런 말이 없지?

태희는 서현과 통화를 끊으며 고개를 갸웃거렸다.

작은오빠에게서 연락이 올 때가 됐는데 왜 감감무소식이지?

"이쯤 되면 새언니가 오빠에게 말했을 텐데……."

이번 일이 모두 순조롭게 풀린 건, 오로지 자신의 빠른 판단력 때문이라고 생각했다. 특히 리아에게 코마 사실을 귀띔해 준 것은 정말 신의 한 수였다. 그런데 몰래 도와주는 것으로 끝내려고 하자, 괜히 손해 보는 것 같아 기분이 언짢았다. 상을 바라지 않고 착한 일을 한다는 거, 그거 다 새빨간 거짓말 아닌가? 상을 받으려고 일부러 착한 일 하는 거 아니냐고. 오른손이 하는 일, 왼손이 모르게 하는 게 아니라 대놓고 해야 하는 거다.

그래서 태희는 리아에게 전화를 걸어, 이젠 모든 일이 끝났으니까 만약에 태호가 다시 물으면 편히 자신이 해준 이야기라고 밝혀도 된다고 말했다. 그런데 어째서 아직도 태호에게서 고맙다는 말이 돌아오지 않는지 궁금했다.

이대로 설렁설렁 넘어가려는 건 아니겠지? 내가 먼저 말해버려?

태희는 불만 어린 눈으로 손에 든 휴대폰을 만지작거렸다. 하지만 차마 태호에게 전화를 걸 용기는 나지 않았다.

그때 배 속에서 꼬르륵 배꼽시계가 울기 시작했다. 실연이고 상이고 뭐고, 우선은 밥부터 먹어야겠다.

"아, 배고파."

태희는 작게 투덜거리며 아래층으로 내려갔다.

"여기는 왜?"

리아는 어리둥절한 얼굴로 운전석에 앉아 있는 태호에게 고개를 돌렸다. 목요일 퇴근 시간, 주원식품으로 찾아온 태호는 갈 곳이 있다며 리아를 차에 태웠다. 그리고 그의 차가 멈춘 곳은 한남동 본가였다.

주말이라면 몰라도 평일 저녁에 본가에 방문하는 일은 드물었다.

혹시 무슨 일이라도 생긴 걸까?

리아는 불안한 눈으로 태호를 바라보았다. 그러자 태호는 부드럽게 웃으며 차 문을 열었다.

"오늘은 여기서 저녁 먹자. 엊그제 내가 메인 쉐프에게 칠리 베르데랑 타말레 만들어달라고 부탁해놓았어. 전 세계 요리 다 가능하니까. 그리고 개인 농장에 부탁하면 토마티요도 구할 수 있다고 했어."

"와, 정말?"

전혀 기대하지 못한 감동에 리아는 환하게 웃으며 태호를 와락 끌어안았다. 두 사람은 그렇게 껴안은 채로 현관에 발을 들였다.

리아와 태호가 집 안에 들어서는데 그때 마침 태희가 크게 하품하며 아래층으로 내려왔다. 두 사람을 발견한 태희는 그대로 제자리에 멈춰 섰다. 태희를 발견한 태호 역시 걸음을 멈췄다.

"강태희."

그녀를 바라보는 그의 입가에 살며시 미소가 어리더니, 나직한 목소리로 동생을 불렀다.

태희는 자신의 눈을 의심했다.

그럴 리가 없는데……?

그녀를 보는 태호의 입가에 여리긴 하지만 분명 미소가 어려 있다.

작은오빠가 날 보며 미소 지을 리가 없다고! 그동안 너무 굶어서 헛것이 보이는 걸까?

태희는 가까이 다가오는 태호를 바라보며 손등으로 눈가를 문질렀다. 어느새 그는 바로 코앞까지 다가와 있었다. 여전히 그의 입가엔 미소가 어려 있었다. 그러나 미소가 맞긴 맞지만, 왜인지 등골이 오싹했다. 태희는 저도 모르게 바르르 몸을 떨며 꿀꺽 마른침을 삼켰다.

잠시 침묵을 지키던 태호가 입을 열었다.

"어머니가 그러시던데, 요새 다이어트 심하게 한다면서?"

에잇, 헛소문이 거기까지 간 거야?

저절로 태희의 눈살이 찌푸려졌다.

"누가 그래? 다이어트라고. 다이어트가 아니라, 난 실연……."

토라진 얼굴로 잘못된 정보를 정정하려던 태희는 자신의 머리를 쓰다듬는 손길에 흠칫 입을 다물었다.

세상에나! 작은오빠가 내 머릴 쓰다듬는다고?

태희는 믿기지 않는다는 표정으로 고개를 들어 태호를 바라보았다.

절대로 꿈은 아닌데…….

태호는 태희가 놀라든 말든 천천히 그녀의 머리를 쓰다듬었다. 그러더니 그녀와 시선을 맞추려 상체를 구부렸다.

"그딴 거 하지 마라. 얼굴이 완전 반쪽이 됐네."

태희는 아무 말도 하지 못하고 가만히 태호를 바라만 보았다.

잠시 후, 그는 피식 웃으며 구부렸던 상체를 곧게 폈다. 그러곤 그의 입에서 나왔다고는 절대로 믿을 수 없는 말을 내뱉었다.

"다이어트 안 해도, 지금도 충분히 예뻐."

엉? 뭐?

충격적인 발언에 태희의 눈이 쏟아질 것처럼 커다래졌다. 하지만 말을 마친 태호는 그대로 등을 돌려 리아 쪽으로 돌아갔다.

나, 잘못 들은 거 아니지? 태희는 제자리에 얼어붙은 채로 멍한 표정을 지었다. 작은오빠, 무섭게 왜 저러래? 머리를 쓰다듬어준 것도 믿기 어려운데…… 뭐? 지금도 충분히 예쁘다고?

그녀는 갑자기 변해버린 태호의 태도가 적응 안 되고 얼떨떨할 뿐이었다. 하지만 그렇다고 아주 나쁜 것만은 아니었다.

태희는 식당으로 향하는 태호의 뒷모습을 바라다보며 그가 쓰다듬은 머리를 손으로 문질렀다.

"하."

어느새 그녀의 입가에도 히죽 미소가 떠올랐다.

"아가씨, 정말 다이어트 심하게 했나 봐? 입덧으로 고생한 나보다 더 홀쭉해 보여."

힐끔 태희를 뒤돌아보며 리아가 걱정스러운 얼굴로 말했다. 태호는 대답하는 대신 가만히 고개를 끄덕였다. 정확하게 말하자면 태희는 다이어트를 한 게 아니다. 실연의 아픔으로 살이 빠진 거다. 하지만 세세한 이유까지 리아에게 알려줄 필요는 없었다.

며칠 전, 태호는 남 비서에게 정민훈 대리에 관한 보고를 받으며 태희와 있었던 일을 듣게 되었다. 정 여사를 비롯한 가족들은 태희가 다이어트 중이라고 여기고 넘어갔지만, 태호는 그 진짜 이유를 알았다.

녀석, 크게 차였군.

항상 남자 쪽에서 먼저 접근했고, 아주 쉽게 상대를 차버리던 태희에게는 나름 신선한 경험이었을 것이다. 그래도 가슴에 생채기가 생기긴 했을 것이다. 할 수 없이 태호는 태희에게 한마디 하려던 계획을 뒤로 미룰 수밖에 없었다. 아무리 태희가 잘못했다지만, 지금 혼내는 것은 잔인한 처사일 테니까.

그리고 오늘, 태호는 일주일 만에 태희와 마주하게 되었다. 생각했던 것보다 좀 더 심하게 마음이 아팠나 보다. 통통하던 태희의 볼이 그새 눈에 띄게 홀쭉해져 있었다.

아주 짧은 기간이라도 정민훈 대리에게 꽤 마음을 준 모양이었다. 어떻게 그게 가능하냐고 물을 수도 있겠지만, 사랑이란 가끔 주체할 수 없는 폭풍처럼 몰려오는 감정이니 이해 못할 것도 없었다. 그 역시 리아를 만난 후, 이성을 잃고 폭풍 같은 감정에 휩쓸리곤 했으니까.

결국 태호는 이번은 그냥 아무 말 하지 말고 넘어가야겠다고 마음을 바꾸었다. 가끔 심히 귀찮게 하는 게 문제이긴 했지만, 태희는 누가 뭐래도 그에겐 하나밖에 없는 소중한 동생이었다.

녀석, 아픈 만큼 성숙해졌겠군.

태호는 피식 웃으며 식당으로 걸음을 옮겼다.

메인 셰프가 열심히 요리 중인지 식당이 가까워질수록, 군침이 돌 정도로 고소한 냄새가 솔솔 흘러나왔다.

"와, 타말레 냄새다!"

익숙한 냄새에 리아가 환하게 웃으며 태호를 바라보았다. 그런 그녀를 마주 보는 태호의 입가에도 환한 미소가 내려앉았다.

오늘은 인수인계를 끝내고 민훈이 마지막으로 근무하는 날이다. 민훈의 후임으로 김 대리가 KJ푸드에 파견 근무를 가는 것으로 결정되었다. 이에 주원식품과 KJ푸드 마케팅팀이 함께 송별회 겸 회식 자리를 마련했다.

두 회사가 완전히 합병하기까진 시간이 걸리겠지만, 앞으로 계속해서 협업할 예정이기에 한 번쯤은 편안한 분위기에서 얼굴을 익힐 필요가 있으니까 회식 장소는 빈티지 와인바 겸 레스토랑으로 정해졌다.

"정 대리님, 정말 이렇게 가시는 거예요?"

송별회가 시작되자, 채영은 울 것 같은 얼굴로 민훈에게 술을 권했다. 채영을 뒤로하고, 팀원 모두가 민훈에게 술을 권했다. 민훈의 갑작스러운 퇴사 결정에 주원식품 마케팅팀뿐만 아니라, KJ푸드 마케팅팀도 서운한 눈치였다.

"지금이라도 부모님 곁을 지켜야 할 것 같아서요. 나중에 후회하면 너무 늦으니까."

민훈은 씁쓸한 얼굴로 자신이 회사를 떠나는 이유를 설명했다. 모두 아쉬워했지만, 요양 중인 부모님을 위해 서울을 떠난다는 그를 말릴 순 없었다.

송별회가 무르익어갈 무렵 옆에 앉은 변 팀장이 슬쩍 명함을 건넸다.

"나중에라도 꼭 연락해봐요. 친구가 부산에 차린 광고 회사예요. 규모는 작아도 업계에서 알아주는 곳이니까, 정 대리 맘에 들 겁니다."

"감사합니다, 팀장님."

처음엔 민훈을 탐탁지 않게 여기고 멀리하던 변 팀장이었지만, 그래도 그동안 정이 들었는지 꽤 아쉬운 표정이었다. 하지만 그 누구도 리아만큼 서운하진 않을 것이다. 송별회가 끝나갈 때쯤 민훈이 바깥 공기를 쐬러 밖으로 향하자, 태호는 슬그머니 리아의 어깨를 건드렸다. 그리고 고갯짓으로 민훈이 나가는 방향을 가리켰다.

"지금 가서 따로 작별 인사하고 와. 이따가는 단체로 인사하느라 정신없을 테니까."

"그래야겠다."

리아는 태호를 향해 살며시 웃어 보이고는 서둘러 자리에서 일어섰다. 밖으로 나오니 레스토랑 앞 벤치에 앉아, 물끄러미 밤하늘을 바라보는 민훈의 모습이 보였다.

"선배."

리아가 다가오자, 민훈은 놀란 얼굴로 벤치에서 일어섰다.

"추운데 왜 밖에 나왔어?"

"선배랑 얘기하고 싶어서 나왔지. 오늘은 선배가 주인공이잖아. 너무 인기 많아서 저 안에선 말 걸기도 쉽지 않던데?"

그 말에 민훈은 짧게 웃음을 내뱉었다.

'인기라? 글쎄……. 자신이 한 짓을 알고 나서도 팀원 모두가 예전처럼 따뜻하게 나올까?' 하는 의문이 들었다. 그렇기에 끝까지 자신을 챙겨주는 리아와 태호, 두 사람 모두 너무나 고마웠다. 그리고 한편으론 너무나 미안했다.

"송별회까지 해주고, 정말 고맙다. 나한테는 정말 과분한 건데……."

"무슨 소리야, 선배. 당연한 거지."

"후후."

리아는 쓸쓸한 웃음을 떠올리는 민훈을 안타까운 눈으로 바라보았다. 그는 아직도 정보를 몰래 빼돌렸던 과거의 잘못으로부터 자유롭지 못한 것 같았다. 주 회장이 문제 삼지 않겠다고 했음에도 평생 그를 따라다니며 괴롭힐 것이다. 그런 민훈의 속마음을 알기에, 리아는 부드럽게 말을 건넸다.

"선배, 그동안 정말 고마웠어. 진심이야."

"아니야, 리아야. 내가 더 고마웠어. 날 끝까지 포기하지 않아 줘서 고맙다."

민훈은 가끔 이런 생각을 한다.

사직서를 내고 비겁하게 도망가는 자신을 태호가 잡지 않았다면 어떻게 되었을까?

잘못을 만회할 기회도 얻지 못하고 평생을 죄책감에 짓눌려 살았을 것이다. 그래서 리아에게 고마운 만큼 태호에게도 고마웠다.

그래서일까? 태호에게는 자신이 좋아한 리아를 차지했다는 적대감보다는 그녀를 행복하게 해줘서 감사하다는 마음이 먼저였다.

"강태호 이사에게도 전해줘. 내게 기회를 줘서 고마웠다고."

"알았어. 그렇게 전할게."

"한동안은 보지 못할 거야. 부산에서 서울로 올라올 일은 없을 테니까."

"그래도 우리 애 돌잔치에는 와줄 거지?"

그때쯤이면 조금이나마 마음이 안정되어 있지 않을까?

농담처럼 툭 던지는 리아의 말에 민훈은 피식 웃으며 고개를 끄덕였다. 그리고 그녀를 향해 손을 내밀었다.

"그럼 다시 볼 때까지 건강해라. 행복하고."

"응, 선배도."

민훈이 내민 손을 잡으며 리아가 환한 얼굴로 말했다. 바깥 공기는 차가웠지만, 서로의 맞잡은 손은 아주 따뜻하게 느껴졌다.

강태호 이사가 KJ푸드에서 KJ그룹 본사로 옮긴 지 어느새 반년이 지나가고 있었다.

"왜 하필 접니까?"

중역 회의를 마치고 회장실로 찾아간 태호는 불만스러운 눈으로 강 회장을 노려보았다.

"지금 저보고 이 시기에 유럽으로 출장을 가라고요?"

원래는 다른 중역이 맡았던 일이었는데 갑자기 중역 회의에서 태호가 가는 것으로 결정을 번복했다. 유럽에 있는 거래처에서 태호를 직접 만나고 싶어 한다는 이유였다. 태호를 차기 후계자로 결정한 강 회장과 이사회는 경영권 승계에 박차를 가하는 중이다. 그중 하나가 태호를 유럽으로 출장 떠나게 하는 것이었다.

"네가 차기 후계자니까, 너와 직접 이야기하겠다는 거 아니냐."

"하지만 아직은 아니잖아요. 저 대신 형이 갈 수도 있는 것 아닙니까? 전 지금 리아 곁을 떠날 수 없다는 거 아버지도 잘 아시잖아요."

"태문인 안 된다."

태호의 항의에 강 회장은 단호한 얼굴로 고개를 내저었다. 마음이 약한 태문을 보냈다간 계약에서 우위를 차지하기는커녕 다 빼앗기고 올 게 뻔했다.

"열흘 안으로 돌아오면 되잖아. 예정일 아직 보름이나 남았다며."

"그보다 빨라질 수도 있어요."

태호는 곤혹스러운 듯 눈살을 찌푸렸지만, 결국은 회사의 결정에 따를 수밖에 없었다. 만삭인 리아를 남겨두고 떠나자니 발이 떨어지지 않았지만, 어쩔 수 없는 일이었다. 결국 출장을 떠나야 한다면, 하루라도 빨리 떠나는 게 나을 것이다. 그러면 하루라도 빨리 돌아올 수 있을 테니까. 바로 그날 밤, 태호는 런던행 밤 비행기에 몸을 실었다.

"시간 진짜 빨리 간다. 예정일이 언제라고 했지?"

음식이 가득 담긴 가방을 양손에 든 민수가 집 안으로 들어서며 물었다.

"아직 일주일 남았어."

리아는 허리에 손을 얹으며 천천히 소파에서 일어섰다. 민수는 곧장 주방으로 걸어가 청담동에서 가져온 밑반찬을 차곡차곡 냉장고에 집어넣었다. 태호의 갑작스러운 유럽 출장 이후, 태호 대신 민수가 리아 곁을 지키는 중이다.

민 여사는 아예 친정에 와 있으라고 했지만, 리아는 제집이 편하다며 거절했다. 하지만 사실은 민 여사의 잔소리가 귀찮았기 때문이다.

"컨디션은 어때?"

아침에도 물어보고선, 민수는 또다시 심각하게 물었다.

"컨디션 좋아. 조금 피곤한 거 빼고는 다 좋다고."

리아는 씩씩하게 대답하며 냉장고 쪽으로 걸어갔다. 물론 출산이 다가올수록 두려움과 걱정이 느껴지는 것도 사실이다. 하지만 곧 '호호'를 만날 수 있다는 생각에 마음이 설렜다.

"……앗!"

그런데 민수 옆으로 다가가는 순간, 갑자기 몰려온 날카로운 통증이 몰려들었다. 리아는 아랫입술을 깨물며 재빨리 민수의 팔을 움켜잡았다.

"리아야, 왜 그래? 너, 괜찮아?"

민수는 깜짝 놀란 듯 리아의 허리를 손으로 감아 자신에게 기댈 수 있게 부축했다. 리아는 눈을 꼭 감으며 길게 숨을 내쉬었다. 그리고 한 손으로 아랫배를 감쌌다.

"……민수야, 나……."

민수를 부르는 그녀의 목소리가 가늘게 떨렸다.

"이거 아무래도……."

"알았어. 알았으니까 우선 여기 좀 앉아봐."

말을 하지 않아도 그녀의 표정만 보아도 민수는 알 수 있었다. 쌍둥이 형제인데 왜 모르겠는가! 드디어 아이가 나오려고 신호를 보내고 있는 거다. 진통이 시작된 게 분명했다.

미간을 찡그렸던 리아는 의자에 앉자, 조금이나마 고통이 가셨는지 길게 숨을 내쉬었다. 민수는 그런 리아의 등을 손바닥으로 부드럽게 쓰다듬으며 차분한 목소리로 물었다.

"언제부터 이랬어? 진통 온 거 지금이 처음이야?"

그전에도 뭔가 뻐근한 느낌은 있었지만, 통증이라고까지 할 정도는 아니었다. 하지만 조금 전의 통증은 지금까지 경험했던 것과는 차원이 달랐다. 숨이 막히면서 온몸에 소름이 쫙 돋을 정도로 아팠다.

리아는 민수의 팔을 꽉 움켜쥔 채, 천천히 고개를 끄덕였다.

"……어, 지금이 처음인 것 같아."

"알았어, 그러면 아직은 병원 가기는 좀 이를 거야. 하지만 그래도 혹시 모르니까 내가 김 박사님께 연락은 해 놓을게. 넌 방에 가서 좀 누워 있어."

"응, 알았어."

그동안 산모의 건강과 출산 과정 등을 틈틈이 공부한 민수는 나름 시간을 계산했다. 그리고 긴장했을 리아를 다독거리며 침실로 데려갔다. 리아를 침대에 눕힌 후, 그는 휴대폰을 들고 빠르게 방을 나갔다.

예상했던 대로 김 박사는 진통이 10분 간격으로 찾아지면 그때 병원으로 와도 늦지 않다고 조언했다.

"네, 알겠습니다."

김 박사와 전화를 끊은 민수는 다른 번호를 눌렀다. 주치의만큼이나 다급하게 연락해야 할 상대가 있다. 지금 이 자리에 자신 대신 있어야 할 인물이었다.

뚜ー. 뚜ー. 뚜ー.

그런데 신호만 갈 뿐 태호는 전화를 받지 않았다. 음성 사서함으로 넘어가자 민수는 전화를 끊고, 다시 통화를 시도했다. 통화 버튼을 누르는 그의 손에 잔뜩 힘이 들어갔다.

벌써 잠든 건 아니겠지? 그러면 큰일인데…….

손목시계로 시간을 확인하니, 저녁 7시 15분을 넘어가고 있었다. 태호는 지금 독일 프랑크푸르트에 머무르고 있으니까, 현지 시각으로 밤 11시 15분이 넘어가고 있을 것이다. 아직 잘 시간은 아니긴 했지만, 빡빡한 일정에 지쳐서 오늘따라 일찍 잠자리에 들었을지도 모를 일이다.

이번에도 역시 음성 사서함으로 넘어가자, 민수는 미간을 좁혔다.

할 수 없군. 메시지라도 남겨야지.

"태호야, 리아, 지금 막 진통 시작했어. 너, 서둘러서 와야겠다. 초산이라서 시간이 걸리긴 하겠지만, 시간 맞추려면 아슬아슬해. 메시지

받으면 바로 연락해라."

메시지를 남긴 민수는 빠른 걸음으로 리아에게 돌아갔다.

독일, 프랑크푸르트. 현지 시각, 밤 11시 30분.

굳게 닫힌 육중한 회의실 문이 드디어 열리고, 하나둘씩 사람들이 빠져나오기 시작했다. 복도에서 대기 중이던 남 비서는 기업 대표들과 함께 회의실을 나오는 태호를 발견하고 신속히 앞으로 다가갔다.

"이사님."

남 비서를 본 태호는 의외라는 듯 미간을 찌푸렸다.

"지금까지 여기서 대기한 거야?"

2시간으로 예정되었던 회의였지만, 매각 협상에 난항을 겪어 5시간이 넘고 말았다. 도중에 잠시 회의실을 나온 태호는 많이 늦어질 것 같으니, 남 비서에겐 먼저 호텔로 돌아가서 쉬라고 지시를 내렸었다.

"이사님이 고생하시는 거 뻔히 알면서 제가 어떻게 먼저 갑니까? ……그래서 결과는요?"

남 비서가 심각한 표정으로 물었다. 수조 원의 투자 이익이 걸릴 일이니 긴장할 말도 했다. 그러자 태호는 남 비서의 어깨를 툭 내리치며, 싱긋 미소를 떠올렸다. 원하는 결과를 얻었다는 무언의 대답이었다.

"Sir, here is your cell phone."

그때 경호원이 태호에게 다가오더니, 맡아두었던 휴대폰을 건넸다. 녹화, 촬영 등에 대한 보안 강화를 위해, 회의실에는 휴대폰 반입이 금지된다.

경호원에게 휴대폰을 돌려받은 태호는 무심코 휴대폰의 전원을 켰다. 그리고 부재중 전화를 발견하곤 미간을 찌푸렸다. 민수에게서 두 통의 전화가 걸려와 있었다.

무슨 일이지?

음성 메시지를 확인하는 태호의 표정이 순간 굳어졌다.

"무슨 일입니까?"

의아한 얼굴로 물어보는 남 비서에게 태호가 빠르게 지시를 내렸다.

"성후야, 한국에 갈 수 있는 비행기 알아봐. 지금 당장!"

서울, 대한민국. 현지 시각, 밤 12시 30분.

"으음."

진통이 2~30분 간격으로 찾아오고 있었다. 아직은 참을 만하긴 했지만, 그렇다고 고통이 덜한 것은 아니다. 진통이 몰려올 때마다 리아는 인상을 찌푸리며 옆을 지키는 민수의 손을 꼭 움켜쥐었다.

"하으, 민수야."

얼마나 통증이 심한지, 리아는 진통을 겪을 때마다 흠뻑 땀에 젖었다. 그럴 때마다 민수는 리아보다 더 인상을 찌푸리며 안절부절못한 채 울 것 같은 표정을 지었다.

"리아야, 많이 아파?"

항상 옆에서 그녀를 지켜봤지만, 이만큼 아파하는 모습을 본 적이 없었다. 아픈 건 언제나 민수였고, 옆에서 간호해주던 건 리아였는데 지금은 위치가 바뀌어버렸다.

"……응, 민수야. 너무 아파."

고통으로 리아의 목소리가 가늘게 떨렸다. 센 척하고 싶었는데……. 이까짓 거, 아무렇지 않다고 하고 싶었는데……. 하지만 너무 아파서 도저히 안 되겠어.

또다시 밀려오는 통증에 리아는 두 눈을 감았다. 역시, 현실은 만만하지 않다. 목 놓아 울 것처럼 참을 수 없는 통증이 몰려왔다가 사라지고, 다시 몰려오기를 거듭했다. 이렇게 아플 거라면, 한꺼번에 확 아파버리고 후딱 끝나버리면 좋을 텐데…….

그러나 분만 과정까지는 멀고도 멀었다. 누군가 그랬었지? 출산은 마라톤과 같아서 인내와 지구력이 필요하다고. 또다시 참을 수 없는 진통이 몰려오자, 리아는 민수를 끌어안으며 신음을 흘렸다.

"아……."

"어떻게 할까? 지금 병원으로 갈까?"

"……아니야, 아직은……."

진통이 오는 간격이 점점 빨라지고 있었지만, 아직은 병원에 갈 정도는 아니었다. 날카롭게 밀려왔던 통증이 썰물 빠지듯 사라지면, 또 그런대로 견딜 만했다.

"그러면 엄마에게라도 연락할까?"

"아니, 엄마는 이따가 병원 갈 때, 그때 연락하자."

아직은 부모님께 걱정을 끼치고 싶진 않았다. 안절부절못하고 걱정하실 게 뻔하니까.

아, 맞다. 걱정할 사람이 한 명 또 있다!

"병원 가도 태호에게는 연락하지 마. 알았지?"

지금 이 상황에서 당장 달려오지도 못하면서 제일 걱정할 사람은 당

연히 태호였다. 혼자 애태울 태호가 걱정된 리아는 민수에게 입단속을
시켰다.

"태호한테 연락하지 말라고?"

전혀 예상 못한 리아의 요구에 민수는 놀란 듯 인상을 찌푸렸다. 하
지만 민수의 품에 얼굴을 묻은 리아는 당황한 그의 표정을 볼 수 없었
다.

"중요한 일로 출장 간 거잖아. 오지도 못 하면서 괜히 걱정만 하다가
일 망치거나 하면 안 돼. 다 끝나면 그때 연락해. 알았지?"

이런, 이미 전화했는데…….

하지만 민수는 사실을 털어놓을 수 없었다. 괜히 출산을 앞두고 기
분을 상하게 하면 안 될 테니까 말이다.

"알았어."

민수는 부드럽게 대답하며 리아의 어깨를 토닥거렸다. 거짓말한 것
이 마음에 걸리긴 했지만, 어차피 태호가 제시간에 도착하라는 법도
없고 하니까, 가만히 입을 다물고 있는 좋을 것이다.

리아를 위해서 그리고 태호를 위해서도 그편이 나을 것이라고 믿었
다.

서울, 대한민국. 현지 시각, 새벽 4시 10분.

"새언니, 새언니, 어디 있어요? 벌써 분만실 들어갔어요?"

새벽에 연락을 받은 태희와 정 여사는 최 과장이 운전하는 차를 타
고 제일 먼저 병원으로 달려왔다.

"환자분 성함이 어떻게 되시죠?"

다짜고짜 달려와서 새언니라고 묻는 태희에게 간호사가 난처한 표정으로 물었다. 하지만 태희는 그것도 모르냐는 얼굴로 언성을 높였다.

"아니, 분만실 들어갔냐고 묻는데 이름은 왜 물어봐요? 우리 새언니 몰라요?"

"아가씨는 가만히 있어요. 내가 처리할게요."

옆에서 지켜보던 최 과장이 곤란한 얼굴로 중간에 끼어들었다. 차를 타고 오는 도중에도 정 여사는 태호를 해외 출장 보낸 강 회장을 원망하느라 정신이 없었고, 태희는 빨리 가야 한다고, 조카 태어나는 순간을 놓치면 안 된다고 조바심을 냈었다. 두 사람 모두 흥분으로 제정신이 아닌 것 같았다.

"주리아 환자분이라면 지금 병원으로 오시는 중입니다. 병실은 VVIP 병동에 마련되었고요. 이쪽으로 오세요."

간호사에게 설명을 듣고서야 정 여사와 태희는 흥분을 가라앉혔다. 두 사람은 초조한 얼굴로 아직 환자도 없는 병실을 서성거렸다.

"새아가!"

그때 문이 열리고, 소식을 받고 제주도에서 달려온 강 회장이 안으로 들어섰다. 그는 텅 빈 침대를 발견하고 긴장한 얼굴로 정 여사를 바라보았다.

"벌써 분만실로 들어간 거야?"

"아뇨. 아직 도착하지 않았대요."

"아, 그래."

소파에 털썩 앉는 강 회장을 정 여사가 서슬이 퍼런 눈으로 노려보았다.

"왜 지금 이 시기에 태호를 유럽으로 보내서는……. 아후, 내가 못 살아."

입이 열 개라도 할 말이 없는 강 회장은 슬그머니 시선을 돌렸다. 태희는 강 회장 옆에 앉아서, 열심히 휴대폰을 눌렀다.

"태호, 전화 안 받니?"

정 여사의 물음에 태희는 도리도리 고개를 흔들었다.

"거기 시간이면 아침 8시 조금 넘었거든. 작은오빠, 이 시간이면 당연히 깼을 텐데……. 벌써 미팅 시작했나?"

"아니, 제 마누라가 오늘내일하는데 지금 미팅이 문제야? 연결될 때까지 계속 걸어. 알았어?"

정 여사가 첫째 태문을 낳을 때 강 회장은 미국 출장 중이라 옆을 지키지 못했다. 첫 번째 아기였는데 옆에 있어주지 못한 남편의 무심함을 정 여사는 지금도 끄집어내곤 했다.

"애 낳을 때 옆에 남편이 없는 것만큼 아쉬운 게 있는 줄 알아요? 같이 아파해줄 순 없어도 옆에서 손이라도 잡아줘야지. 이게 뭐야, 이게! 내가 며느리한테 미안해서 어떻게 고개를 들어!"

"흠, 흠. 나야 예정일까지 아직 남았고 하니까……."

헛기침하며 강 회장이 변명하려고 했지만, 정 여사는 단번에 잘라버렸다.

"내가 뭐랬어요? 출산 예정일, 그거 완벽한 거, 아니라고, 못 믿는다고 했어요, 안 했어요? 만약에 이 일로 태호랑 새아가랑 사이가 틀어지게 되면, 그거 다 당신 탓이야."

"아니, 여보. 그게 왜 내 탓……."

강 회장이 항변하려는 순간.

"리아야!"

활짝 문이 열리며 민 여사와 주 회장이 병실 안으로 뛰어들었다. 텅 빈 침대를 발견한 그들은 주 회장과 같은 반응을 보였다.

"벌써 분만실 들어간 거예요?"

"아니요, 아직 도착하지 않았답니다."

"우리에겐 지금 병원으로 출발한다고 하면서 전화했는데……."

"차가 밀리나?"

리아는 15분이 지난 후에야 병원에 도착했다. 휠체어에 탄 리아가 민수와 함께 병실로 들어서자 모두는 서둘러 그녀에게로 달려갔다.

"리아야!"

"새아가!"

"새언니!"

리아는 자신을 둘러싸는 가족을 어리둥절한 얼굴로 바라보았다.

분명 떠날 때 전화했는데, 어떻게 모두 나보다 먼저 왔지?

"새아가, 괜찮니?"

"리아야, 통증은 어때?"

"새언니, 많이 아파요?"

아이를 낳는 건 그녀인데, 모두의 표정은 그녀보다 더 심각해 보였다. 리아는 저도 모르게 피식 웃음을 터뜨리고 말았다.

뭐랄까, 이리도 걱정해주는 가족이 옆에 있다고 생각하니까, 마음이 든든해지고 기분이 뿌듯해진다고 할까?

그래! 난, 할 수 있어!

통증이 사라지는 것은 아니었지만 큰 힘을 얻은 느낌이었다.

아침이 되자 자궁이 충분히 열린 덕분에 리아는 분만실로 옮겨졌다.

분만실에는 민수가 함께 따라 들어갔다. 그런데 문제는 분만실에 들어가고 나서였다. 바로 출산할 것 같았으나, 어째서인지 진행이 더디어졌다. 태아가 아직 밖으로 나올 생각이 없는 게 아닐까? 아무리 힘을 주어도 반응이 없자, 리아도 의료진들도 서서히 지쳐가기 시작했다.

"환자분, 지치면 안 돼요."

옆에서 간호사가 걱정스러운 목소리로 격려했지만, 서서히 눈앞이 흐려졌다. 그때 뿌연 영상 안으로 누군가의 얼굴이 떠올랐다.

"······태······호야."

문득 리아는 옆에 없는 그가 너무나도 그리웠다. 널찍하고 따스한 품에 안긴다면 다시금 힘을 얻을 것도 같은데······.

보고 싶어, 태호야.

그때 갑자기 문이 열리며 위생복을 입은 누군가가 분만실 안으로 들어왔다. 태호였다. 그는 놀란 듯 쳐다보는 민수와 시선을 교환하더니 곧바로 리아의 옆으로 다가왔다.

"리아야."

흐릿한 의식 와중에도 리아는 자신을 부르는 나직한 목소리를 또렷이 들을 수 있었다. 이 목소리는? 리아는 천천히 고개를 돌려 자신을 부른 이를 올려다보았다. 처음엔 자신의 눈을 의심했다. 지구 반대편에 있어야 할 사람이 바로 옆에서 자신을 내려다보고 있었으니까.

"······태호?"

너무 그리워서 환상이 보이는 걸까? 힘겹게 들어 올리는 손을 커다란 손이 강하게 움켜쥐었다. 동시에 너무나도 익숙한 체취가 그녀를 포근하게 감싸 안았다.

······아.

손 전체에 느껴지는 따뜻한 체온에 리아는 저도 모르게 눈시울을 붉혔다.

환상이 아니야? 너, 정말 여기 있는 거야?

"……태호야?"

"늦어서 미안해."

그가 물기 어린 목소리로 속삭이며 땀에 흠뻑 젖은 그녀의 얼굴을 부드럽게 쓰다듬었다. 그제야 옆에 있는 사람이 태호라는 것을 확인한 리아의 입가에 희미한 미소가 떠올랐다.

"……아니야, 아니야. 태호야."

리아는 그와 시선을 마주하며 천천히 고개를 가로저었다. 와줘서 고맙다고, 옆에 있어줘서 고맙다는 마음을 눈빛으로 전달했다.

"사랑해, 리아야."

태호는 부드럽게 속삭이며 리아의 이마에 입을 맞추었다.

공항에서 김 박사에게 전화를 건 태호는 리아가 분만실로 향했다는 소식을 듣고 곧바로 병원으로 달려왔다. 정말 아슬아슬하게 제시간에 귀국했는데 아차 하는 순간에 아이가 태어나는 순간을 놓칠 순 없었다.

그가 한국행 비행기 편을 찾은 건 거의 기적에 가까웠다. 아무리 남 비서가 애를 써도 당장 한국으로 떠나는 직항 비행기 편을 찾을 수 없었다. 중간에 다른 나라를 경유하는 비행기 편은 그나마 구할 수 있었지만, 그렇게 되면 너무 늦게 된다.

난처해하는 태호에게 함께 회의에 참여했던 억만장자 댄 손튼이 다가왔다. 태호의 사정을 들은 손튼은 마침 자신도 한국에 갈 일이 있다며 자신이 소유한 개인용 제트기에 태워주었다. 원래는 다음 날 아침 일찍 출발할 예정이었지만, 태호를 위해 그날 밤 떠나는 것으로 흔쾌히 일정을 바꾸었다.

"……아."

아빠가 옆에 있다는 것을 '호호'도 느낀 것일까? 태호가 리아의 손을 꽉 움켜쥐는 순간, 태아가 움직였다.

그다음부턴 모든 상황이 순조롭게 진행되었다. 아이는 세상에 나올 준비가 끝났다는 듯 힘차게 움직였고, 얼마 지나지 않아 호호가 세상에 첫발을 내디뎠다.

태호가 아이의 탯줄을 자르자, 간호사는 재빨리 아기를 따뜻한 물로 씻고 하얀 천으로 감쌌다. 그리고 태호의 품에 안겨주었다.

"아이가 아빠 얼굴 보고 싶어서 시간을 끌었나 봐요."

품에 안긴 '호호'를 바라보는 태호의 눈가엔 눈물이 맺혔고, 그런 두 사람을 바라보는 리아의 입가엔 환한 미소가 떠올랐다.

안녕, 우리 아가. 정말 잘 왔어. 가족이 된 것을 환영해!

아이를 바라보는 두 눈에, 그리고 서로를 바라보는 두 눈에 따뜻한 사랑이 넘쳐흘렀다.

"진짜 빠르네. 우리 지아가 벌써 돌이라니."

정 여사는 지아를 품에 안은 채로 옆에 놓인 캘린더를 바라보았다.

다음 달이면 지아가 태어난 지 1년이 된다. 가족 모두에게 사랑이란 사랑은 듬뿍 받은 지아는 병치레 없이 무럭무럭 자랐다. 또래보다 몸집도 크고, 옹알이도 빠르고, 태어날 때부터 풍성한 머리카락에 모두의 부러움을 사기도 했다.

눈웃음은 또 얼마나 예쁘게 치는지, 지아가 '까르르' 웃기라도 하면 모두 심장 어택을 받으며 사르르 제자리에서 녹아들었다. 눈에 넣어도 아프지 않다는 말은 모두 지아를 두고 나온 말이 분명했다. 그렇게 예쁜 딸아이라곤 하지만, 그렇다고 육아가 쉬운 것은 절대로 아니었다.

게다가 출산 휴가를 끝내고 바로 회사로 복귀한 리아는 몸이 2개라도 모자랄 정도였다. 낮에는 지아를 시댁에 맡긴다고 해도, 퇴근 후에는 그녀가 직접 지아를 돌봤다.

정 여사는 그런 리아가 안쓰럽게 느껴졌다. 당연한 일이다. 며느리 사랑은 시어머니가 아니겠는가? 혼자 곰곰이 생각하던 정 여사는 곧 좋은 아이디어를 떠올리고 웃는 얼굴로 손녀를 바라보았다.

"지아야, 일주일만 엄마 좀 쉬게 해주자."

퇴근하고 지아를 데리러 온 리아에게 정 여사가 넌지시 물어보았다.

"리아야, 미국 출장 끝나면 바로 돌아오지 말고 로스 카보스에 들렀다 오지 그러니?"

다음 주에 리아와 태호는 LA 현지 공장을 둘러보러 함께 출장길에 오른다.

"회사 일이다, 육아다 정신없었을 텐데, 기회가 될 때 머리 좀 식히는 것도 좋을 거다. 지아는 우리에게 맡기고 일주일쯤 푹 쉬다 오거라."

처음에 리아는 지아가 조금 더 크면 함께 가겠다고 했다. 하지만 완강한 반대에 부딪혔다. 지금 기회가 될 때 가지 않으면 나중엔 어떻게 될지 모른다는 이유였다.

"내가 지금까지 살면서 오붓하게 부부끼리 몇 번 여행 갔다 온 줄 아니? 처음엔 나도 태문이가 조금 더 크면 함께 가자고 했었다. 그런데 태호가 들어서더구나. 태호가 좀 크고 나니까, 회사 일이 너무 바빠져서 시간을 낼 수 없었고."

다시 말하면 좋은 기회를 놓치지 말라는 것이었다. 결국 리아는 정 여사의 제안을 받아들여 출장을 끝내고 돌아오는 길에 로스 카보스에 들르기로 했다. 두 사람의 신혼여행지였던 로스 카보스라니! 마치 신혼여행을 다시 떠나는 것 같은 기분이었다.

"응? 그새 침대가 바뀌었네?"

리조트 침실에 들어선 리아는 놀란 눈으로 앞에 놓인 킹사이즈 침대를 바라보았다. 운 좋게도 신혼여행 때 묵었던 독채를 빌린 두 사람은 그때의 기분을 그대로 만끽하려던 참이었다.

"원래는 원형 침대였잖아."

리아는 침실 한가운데 놓인 원형 침대를 발견하고 깜짝 놀라던 자신을 떠올렸다. 그땐 억지로 결혼한 상태였으니, 몸을 맞대고 자야 하는 원형 침대가 곤혹스러웠다. 이제는 아니지만…… 아, 그러고 보니 무척 아쉽다.

"응, 바꿨네."

태호는 침대를 바라보며 무표정으로 고개를 끄덕거렸다.

리아는 전체 리조트 독채 객실 중, 오직 이곳에만 태호의 요구로 원형 침대가 놓였었다는 사실을 전혀 모른다. 두 사람이 떠나자마자, 리조트에선 원래 있었던 킹사이즈 침대를 옮겨다 놓았을 것이다.

워낙 급하게 정해진 여행이라서, 태호는 거기까진 생각하지 못했다. 이젠 원형 침대든지 알래스카 킹사이즈 침대든지 상관없이 꼭 껴안고 자니까 말이다.

사실을 털어놓을까?

잠시 고민하던 태호는 구태여 알릴 필요는 없다고 결론을 내렸다.

"피곤할 텐데, 샤워부터 할래?"

"그래."

함께 샤워하는 것만큼 빨리 분위기를 무르익게 하는 것도 없을 것이다. 리아는 생긋 웃으며 셔츠의 단추를 풀었다. 하지만 두 번째 단추를 풀기도 전에 태호의 휴대폰이 울리기 시작했다.

한국 본사에서 걸려온 전화는 생각보다 길게 이어졌다. 태호가 먼저 샤워하라고 손짓을 하자, 리아는 할 수 없이 혼자 욕실로 들어갔다.

혹시나 그가 도중에 들어올지 몰라 느릿느릿 샤워했지만, 끝날 때까지도 그는 나타나지 않았다. 침실로 나오자, 태호의 모습은 보이지 않았다. 대신 거실 쪽 욕실에서 물소리가 흘러나오고 있었다.

그녀에게 방해되지 않게 혼자 샤워하기로 한 모양이다.

흠, 그러고 보면 지아가 태어난 이후로는 지아를 씻기느라 함께 샤워할 기회가 거의 없긴 했다. 그러다 보니 따로 샤워하는 게 자연스러워진 모양이다.

그렇다고 해도 혼자 샤워하다니, 괘씸한걸!

거실 욕실 쪽을 흘겨보던 리아는 이 순간을 위해 챙겨온 속옷을 꺼냈다. 주문하고 나서 너무 늦게 도착하는 바람에 한번 입어보지도 못하고 옷장 안에 처박혀 있던 야한 속옷이었다. 장만한 속옷 중에서도 가장 야했던 그 속옷.

지아가 태어난 후, 예전 몸매로 돌아갔지만, 풍성한 가슴만은 그대로였다. 덕분에 가슴의 곡선이 두드러지게 강조되었다. 리아는 거울에 비친 자신의 모습을 바라보며 미간을 찌푸렸다.

흠, 가슴이 너무 끼는 거 아닌가? 다른 걸로 바꿔 입을까?

하지만 곧 생각을 바꾸었다.

야한 속옷을 입은 이유가 뭔데? 상대를 들뜨게 하라고 입는 거잖아. 이 정도는 야해야 안달 나지 않겠어?

"그래."

리아는 거울 속의 자신을 바라보며 당당하게 말했다.

"하려면 화끈하게 해야지."

솔직히 요사이 제대로 불태운 밤이 그리 많지 못했다. 회사 일도 회사 일이고, 육아도 육아고, 항상 뭔가 일이 꼬이곤 했다. 계속 이러다

간 지글지글 불타는 밤이 아니라, 그저 뜨끈한 밤이 오게 될지도 모른다. 그럴 순 없지.

리아는 젖은 머리를 쓸어내리며 야한 속옷 위로 가운을 걸쳤다.

그때 거실 욕실에서 흘러나오던 물소리가 그쳤다.

"앗!"

리아는 재빨리 침대 위로 올라가 유혹하듯 비스듬히 몸을 뉘었다. 샤워를 마친 그가 곧 침실로 돌아올 테니까. 그런데 어째서일까? 아무리 기다려도 태호는 침실로 들어오지 않았다.

뭐야? 또 회사에서 전화가 온 건 아니겠지?

빠른 걸음으로 침실을 나간 리아는 곧 거실 한가운데 차려진 식사를 발견했다. 그녀가 샤워하는 사이, 룸서비스를 요청한 모양이었다. 식탁에는 이것저것 요기할 만한 음식이 차려져 있었고, 가운을 입은 태호는 등을 돌린 채 미니 바에서 샴페인의 마개를 따고 있었다. 식탁 위에는 군침이 돌 만큼 먹음직스러운 요리 일색이었다.

하지만 지금 제일 고픈 건 이게 아니거든!

리아는 띠를 풀어 가운을 여는 동시에 뒤에서부터 태호의 등을 끌어안았다.

등 뒤로 닿는 부드러운 느낌에 태호가 흠칫 동작을 멈추었다. 그리고 천천히 뒤를 돌아보았다. 리아는 벌어진 가운을 여미는 대신, 유혹하듯 그를 올려다보았다. 예전엔 급히 가운을 여미느라 정신이 없었지만, 오늘은 아니다. 오늘은 바로 디데이니까.

"어때? 마음에 들어?"

리아의 도발적인 질문에 태호는 짧게 웃음을 내뱉었다.

"아주 마음에 들어."

태호에게서 긍정적인 대답이 돌아오자, 리아는 살며시 그의 가운을 벌리며 손끝으로 맨살을 툭 건드렸다.

"그러면 저번 신혼여행 때 못 했던 거, 지금 실컷 하고 싶은데……."

"아."

그녀가 무슨 말인지 알겠다는 듯, 그가 느릿하게 고개를 끄덕였다. 그리고 고개를 숙여 그녀의 입술에 그의 입술을 가까이 가져갔다.

"이번엔 부부로서의 본분을 철저히 지키겠다는 뜻인가?"

"응. 그리고 이번엔 착한 생각 절대로 안 할 거야. 나쁜 생각만 할 거야."

낮은 속삭임이 어루만지듯 서로의 입술 위에 내려앉았다.

"나쁜 생각?"

태호의 물음에 리아는 속옷의 끈 한쪽을 살며시 옆으로 내렸다. 보일 듯 말 듯 드러나는 하얀 살결에 그의 입꼬리가 올라갔다.

"……이런."

한숨과도 같은 속삭임이 그의 입에서 흘러나왔다.

"아주 질이 나쁜 생각 같군."

질이 나쁜 생각이기만 한가? 심장에도 무리가 가는 생각일지도 모른다. 그러나 리아는 개의치 않는 것 같았다. 그의 목에 팔을 두르며 생긋 웃었다.

"뭐 어때? 부부끼리인데."

그녀의 말이 백번 옳다. 태호는 그녀를 따라 웃으며 더욱더 낮게 고개를 숙였다.

"그렇지. 부부끼리인데."

커다란 손이 그녀의 허리를 잡아당기고 동시에 입술이 맞물렸다.

2개의 숨결이 하나의 숨결로 녹아들며 질척한 욕망이 순식간에 두 사람을 휘감았다. 그렇게 또다시 두 사람의 신혼여행이 시작되었다. 사랑이 스며드는, 부부만의 진하고 뜨거운 시간이…….

다섯 살 지아의 생일 파티를 얼마 앞둔 어느 날, 한 손에 지아의 선물을 든 민수가 현관에 들어섰다.

"와, 외삼촌!"

민수를 본 지아는 무릎 위에 올려져 있던 그림책을 홱 옆으로 밀더니 폴짝 소파에서 뛰어내렸다. 눈 빠지게 그를 기다린 얼굴이었다. 현관으로 쪼르르 달려간 지아는 두 팔을 활짝 벌리며 민수의 품에 안겼다.

"우리 지아, 그동안 잘 지냈지?"

"응, 외삼촌. 정말, 정말 보고 싶었어!"

지아는 빠르게 고개를 끄덕이며 민수의 목을 꼭 끌어안았다. 아주 오랜만에 보는 것 같지만, 사실 지아가 민수를 본 건 고작 일주일 전이었다. 그런데도 1년 넘게 못 만났던 것처럼 격한 반응을 보였다. 태희는 그런 지아를 어이없다는 눈으로 바라보았다.

"외삼촌 왔으니까 이제 고모는 필요 없다, 이거지."

태희는 못마땅한 얼굴로 투덜거렸지만, 그냥 그러려니 하는 게 마음 편하다고 자신을 달랬다. 낙동강 오리알 신세로 전락한 적이 한두 번이 아니었으니까.

가족 중, 지아의 최애는 언제나 외삼촌인 주민수였다. 지아가 태어나서부터 지금까지 한 번도 최애의 자리가 바뀐 적은 없었다.

"안녕하세요, 사돈."

"네, 안녕하세요."

태희와 짧은 인사를 나눈 민수는 다시금 지아에게 눈길을 돌렸다. 그리고 지아의 뺨에 쪽 소리 나게 뽀뽀했다.

"나도 우리 지아, 너무너무 보고 싶었어."

"헤헤헤, 외삼촌."

지아는 뭐가 그리도 좋은지 까르르 웃음 터뜨렸다. 그러다 태희가 생각났는지 뒤로 고개를 돌렸다. 그러곤 한다는 말이……

"고모는 이제 가도 돼."

하, 필요 없으니까 꺼지라는 건가?

태희는 저도 모르게 실소를 내뱉었다. 가만히 곱씹어보면 은근히 기분이 나빴다.

똥 기저귀 갈면서 키워준 고모를 이렇게 대하면 안 되는 거잖아!

그렇다고 여러 번 똥 기저귀를 갈아준 건 아니다. 딱 한 번 그랬다. 하지만 태희는 기회가 있을 때마다 과거를 들먹였다.

난 네 똥 기저귀도 갈아준 고모라고!

태희의 불편한 기색을 눈치챘는지 지아는 생글생글 눈웃음을 치며 애교를 부렸다. 누구에게 배운 것도 아닌데, 태어날 때부터 그랬다.

"고모, 데이트하라고."

"뭐? 데이트?"

얼핏 들으면 오늘은 주말이니까 마음 편히 데이트하라는 말처럼 들린다. 하지만 그 말은 날카로운 송곳이 되어 태희의 가슴을 아프게 콕 찔렀다. 지금 그녀에겐 데이트할 상대가 없었으므로.

민훈에게 차인 이후로 그녀는 아직껏 눈이 멀 것 같은 이상형을 만나지 못했다. 골든레트리버의 포근함과 늑대의 관능을 동시에 지닌 남자를 찾아내기가 그리 쉽진 않을 테니까 속은 쓰리지만, 태희는 아무렇지 않은 척 꼿꼿하게 턱을 들며 소파에 놓은 핸드백을 집어 들었다.

그래, 가라니 가주마!

"고모, 간다."

"응, 고모. 멀리 안 나가."

어디서 배웠는지, 요즈음 지아가 자주 써먹는 인사말이다.

"그래, 멀리 나오지 마라."

태희는 한 손으로 지아의 머리를 헝클어뜨리곤 서둘러 현관문을 나섰다.

밖으로 나오니 훤한 오후의 햇살이 파란 잔디 위로 쏟아지고 있었다. 핸드백에서 휴대폰을 꺼낸 그녀는 버튼을 누르며 작게 중얼거렸다.

"왜 이러서? 데이트할 상댄 없지만, 언제든 놀아줄 찐 친구는 있거든."

신호음이 채 울리기도 전에 전화가 연결되더니 곧 서현의 목소리가 흘러나왔다.

[어, 태희야. 이제 끝났어?]

"응. 사돈 왔어. 내가 지금 거기로 갈게."

서현도 남자친구가 없었다. 태희와 마찬가지로 아직 이상형을 만나지 못했고, 또한 태희와 한시도 떨어지지 않고 붙어 다닌 탓에 남자친구의 필요성을 느낄 겨를도 없었다. 그러다 보니 두 사람 모두 커플보단 솔로가 더 쿨하게 사는 거고, '한 번 사는 인생, 쿨하게 살자!'로 삶을 바라보는 시선이 바뀌게 되었다.

전화를 끊은 태희는 빠르게 차에 올라타 시동을 걸었다.

"리아야, 잠깐 나 좀 봐."

주말인데도 불구하고 회사 일로 급히 외출했던 리아와 태호는 저녁 직전에야 집으로 돌아왔다. 그때까지 지아를 돌봐준 민수는 떠나기 전 조용히 리아를 불렀다.

"저녁 먹으면서 지아에게 생일 선물로 뭐 받고 싶은지 물어봐."

"왜? 지아가 무슨 생일 선물을 받고 싶어 하는데?"

리아가 의아해 물어보자, 민수는 피식 웃으며 고개를 저었다.

"그건 나한테 묻지 말고, 본인에게 직접 들어."

그 웃음이 뭘 의미하고 있는지는 저녁 자리가 돼서야 알 수 있었다.

"우리 지아, 생일에 무슨 선물 받고 싶어?"

리아는 야무지게 밥공기를 비우는 딸아이를 바라보며 넌지시 물어보았다.

"어?"

그게 뭐 대단한 질문이라고, 갑자기 지아의 눈이 튀어나올 것처럼 커다래졌다. 리아가 물어볼 거라고 전혀 예상하지 못한 표정이었다.

지아는 매우 심각한 얼굴로 리아와 태호를 번갈아 바라보았다. 그리고 잠시 후, 손에 쥐고 있던 숟가락을 내려놓으며 조심스럽게 물었다.

"뭐든지 다 돼?"

"그럼, 지아가 원하는 건 뭐든지 다 해주지."

"정말?"

도대체 뭘 가지고 싶어서 저러나?

리아와 태호는 웃음을 참으며 서로 시선을 교환했다. 넘칠 정도로 사랑을 듬뿍 받고 자란 지아이지만, 분에 넘치는 선물을 달라고 조르지 않았다. 초콜릿이 먹고 싶어도 하루에 1개 이상은 요구하지 않았고, 만화 영화도 1시간 이상은 시청하지 않았다. 그게 기특해서일까? 지아가 원한다고 하면 더욱더 해주고 싶은 마음이 앞섰다.

이번엔 태호가 부드럽게 물었다.

"우리 지아가 원하면, 아빠는 하늘의 별도 따다 줄 수 있어. 말만 해."

"……음."

그 말에 지아는 조금은 마음이 놓인 듯 표정이 밝아졌다.

"하늘의 별 따기만큼 어려운 건 아니야."

"그래?"

"응. 하늘까지 닿으려면 사다리가 아주아주 높아야 하잖아."

"그렇지. 아주 높아야 하지."

아직 지아의 머리로는 사다리를 놓아야 별까지 닿을 수 있다고 이해했다. 물론 지금까지 읽은 그림책의 영향도 컸다. 그림책 대부분은 사다리에 올라서 별을 따고 있었으니까.

"하늘의 별도 아니고, 그럼 뭐가 가지고 싶어?"

그러자 지아는 생긋 웃으며 태호에게 새끼손가락을 내밀었다.

"먼저 약속해."

누구 딸 아니랄까 봐, 고작 네 살짜리가 흥정에 천재적인 소질을 보였다. 절대로 먼저 상대에게 패를 보이지 않겠다는 태도였다. 그런 딸의 모습이 태호에겐 눈에 넣어도 아프지 않게 사랑스러울 따름이었다.

"좋아. 아빠가 새끼손가락 걸고 약속할게."

태호는 고사리처럼 앙증맞은 새끼손가락에 자신의 새끼손가락을 걸었다. 그러자 지아는 엄지손가락을 치켜세웠다.

"도장도 찍어."

역시 마무리까지 완벽하다. 태호와 엄지 도장을 찍은 지아는 이번엔 리아에게로 고개를 돌렸다.

"엄마도."

역시 내 딸이야. 틈을 주지 않는군.

태호는 그런 지아를 흐뭇한 눈으로 바라보았다. 양쪽 모두와 새끼손가락을 건 지아는 그제야 마음을 놓았다는 듯 길게 숨을 내쉬었다. 그러곤 얼굴 전체에 환한 미소를 떠올렸다.

"엄마, 아빠! 나, 동생 갖고 싶어."

리아와 태호는 잠시 할 말을 잃고 멍하니 딸아이를 바라보았다.

"어? 동생?"

두 사람 모두 지아의 입에서 이런 말이 나오리라곤 전혀 예상하지 못했기 때문이다. 작년까지만 해도 지아는 강아지를 입양하자고 졸랐다. 그땐 너무 어려서 안 됐고 올해는 못 이기는 척, 강아지를 입양하려던 참이었는데……. 그런데 원하는 게 강아지가 아니었어?

"나만 없어, 동생. 모두 있는데 나만 없어."

유치원에 입학한 이후로 또래 친구를 사귀더니, 동생 이야기가 나온 모양이다. 요샌 외동이 흔한 편인데 어떻게 된 게 지아가 다니는 유치원에는 지아만이 유일한 외동이었다.

주원식품과 KJ푸드가 합병한 이후, 전무로 승진한 리아와 후계자 절차를 밟으며 KJ그룹 부회장이 된 태호는 꽤 정신없이 바쁜 나날을 보내는 중이다. 그러니 통 2세를 가질 여유가 없었다.

리아와 태호에게서 빠른 대답이 돌아오지 않자, 지아는 볼멘소리로 덧붙였다.

"엄마도 외삼촌 있잖아. 아빠도 삼촌, 고모 있고. 근데 나만 없어."

그렇긴 하다. 리아에게도 형제가 있고 태호에게도 형제가 있었다. 그런데 지아만 없네. 게다가 방금 새끼손가락을 걸고 엄지 도장까지 찍었다.

어쩌지?

리아와 태호는 곤혹스러운 눈으로 서로를 바라보았다.

"……으흑, 태호야."

머리끝까지 밀려드는 짜릿짜릿한 감각에 리아는 고개를 뒤로 젖혔다. 그 몸짓이 신호라도 된 듯 태호가 그녀의 안으로 깊게 파고들었다.

묵직하게 채우는 감각에 짜릿한 쾌락이 팽팽히 치솟자, 리아는 입술을 깨물며 바르르 몸을 떨었다. 보기만 해도 떨리는 상대가 파고드는데 어찌 아무런 반응이 없을 수 있을까. 열기가 온몸을 관통하며 거세게 흔들었다. 흐윽, 꽉 다문 입새로 연이어 흐느낌이 흘러나왔다.

"제발 그만! 흐흑."

도저히 참을 수 없는 강렬한 자극에 결국 리아는 그의 등에 손톱을 세우며 흐느꼈다. 태호는 그녀를 한계까지 밀어붙이는 것이 즐거운 것 같았다.

"그만할까? 여기서 멈춰?"

입가에 미소를 머금고 느긋하게 물어오는 태도가 얄미울 정도였다. 빨갛게 물든 얼굴로 숨을 몰아쉬는 그녀와 달리, 그는 숨결 하나 흐트러지지 않았다. 그녀 혼자서만 열뜬 것 같았다.

"아니, 멈추지 마."

그렇다 치더라도 그에게 주도권까지 빼앗길 순 없었다. 몸을 일으킨 리아는 두 손으로 태호의 얼굴을 감싸고 입술을 겹쳤다. 그녀가 적극적으로 나오자, 그의 숨결도 가빠지기 시작했다. 하나로 녹아든 거친 숨소리는 순식간에 침실을 후끈 달아오르게 했다.

"하, 리아야."

안쪽 깊숙한 곳까지 파고든 그가 폭주하듯 빠르게 움직였다.

2세를 가질 여유가 없는 거지, 두 사람 사이에 활활 타오르던 불이 꺼졌다거나 끈적거리던 반응이 없어졌거나 한 건 아니었다. 다만 철저하게 피임했을 뿐이다.

신혼 때처럼 시도 때도 없이 불태울 순 없기에 두 사람은 양보단 질에 집중하기로 했다. 효율적으로 시간을 배분해, 주로 주말 새벽에 집중적으로 질척한 부부만의 시간을 가졌다.

다행히 옆방에 있는 지아는 밤 10시가 넘으면 누가 업어가도 모를 만큼 깊이 잠이 들기에 어떤 관계도 가능했다.

얼마나 시간이 지났을까?

한차례 폭풍이 지나고 리아와 태호는 땀으로 흠뻑 젖은 서로의 몸을 꼭 끌어안았다. 침묵을 지켰지만, 두 사람 모두는 오늘 지아가 한 말을 머릿속에 떠올리고 있었다.

아이와 한 약속이라도 약속은 약속이니까.

"아무래도 지아 소원 들어줘야 할 것 같지?"

먼저 말을 꺼낸 건 리아였다. 태호는 가만히 고개를 끄덕이며 그녀의 이마에 입을 맞추었다.

"들어줄 거면 빠를수록 좋겠지."

"응 맞아."

그렇다. 시간이 없다고 미루다 보면 영영 둘째를 가질 수 없을지도 모른다. 다행이라면 리아는 4개월 전부터 피임약 복용을 중단한 상태였다.

리아는 몸을 일으켜 태호를 내려다보았다.

"어때? 오늘 밤에 가질까?"

그 말에 그는 픽 웃으며 리아의 뺨을 커다란 손으로 감쌌다.

"좋은 생각이야."

"확실하게 하려면 두 번은 해야겠지?"

"그것보단……."

몸을 일으킨 태호는 리아를 다시 침대에 눕히고는 자연스럽게 그 위로 올라탔다.

"밤새도록 시도하는 것 어떨까?"

내일은 일요일이니까 어차피 회사도 안 가는데…….

"좋아."

긍정적인 대답과 함께 다시금 두 사람의 입술이 포개지며 숨결이 얽혔다. 사다리 없이도 하늘의 별을 딸 수 있는 진한 밤이 뜨겁게 깊어가고 있었다.

키스해주면
덜 아플 것 같은데

"성후야, 여기."

술집 안으로 들어선 남 비서가 주위를 두리번거리자, 바에 앉아 있던 민수가 손을 흔들어 보였다. 민수를 발견한 남 비서는 활짝 웃으며 빠른 걸음으로 다가왔다.

"미안해요, 형. 차가 좀 많이 막혀서. 오래 기다렸어요?"

"아니야, 나도 방금 왔어."

처음엔 일 때문에 정기적으로 만나던 두 사람은 어느새 형 아우라고 부를 만큼 친한 사이가 되었다. 주원식품과 KJ푸드가 합병하는 과정에서 거의 매일 얼굴을 맞대다 보니 자연스럽게 가까워진 탓이다.

또 다른 이유도 하나 있다. 결혼한 지가 언제인데, 아직도 꿀물을 뚝뚝 흘리며 한시라도 떨어질 생각이 없는 리아와 태호 때문이기도 하다. 두 사람이 결혼하기 전에는 민수는 리아에게, 남 비서는 태호에게 고민을 털어놓았는데 이제는 함께 술잔을 기울이기도 어렵게 되었다. 그러다 보니 결국 남은 사람끼리 어울리게 되었다.

오늘도 민수와 남 비서는 고민을 털어놓으려 서로를 찾았다.

"우선 마셔라. 너, 오늘 이게 필요할 거야."

민수는 남 비서가 채 자리에 앉기도 전에, 찰랑거리는 위스키 잔을 내밀었다.

"하, 뉴스 보셨어요?"

"당연하지. 어떻게 안 볼 수가 있어? 온라인, 오프라인 할 것 없이 곳 곳에 퍼졌는데……."

그 말에 남 비서는 쓰게 웃으며 위스키 잔을 입으로 가져갔다. 오늘 오전 온라인을 휩쓴 뉴스는 한류 스타 강수미의 은퇴 선언이었다.

얼마 전, OTT 플랫폼에서 방영한 드라마의 큰 성공으로 또 한 번 한류 스타로서의 인기를 입증한 강수미는 제작사와 계약이 끝나는 대로 연예계를 은퇴하겠다는 폭탄 발언을 했다. 은퇴 이유는 사랑하는 연인과 좀 더 시간을 가지고 싶어서란다.

"지금 강수미가 사랑하는 연인이 도대체 누구냐고 난리 났어. 파파라치, 네티즌 할 것 없이 모두 수사에 들어갔던데……."

예전 같으면 KJ그룹 '강태호'의 이름이 제일 먼저 수사선상에 올랐을 것이다. 하지만 주리아와 결혼한 이후엔 그는 한류 스타 강수미의 연인이란 타이틀보다는 '로미오와 줄리엣' 같은 세기적인 사랑의 주인공으로 더 유명해졌다.

"아직 주위에서 눈치챈 사람은 없었지?"

남 비서는 위스키를 머금으며 천천히 고개를 끄덕였다. 눈치채고 할 것도 없다. 계속되는 드라마 촬영과 해외 유명 브랜드의 패션쇼 초청으로 남 비서가 강수미를 못 본 지 거의 반년이 넘었기 때문이다.

"이러다가 잠잠해지겠죠."

남 비서의 잔이 바닥을 드러내자, 민수는 재빨리 위스키를 따랐다. 그리고 자신의 잔도 채웠다.

"앞으로 어떻게 할 거래? 정말 은퇴하는 거야?"

"네. 우선은 해외로 돌면서 시간을 보내다가 다시 공부할 거라네요."

남 비서와 강수미와의 관계를 알고 있는 사람은 리아와 태호, 그리고 옆에 있는 민수뿐이다.

"그래서……."

말없이 위스키를 들이켜던 민수가 지나가듯 차분한 목소리로 물었다.

"성후, 넌 어떻게 하고 싶어?"

"글쎄요, 어떻게 해야 할까요?"

위스키 잔을 내려다보는 남 비서의 얼굴에 씁쓸한 그림자가 내려앉았다.

남 비서는 첫 만남부터 강수미가 마음에 들지 않았다. 마음에 드는 배역을 따기 어렵다고 스폰서 제의를 받아들이더니, 하루아침에 한류 스타가 되었다고 한 사장을 버리겠다는 건가?

물론 한 사장이 어떤 인간인지는 잘 알고 있다. 분명 안 좋은 말로 협박을 했겠지. 그렇다고 한 사장의 비리 증거를 가져올 테니, 한 사장으로부터 자유롭게 해달라는 그녀의 조건이 마음에 들지는 않았다. 그리고 일부러 태호를 상대로 핑크빛 스캔들을 터뜨리는 것 같아, 자꾸만 눈에 거슬렸다.

그런데 강수미는 아닌가 보다. 그녀는 만남이 있을 때마다 반갑게 웃으며 남 비서에게 다가왔다. 한 번은 태호가 통화를 위해 잠시 자리를 비운 사이 남 비서의 곁으로 바짝 다가왔다. 그리곤 별안간 손가락으로 그의 미간을 꾹 눌렀다. 깜짝 놀라 바라보는 그에게 강수미는 살짝 윙크를 날렸다.

"표정 좀 풀어요, 남 비서님. 저, 그쪽 상관 안 잡아먹어요."

남 비서는 친근하게 다가오는 강수미를 도저히 이해할 수 없었다. 우리가 지금 이렇게 장난할 사이는 아니잖아! 그래서일까? 평소라면 묻지 않을 질문이 튀어나왔다.

"쉽게 배신하는 사람 믿을 수 없습니다. 한 사장에게 받을 거 다 받고, 누릴 거 다 누리더니 이젠 필요 없다고 헌신짝처럼 버리는 거 아닙니까?"

해서는 안 될 말이었다. 어찌 됐든 그녀는 그들에게 아주 큰 도움이 되고 있으니까. 이상하게도 강수미 앞에선 얼음 가면이 깨지며 저도 모르게 속마음이 튀어나오곤 했다. 그래서 더욱더 그녀가 불편했는지도 모른다. 가면이 깨지는 건 강수미도 마찬가지였다. 조금 전까지 천사처럼 환하게 웃던 그녀의 미간에 깊은 주름이 팼다.

"하, 정말 기분 더럽네."

동시에 도톰한 입술에서 거친 말이 튀어나왔다.

"난 분명 연애를 한 건데, 왜 사람들은 다 스폰서라고 하지?"

갑자기 짧아진 말꼬리에 남 비서가 표정을 굳혔다. 강수미는 그런 남 비서의 반응이 마음에 들었는지, 살며시 입꼬리를 올렸다.

"뭐, 그래요. 그렇다고 해요. 당사자인 한 사장도 자긴 연인이 아니라 스폰서라는데 어쩌겠어요."

남 비서는 강수미의 말이 이해가 가지 않았다.

"그럼 아버지뻘인 남자를 사랑했다는 말입니까? 지금 그걸 나보고 믿으라고요?"

"왜요? 난 나이 많은 남자 좋아하면 안 돼요? 어른 섹시 몰라요, 어른 섹시? 난 정말 순수한 마음으로 한 사장을 사랑했다고요."

믿지 않겠지만 정말 그랬다. 많은 나이 차이에도 불구하고 그녀는 진심으로 한 사장을 사랑했다. 희끗희끗한 머리카락도, 연륜이 보이는 주름살도, 거친 피부도 그녀에게는 멋있게만 보였다. 물론 나쁜 남자 이미지도 한몫했다. 그런데 상대는 그녀를 다른 시각으로 보고 있었다. 그녀에게는 사랑이었을지 몰라도 한 사장에게는 값비싼 유흥 그 이상도 그 이하도 아니었다.

우연히 한 사장의 통화를 엿들은 그녀는 그가 자신을 어떻게 생각하고 있는지 깨닫게 되었다. 처음엔 참을 수 없는 분노가 일었지만, 어쩌겠는가? 상대는 사랑이 아니라는데……

그녀는 한 사장과의 관계를 정리하려고 했지만, 그는 쉽게 놓아주지 않았다. 그러던 와중에 한 사장의 비리를 캐고 있던 태호를 만나게 되었다. 강수미에게는 절대로 놓칠 수 없는 절호의 기회였다. 한 사장의 비밀 장부를 넘겨준다고 하자, 태호는 무엇을 원하느냐고 물었었다. 그녀가 원하는 것은 단 하나였다.

ㅡ 날 자유롭게 해주세요.

그런 사정을 알 리 없는 남 비서는 색안경을 끼고 강수미를 보았다. 단지 한 사장에게서 벗어나려고 이런 위험에 일에 뛰어들다니……

지금도 마찬가지다. 남 비서는 믿을 수 없다는 시선으로 그녀를 바라보았다. 그러자 강수미는 헛웃음을 지으며 흘러내린 머리카락을 끌어올렸다.

"그래요, 내가 뭐라고 해도 다 변명처럼 들리겠죠. 하지만 아무리 그렇다고 해도 그렇게 경멸한다는 눈빛으로는 바라보지 말아요."

그녀가 탐탁하지 않은 것은 사실이었지만, 경멸의 눈초리로 대할 생각은 없었다.

"미안합니다."

당황한 남 비서는 재빨리 시선을 돌렸다. 그러자 그녀는 옆으로 다가오며 은근히 상체를 기울였다.

"······자꾸만 그런 눈빛으로 쳐다보면······."

부드러운 속삭임에 남 비서는 저도 모르게 그녀에게로 고개를 돌렸다. 그와 시선이 마주치자, 방금까지만 해도 어두웠던 두 눈에 반짝 생기가 돌았다. 그리고 그녀의 입가에 미소가 떠올랐다.

"너무 섹시하잖아요."

뭐? 섹시?

전혀 예상하지 못한 발언에 남 비서는 잠시 자신의 귀를 의심했다. 강수미는 그가 당황하든 말든 상관하지 않고 더 가까이 다가왔다.

"내가 전에 말했었나? 난 나쁜 남자에게 끌려요. 남 비서님이 차갑게 나오면 나올수록, 더럽다는 듯 노려보면 노려볼수록, 난 막 그 쪽에게 끌리게 된다고요."

분위기가 왜 갑자기 이렇게 변한 거지? 남 비서는 초롱초롱한 눈으로 자신을 빤히 바라보는 강수미를 옆으로 밀어낼 수도, 그렇다고 자리를 박차고 일어날 수도 없었다. 통화를 끝낸 태호가 언제 돌아올지 모르는데, 강수미는 막무가내로 들이밀었다.

"지금도 봐요."

그러더니 그녀는 남 비서의 손을 잡아 자신의 가슴으로 이끌었다.

"심장이 콩닥콩닥 빨리 뛰는 거 느껴져요?"

심장 박동을 느끼라고 손을 가져간 거지만, 그가 손바닥으로 느끼는 감촉은 차원이 달랐다.

"지금 뭐 하는 겁니까?"

남 비서는 당황한 얼굴로 재빨리 손을 잡아 뺐다. 순간 얼굴이 확 붉어지는 게 느껴졌다.

그때 문이 열리며 통화를 마친 태호가 돌아왔다. 남 비서는 아무렇지 않은 듯 파일을 펼쳤지만, 손바닥에 남은 부드러운 촉감은 쉽게 지워지지 않았다.

상대는 '국민 여친'이라는 호칭이 붙는 한류 스타 강수미다. 그런 그녀가 다가오는데 어떻게 아무렇지 않을 수 있을까? 병역의 의무를 마친 신체 건강한 남자로서 어찌 설레지 않을 수 있을까?

하지만 쉽게 흔들릴 순 없었다. 그녀는 분명 그를 놀리려고 이러는 게 분명하니까. 자신을 바라보는 눈빛이 마음에 들지 않으니까, 이런 방식으로 그에게 한 방 먹이려는 게 틀림없었다. 그렇게 마음을 다잡았건만, 결국 그는 강수미 앞에 무릎을 꿇고 말았다.

태호 대신 강수미를 만나러 간 날, 그는 강수미의 뺨에 생긴 상처를 발견하고 흠칫 놀라고 말았다.

"얼굴이 왜 그렇습니까?"

남 비서의 질문에 그녀는 황급히 손으로 뺨을 가렸다.

"별거 아니에요."

"별거 아니긴."

남 비서는 강수미의 손을 치우고 뺨에 생긴 상처를 자세히 들여다보았다. 그건 분명 누군가에게 맞아서 생긴 흔적이었다. 순간 참을 수 없는 분노가 치솟았다.

"맞은 겁니까? 한 사장, 그 새끼가 당신을 때린 거야?"

그 말에 강수미는 몸을 비틀며 그의 손에서 벗어났다. 그리고 기가 막힌다는 얼굴로 그를 쏘아보았다.

"왜요? 한 사장이 때린 거면 가서 복수라도 해주게요?"

나쁜 놈이란 건 알고 있었지만, 연약한 여자에게까지 손을 대다니!

그녀가 맞았다는 사실을 알면서 가만히 있을 순 없었다. 남 비서는 험상궂은 얼굴로 문 쪽으로 향했다. 그러자 강수미는 당황한 얼굴로 그의 허리를 끌어안았다.

"아니에요! 이거 오늘 촬영하다가 합이 안 맞아 살짝 맞아서 생긴 거예요. 한 사장에게 맞은 게 아니라……."

강수미는 지금 액션물 촬영 중이었다. 위험한 장면은 스턴트맨을 쓰기로 하고 촬영에 들어갔지만, 자꾸만 욕심이 생겨서인지 장면 대부분을 스턴트맨 없이 촬영했다.

"촬영하다 생긴 상처라고요?"

"네. 못 믿겠으면 매니저 불러줘요? 고스란히 다 휴대폰으로 촬영했던데……."

남 비서는 그녀가 거짓말을 했다는 사실도, 자신을 놀렸다는 사실도 잊은 채 말없이 강수미를 내려다보았다. 그녀는 허리를 끌어안은 팔을 풀을 생각이 없는 듯 빤히 그를 마주 보았다.

"기분 좀 이상하다. 성후 씨, 내 걱정해준 거예요?"

어느새 호칭이 '남 비서님'에서 '성후 씨'로 바뀌어 있었다. 그런데 왠지 싫지 않다.

"키스해주면 덜 아플 것 같은데……."

그녀는 유혹하듯 작게 속삭이며 발끝을 들어 올렸다. 그리고 그의 입술에 자신의 입술을 가져갔다. 원하지 않는다면 고개만 슬쩍 돌리면 되는데…… 어째서인지 입을 맞추는 그녀를 물리칠 수 없었다. 아니, 오히려 으스러지듯 두 손으로 그녀의 허리를 끌어당겼다. 서로의 입술이 맞닿는 순간, 꽃물 터지듯 달콤한 향이 온몸을 휘감았다.

"솔직히 말하자면, 전 처음엔 불장난이라고 생각했어요. 뻣뻣한 내가 눈에 거슬려서 장난삼아 건드려보는 거라고."

남 비서는 위스키를 들이켜며 자조적으로 웃었다. 그러자 민수는 말도 안 된다는 표정을 지었다.

"불장난이라니? 프러포즈도 받았다면서?"

그 말에 남 비서는 묵묵히 고개를 끄덕이며 단숨에 술잔을 비웠다.

잠시 유럽에 체류 중인 강수미는 한밤중에 남 비서에게 전화하더니, 다짜고짜 은퇴 선언을 했다고 말했다. 모레쯤 기사로 나갈 테니까 놀래지 말라는 당부와 함께 결혼식은 로마에서 하자며 프러포즈 같지 않은 프러포즈를 건넸다.

한류 스타, 국민 여친 강수미의 은퇴 선언

은퇴 이유는? 사랑하는 사람과 시간을 보내고 싶어요!

농담하는 줄 알았는데, 진짜 은퇴 기사가 터졌다. 마음대로 하라곤 했지만, 정말 일을 낼 줄이야!

"그래서 결혼할 거야?"

지나가는 투로 물어봤지만, 형식에 불과했다. 남 비서도 간절히 결혼을 원한다는 걸 민수 역시 잘 알고 있기 때문이다. 역시나, 남 비서의 입가에 여린 미소가 떠올랐다.

"물론이죠. 단지 나 때문에 그녀가 너무 많은 걸 포기하는 건 아닌지……. 그게 걱정돼서 그러는 거죠."

"어찌 됐든 너나 수미 씨나 용기가 부럽다."

민수는 남 비서를 바라보며 쓸쓸한 미소를 떠올렸다. 그들에겐 앞뒤 재지 않고 사랑에 뛰어들 수 있는 열정이 가득했다.

하지만 나는…….

생각에 잠긴 민수의 얼굴에 서서히 어두운 그림자가 내려앉았다.

"형도 며칠 전에 우연히 만났다고 하지 않았어요?"

"후."

남 비서의 질문에 민수는 긴 한숨을 내쉬고는 단숨에 잔을 비웠다. 상대를 떠올리는 것만으로도 마음이 답답해졌다.

리아와 태호가 사랑에 빠진 대학교 2학년 시절. 비밀로 두었기에 아무도 알지 못했지만, 나름 민수의 인생에도 커다란 변화가 찾아온 시기다. 우습게도 시작은 리아의 상황과 비슷했다.

"야!"

어느 날, 노크도 없이 왈칵 문이 열리더니 리아가 성큼 방 안으로 들어섰다.

"어머, 내 소중한 반쪽이 여기에 있네!"

컴퓨터 게임 중이던 민수는 떨떠름한 표정을 지으며 힐끗 뒤를 돌아보았다. 리아의 입에서 '소중한 반쪽'이라는 말이 나왔다는 것은 뭔가 바라는 게 있다는 신호였다. 예상대로 리아는 말도 안 되는 부탁을 해 왔다.

"너, 지금 이게 말이 된다고 생각해?"

민수가 기가 막힌다는 듯 언성을 높였다. 그러자 리아도 그와 똑같이 목소리를 키웠다.

"왜 안 돼? 나도 너 대리 출석해줬잖아. 난 되고, 왜 넌 안 되는데?"

"야, 여자가 남장하는 건 티 안 나도, 남자가 여장하는 거 티가 난다고!"

리아가 민수인 척을 하려면 모자를 푹 눌러쓰고 야상 점퍼 하나 걸치면 그만이지만, 그가 리아인 척을 하려면 이것저것 복잡했다. 화장도 해야 하고, 구두도 신어야 하고, 여자 옷도 입어야 하는 등등.

"굽 낮은 구두 신으면 되고, 화장은 내가 해줄게. 옷은 청바지에 넉넉한 셔츠 입으면 돼."

"안 돼, 티 날 거야."

"아니, 티 안 나, 다른 사람이라면 몰라도 넌 뼈대가 가늘어서 절대로 티 안 나."

민수가 아무리 빠져나가려 해도 리아는 단호했다. 당일치기로 태호와 바다를 볼 계획이라서 절대로 물러설 수 없었다.

결국 반강제, 반협박으로 민수는 진한 립스틱을 바르고 핑크 단화를 신고, 몸에는 반짝거리는 액세서리를 걸친 채 리아를 대신해 강의실로 향했다. 다행히 교양 과목이었고, 함께 강의를 듣는 과 동기가 많지 않은 덕분에 무사히 수업을 마칠 수 있었다.

오후 늦은 수업이었기 때문에 강의실을 나오니 밖은 이미 어둑어둑해져 있었다. 여장한 모습이 창피했던 민수는 어서 집에 가야 한다는 마음에 걸음을 빨리했다. 그런데 학교 정문을 막 빠져나오는 순간, 누군가 뒤에서 그를 와락 끌어안았다.

"리아야!"

헐!

심장이 덜컹 내려앉은 민수는 제자리에 뻣뻣하게 굳어버렸다. 그러자 뒤에서 끌어안은 누군가가 키득거리며 웃기 시작했다.

"……리아야, 내가 얼마나 널 찾아다녔는데……. 헤헤."

목소리를 들으니 리아의 과 친구인 차유정인 것 같았다. 몇 번 만나서 리아와 함께 셋이 밥을 먹은 적은 있지만, 아직 친한 사이까진 아니다. 그런 유정이 술에 취했는지 그를 끌어안고 놓아줄 생각을 하지 않았다. 하지만 그렇다고 뒤를 돌아볼 순 없었다. 아무리 어둡더라도 우스꽝스러운 자신의 모습을 보여주고 싶진 않았다. 그런데 별안간 유정 말고 다른 누군가의 손이 그의 어깨를 툭 내리쳤다.

"잘됐다. 이제부턴 리아, 네가 유정이 상대해."

"유정이 조금만 더 마신다니까, 네가 같이 가줘. 알았지?"

응? 뭐라는 거야?

당황스러운 부탁에 민수는 거절하기 위해 뒤로 돌아섰다. 그러자 '기회는 이때다!' 싶었는지, 유정이 와락 품으로 뛰어들었다.

헐!

깜짝 놀란 민수가 유정을 끌어안고 낑낑거리는 동안, 지금까지 유정을 돌봤던 과 친구들은 빠르게 등을 돌렸다.

"조금만 더 마셔주면 곧 뻗을 거야. 그럼 수고해."

그 말을 끝으로 친구들은 빛의 속도로 눈앞에서 사라졌다. 그들은 민수가 당연히 리아라고 착각하는 것 같았다. 사실 헤어스타일이며 화장이며 모두 완벽하긴 했다.

할 수 없이 민수는 술 취해 흐느적거리는 유정을 끌고 근처 주점으로 향했다.

"유정아, 나는 리아가 아니라……."

눈을 피해 구석에 자리를 잡은 민수는 유정에게 상황을 설명했다.

"하하하, 리아야! 너, 정말 웃겨."

하지만 유정은 그의 말을 믿지 않았다. 머릿속이 술로 꽉 찬 탓에 정보가 제대로 전달되지 않는 모양이다.

"내가 취했다고 널 못 알아보겠냐?"

유정은 깔깔 거리며 민수의 뺨을 쓰다듬었다.

"목소리 듣고도 몰라? 나, 민수야, 민수라고."

"흥, 민수 같은 소리 한다."

몇 번이나 설명했지만, 마찬가지였다. 결국 민수는 자포자기한 심정으로 유정과 술잔을 부딪치며 그녀의 투정을 들어주었다. 오늘 유정이 술에 취한 이유는 바람을 맞았기 때문이란다. 낮부터 술을 퍼마시는 중이라고 했다.

"나쁜 새끼! 아니, 강세 대학 전자과 미팅에 왜 고조선 대학 녀석이 끼어드는데!"

유정의 말에 의하면 이랬다.

"첫 미팅 상대로 고조선대생은 완전 꽝이거든. 애프터 신청 못 받으면 10년 동안 남자 친구가 없다는 징크스가 있다고."

원래 미팅에 관심이 없던 유정은 지금껏 미팅 한 번 안 하다가, 펑크

낸 친구의 부탁으로 딱 한 번 나가기로 했다. 그런데 강세 대학 전자과 미팅에 고조선대생이 섞여 있었다. 아마 그쪽도 유정처럼 펑크 난 누군 가를 대신해서 나온 것 같았다.

"그러면 처음부터 고조선대생이라고 밝히든지. 그러면 내가 그 녀석 소지품 안 집었잖아! 그 자리에서 나만 첫 미팅이었단 말이야."

불길하긴 했지만 '그래도 애프터 신청만 받으면 되니까.'라고 마음을 달랬다고 했다. 그런데 연락할 것처럼 굴던 녀석이 연락을 안 하더란 다. 결국 10년 동안 남자 친구가 안 생길 것이 두려운 유정은 먼저 상 대에게 연락을 했다.

"비겁한 새끼, 전화로는 알겠다고 만나자고 했거든. 그런데 오늘, 날 바람맞힌 거야."

그래, 뭐 좋아. 약속 장소에 나타나지 않은 건 그렇다고 치자. 하지 만 어떻게 된 일인지는 알아야 했기에 전화를 걸었다. 그런데 웬 중년 아저씨가 전화를 받더니 대뜸 소리를 질렀었다.

— 아직 머리에 피도 안 마른 게, 어디서 남자에게 꼬리를 쳐! 다신 우리 애한테 전화하지 마. 또다시 전화하면 추행범으로 신고할 테 다.

"그 아저씨 미친 거 아냐?"

잠자코 유정의 말을 듣던 민수는 기가 막힌 듯 입을 벌렸다. 그가 맞 장구를 쳐주자 유정은 기분이 풀렸는지 활짝 웃었다.

"그니까, 내가 마마보이란 말은 들어봤지만, 파파보이는 처음이야."

"그런 놈, 필요 없어. 조상신이 도왔다고 생각해."

"그렇지? 자, 마시자, 리아야!"

유정은 생글생글 웃는 얼굴로 술이 가득한 잔을 민수의 잔에 부딪쳤다. 말투가 어눌하진 않았지만, 꽤 취한 게 분명했다. 민수를 리아로 굳게 믿으며 와락 끌어안고, 뺨에 뽀뽀하고, 얼굴을 비비는 등, 여자 친구로서 할 수 있는 스킨십이란 스킨십은 다 사용했다.

그때부터였던 것 같다. 유정을 만나게 되면 왠지 거북스럽고 괜스레 가슴이 설레게 된 게. 그러나 그뿐이었다. 남자로서 유정에게 다가갈 순 없었다. 그의 신조 중 하나가 '동생의 친구에겐 접근하지 않는다!' 였다. 끝까지 간다면 몰라도 괜히 도중에 헤어지게라도 된다면 소중한 우정이 자신 때문에 깨지게 되는 거니까.

징크스는 진짜였는지 10년 동안 유정의 곁에는 아무도 없었다. 민수 역시 징크스도 아닌데 아무도 만나지 못했다. 하지만 외롭진 않았다. 리아를 통해서 유정을 만나는 것으로 충분했다.

하지만 리아와 태호가 결혼하고 수진이 호주로 떠난 이후엔 유정과 만날 기회가 극히 드물게 되었다. 그렇다고 유정을 따로 불러내 만날 순 없었다. 유정과 멀어져 지낸 지 한 해가 넘어갈 때쯤…… 며칠 전, 우연히 밤거리에서 유정과 부딪치게 되었다.

"와, 이게 누구야?"

민수를 본 유정은 반가운 얼굴로 달려와 그를 끌어안았다. 동시에 그녀로부터 강한 술 냄새가 풍겼다.

"얼마나 보고 싶었는데, 잘 지냈지?"

'리아야.'라고 부르진 않았지만, 술에 취한 유정은 지금 그를 리아라고 착각하는 게 분명했다. 그렇지 않다면 그녀가 자신을 이렇게 와락 끌어안을 리가 없었다.

마침 오늘 그는 리아의 집에 들렀다가 갑자기 쌀쌀해진 날씨에 그녀가 안 입는 코트를 빌려 입고 나온 길이다. 남녀 공동 디자인에 오버사이즈라서 민수가 입어도 전혀 이상하지 않았다.

아무리 그래도 그렇지, 도대체 얼마나 많이 마셨기에…….

"나, 너무 힘들어."

끌어안은 유정의 팔을 풀려고 하는데, 흐느낌 같은 속삭임이 귓가에 흘러들었다. 술김에 하고 싶은 말을 꺼낸 것 같았다. 민수는 얼떨결에 팔을 푸는 대신, 그녀의 등을 다독거렸다. 그러자 유정은 고개를 젖히며 그를 올려다보았다.

"우리 어쩌다 이렇게 됐니? ……내가 어느 한쪽 편에 설 수는 없는 거잖아. 내겐 모두 소중한 인연인데……. 안 그래?"

수진의 일로 모두 서먹해진 것을 말하는 걸까? 수진과 리아가 불편한 사이가 되고, 유정 역시 둘 사이에서 꽤 곤혹스러웠을 것이다. 가로등 불빛 때문일까? 그를 바라보던 유정의 눈이 촉촉하게 젖어드는 것처럼 보였다.

한동안 빤히 쳐다보던 유정은 잠시 후 팔을 풀고 뒤로 물러섰다.

"아니야, 내가 지금 무슨 말을 하는 거래? 나, 갈게. 잘 지내."

말을 마친 유정은 곧바로 등을 돌려 반대편으로 걸어갔다. 멀어지는 뒷모습이 쓸쓸해 보였지만, 차마 잡을 순 없었다. 잡고 싶었지만 잡을 수 없었다. 괜히 자신이 나섰다가 수진을 잃은 리아에게 유정마저 잃게 할 순 없으니까. 그래도 마음이 아파져 오는 건 어쩔 수 없었다.

민수는 제자리에 선 채로 욱신거리는 가슴을 손으로 꾹 내리눌렀다.

"그나저나, 형, 저번에 누구 소개받는다고 하지 않았어요?"

묵묵히 술잔을 비우는 민수를 바라보며 남 비서가 물었다. 민수는 대답 대신 고개를 끄덕였다.

"어땠어요?"

"그렇지, 뭐."

언제부터인가 민수는 어떤 상대를 만나든 유정과 비교하는 버릇이 생겨버렸다. 물론 나쁜 버릇이라는 건 잘 알고 있다. 그래서인지 누구를 소개받든 몇 번 만나다 흐지부지 끝나곤 했다.

"난 혼자가 편해."

민수는 혼잣말처럼 말하며 빈 잔에 술을 가득 따랐다. 남 비서는 술잔을 비우는 민수를 말없이 바라보았다.

얼마나 시간이 지났을까?

꽤 많이 마셨는지 눈앞이 흐릿해지기 시작했다. 밖에선 흐트러질 때까지 마신 적이 없는데…… 정신을 차리기 위해 민수는 느릿하게 눈을 깜빡거렸다. 그때 남 비서의 목소리가 희미하게 들려왔다.

"형 친구분 오셨으니까, 저는 먼저 들어갈게요."

친구분? 누구?

민수는 고개를 들고 흐릿한 눈으로 옆을 바라보았다. 자리에서 일어나는 남 비서의 모습 뒤로 익숙한 얼굴이 시야에 들어왔다.

……넌?

민수는 잠시 할 말을 잃고 멍하니 앞을 바라만 보았다. 유정은 민수를 향해 싱긋 웃어 보이며 옆에 자리를 잡았다.

"무슨 일이래? 네가 취할 때까지 술을 다 마시고."

"……유정이, 네가 왜……?"

"성후 씨가 전화했더라고. 갑자기 급히 가야 할 때가 생겼는데 네가 취해서 누가 옆에 있어줘야 한다고."

성후 녀석이 유정에게 전화를 했다는 건가? 자신이 오작교 까마귀라도 된 줄 알았나?

당혹스러운 민수는 입을 다문 채 미간을 찌푸렸다.

잠시 어색한 침묵이 흘렀다. 민수가 가만히 바라보고만 있자, 유정은 입가에 미소를 떠올리며 살며시 몸을 기울였다.

"맨날 나만 취해서 너한테 신세 졌잖아. 이번엔 내 차례야."

그의 귓가에 부드럽게 속삭였다.

'맨날 나만 취해서'라니. 그렇다면 그 말은……?

"……유정아."

유정을 바라보는 민수의 두 눈이 서서히 커다래졌다. 그리고 저번처럼 가슴이 욱신거리기 시작했다. 물론 이번엔 다른 이유로 그런 것이지만…….

깊고 뜨거운 밤

"흐윽…… 이제 그만."

겹쳐진 체온이 너무나도 뜨거워 이대로 녹아버릴 것 같았다. 감당할 수 없는 열기에 어지러워진 리아는 눈을 감으며 고개를 틀었다.

"아직은 아니야."

애원에도 불구하고 태호는 파고드는 것을 멈추지 않았다. 그가 잠시 숨을 고르며 하얀 목덜미에 이를 세웠다.

"아……."

순간 리아의 몸이 움찔 떨렸다. 아찔한 감각에 정신을 잃을 것만 같았다. 빠듯하게 숨을 몰아쉬는 리아의 허리를 그가 커다란 두 손으로 움켜쥐었다. 그리고 이제 움직일 거라고, 못 견딜 것 같으면 말하라고 부드럽게 속삭였다. 리아는 대답 대신 그녀 위에 자리 잡은 오만한 남자를 흘겨보았다. 말한다 해도 제대로 들어주지 않을 걸 알기에…….

속도만 줄일 뿐 강도엔 변함이 없어 느릿하게 움직이다 퍽, 짧게 파고들면 오히려 더 자극적이고 애가 탔다. 결국엔 리아 쪽에서 먼저 어떻게 좀 해달라고 매달려야만 했다. 그러면 그는 여유롭게 웃으며 한꺼번에 욕망을 터뜨리듯 빠르게 치고 들어오곤 했다.

"걱정하지 마. ……견딜 거니까."

리아에게서 뾰족한 반응이 돌아오자 재밌다는 듯 그의 입가가 나른해졌다. 몸을 앞으로 기울인 태호는 끝까지 진입하며 놀리듯 말했다.

"좋아. 어디 한번 견뎌봐."

강렬하게 시작된 몸놀림은 리아의 목 깊은 곳에서 흐느낌이 흘러나올 때까지 멈추지 않았다. 실적거리는 자극은 이번에도 한계를 넘겨버렸다.

"으흑, 태호야."

그녀가 항복에 가까운 탄성을 내지르고서야 그는 으스러질 듯 리아를 끌어안으며 내내 참았던 절정을 일시에 쏟아부었다.

"하아."

잠시 후, 위아래로 들썩거리는 가슴을 맞댄 두 사람의 입술이 포개졌다. 주말에만 가지던 부부 관계가 일주일에 3일 이상으로 늘어났다. 지아에게 동생을 만들어준다는 약속을 지키기 위해서였다. 하지만 어째서인지 쉽게 아기가 들어서지 않았다. 그러다 보니 점점 횟수가 잦아졌다. 이젠 아무리 바빠도 출장이 있는 날을 제외하곤 거의 매일 관계를 하게 되었다.

지금도 지아를 재우고 침실에 돌아오자마자 누가 먼저랄 것 없이 침대로 뛰어들었다. 솔직히 둘째를 가지기 위해서인지, 그저 서로에게 미쳐서인지 구분이 어려울 지경이다. 육아와 업무의 병행으로 잠시 뒤로 밀렸던 중요한 부분이 다시금 제자리를 찾았다고나 할까.

강태호는 신혼 시절이나 지금이나 달라진 게 하나도 없었다. 오히려 밀고 들어오는 강한 몸짓에 노련함까지 더해져 성적 쾌감을 극도로 끌어올렸다.

"설마 벌써 기권하는 건 아니겠지?"

눈물로 범벅된 리아의 뺨을 입술로 쓸어내리며 그가 중얼거렸다. 설탕에 온몸이 절여진 듯 노곤했지만, 리아는 거세게 고개를 흔들었다. 기권이라니 어림도 없다.

"훗, 그렇다면 기대해."

뜨거운 숨결이 가슴 위로 쏟아지며 빈틈없이 맞물린 육체가 또다시 움직였다. 둘만의 밤은 이제 막 시작이었다.

"지아야, 왜 그래?"

다음 날, 리아와 태호는 뽀로통한 얼굴로 유치원에서 돌아온 딸과 마주했다.

"오늘 유치원에서 무슨 일 있었어?"

"엄마, 아빠."

걱정스러운 물음에 지아가 심각한 얼굴로 리아와 태호를 보았다.

"나는 왜 밤에 혼자서 자? 나 아직 어리잖아. 엄마랑 아빠랑 같이 자야 하는 거 아니야?"

"응?"

리아와 태호는 잠시 할 말을 잃고 침묵을 지켰다. 엉뚱한 물음에 대답할 거리가 선뜻 떠오르지 않아서다. 두 사람에게서 아무런 대답이 없자, 지아는 오늘 유치원에서 있었던 일을 조잘조잘 떠들어댔다.

유치원 또래 원생 중에 아직도 부모와 함께 자는 친구가 있는 모양이다. 지아가 '헤, 너 아직 아기구나.'라고 했더니, 엄마, 아빠가 자길 너무나 사랑해서 함께 자는 거라고 그랬단다. 거기까진 그래, 뭐 받아줄 수 있었다. 그런데 지아가 제 침실이 따로 있고 하자, '넌 버림받은 거야.'라고 했단다.

"말도 안 돼!"

리아가 흥분해서 외치자, 지아도 볼을 발갛게 물들이며 위아래로 고개를 끄덕거렸다.

"알아, 알아. 나도 알아. 그래서 나 오늘부터 엄마랑 아빠랑 한 침대에서 자려고."

어?

리아와 태호는 다시금 할 말을 잃고 난처한 눈으로 딸을 바라보았다. '오늘만'이 아니라 '오늘부터'라고?

"왜? 안 돼?"

심각한 표정으로 리아와 태호를 바라보던 지아는 대답이 없자 친구 말이 맞는다고 생각했는지 커다란 두 눈에 눈물이 그렁그렁 맺혔다.

"물론, 지아야. 되고말고."

리아는 서둘러 딸을 끌어안으며 상처 받았을지도 모를 속마음을 달래주었다.

"정말이지?"

지아는 리아의 품에 안긴 채로 태호를 빤히 쳐다보았다. 엄마는 엄마고 아빠에게도 사랑을 확인받아야겠다는 의지가 확고해 보였다. 이럴 때 보면 지아는 영락없이 태호를 닮아 보인다.

"우리 공주님이 원하신다는 데 정말이지. 그런데 그러면 동생이 늦게 올 텐데, 괜찮을까?"

"응, 괜찮아."

동생보다는 부모의 사랑 확인이 먼저라는 듯 지아는 힘찬 목소리로 대답했다. 그렇게 해서 두 사람은 지아를 가운데 두고 밤을 보내게 되었다. 첫째 날은 그럭저럭 괜찮았다. 오랜만에 사랑스러운 딸과 함께 잠을 자게 되니 기분도 새롭고 나쁘지 않았다. 둘째 날도 첫째 날의 연장선이었다. 하지만 셋째 날이 되고 넷째 날이 되자, 슬슬 조바심이 나기 시작했다. 하루 이틀 함께 자다 보면 그새 싫증이 나서 제 방으로 가겠다고 할 줄 알았는데 아니었다.

지아는 리아를 끌어안고 새근새근하다, 새벽녘쯤엔 태호의 품으로 굴러들어 쿨쿨 잘도 잤다. 지아가 꿀잠을 자면 잘수록 리아와 태호는 숙면을 할 수 없었다. 활활 타오르는 욕망의 불을 꺼야만 제대로 잘 수 있는데 그게 안 되었으니까.

아무리 지아가 세상모르게 깊이 잠든다 해도 아이를 옆에 두고 부부 관계를 맺을 순 없는 일이고. 그렇다고 잠든 지아를 제 방에 데려다 놓을 수도 없고. 다른 방에서 하다가 잠에서 깬 지아가 엄마와 아빠를 찾아 나설 수도 있고.

이러다 말겠지. 애들 변덕이 일주일을 넘어가랴 했는데…… 지아의 이번 변덕은 예상한 것보다 길었다.

낮에는 서로 회사 일로 눈코 뜰 새 없이 바빠 오로지 밤에만 할 수 있는 터라, 반강제 금욕 기간이 일주일이 넘어가자 더는 참을 수 없게 되었다.

"리아야."

태호는 리아의 목을 끌어안고 잠든 지아를 살며시 떼어내며 옆쪽으로 고개를 돌렸다. 리아가 의아한 표정을 짓자, 조심스레 그녀의 손을 잡아끌어 드레스 룸으로 이끌었다.

아!

그제야 리아는 남편의 의도를 알아챘다. 예전에 민수와 계획 없는 동거를 하게 됐을 때 밀회 장소로 사용했던 드레스 룸. 이번에도 그곳을 이용하자는 뜻이었다.

"괜찮을까? 도중에 깨기라도 하면……."

"걱정하지 마. 방음 확실해."

소파에 앉은 태호는 리아를 제 허벅지 위에 앉히며 그녀의 잠옷을 위로 들쳐 올렸다.

언제 설치했는지 소파 옆에는 베이비 스피커까지 놓여 있었다. 만약 지아가 깬다 하더라도 스피커를 통해 소리를 들을 수 있어 바로 달려가면 그만이다. 같은 침실이니까 다른 방에서 달려오는 것보다 훨씬 시간도 단축되고. 뭐랄까, 아슬아슬해서 더 짜릿하고 자극적이었다.

촉촉한 입술에 풍만한 가슴을 내어주며 리아는 쾌감으로 몸을 떨었다. 일주일이나 참는 동안 몸이 달아오를 대로 달아올랐나 보다. 조그마한 자극에도 몸 깊은 속으로부터 욕망이 꿀렁꿀렁 솟구쳤다.

그 역시 마찬가지였다. 조금은 거칠다 싶게 핑크빛 봉우리를 볼이 움푹 팰 정도로 빨아들였다. 얼얼할 정도로 센 강도인데도 아프기는커녕 견딜 수 없게 짜릿했다. 그래서일까, 평소엔 잘 쓰지 않는 호칭까지 나왔다.

"하, 오빠, 너무 좋아."

그녀의 입에서 나온 '오빠'란 단어가 불에 기름을 붓는 식으로 가뜩이나 뜨거워진 욕망을 활활 타오르게 했다. 태호는 한 손으로 리아의 뒷머리를 받치고는 그대로 소파에 쓰러뜨려 제 아래에 깔리게 했다. 뜨겁게 달아오른 몸이 한 치의 틈 없이 꽉 맞물렸다. 앞으로 다가올 환희를 예상하고 리아는 허리를 비틀며 가쁜 숨을 내쉬었다. 그때였다.

[싫어. 싫다고!]

가냘픈 외침이 스피커로부터 흘러나왔다.

"헉!"

리아는 벼락이라도 맞은 듯 흠칫 동작을 멈추고 위로 올라간 잠옷을 허겁지겁 아래로 끌어내렸다.

"어떡해! 지아 깼어!"

두 손으로 태호를 밀쳐낸 리아는 부리나케 침실로 달려갔다.

함께 잘 땐 웬만하면 깨지 않던 애가 왜 갑자기? 느낌이 허전해서?

리아는 초조한 마음으로 침실과 드레스 룸의 이중문을 열었다.

"……아."

침대에서 리아를 기다린 건 잠에서 깬 지아의 모습이 아니라, 미간을 찡그린 채 눈을 감고 있는 모습이었다. 그러니까 아까 그건 단순한 잠꼬대였다는 말이다. 리아는 어이없는 눈으로 깊게 잠든 딸을 바라보았다.

어느새 뒤로 다가온 태호가 양손으로 리아의 허리를 감았다. 그는 설명이 필요가 없다는 듯 다시 그녀를 드레스 룸으로 이끌었다. 불타오르던 도중에 끊긴 게 못마땅했는지 아까보다 어루만지는 손길이 거칠었다.

"윽, 오빠. 살살…… 아!"

"미안."

그는 말로는 미안하다고 하면서 애무의 강도를 높였다. 잠옷을 들출 새도 없는지 고개를 숙여 얇은 천 아래로 봉긋 솟은 정점을 힘차게 빨아들였다. 이로 자근자근 깨물자 하, 등골에 전율이 일고 눈앞이 아찔했다.

그때 또다시 스피커에서 부스럭거리는 소리가 흘러나왔다. 분명 이불을 들추는 소리였다. 잠에서 깬 지아가 침대에서 일어나려는 걸까? 이번에도 리아는 화들짝 뒤로 몸을 빼고는 그대로 침실로 달려갔다. 이중문을 열자, 잠결에 이불을 차버린 지아가 이리저리 몸을 뒹굴고 있는 모습이 눈에 들어왔다.

"……아."

허탈한 눈으로 잠든 딸을 바라보는 리아를 태호가 뒤에서 끌어안았다. 탄탄한 가슴에 등을 기대며 리아는 뒤로 고개를 돌렸다.

"미안."

"미안하긴 뭐가 미안해."

그는 부드럽게 웃으며 침실과 드레스 룸을 가르는 이중문을 닫았다. 이번엔 소파까지 갈 여유가 없는지 그대로 리아를 벽에 기대게 하고 잠옷 안에 손을 집어넣었다.

"다시 안 그러면 되지. 안 그래?"

매끈한 살결을 더듬으며 그가 나긋하게 속삭였다. 그는 아내와 시선을 맞추며 최대한 소리를 죽인 채로 느릿하게 파고들었다. '으윽', 터져 나오려는 신음을 참으려 리아는 입을 꾹 다물었다. 천천히 조심스럽게 움직이는 데다 소리까지 낼 수 없어서 훨씬 애가 탔다.

그가 고개를 기울여 입을 맞추자, 질척한 숨결과 여린 신음이 하나로 얽혀들었다. 이번엔 절대로 도중에 멈추지 않을 거라는 듯 있는 힘껏 리아를 벽 쪽으로 밀어붙였다.

제멋대로 질주하는 심장 박동과 박자를 맞추며 쿵, 쿵, 움직임이 시작되었다.

"흐, 읏."

절정이 다가온 순간 머릿속이 텅 비어버릴 것 같은 쾌감에 리아의 입에서 가는 신음이 흘러나왔다. 시야가 아득해지며 온 세상이 하얗게 변해가고 있었다.

그 어느 때보다 깊고 뜨거운 밤이었다.

그리고…… 그 밤이 지나고 5주 후, 임신 테스기에 선명한 두 줄이 떠올랐다.

《결혼은 계획이다》를 연재하는 동안 참 많은 일이 있었습니다. 세계적으론 'COVID-19'으로 혼란스러웠고 개인적으론 연재 초에 가족상을 세 번이나 일주일 간격으로 맞이했네요. 그리고 연재 말쯤에 다시 가족상을 당했고요. 그중 가장 슬픈 것은 친정아버지가 돌아가신 일입니다. 평소에 큰 문제 없이 건강하셨기에 제게는 갑작스러운 이별이었습니다.

아버지는 작품이 나올 때마다, 하나도 빼먹지 않고 리뷰를 주시곤 했습니다. '난 이 부분이 제일 좋더라.', '이거 반전이었구나.' 등등. 그런 아버지가 제게는 너무나도 소중한 독자였습니다.

아버지의 리뷰 없이 홀로 《결혼은 계획이다》 연재를 끝냈고 이렇게 단행본으로 출간하게 되었네요. 앞으로 제 모든 작품에 아버지의 리뷰는 없겠죠. 솔직히 아직도 아버지의 부재가 실감 나지 않습니다.

휴재는 피할 수 있었지만, 연이은 가족상으로 마음이 불안해 연재를 이끌어가기가 쉽지 않았습니다. 머릿속이 텅 비어버려서 컴퓨터 화면만 노려볼 때가 더 많았으니까요.

여러분의 따뜻한 격려와 위로 덕분에 끝까지 버틸 수 있었습니다. 이 자리를 빌려서 고맙다고 말씀드리고 싶습니다. 여러분의 댓글 하나 하나가 제게 크나큰 힘을 주었답니다. 옆에서 가까이 챙겨주시고 도움을 주시는 테라스북팀과 네이버 담당자님께도 진심으로 감사드립니다.

새로운 작품이 나올 때마다 누구보다 기뻐해주시는 어머니와 가족, 옆에서 티를 팍팍 내면서 뒷바라지해주는 제 작품 속 어느 남자 주인공보다 훨씬 멋진 남편, 요즘엔 구름이 아니고 무지개로 놀이 터전을 옮겼다는 천사 푸들 유끼 옹과 포메라니안 미미 뇨사, 정원을 지킨다며 왈왈 짓다가 다람쥐와 토끼에게 구박만 받는 마음 여린 치와와 월리 군, 언제나 큰 힘이 되는 슈바츠 밤부스(Schwarzer Bambus) 가족과 '첫눈 속을 걷다' 네이버 카페 여러분 모두 진심으로 고맙습니다.

저는 또 새롭고 흥미로운 작품으로 돌아오겠습니다.

여러분, 항상 건강하시고 행복하시길 바랍니다!

Lunar 이지연

결혼은 계획이다 2

초판 1쇄 인쇄 2024년 3월 21일
초판 1쇄 발행 2024년 3월 28일

지은이 이지연 I 펴낸이 강성욱 I 책임 기획 전주예 I 일러스트 김지훈
디자인 손효은 I 기획 편집 김민지 김지수 손효은 I 교정 손효은
펴낸곳 테라스북 I 등록 제 2022-000073호
주소 (04799) 서울특별시 성동구 아차산로 17길 26, 301호 (성수동2가, 규장각빌딩)
전화 070-4794-5826 I 팩스 0505-911-5826
블로그 https://blog.naver.com/terracebook I 전자우편 terracebook@naver.com
ISBN 979-11-6728-383-2 (04810)
ISBN 979-11-6728-381-8 (SET)

테라스북은 주식회사 스토리펀치의 임프린트 브랜드입니다.